D1355269

Pour la vie d'un enfant

Protection clandestine

ANGI MORGAN

Pour la vie d'un enfant

Collection : BLACK ROSE

Titre original : HILL COUNTRY HOLDUP

Traduction française de HELENE COLOMBEAU

HARLEQUIN®
est une marque déposée par le Groupe Harlequin

BLACK ROSE®
est une marque déposée par Harlequin

HARLEQUIN

83-85, boulevard Vincent-Auriol, 75646 PARIS CEDEX 13.

Service Lectrices — Tél. : 01 45 82 47 47

www.harlequin.fr

ISBN 978-2-2803-4577-4 — **ISSN** 1950-2753

1

Perdu dans la foule venue assister aux festivités du 4 Juillet sur Williams Square, Steve Woods ne quittait pas des yeux la femme qui promenait sur elle un million de dollars. Ils ne l'avaient pas encore identifiée. Elle avait pris possession de la poussette — et de l'argent caché à l'intérieur — seulement quatre minutes plus tôt.

La musique joyeuse de l'orchestre se mêlait au brouhaha des conversations, tandis que droit devant se dessinaient les sculptures des mustangs de Las Colinas. Voyant sa cible changer brusquement de direction, Steve se cacha derrière un individu corpulent, vêtu d'une chemise à carreaux. Avec l'aisance d'une mère expérimentée, la suspecte fit mine de s'affairer sur son bébé imaginaire et fourra les liasses de billets dans un sac à dos qu'elle jeta ensuite sur son épaule.

Steve travaillait depuis dix ans au FBI comme agent de terrain, et il ne devait sa vie sauve qu'à son instinct. Or, ce même instinct lui soufflait à présent que quelque chose ne tournait pas rond. Il ne savait pas encore quoi, mais il avait bien l'intention de le découvrir. Tout en essuyant la sueur qui perlait sur son front, il fixa l'inconnue, cherchant à déterminer si elle était armée.

— A tous, confirmez vos positions.

Autour de lui, personne ne remarqua qu'il parlait dans un micro intégré à son oreillette ; les gens étaient trop occupés à se laisser guider par les odeurs de beignets, de hamburgers et d'épis de maïs grillés. Ou à se précipiter sur les derniers échantillons gratuits de café Starbucks avant que le représentant ne plie bagage et rentre chez lui. Tout le monde ici ignorait qu'un petit garçon avait été kidnappé.

— Delta 2 en place, j'ai la cible en visuel, annonça George Lanning.

Seuls quatre des cinq agents répondirent à l'appel.

— Où est Stubblefield ? Quelqu'un la voit ? demanda Steve.

— Elle était près du stand de hot-dogs, il y a deux minutes.

Même sans la puissante lunette de son fusil, George jouissait de la meilleure vue sur le terrain depuis le toit du parking, au nord de la place.

— Non, je ne la vois plus, répondit-il.

— A tous, on passe sur Bravo Tango Alpha, ordonna Steve.

L'équipe changea de fréquence au cas où la radio de Stubblefield aurait été détectée.

— Granger, tu pars vérifier sa dernière position. Je reste sur la cible.

Le soleil descendait rapidement derrière les immeubles alentour. L'obscurité était leur ennemie tout autant que les kidnappeurs. Car une fois que le feu d'artifice aurait débuté, il leur serait plus difficile de repérer la femme dans la foule.

La poussette se dirigeait à présent vers le cœur des activités, une grande étendue d'herbe au bord d'un lac artificiel, envahie de couvertures de pique-nique, de chaises pliantes et d'enfants arborant des bracelets phosphorescents. Steve avait placé ses hommes à des points stratégiques, mais le secteur à couvrir était trop vaste pour seulement six agents. Les ravisseurs avaient choisi le lieu et le moment rêvés pour exécuter leur plan.

— Où est-ce qu'elle va, nom de nom ?

— Je n'ai plus de visuel, prévint George. Le monorail me cache la rive opposée. Franchement, qui aurait l'idée de creuser un lac en plein quartier d'affaires ?

— La ville de Las Colinas, apparemment, marmonna Winstrom.

— Pas de bavardages, ordonna Steve. Ouvrez bien les yeux. Vous savez que les flics d'Irving et les patrouilles routières sont déjà mobilisés pour la sécurité de la fête. Quelqu'un a vu Stubblefield ?

Bon sang… C'était la première mission de la jeune femme depuis qu'elle avait réintégré l'escouade de Steve, et elle commençait déjà à enfreindre le protocole. Super.

Steve avait besoin de se déconnecter des problèmes internes à l'équipe, et de reconsidérer les faits. Thomas Brant Junior, âgé de vingt-neuf mois et fils d'un grand magnat de l'informatique, avait été arraché aux bras de sa mère le 3 juillet, juste devant le domicile familial, à Dallas. Une lettre rédigée à l'ordinateur — exempte d'empreintes ou de la moindre marque permettant d'en identifier l'origine — avait été déposée à côté de la mère inconsciente, à qui l'ignoble ravisseur avait volontairement cassé un bras.

Un million en grosses coupures. Non marquées.

Dans un sac, à l'intérieur d'une poussette, sous une couverture bleue.

Williams Square, feu d'artifice d'Irving, 20 heures.

Si ces consignes ne sont pas respectées, il aura droit au même traitement que sa mère.

Leur seule piste, c'était l'argent. C'était lui qu'ils devaient suivre.

Trois adultes et deux enfants séparaient Steve de sa cible, qui se tenait à deux mètres du lac. La nuit avait fini de tomber. Quand les haut-parleurs entonnèrent l'hymne national, tout le monde se leva. Quelques personnes se mirent à chanter la main sur le cœur — très faux, pour certaines. Steve se concentra sur la femme, dont il voyait les doigts crispés sur le guidon de la poussette.

— Des nouvelles de Stubblefield ?

— Je suis là, annonça soudain cette dernière d'une voix essoufflée. Je suivais un adolescent suspect et j'ai perdu le contact radio.

— Je n'ai plus la cible en ligne de mire, intervint George. Trop de civils sur la trajectoire.

Steve examina la femme : plutôt petite, cheveux rassemblés sous un chapeau à larges bords, sac à cordons passé sur les épaules, tongs, chemise rouge, bleu et blanc trop grande, short en jean moulant.

Des tongs ?

Pourquoi porter des tongs quand on a l'intention de s'enfuir avec un million de dollars ?

La première fusée explosa dans le ciel, plongeant la foule dans un silence admiratif. Mais Steve ne se laissa pas distraire par les détonations et autres crépitements du feu d'artifice. Il gardait les yeux rivés sur les chevilles fines de la suspecte et ses orteils peints en rouge vif.

Elle s'approchait du lac.

— Elle va entrer dans l'eau ! cria-t-il à ses hommes.

Il se précipita sur la poussette, bousculant deux cow-boys au passage. Lorsqu'il posa la main sur le guidon, une paire d'yeux bleus effrayés se tourna vers lui. Des yeux familiers.

Impossible. Ce ne pouvait pas être...

Tout à coup, il sentit une piqûre brûlante dans son avant-bras, en même temps qu'une voix lui murmurait « Pardon ». Une voix qu'il ne connaissait que trop bien. Quand la femme l'attrapa par la ceinture, Steve se rendit compte que ses genoux venaient de se dérober sous lui. Puis son épaule heurta violemment le sol sans qu'il n'éprouve la moindre douleur. Bizarre.

Lui avait-on tiré dessus ?

— C'est juste un coup de fatigue, assura la complice des ravisseurs aux spectateurs inquiets qui s'étaient approchés de Steve.

Le monde tournait autour de lui, illuminé par les fusées blanches et argentées qui éclataient au-dessus de sa tête. La femme plongea les mains dans son sac pour en sortir... un tuyau ? Non, un tuba. Promptement, elle replaça le sac sur son dos, tout en se débarrassant de ses tongs.

— George...

Steve n'arrivait plus à articuler le moindre mot, ni à remuer ne serait-ce qu'un orteil. La femme fourra quelque chose dans sa main.

— Je suis désolée, Steve, lui chuchota-t-elle à l'oreille. Voilà l'antidote. La paralysie n'est que temporaire. Je vais chercher les secours.

Il savait qu'elle n'en ferait rien.

Mince, c'était donc bien *sa* Jane. Qu'est-ce qu'elle fichait là ? Dr Jane Palmer, chimiste, génie, ex-petite amie. Pas exactement la personne qu'il s'attendait à traquer ce soir.

Incapable de tourner la tête, il la vit du coin de l'œil se glisser dans le lac. Autour de lui, personne ne faisait attention à elle. Les hommes continuaient de le secouer, tentaient de le faire parler, mais c'était peine perdue. Jane disparut sous la surface de l'eau sans qu'il ait pu bouger le petit doigt.

Tandis qu'il luttait pour garder les yeux ouverts, Steve entendit dans son oreillette ses collègues crier « Un homme à terre ! ». George hurla ensuite que la suspecte avait plongé dans le lac et que quelqu'un devait la suivre.

C'est Windstrom qui le rejoignit le premier.

— Ecartez-vous !

L'herbe bruissa près de l'oreille de Steve, et une main amicale se posa sur sa poitrine.

— Woods, tu m'entends ? Lanning, où sont les secours ? Il respire à peine !

— Où est-il touché ?

— Je ne vois aucune blessure.

Windstrom extirpa de la main de Steve l'objet que Jane y avait placé.

— Attends une seconde. C'est un mot adressé à un certain Zaphod. Bon Dieu, ce sont des instructions pour lui administrer un antidote ! Elle a laissé une seringue. George, tu crois que je dois le piquer ?

Zaphod ?

Steve entendait tout. Son cerveau semblait fonctionner, mais il était incapable de parler.

En tout état de cause, il refusait de mourir avant d'avoir découvert pourquoi Jane était impliquée dans ce kidnapping.

Dieu merci, elle avait compris comment se servir de la bouteille de plongée. Si elle n'avait pas eu seulement quatre minutes pour effectuer la traversée sous l'eau, Jane aurait pris le temps de s'interroger sur les caprices du destin. Pourquoi fallait-il que le seul homme capable de lui venir en aide soit aussi celui qu'elle avait dû neutraliser avec son sérum paralysant ?

L'agent spécial Steve Woods… Cela faisait presque quatre ans.

Jane refoula le flot d'émotions qui l'empêchaient de réfléchir. Elle ne pouvait pas respirer dans le tuba et pleurer en même temps. Poussée par la rage et la frustration, elle se mit à battre des pieds plus fort.

Rory avait besoin d'elle. Hors de question que ces salauds se vengent sur son fils à cause d'une erreur de sa part. Elle continua donc à nager dans l'eau vaseuse du lac, comme ils le lui avaient ordonné.

Voilà deux jours qu'ils les gardaient prisonniers, Rory et elle. Pendant tout ce temps, ils l'avaient maintenue éveillée pour lui répéter en boucle leurs instructions. Si elle voulait retrouver Rory, elle avait intérêt à les suivre à la lettre. Ils lui avaient volé sa formule et l'avaient contrainte à s'en servir contre quiconque tenterait de l'arrêter sur Williams Square. Et bien sûr, c'était tombé sur Steve. Etait-il au courant que Rory avait été enlevé ?

Peut-être lui retirerait-on l'enquête, et ainsi elle n'aurait plus affaire à lui. Elle n'avait pas le courage d'endurer ses accusations. Pas maintenant. D'un autre côté, qui d'autre que lui était mieux placé pour comprendre le message qu'elle lui avait glissé ? Steve saurait tout de suite à quoi elle faisait référence.

N'est-ce pas ?

Seigneur, aidez-moi…

La peur lui bloquait le souffle, ce qui n'était pas idéal pour respirer sous l'eau. Mieux valait se concentrer sur le rythme de ses mouvements, et penser à tous les sévices qu'elle infligerait aux ravisseurs s'ils s'en prenaient à Rory. Elle leur arracherait les membres un à un. Elle leur ferait regretter de ne pas l'avoir tuée d'abord.

L'objectif n'était plus très loin, à présent. Après avoir consulté sa boussole de plongée lumineuse, Jane remonta à la surface. Dans la lumière vacillante que le feu d'artifice jetait sur le lac, elle distingua une silhouette vêtue de noir assise dans un petit canot à rames, à cinq ou six mètres d'elle.

Un homme affublé d'un masque du président Clinton la hissa sans ménagement à bord. Jane était à peine assise qu'il lui lança une serviette et lui arracha le sac du dos. Son rire diabolique la fit frissonner.

— Je me fiche de savoir à quoi servira cet argent, dit-elle, mais ne faites pas de mal à Rory. Je suis prête à tout pour récupérer mon fils.

Sourd à sa supplication, « Clinton » lui jeta un sac en plastique rempli de vêtements sur les genoux. Jane s'enroula dans la serviette pour enfiler le T-shirt propre. La seconde phase de ce cauchemar consistait à repartir en voiture sans attirer l'attention d'éventuels policiers.

« Détache-toi de tes émotions, Jane. » Voilà ce que sa mère lui aurait conseillé. Céder à la panique ne réglerait rien. La seule fois où elle s'était laissée aller, où elle avait choisi la liberté plutôt que la retenue, cela s'était soldé par une grossesse et un enfant qu'elle avait dû élever seule.

L'odeur putride de l'étang lui collait à la peau. Ses jambes lui semblaient molles comme du coton après sa nage effrénée. Lorsqu'ils atteignirent la rive, Clinton la poussa devant lui, tenant un Glock dans son poing ganté. La foule était beaucoup moins nombreuse de ce côté-ci du lac, près du parking. Et les rares personnes qui traînaient dans les parages se trouvaient trop loin pour remarquer la présence de Jane et de l'homme masqué.

Maintenant que les kidnappeurs avaient obtenu ce qu'ils voulaient, elle imaginait sans peine qu'ils n'hésiteraient pas à l'abattre à la moindre incartade. Elle ne chercha donc pas à appeler à l'aide et se fit la plus discrète possible.

Ils pénétrèrent dans un parking faiblement éclairé. Clinton lui désigna une voiture garée près de la sortie. A en juger par les couleurs vives qui explosaient dans le ciel et les notes enjouées de l'orchestre qui leur parvenaient à travers le lac, le feu d'artifice entamait son bouquet final. Jane avait pour mission de s'intégrer au flot de véhicules qui quitteraient les lieux à la fin du spectacle.

Clinton lui lança les clés, avant de repartir sans un mot. Elle n'avait aucune idée de ce à quoi il ressemblait, si ce n'est qu'il était de taille moyenne et plutôt mince. Jane se sentait totalement impuissante. Pas de preuves à apporter à la police, rien, aucun indice. Ce sale type ne lui avait même pas adressé la parole — de toute façon, les instructions des ravisseurs étaient gravées dans sa mémoire.

En ouvrant le coffre, elle trouva une nouvelle paire de tongs orange fluo, ainsi qu'une longue perruque blonde. Tandis qu'elle s'installait au volant, les gens commencèrent à affluer dans le parking, les bras chargés de glacières et de chaises pliantes.

Tout en réglant les rétroviseurs, Jane s'efforça d'adopter une expression impassible, de calmer les battements de son cœur. Sans succès. Malgré tous ses efforts, son sang-froid d'habitude infaillible menaçait de voler en éclats.

Le flot d'automobiles grossissait à vue d'œil. Jane passa plusieurs fois devant des policiers qui régulaient la circulation. L'envie d'appeler à l'aide devint si forte qu'elle dut se couvrir la bouche pour s'empêcher de crier.

Bientôt, toutes les voitures se retrouvèrent à l'arrêt, tandis que la sirène d'une ambulance hurlait au loin. Une vague de culpabilité l'ébranla, fissurant encore un peu plus sa bulle protectrice. Steve. Ils allaient sans doute le conduire à l'hôpital. Mais il s'en sortirait. Il le fallait.

Respire lentement. Accroche-toi au volant et contente-toi de suivre les indications. Sans quitter la route des yeux, elle plaça ses mains en position « 10 h 10 » sur le plastique dur et froid.

Tout s'arrangera si tu respectes le plan.

Que Steve la dénonce ou non, le FBI finirait par établir un lien entre l'antidote et le Dr Jane Palmer, chercheuse en chimie. Ces deux derniers jours, on ne lui avait pas laissé la possibilité de contacter qui que ce soit. A présent, Jane était une fugitive, une complice des kidnappeurs.

Tout son entourage serait interrogé. Sa maison allait être fouillée, retournée, et ils tomberaient sur le livre. Steve comprendrait le message qu'elle avait laissé à l'intérieur.

Je vous en prie, mon Dieu, ramenez-moi mon petit garçon sain et sauf.

Roulant plein ouest sur l'autoroute 114, Jane leva le pied en apercevant une voiture de police garée sur le bas-côté. Inutile de conduire trop vite : la maison au bord du lac n'allait pas se volatiliser.

— Il faut que tu t'en tires, Steve, murmura-t-elle. On a besoin de toi.

Steve venait de passer trois heures à l'hôpital et personne ne savait ce qui lui était arrivé. Ses collègues avaient trouvé une autre ampoule d'antidote rangée dans un coffre-fort chez Jane. Un antidote pour quoi ? Tout le monde se posait la question, mais seule Jane détenait les réponses. C'était son sérum.

Bien décidé à partir, Steve avait forcé son médecin à reconnaître qu'il n'avait rien de grave. Il finissait de se rhabiller lorsque George entra dans le box.

— Des nouvelles du petit Brant ? s'enquit-il aussitôt.

— On a perdu Palmer, répondit George en baissant les yeux.

Steve rentra sa chemise dans son jean.

— Tu as envoyé une équipe enquêter sur elle ?

— Oui, c'est ce que tu as demandé dès que tu as pu parler. On sait qu'elle a loué une voiture hier.

Alors qu'il se penchait pour enfiler ses bottes, Steve faillit rendre le peu de nourriture que contenait encore son estomac. Mais il n'avait pas l'intention de partager cette information avec qui que ce soit. Il voulait quitter l'hôpital au plus vite pour pouvoir se lancer sur la piste des ravisseurs. Et de Jane.

En se redressant, il se passa une main tremblante dans les cheveux, avant de mettre son stetson.

— Palmer nous a vraiment eus comme des bleus, continua George. A croire qu'elle savait qu'on était en sous-nombre.

— Peut-être. Mais…

Steve n'arrivait pas à se faire à cette idée. Jane n'était pas une kidnappeuse.

— Mais quoi ?

En même temps, elle lui avait enfoncé une aiguille dans le bras et l'avait laissé là, complètement paralysé. Alors, que croire ?

— Contentez-vous de la retrouver, répondit-il finalement.

George resta planté devant lui, les mains enfoncées dans les poches de son jean.

— Je vais te ramener chez toi, Steve. Laisse-nous faire, on s'en occupe.

— Je connais Jane Palmer.

— Tu ne savais même pas qu'elle était de retour en ville ! D'après le propriétaire, ça fait six semaines qu'elle est là.

Non, Steve n'était pas au courant qu'elle était revenue. Et il ignorait où elle habitait. En revanche, il connaissait Jane, il la connaissait même par cœur, chaque centimètre carré de son corps, chaque parcelle de son âme. Elle ne pouvait pas avoir participé à l'enlèvement. Et pourtant, c'était bien elle qui avait récupéré la rançon. Pourquoi ?

Avant de le laisser partir, le médecin lui conseilla de se ménager pendant quelques jours. Comme si c'était possible… Un enfant avait disparu, et son ex-petite amie se retrouvait subitement en haut de la liste des personnes les plus recherchées par le FBI !

— Je ne peux pas te conduire autre part que chez toi, prévint George en déverrouillant sa Ford 150. Ce sont les ordres.

Steve s'installa du côté passager, les muscles encore endoloris.

— Les ordres de qui ? s'enquit-il.

— McCaffrey. Il sait que tu as eu une histoire avec Jane. Officiellement, tu es en congé maladie jusqu'à ce qu'on connaisse précisément les effets de ce sérum. Entre autres choses.

Le FBI voulait aussi se donner le temps d'enquêter sur l'éventuelle implication de Steve dans cette affaire…

— Ils ont fini de fouiller, chez elle ?

— Arrête, tu te fais du mal.

— Tu ferais quoi, à ma place ?

D'un geste rageur, Steve retira son chapeau et laissa retomber son crâne douloureux contre l'appuie-tête.

— Elle t'a largué, je te le rappelle, répondit son collègue. Elle a fait ses valises, et elle est partie sans se retourner.

George mit le moteur en marche. Une pluie fine déformait les phares des voitures arrivant en sens inverse. Steve appuya son front contre la vitre fraîche.

— C'était un peu plus compliqué que ça, dit-il calmement, tandis que resurgissait dans sa mémoire cet épisode vieux de quatre ans qu'il aurait préféré oublier.

— Tu pourrais venir avec moi, lui avait dit Jane.

Il avait noté une pointe d'incrédulité dans sa voix. Comme si elle était surprise qu'il l'encourage à suivre ses rêves, à accepter une opportunité qui ne se représenterait sûrement pas.

— Ce n'est pas si facile, ma belle. Pour demander mon transfert, il faudrait d'abord qu'un poste se libère, et je perdrais ma place dans l'équipe. Tu sais que je vais bientôt partir en mission d'infiltration — j'attendais ça depuis longtemps. Il s'écoulera peut-être plusieurs mois avant que tu aies de mes nouvelles, et je ne peux pas te laisser…

— Tais-toi, Steve. Ne me dis pas que je dois me montrer à la hauteur de mes capacités. Ne me dis pas que tu m'empêcherais de progresser.

— Quel genre de vie on aurait, ici ? Je m'absente souvent pour plusieurs mois. Tu passerais des heures dans un labo à faire un travail abrutissant. Tu veux vraiment choisir cette vie-là au détriment du job de tes rêves ?

— Je vois que tu as déjà tout décidé tout seul. Il n'y a pas de discussion possible ?

— Ma place est ici, Jane, avait-il répondu en l'attirant dans ses bras.

Tout en s'accrochant à lui comme à une bouée de sauvetage, Jane avait murmuré :

— Et nous ?

Steve aurait voulu la garder serrée contre lui toute sa vie, mais il savait qu'il prenait la bonne décision.

— On ne peut pas renoncer à…

Jane l'avait interrompu d'un baiser. Un de ces baisers ardents qui libèrent les émotions refrénées. Cette nuit-là, ils s'étaient aimés avec une tendresse et une passion décuplées.

Et au matin, Jane était partie.

Le poste qu'on lui proposait à l'université Johns Hopkins était trop prestigieux pour qu'elle le refuse. Si elle était restée à Dallas, elle aurait regretté sa décision jusqu'à la fin de ses jours. De son côté, Steve avait entamé sa mission, en se glissant dans la peau d'un mari prêt à tout pour adopter. L'objectif était de démanteler un réseau de trafiquants d'enfants.

Rien ne s'était déroulé comme prévu. Steve avait été démasqué, et le FBI avait perdu la trace des gamins. Un échec qu'il n'avait toujours pas digéré.

En revanche, rompre avec Jane avait été une bonne chose. Elle ne lui avait jamais donné de nouvelles de Baltimore, pas le moindre mail ni le moindre coup de fil. Steve ne pouvait pas lui en vouloir d'être partie. C'est lui qui l'avait poussée dehors.

Le trajet de l'hôpital jusqu'à chez lui dura vingt minutes, mais il ne lui en fallut que dix pour convaincre George de lui indiquer l'adresse de Jane. Elle avait loué un appartement non loin du campus de l'université du Texas, à Arlington. Dans le quartier où elle avait habité durant ses études. Le quartier où ils s'étaient rencontrés.

OK, mon gars, passe à autre chose. Et garde la tête froide, sinon tu donneras encore plus de prétextes à ton chef pour t'écarter de l'enquête.

Après avoir montré son badge à l'agent qui se trouvait encore sur les lieux, il passa sous le ruban jaune de la police et pénétra dans l'appartement saccagé. Ses hommes n'y étaient pas allés de main morte — et pourquoi se seraient-ils retenus ?

Des piles de cadres vides gisaient à côté de leurs cartons, que Jane n'avait visiblement pas pris le temps de déballer. Elle adorait les photos, mais elle avait le chic pour acheter les cadres avant même de savoir quoi mettre dedans. Steve reconnut chacune des babioles qui jonchaient les étagères. Aux murs, seuls quelques clous dépassaient.

L'une des chambres était complètement vide. Bizarre… Quant au bureau, il était installé dans le salon. Pourquoi louer un appartement aussi grand si c'était pour travailler dans un recoin de la pièce à vivre ? En tant que chercheuse, Jane avait besoin d'accéder à ses dossiers et à son disque dur externe. Où était son ordinateur ? Difficile de croire qu'elle ait embarqué l'écran, l'unité centrale et tout le reste pour aller kidnapper un enfant.

L'édredon qu'elle possédait depuis son enfance était en boule au milieu du lit. Voilà qui ressemblait davantage à la Jane que Steve avait connue, très attachée à ses petites habitudes. Durant les trois mois qu'ils avaient passés ensemble, il avait eu toutes les peines du monde à bousculer sa routine.

La même sensation de malaise l'envahit à nouveau, comme chaque fois qu'il pressentait le pire.

Les tiroirs du bureau étaient renversés par terre au milieu de tas de vêtements. Steve ramassa une photo où Jane, très jeune, posait avec sa mère. Elle avait gardé ses grands yeux tristes.

Une seule photo dans tout l'appartement ? Cela n'avait pas de sens.

Silhouette fine, cheveux auburn, Jane n'avait pas changé. A bien y réfléchir, Steve avait cru remarquer que sa frange était plus brune aujourd'hui — c'était tout ce qu'il avait pu voir sous son large chapeau. Il effleura de l'index les lèvres de la jeune femme. Il était prêt à parier qu'elles étaient toujours aussi douces et pulpeuses.

En ouvrant le tiroir de la table de chevet, Steve trouva enfin ce qu'il cherchait : l'exemplaire très écorné du *Guide du voyageur galactique* qu'il avait offert à Jane pour son anniversaire. Pourquoi avait-elle fait allusion à Zaphod, un des personnages de ce roman, dans la note qu'elle lui avait glissée avec l'antidote ? Alors qu'il feuilletait l'ouvrage, Steve tomba sur une carte de la Saint-Valentin datant de l'année précédente et signée d'un certain Hayden.

Qui était ce type ?

Sous la carte, il découvrit une photo de Jane et de lui, posant devant la résidence secondaire de ses parents. Derrière, elle avait écrit ce commentaire : *Lac d'Austin, où Steve m'a assuré que je n'étais pas seule dans la galaxie.*

Elle avait donc gardé le livre. Et la photo.

Dénicher un roman dont elle ne pouvait citer aucun passage par cœur avait constitué un véritable défi. Jane était en effet dotée d'une mémoire exceptionnelle, qui lui permettait de réciter des chapitres entiers d'ouvrages qu'elle avait lus même des années plus tôt. Bien qu'il se rappelle encore le message griffonné sur la page de garde, Steve ne put s'empêcher de le relire :

« Mon livre préféré, pour une femme qui m'est chère. Steve. »

Cela n'avait pas été facile de trouver des mots à la fois simples et sincères.

Mais ce n'était pas le moment de se replonger dans ces souvenirs… Steve savait ce qu'il lui restait à faire : filer au plus vite à l'endroit que Jane lui avait indiqué. Le lac Buchanan, près d'Austin.

Sortant son téléphone de sa poche, il s'apprêta à appeler George. Ce n'était plus seulement une intuition, à présent. Jane lui avait délibérément laissé un indice. Elle avait besoin de lui.

Mais pourquoi n'avait-elle pas contacté directement le FBI ? Pourquoi n'avait-elle pas écrit noir sur blanc qu'elle avait des ennuis, au lieu de se contenter de griffonner « Zaphod » ?

Parce qu'elle était certaine que Steve, et lui seul, comprendrait le message immédiatement.

Il chercha sur Internet les coordonnées de Southwest Airlines. Avec un peu de chance, il pourrait sauter dans le premier avion pour Austin et rejoindre Jane tout seul. C'était la façon la plus sûre de la convaincre de se rendre.

Qu'avait-il à perdre ?

La patience de Jane avait été mise à rude épreuve pendant le trajet de neuf heures jusqu'au lac Buchanan. Un vrai cauchemar. Les fortes pluies et les crues subites dans le sud du Texas avaient contraint les autorités à fermer certaines routes, lui faisant perdre un temps précieux.

D'aussi loin qu'elle se souvienne, sa mémoire prodigieuse des détails, que les savants qualifiaient de « mémoire eidétique », l'avait distinguée du commun des mortels. Mais en plein orage, quand les panneaux devenaient illisibles et que les inondations imposaient de multiples détours, Jane se trouvait aussi démunie que n'importe qui.

Combien de fois avait-elle supplié le ciel de la libérer de cette faculté étrange, pour pouvoir enfin vivre comme une petite fille normale ! Connaître une existence ordinaire, pleine de poupées, de jeux et d'amis, avec davantage de stabilité et un peu moins d'études… C'était à cause de cette singularité que ses parents l'avaient isolée du reste du monde, qu'elle avait perdu le poste de ses rêves, et que son fils avait été enlevé.

Car la formule mise au point par son cerveau exceptionnel avait fini par attirer l'attention de criminels. A croire qu'elle ne s'était pas si bien intégrée, finalement…

Un violent coup de tonnerre la fit sursauter. La pluie battante tambourinait contre le pare-brise — elle avait commencé à tomber au sud de Stephenville et n'avait pas cessé depuis. Bien qu'il soit presque 7 heures du matin, le ciel chargé de nuages noirs restait aussi sombre qu'en pleine nuit.

Après le dernier virage, Jane gara la voiture à l'entrée d'un champ en jachère. Le sol, qui en temps normal était composé d'un mélange de terre et de graviers, n'était plus qu'une masse de boue parsemée de flaques. Alors qu'elle n'avait pas fait trois pas, Jane glissa et perdit ses tongs. Elle parcourut les trois cents derniers mètres pieds nus, sans cesser de tomber.

La chance finirait bien par tourner. Le FBI déchiffrerait son message et lui enverrait de l'aide ; en attendant, elle resterait ici, à l'abri des kidnappeurs. Si par malheur les collègues de Steve ne venaient pas, elle se débrouillerait pour les contacter autrement.

Et si Steve décidait de se déplacer en personne, que lui dirait-elle ? Il avait le droit de savoir. Mais comment annoncer à un homme, dans le même temps, qu'il est papa et que son fils a été enlevé ?

Jane n'avait plus la force de réfléchir.

Elle fut soulagée d'atteindre enfin l'allée qui menait à la porte d'entrée. Tout compte fait, cela tombait bien qu'une alerte aux crues subites ait été lancée pour la région. Jane n'avait pas croisé un seul véhicule dans les parages, et la maison était plongée dans le noir. La famille avait dû rester au ranch.

La mère de Steve, Amanda, avait pour habitude de cacher une clé dehors pour que ses enfants puissent profiter des lieux lorsque son mari et elle n'y étaient pas. Jane espérait bien la trouver, faute de quoi elle serait contrainte de passer la journée les pieds dans l'eau sous le hangar à bateau.

Ramenant derrière ses oreilles les mèches trempées de sa perruque, qu'elle préférait garder pour rester incognito, Jane se mit à la recherche de la clé. Elle la dénicha près des rosiers, sous la pierre de Brandon — Steve et son frère avaient chacun la leur, un petit bloc de plâtre marqué de leur empreinte de main le jour de leur cinquième anniversaire. Brandon avait donc été le dernier à séjourner ici.

Tout en longeant la véranda, Jane se demanda à quoi aurait ressemblé sa vie si elle avait été élevée au sein d'une famille aimante, attachée à ses traditions et à ses racines. Ses parents avaient cru bien faire en la protégeant de tout, en lui volant son enfance et en la poussant à multiplier les diplômes universitaires.

Une vie normale, c'était tout ce qu'elle souhaitait pour Rory. On peut dire qu'elle avait réussi… Mais chaque chose en son temps. Une seule épreuve à la fois.

La porte s'ouvrit sans un bruit. Jane pouvait à présent ajouter la violation de propriété privée à la liste de ses exploits de fugitive.

Tremblant de nervosité plus que de froid, elle attrapa une serviette sur l'étagère du vestibule et enfouit son visage dans le tissu moelleux. Sans avoir d'abord serré son fils dans ses bras, elle savait qu'il lui serait impossible de trouver le sommeil. Mais elle n'avait pas dormi depuis plusieurs jours et rêvait de s'allonger. De poser sa tête sur un oreiller, juste une heure ou deux.

— Toi ici, quelle surprise !

Jane laissa tomber la serviette en poussant un cri. Devant elle se tenait Steve. Un Steve bien vivant, en pleine forme ; il la regardait avec une telle intensité qu'elle ne put s'empêcher de frissonner.

Dieu du ciel, comme il lui avait manqué ! La forme de son nez, ses yeux couleur chocolat, ses cheveux bruns qui rebiquaient sous son chapeau… elle était même contente de revoir ses bottes. Si seulement elle avait pu se jeter dans ses bras ! Mais c'était impossible. Il avait fait son choix quatre ans plus tôt.

De sa silhouette imposante, Steve bloquait l'accès à la pièce principale. Contrairement à Jane, il était parfaitement sec, propre et soigné, en dehors de son irrésistible petite barbe d'un jour.

— Tu as l'air étonnée de me voir. Tu m'as laissé un mot, pourtant.

Techniquement, elle lui en avait laissé deux.

— Je ne m'attendais pas à ce que ce soit toi qui viennes, répondit-elle.

Jane n'était pas en état de croiser le fer avec lui. Elle avait seulement envie de se sécher et de se réchauffer. De se blottir dans un coin pour pleurer. De tout raconter au FBI, en espérant qu'ils retrouveraient Rory.

— Ta petite piqûre m'a laissé une sacrée gueule de bois, fit-il remarquer en se frottant le front. Mais j'ai quand même réussi à attraper un avion.

— Tu es seul ? Pourquoi tes collègues ne sont-ils pas venus avec toi ? Tu ne travailles jamais en solo.

— Quelqu'un m'a injecté une drogue inconnue, alors mon chef m'a mis en congé maladie.

— De toute évidence, tu as reçu l'antidote, répliqua Jane. Tu n'as aucun souci à te faire.

Incapable de rester plus longtemps debout, elle tenta de contourner Steve, mais il l'empêcha de passer.

— Pour un génie, tu manques de logique. Tu me laisses une piste, et ensuite tu es surprise de me voir ?

Il lui ôta sa perruque blonde et posa les mains sur ses épaules.

— Qu'est-ce qui se passe, Jane ? Si quelque chose ne va pas, pourquoi n'en as-tu pas informé les autorités ?

— C'est la seule solution que j'ai trouvée. Je n'avais pas la possibilité d'appeler ou d'écrire.

Comme elle n'osait plus le regarder, elle se concentra sur le cuir éraflé de ses bottes.

— La photo était déjà dans le livre, alors j'ai décidé de venir ici et d'attendre.

— Pourquoi avoir indiqué au FBI où tu allais ? Enlever un enfant, c'est sévèrement puni par la loi. Dis-moi où est le garçon et où tu as caché l'argent.

— Qu'est-ce que tu racontes ? Les kidnappeurs m'ont promis qu'ils le rendraient si je faisais ce qu'ils disaient.

Les mains de Steve se figèrent sur ses épaules, réchauffant sa peau à travers le T-shirt mouillé.

Jane voulut lui demander s'il savait où était Rory, mais les mots restèrent bloqués dans sa gorge. Quand Steve la relâcha, la déception se lisait sur son visage. Une déception semblable à celle qu'elle éprouvait pour n'avoir pas eu le courage de lui parler de son fils.

Steve tira son téléphone de sa ceinture.

— Je vais prévenir McCaffrey que je te ramène.

— Je ne peux pas rentrer à Dallas !

— Oh ! que si. Je ne sais pas comment tu t'es fourrée dans ce bourbier, mais…

Jane tenta de s'emparer de l'appareil — en vain.

— Je t'en prie, Steve, le supplia-t-elle en laissant une main sur la sienne. Il faut que tu m'écoutes.

Il la repoussa brusquement.

— C'est un enlèvement. Chaque minute compte si on veut retrouver le gamin.

— Le gamin ? Il s'appelle Rory, pour ton information.

Il n'était donc pas au courant. Mais que faisait-il ici, alors ? Elle ne pouvait pas lui annoncer qu'il avait un fils dans ces conditions. Elle avait besoin d'y réfléchir avant, de trouver les bons mots. Le manque de sommeil lui embrouillait l'esprit.

— Rory ? répéta-t-il en fronçant les sourcils. Tu as récupéré la rançon pour Thomas Brant, le garçon que toi et les autres monstres avez kidnappé hier matin.

Un deuxième enfant avait été enlevé ? Jane recula contre le mur et se laissa lentement glisser jusqu'au sol.

Seigneur, reverrait-elle son fils un jour ?

2

— Ça va ?

Steve aurait voulu la prendre dans ses bras, mais il se retint. Jane était une fugitive, recherchée pour enlèvement. Et ce n'était plus son rôle de la consoler.

— Je suis tellement stupide.

Elle se cacha le visage dans les mains et fondit en larmes. Bientôt, tout son corps fut secoué de sanglots tandis qu'elle se balançait d'avant en arrière, comme une mère pleurant la mort de son enfant.

Cette femme au bord de l'hystérie n'était pas celle qu'il avait connue quatre ans plus tôt. Jane n'avait pas versé une seule larme lorsque leurs chemins s'étaient séparés, ni à aucun moment de leur relation.

— Je ne le reverrai plus jamais, hoqueta-t-elle.

— Bon sang, mais de qui tu parles ?

— Mon fils, Rory. Ils me l'ont pris. Je n'arrive pas à croire… Oh ! mon Dieu.

Supportant mal de la voir à ce point bouleversée, Steve s'accroupit devant elle et l'obligea à le regarder dans les yeux.

— J'ai dû mal comprendre, Jane. Tu n'arrêtes pas de parler de ton fils, mais le petit garçon qui a disparu s'appelle Thomas Brant.

— Et Rory. Ils ont aussi Rory.

— Tu es en train de me dire qu'ils ont kidnappé deux enfants, et que l'un d'eux est le tien ?

Steve se redressa, tandis que Jane, les lèvres tremblantes, serrait ses genoux contre sa poitrine.

Il ne pouvait pas avoir bien entendu, c'était impossible. Il n'avait pas dormi de la nuit et avait été drogué la veille : son cerveau déraillait. Peut-être était-il victime d'hallucinations auditives…

Jane, *sa* Jane, était maman ?

Steve se força à lui tendre la main. Il l'aida à se lever, remarquant au passage ses pieds nus couverts de boue, et l'entraîna au salon, où il jeta son téléphone sur l'un des fauteuils avant de s'écrouler dans l'autre. La nouvelle l'avait vidé de toute son énergie.

Jane avait un fils.

— Pourquoi ne me l'as-tu pas dit ? croassa-t-il, pris d'une soudaine envie d'aller fouiller le placard à alcools de son père. Quand t'es-tu mariée ?

Steve enviait l'heureux élu. Jane était belle, intelligente et sensationnelle au lit. Il était bien placé pour le savoir.

— Son père est… Il est… Je voulais t'appeler, Steve, dit-elle en soupirant. Mais je ne pouvais pas, c'était trop risqué. Ils m'ont interdit de prévenir la police ou le FBI.

— Bon, reprenons du début.

Plutôt que du whisky, il ferait mieux d'avaler deux aspirines. Où sa mère rangeait-elle ses médicaments ? Alors qu'il s'extirpait du fauteuil et se dirigeait vers la cuisine, Jane commença son récit :

— Je m'apprêtais à emmener Rory au parc…

— Pourquoi ne m'as-tu pas dit que tu avais un enfant ? la coupa-t-il.

— En quoi cela te concernait ? C'est toi qui as voulu qu'on se sépare.

Elle s'assit sur le canapé, l'air aussi épuisé que lui. Ses paroles n'en restaient pas moins blessantes.

— Et je te rappelle que tu étais en mission, donc injoignable.

— Je pensais qu'on était amis.

Oui, c'était idiot de dire ça. Il s'en rendait compte tout seul, sans qu'elle ait besoin de lui lancer ce regard réprobateur.

— Tu ne crois pas qu'avoir un enfant, ça justifiait un petit coup de fil ? ajouta-t-il.

— Le téléphone marche dans les deux sens, Steve. Tu ne m'as jamais appelée non plus.

— Je ne pouvais pas te contacter tant que j'étais en mission. Tu le sais très bien.

— J'ai essayé de t'écrire plusieurs fois, mais que voulais-tu que je dise ? Tu as été très clair sur tes sentiments en me demandant de partir.

Elle s'enroula dans un vieux plaid qui traînait sur le dossier du canapé, comme pour établir une barrière entre eux.

— Qui est le père ? s'enquit-il. Est-ce qu'il pourrait être impliqué dans cette affaire ?

C'était sûrement un génie comme elle, un type avec qui elle travaillait. Peut-être ce fameux Hayden ?

Oubliant l'aspirine, Steve se mit à faire les cent pas dans la pièce, le plus loin possible de Jane. Il ne voulait pas le reconnaître, mais il avait longtemps espéré recevoir une lettre d'elle pendant sa première mission. S'était-il trompé en donnant la priorité à son travail plutôt qu'à leur histoire d'amour ? Non, ce qu'il avait accompli au cours de ces quatre dernières années avait été utile. Il n'avait rien à regretter.

Jane sortit une main de sous la couverture pour dégager ses cheveux de son visage.

— Le père de Rory n'a jamais fait partie du paysage, expliqua-t-elle. Et ce serait la dernière personne à kidnapper un enfant.

Le type en question ne s'était donc intéressé qu'au sexe, sans se soucier des conséquences. Jane méritait mieux que cela.

Elle se leva et s'approcha de la fenêtre en emportant le plaid. Dehors, l'orage continuait à gronder. Un éclair illumina le téléphone abandonné dans le fauteuil, comme pour rappeler à Steve qu'il avait des obligations. Il devait contacter son équipe, prévenir McCaffrey que la suspecte avait été appréhendée. Mais peut-être pouvait-il d'abord laisser Jane lui raconter son histoire ? Après tout, le FBI avait besoin d'informations concernant l'enlèvement de son fils.

Rien dans son appartement n'indiquait qu'un enfant y vivait. S'agissait-il d'une ruse ? Steve n'avait pas vu Jane depuis des années, peut-être avait-elle radicalement changé…

— Quand es-tu revenue à Dallas ? lui demanda-t-il.

— Il y a dix jours.

Le propriétaire leur avait parlé de six semaines…

Jane appuya son front contre la fenêtre et regarda en direction du lac, comme si elle attendait quelque chose. Ou quelqu'un.

— Personne d'autre ne va venir, fit remarquer Steve. Du moins, pas que je sache.

— Je sais bien.

Son visage était plus sombre et plus résigné que jamais.

— Alors dis-moi, pourquoi quelqu'un aurait-il enlevé ton fils ? Qu'est-ce que cette personne aurait à y gagner ?

— Les médicaments que je suis en train de mettre au point sont susceptibles de rapporter beaucoup d'argent. C'est le cas du sédatif que je t'ai administré hier.

— Je peux te dire en tout cas qu'il est très efficace.

— Il n'est pas tout à fait terminé. Je devais commencer les essais en labo lundi ; j'avais des copies de la formule et plusieurs ampoules chez moi. Ils ont tout pris.

Le plaid bien serré autour d'elle, Jane retourna lentement s'asseoir sur le canapé.

— Comment étaient-ils au courant ?

— Mes travaux ont été financés par le secteur privé. J'ai reçu une pluie de propositions après la publication de mon article dans le *Journal de l'anesthésiologie*. N'importe qui pouvait le savoir.

— Et l'université Johns Hopkins, elle avait des droits sur tes recherches ?

— En fait, ce boulot n'a pas marché. J'ai accepté d'être financée par le privé à condition de rester seule propriétaire de mon travail. Ça me permet de contrôler de très près la mise au point des médicaments. Du moins, c'était le cas jusqu'ici.

— Est-ce qu'il y a eu une guerre des enchères ? Est-ce que quelqu'un pourrait être en colère parce que tu lui as refusé un contrat ? Ou un collègue, peut-être ?

— J'ai toujours travaillé seule, et c'est moi qui ai approché le labo pharmaceutique par l'intermédiaire d'un ami.

— Bon. Dis-moi ce qui s'est passé avec ton fils.

Jane poussa un long soupir et laissa tomber sa tête en arrière sur le dossier du vieux canapé.

— J'ai l'impression de vivre un cauchemar.

Steve avait un million de questions à lui poser, mais il les garda pour lui. La maîtrise de soi, voilà une des premières choses qu'on vous apprenait au FBI. Il se cala dans son fauteuil, en attendant que Jane soit prête à parler. Attendre… C'était ce qu'il détestait le plus dans son travail.

— Quand on est arrivés la semaine dernière avec le camion de déménagement, Mme Newinsky, notre voisine du dessous, nous a accueillis à bras ouverts. Les jours suivants, elle nous a rendu visite à plusieurs reprises et m'a proposé de garder Rory en cas de besoin. Le 2 juillet, on avait prévu de faire un barbecue ensemble au parc. Mais elle avait oublié d'acheter du pain.

Une larme roula sur sa joue. Elle la chassa rapidement du dos de la main.

— Je me suis dit que ce serait plus rapide si j'allais seule au magasin en lui laissant Rory. Je n'ai pas hésité.

Jane tritura la couverture de ses doigts tremblants. Puis elle regarda par la fenêtre ; dehors, la pluie tombait sans discontinuer.

— Quand… Quand je suis rentrée, il y avait deux hommes dans mon appartement. Armés, le visage masqué. Ils n'ont pas prononcé un mot, ils m'ont juste tendu un papier.

Steve se força à desserrer les poings. Craignant d'exploser, il se leva et se remit à arpenter la pièce de long en large.

— Mme Newinsky et Rory n'étaient plus là, continua Jane. Le mot disait qu'ils avaient emmené mon fils et qu'ils me le rendraient si je faisais bien tout ce qu'ils m'ordonnaient.

— Et ça, c'est arrivé deux jours avant que je te prenne en filature pendant le feu d'artifice ?

— Oui. Je n'avais pas le choix, il fallait que je leur obéisse. Ils m'ont fait monter dans une camionnette noire — je n'ai pas pu voir les plaques d'immatriculation. A l'intérieur, ils m'ont bandé les yeux.

— Tu as compté les virages ? Repéré des odeurs ou des bruits inhabituels ?

— J'ai essayé d'être attentive, mais je n'ai rien remarqué de particulier. Tout ce que je sais, c'est qu'après une quarantaine de virages Rory n'était toujours pas avec moi.

— Qu'est-ce qu'ils voulaient ?

— Les deux premiers jours, pas grand-chose. Mais être séparée de mon fils me rendait folle.

— Attends un peu. Le 3, tu as loué une voiture.

— Pas moi, répondit-elle en resserrant la couverture autour d'elle. Le dernier message indiquait que le véhicule était à mon nom et qu'il fallait que j'évite la police. Ils me demandaient de récupérer une poussette près de la sculpture des mustangs, le soir de la fête du 4 Juillet. Tout ce dont j'avais besoin, y compris les vêtements, se trouvait dans la voiture. Un homme m'a conduite au garage de l'hôtel.

Les images d'un petit garçon traversèrent l'esprit de Steve. Un tout jeune enfant, avec des jambes potelées et des cheveux de la couleur de ceux de Jane…

Pourquoi avait-il autant de peine à se concentrer ? Il était agent fédéral, nom de nom. Il devrait être capable de garder la tête froide, de gérer la situation de manière rationnelle…

— Ils étaient combien ?

— Deux, je crois, mais je n'en suis pas certaine.

— Est-ce que tu serais en mesure de les reconnaître ?

— Non, ils portaient des masques, et je n'ai jamais entendu le son de leurs voix.

Au cours de ses allées et venues, Steve remarqua qu'un des carreaux du sol était fendu. Sans doute un incident dont son frère et lui étaient responsables. *Concentre-toi, bon sang.*

— Puisqu'ils ne t'ont rien fait, et qu'ils n'avaient pas besoin de toi avant le feu d'artifice, pourquoi ont-ils attendu hier pour te kidnapper ? Pourquoi ont-ils pris ton fils ? Pourquoi monter un stratagème aussi compliqué juste pour récupérer une rançon ?

Jane garda les yeux baissés sans répondre. En voyant son menton trembler, Steve se sentit monstrueux.

— Bon, raconte-moi ce qui s'est passé hier soir, dit-il d'une voix plus douce.

— Pendant la fête, ils surveillaient tous mes faits et gestes. La seule fois où ils m'ont parlé, leurs voix étaient transformées. Un type m'a récupérée en bateau, a pris l'argent et m'a accompagnée jusqu'à la voiture. Il fallait que je me cache, alors je suis venue ici. En plus, c'était sur le chemin de San Antonio.

— San Antonio ?

— C'est l'étape suivante : je dois les rejoindre au Fort Alamo le 6 juillet, et ils me rendront Rory.

Des formules secrètes volées, un enfant kidnappé, des instructions écrites… C'était tellement tiré par les cheveux que Steve ne savait pas par où commencer pour démêler son histoire.

Et si elle mentait ? lui répétait une petite voix. Il ne pouvait ignorer l'absence de photos, de vêtements ou de jouets d'enfant dans son appartement.

— Je suis allée chez toi, Jane. Il n'y a aucune preuve de ce que tu avances.

— Qu'est-ce que tu veux dire ?

— Mes hommes n'ont pas été très délicats quand ils ont fouillé ton appartement, mais ça ne les a pas empêchés d'être méthodiques. Je crois que ça se serait vu si un enfant avait vécu là.

Jane ne semblait pas comprendre.

— Pourquoi auraient-ils vidé sa chambre ? C'était la seule pièce que j'avais fini d'installer.

De toute évidence, elle ne mentait pas. Steve voyait bien

qu'elle se retenait de pleurer. Il serra les mâchoires, en luttant contre la vague de compassion qui le submergeait.

Cet enlèvement ne ressemblait à aucun autre, ne correspondait à aucun modèle auquel il aurait pu se référer. Quelque chose lui disait que les ravisseurs n'avaient pas l'intention de rendre Rory.

— Qui sont ces fantômes, nom de Dieu ? explosa-t-il.

Jane tressaillit. La question de Steve ne demandait pas de réponse, mais elle ravala un sanglot avant de murmurer :

— Je ne sais pas. Je ne les ai pas vus. Je me souviens toujours de tout dans les moindres détails, mais comment veux-tu que je retienne ce qu'on ne m'a pas montré ?

— J'ai envie de te croire, Jane.

Oui, il en avait envie, et pourtant il ne voyait toujours pas pourquoi quelqu'un s'en serait pris à elle. Qu'on s'attaque aux Brant et à leurs millions, ça, c'était logique. Mais à Jane ?

— Comment savais-tu que j'allais trouver ton message ? lui demanda-t-il.

— Pour tout te dire, je ne voulais pas forcément que tu sois impliqué. Je me doutais que les policiers découvriraient mon identité, et j'espérais que l'un d'eux aurait l'idée de regarder dans le livre.

— Pourquoi n'avoir pas expliqué par écrit que ton fils avait été enlevé ?

— Les kidnappeurs m'ont donné la note et l'antidote lorsqu'on est arrivés au parking. Après avoir récupéré la poussette, je suis passée devant un stand qui distribuait des stylos gratuits. J'en ai pris un discrètement, et j'ai juste eu le temps d'écrire « Zaphod » sur l'envers du papier avant que le feu d'artifice commence. Je me disais que quelqu'un finirait bien par faire le rapprochement avec le *Guide du voyageur galactique*. Steve, que vais-je devenir s'ils ne tiennent pas leurs promesses ? Il faut absolument que je sois présente le 6 au Fort Alamo.

Avec McCaffrey aux commandes, Steve doutait sérieusement

qu'il obtiendrait l'autorisation de participer à l'opération. Son chef refuserait tout bonnement de l'écouter.

— Ce n'était pas très malin de venir ici, Jane, fit-il remarquer. Tu aurais dû m'appeler, ou prévenir la police.

La pluie avait sans doute joué en faveur de Jane — dans des conditions plus clémentes, elle ne serait pas allée bien loin avant de se faire arrêter, à bord de cette voiture louée à son nom. C'était probablement ce que les ravisseurs recherchaient, d'ailleurs.

— A l'époque où on était ensemble, tu m'as parlé d'une affaire, murmura-t-elle. Le dernier enlèvement sur lequel tu avais travaillé. Les parents n'avaient pas suivi les instructions des kidnappeurs, et… et l'enfant…

L'enfant était mort. Depuis, il ne s'écoulait pas un jour sans que Steve repense à Kevin Haughton. De cette affaire, il portait encore sur le torse la cicatrice d'une blessure par balle qui avait failli lui coûter la vie. Comment réfuter un argument qu'il avait lui-même fourni à Jane ?

— Je ne pouvais pas prendre le risque d'appeler la police, conclut-elle. Je ne savais pas si j'étais suivie ou surveillée. Je croyais bien faire.

— Je n'en doute pas. Mais cette histoire n'a pas de sens. Ce n'est pas le mode opératoire habituel des kidnappeurs. Pourquoi impliquer une tierce personne pour récupérer la rançon ? Et pourquoi toi ?

Steve s'arrêta devant la fenêtre pour regarder la pluie tomber. La montée des eaux allait bientôt devenir un souci majeur, au même titre que le temps qui passait. Plus les ravisseurs tarderaient à libérer leurs deux petits otages, moins il y aurait de chances de les revoir vivants.

Bon sang, il n'avait pas été dur à convaincre… Cela le surprenait lui-même. Pourtant, il était persuadé que Jane lui cachait quelque chose.

— Quel est le plan, alors ? s'enquit-il. Tu dis que tu dois refaire surface à San Antonio. C'est quand, exactement ?

— Je dois être au Fort Alamo demain matin à 10 heures. Ils sont censés me rendre Rory.

Steve sentit ses tripes se serrer en entendant Jane étouffer un sanglot. Pendant leur courte idylle, elle n'avait jamais pleuré. Leurs journées et leurs nuits s'étaient écoulées comme dans un rêve, emplies d'amour et de rires. Qu'il était dur aujourd'hui de lui tourner le dos ! Appuyé contre le rebord de la fenêtre, il ne pouvait détacher son regard de l'image de Jane qui se reflétait dans la vitre.

— Steve… Si j'ai bien compris, ils n'ont pas rendu l'autre petit garçon. Est-ce que ça veut dire qu'ils peuvent… qu'ils peuvent faire du mal à Rory ?

— On va les retrouver tous les deux, lui promit-il en se retournant.

— Mais…

— Il n'y a pas de mais. On partira dès que tu te seras changée.

Il lui adressa un sourire qui se voulait rassurant.

— Je te donnerai des affaires et des chaussures appartenant à ma mère. La ligne du téléphone est coupée, je vais sortir pour voir si mon portable capte quelque chose.

— Et si la police m'accuse d'avoir kidnappé le petit Thomas ? demanda-t-elle, les yeux écarquillés. Tu ne dois pas leur dire que je suis avec toi, Steve. Promets-le-moi. Rory a besoin de sa maman.

— Je te promets de faire tout mon possible pour le retrouver.

Jane se leva du canapé et s'approcha de lui, laissant tomber le plaid derrière elle. Sa main délicate vint se poser sur son torse, et le reste de son corps suivit jusqu'à ce que Steve sente ses cheveux lui effleurer le menton. Il avait tellement envie de l'embrasser qu'il osait à peine respirer.

Serait-il jamais capable de garder la tête froide en sa présence ?

— S'il te plaît, dis-moi que j'ai raison de te faire confiance, murmura-t-elle. Ils m'ont interdit de prévenir le FBI, mais j'ai besoin de toi. Je ne peux pas faire ça toute seule.

Steve la serra dans ses bras, savourant chaque seconde

d'agonie que ce contact lui procurait. A cet instant, il se fichait de savoir s'il était en train de compromettre l'opération, si son attachement à Jane embrouillait son jugement. Il la voulait exactement là où elle était.

— Je dois appeler mes collègues, je n'ai pas le choix, Jane. Ils n'ont aucune piste à part toi. Ils ne savent pas que ta voisine a disparu. Si on la retrouve, elle pourra peut-être nous donner une description des ravisseurs.

— Je ne peux pas te laisser m'emmener ! protesta-t-elle en s'agrippant à sa chemise. Je dois obéir à leurs ordres.

Il la sentit trembler contre lui.

— Tu sais, tu peux pleurer, Jane.

— Non. Ça ne sert à rien, et ça m'empêche de réfléchir. Rory me manque tellement ! Et s'il a peur ? Et s'il me demande ?

— Ne pense pas à ça.

Le conseil valait aussi pour lui. Un agent ne devrait pas se laisser gagner par les sentiments, comme il le faisait justement à cet instant.

— Tu te fais du mal en imaginant le pire. Il vaut mieux se concentrer sur nos recherches. On le retrouvera, je te le promets.

D'une manière ou d'une autre, il se débrouillerait pour sauver Thomas Brant tout en protégeant Jane. Lui, Steve Woods, l'agent fédéral d'ordinaire intraitable sur le respect des règles, allait donc aider une fugitive… Et pour le convaincre, il avait suffi d'un regard de la seule femme qui ait jamais compté pour lui.

3

Dehors, la tempête faisait rage, et des vagues écumantes s'écrasaient sur le ponton — un décor qui illustrait parfaitement l'état d'esprit de Jane. Elle se sentait rongée par la culpabilité. D'avoir failli à Rory, et de n'avoir pas dit à Steve qu'il était son père.

— Il est comment ? lui demanda celui-ci.

— Qui, Rory ?

— Ben oui, ton petit garçon.

Ton petit garçon. Des mots si simples, et pourtant si difficiles à corriger… Jane avait la nausée de lui mentir ainsi. Etait-ce trop tard pour se rattraper ?

Lance-toi. Dis-lui pourquoi tu lui as caché cet enfant pendant près de quatre ans. Dis-lui que tu as été bête, que tu avais une peur bleue de tout perdre. Dis-lui pourquoi tu es revenue au Texas.

Dis-lui !

— Je croyais que tu devais passer un coup de fil, répondit-elle à la place, tout en se détestant pour son manque de courage.

— Ça peut attendre.

Jane le dévisagea, surprise. Lorsqu'il s'agissait de son travail, l'agent Steve Woods était d'habitude aussi fiable qu'un couteau suisse. Il avait même choisi sa carrière au détriment d'un possible avenir avec elle.

A sa décharge, elle devait reconnaître qu'à l'époque où il avait fallu prendre une décision, ils ne se connaissaient que depuis quelques semaines. Mais la ferveur avec laquelle il lui avait parlé de ses missions l'avait presque rendue jalouse.

Cette passion comptait parmi les qualités qu'elle appréciait tant chez lui.

Un éclair illumina le ciel, en même temps que le tonnerre faisait trembler les vitres. Plus elle tarderait à lui dire la vérité, moins il serait susceptible de la croire. Comment allait-il réagir en apprenant qu'elle avait eu un enfant de lui ?

— On ferait peut-être mieux de remettre cette conversation à plus tard, suggéra-t-il finalement. Le temps ne s'arrange pas, dehors. Et si tu allais prendre une douche ? Je vais te trouver quelques vêtements secs.

Jane sentait son souffle lui caresser les cheveux. Elle n'avait aucune envie de se détacher de lui.

— Qu'est-ce qui va se passer ? s'enquit-elle faiblement. Maintenant qu'ils ont l'argent et la formule, pourquoi ne me rendent-ils pas Rory ?

— Je ne sais pas, Jane. Je n'en ai aucune idée.

— On… transféré… commandement… opérations… San Antonio.

— Je ne reçois qu'un mot sur deux, George.

Debout sous le porche, Steve était trempé jusqu'aux os. C'était le seul endroit où son téléphone captait un peu de réseau. Il jeta un coup d'œil dans la maison : Jane était toujours dans la salle de bains.

— Elle est innocente, répéta-t-il à son collègue. Tu m'entends ?

— Je… t'envoyer une équipe… point de rassemblement… évacuation… dans deux heures… demander… police locale… son arrestation.

— Non ! protesta Steve, qui détestait l'idée de voir Jane menottée. George, fais-moi confiance. Je n'ai pas besoin d'aide pour la conduire à San Antonio. Déployez-vous autour du Fort Alamo comme je te l'ai demandé, et on pourra cueillir ces salauds.

— Tu… perdu… pédales. Tu connais… McCaffrey… furax…

— La liaison est vraiment mauvaise, George. On se retrouve à San Antonio. Je peux compter sur toi ?

— Tu… trompes. Tu ne peux pas… confiance…

— Je te demande juste d'assurer mes arrières.

— … rivière… en crue… zone… évacuée.

Bip, bip.

— Et merde.

Steve réprima l'envie de jeter le maudit appareil dans la cour détrempée. Avant qu'il ne passe son coup de téléphone, l'eau s'arrêtait à un ou deux mètres de la maison. A présent, elle commençait à envahir les parterres de fleurs de sa mère.

Les habitations situées sur la rive nord du lac Buchanan avaient été évacuées la veille. Bien que le niveau du lac soit régulé pour prévenir les inondations, cela n'empêchait pas les rivières qui l'alimentaient de sortir régulièrement de leurs lits. Le fleuve Colorado avait déjà atteint sa hauteur maximale, et la pluie continuait de tomber à verse.

Ils avaient perdu un temps précieux. Pourtant, Steve était comme paralysé. Cette mission avait soudain pris un tour très personnel, et il ne pouvait se défaire d'un sombre pressentiment. Jane ne lui disait pas tout.

Il se secoua mentalement et rentra à grands pas dans la maison. Dans son empressement, il heurta la table sur laquelle sa mère rangeait tout son attirail de scrapbooking. Avec un soupir, il s'accroupit pour ramasser les photos éparpillées par terre.

Matchs de base-ball. Première rentrée scolaire. Bobby Joe Hill…

Face à l'objectif, son copain de primaire souriait avec ses deux dents en moins, un bras passé autour des épaules de Steve.

L'angoisse et l'incompréhension qu'il avait ressenties cet été-là s'emparèrent à nouveau de lui. S'il doutait encore d'avoir fait le bon choix en appelant George, ses souvenirs finirent de le convaincre. Bobby Joe avait disparu sans laisser de trace. Hors de question qu'il arrive la même chose au fils de Jane.

Après avoir reposé la photo sur la table, Steve alla chercher dans le placard de sa mère un T-shirt et un jogging, qu'il porta dans la chambre d'amis.

— Je t'ai mis quelques affaires sur le lit, annonça-t-il en entrouvrant la porte de la salle de bains. Il est temps qu'on parte.

— J'ai bientôt fini.

— Le Colorado est déjà en crue. Ça va être compliqué d'atteindre San Antonio.

En entendant Jane couper l'eau, Steve referma bien vite la porte, même si son corps tout entier était attiré vers l'intérieur de la pièce. Il ne s'agissait pas de rater le rendez-vous des ravisseurs.

Alors qu'il avalait deux aspirines dans la cuisine, un bruit sourd provenant de l'extérieur lui fit porter la main à son arme — qui, en l'occurrence, était restée dans son sac à dos. Steve s'avança prudemment jusqu'au vestibule, de plus en plus intrigué par les coups qui se répétaient de l'autre côté du mur. Dehors, il découvrit que l'allée avait disparu sous les eaux. Il retira ses bottes et claqua la porte d'entrée derrière lui.

Jane jeta un coup d'œil sur l'horloge de la chambre d'amis ; elle n'était pas restée plus de dix minutes dans la salle de bains. Elle s'en voulait d'avoir accepté de prendre une douche alors que chaque instant comptait pour retrouver son fils, mais elle ne pouvait nier qu'elle se sentait bien mieux. Et qu'elle avait l'esprit plus clair.

Tandis qu'elle enfilait le survêtement d'Amanda, un puissant coup de tonnerre secoua la maison. Un tapotement étrange, suivi d'un chapelet de jurons, se mêlèrent aux grondements de l'orage. Jane sautilla du lit à la fenêtre, ses pieds s'emmêlant dans le pantalon trop grand pour elle. L'eau léchait la première marche du porche. Quant à la voiture que Steve avait louée, elle flottait dans l'allée inondée, heurtant le mur du garage au rythme des vagues.

Le véhicule de Jane ayant forcément subi le même sort, ils

n'avaient plus aucun moyen de transport. Comment allaient-ils se rendre à San Antonio ?

Tout en serrant le cordon du jogging autour de sa taille, Jane dévala l'escalier et ouvrit la porte d'entrée à toute volée. Elle eut juste le temps de voir Steve plonger du ponton.

La pluie torrentielle la trempa en quelques secondes. Le ciel était tellement sombre qu'il lui fallut un moment pour s'habituer à l'obscurité, alors qu'il était 9 heures du matin. Encore un mètre ou deux et l'eau atteindrait le rez-de-chaussée ; déjà, tout le contenu du garage avait rejoint le reste des épaves — poubelles, jouets de plage, glacières et innombrables branches d'arbres. Nager au milieu de ce bourbier était non seulement dégoûtant, mais surtout dangereux. Avait-il perdu la tête ?

— Steve ! hurla-t-elle.

— Tout va bien, Jane ! Attends-moi ici !

Jane fut soulagée d'apercevoir une corde attachée à un des poteaux du porche. Elle la suivit des yeux jusqu'au ponton, en priant pour que Steve ait eu le bon sens de nouer l'autre extrémité autour de sa taille. Elle comprit vite qu'il n'en avait rien fait lorsqu'il s'éloigna d'un crawl puissant.

Pas de doute, il était fou.

A la faveur d'un éclair, elle le vit revenir, tirant un jet-ski derrière lui. Elle s'empressa d'attraper la corde pour la lui lancer.

— Sois gentille, apporte-moi mon sac, lui demanda-t-il. Tu n'as qu'à glisser mes bottes à l'intérieur. Elles sont dans la buanderie.

Jane courut chercher les chaussures, qu'elle fourra à grand-peine dans le sac à dos. Elle sursauta quand sa main rencontra le métal froid du pistolet de Steve.

Détends-toi. Il travaille au FBI, il n'irait nulle part sans son arme.

Lorsqu'elle eut enfin réussi à tout refermer, elle rejoignit Steve, en tenant son jogging d'une main.

Il finissait de nouer la corde autour d'un poteau.

— OK, je suis prêt.

— Moi aussi.

— Ah non ! s'écria-t-il. Toi, tu restes ici.

— C'est notre seul moyen de locomotion.

— C'est trop dangereux. Je n'ai pas pu récupérer les gilets de sauvetage et, avec cette pluie, on a une visibilité d'à peine plus de cinq mètres. Il y aura des canots à moteur au point de rassemblement. Je reviendrai te chercher.

— Non. On part ensemble.

— Qu'est-ce que tu peux être têtue !

— Moi ?

Toute l'angoisse qu'elle avait éprouvée ces trois derniers jours remonta soudain à la surface, libérant les mots qu'elle avait rêvé de lui lancer pendant quatre ans :

— Moi, têtue ? Jamais je n'ai rencontré un homme aussi obstiné, aussi buté, aussi tête de pioche que toi !

— Ah oui ? Je te signale que ce jet-ski a douze ans. Même seul, je ne suis pas sûr d'arriver à traverser ce foutu lac. Le siège est à peine assez grand pour moi, et de toute façon il n'y a peut-être même pas assez d'essence dans le réservoir !

— Tu ne peux pas m'abandonner ici.

— C'est pourtant ce que je vais faire. C'est trop dangereux d'y aller à deux. Donne-moi mon sac.

Jane lui avait déjà vu ce regard, le jour où il l'avait poussée à accepter le poste à l'université Johns Hopkins. Elle ne le laisserait plus prendre des décisions à sa place.

Plus jamais.

Sans ciller, elle enfila le sac à dos.

— Bon Dieu…, grommela-t-il, tandis qu'un éclair déchirait le ciel.

L'orage ne semblait pas décidé à passer. Au contraire, il redoublait d'intensité. Steve traversa le porche à grands pas et saisit Jane par les épaules.

— Tu n'es pas assez bonne nageuse pour ça. Personne ne l'est.

— Je pars avec toi. Rory m'attend.

Têtue ? Il ne croyait pas si bien dire. Jane était prête à se battre s'il le fallait. Steve pouvait rester ici, elle prendrait le jet-ski.

Les images d'un livre d'autodéfense qu'elle avait lu quelques années plus tôt défilèrent dans sa tête. Steve était plutôt mince ; avec les bons gestes, elle n'aurait pas tant de mal que ça à le mettre à terre…

Finalement, il la relâcha en poussant un soupir.

— Allez, on y va.

Craignant qu'il ne change d'avis, elle descendit rapidement les marches du porche, qui menaient à présent directement dans l'eau. Steve détacha la corde et la lui enroula autour de la taille, tandis que le vent et la pluie leur fouettaient le visage.

— Je ne veux pas te perdre, Jane, murmura-t-il.

Et il lui planta un baiser sur les lèvres. Aussi bref soit-il, ce contact raviva à lui seul toute l'euphorie qu'elle avait ressentie quelques années plus tôt, lui laissant une douce impression de vertige.

Mais peut-être était-ce dû au manque de sommeil…

Steve avait attaché l'autre extrémité de la corde autour de lui. Il attendit que Jane monte sur le jet-ski, puis il poussa l'engin sur le lac. Enfin, il grimpa devant elle et lança le moteur.

— J'aurais dû être plus têtue il y a quatre ans, et t'empêcher de me chasser, chuchota-t-elle dans son dos.

Entre le rugissement du jet-ski, le grondement du tonnerre et les vagues qui choquaient les débris contre le porche, il ne pouvait pas l'avoir entendue. Et pourtant, il l'attira plus près de lui sur le siège et s'assura que ses bras étaient bien serrés autour de sa taille, avant de mettre les gaz et de filer vers l'horizon grisâtre.

Piloter un jet-ski en plein orage, sous une pluie que l'on pouvait presque qualifier de mousson n'était pas de tout repos. Surtout lorsqu'il fallait éviter les objets divers que charriait le fleuve, sous peine de se retrouver éjecté…

Steve fit une embardée pour contourner une branche large.

Derrière lui, Jane n'avait pas bougé d'un pouce ni desserré son étreinte. Il aurait voulu la rassurer, mais il préférait se concentrer sur sa conduite. Comme il était exclu de suivre la rive — trop de débris, pas assez d'essence —, il tentait une traversée aussi directe que possible jusqu'au point de rassemblement le plus probable : le barrage au sud-ouest du lac. C'était le seul endroit où ils pouvaient encore espérer croiser du monde, et où les routes étaient suffisamment en hauteur pour être praticables.

La visibilité était tellement mauvaise que Steve devait avancer au ralenti. Les jet-ski n'étant pas équipés de pare-brise, il fallait être fou pour s'en servir quand il pleuvait. Surtout sans gilets de sauvetage... Ceux-ci avaient été emportés par le courant avant que Steve ait pu atteindre le hangar à bateaux.

Jane aurait dû rester à l'abri dans la maison, mais il comprenait qu'elle ait insisté pour le suivre. Qu'aurait-il fait à sa place ? S'ils ne retrouvaient pas Rory, elle ne le lui pardonnerait jamais.

Steve relâcha les gaz en apercevant un objet non identifié.

— Qu'est-ce qui se passe ? cria aussitôt Jane.

— Rien, tout va bien.

Ce n'était qu'un coussin de chaise longue, qu'il poussa du pied avant de s'essuyer le visage avec un pan de sa chemise trempée.

— Ça va, derrière ? s'enquit-il en fléchissant ses doigts engourdis.

— Ça peut aller. On a parcouru quelle distance, à ton avis ?

— Seulement deux ou trois kilomètres.

— Heureusement que tu sais où tu vas. Moi, je ne vois absolument rien avec ce temps.

Steve se garda bien de lui dire qu'il ne distinguait pas grand-chose non plus. Il dirigeait l'engin de son mieux, en veillant à maintenir la cascade derrière son épaule droite. Si le sens du vent et l'inclinaison de la pluie ne variaient pas, ils avaient peut-être une chance d'atteindre la rive opposée.

Le siège n'était pas très spacieux, pour deux. Passant une main derrière son dos, Steve attira Jane plus près de lui. Une part de lui-même se réjouissait de cette proximité — la même qui s'emballait chaque fois qu'il se trouvait en sa présence. L'autre moitié se reprochait d'avoir accepté de l'emmener.

— Prête ? demanda-t-il en se penchant pour reprendre le guidon.

— Quand tu veux.

Jane enroula de nouveau les bras autour de sa taille et posa la joue contre son dos. Quelques heures avec elle, et il se sentait déjà plus vivant que jamais…

Soudain, Steve se raidit. Une énorme branche arrivait droit sur eux, et il ne pouvait rien faire pour l'éviter. La force de l'impact lui arracha le guidon des mains et le projeta dans l'eau.

Alors qu'il coulait, perdant rapidement tout repère, ses réflexes lui revinrent : il expira un peu d'air puis battit vigoureusement des jambes pour suivre les bulles qui remontaient à la surface. Un poids le gênait dans ses mouvements.

Sans prendre le temps de souffler, il se mit à nager à travers les vagues et les débris. Il fallait récupérer le jet-ski avant que celui-ci ne soit emporté par le courant. L'eau du lac lui piquait les yeux, la pluie l'aveuglait ; il avait toutes les peines du monde à se maintenir à flot avec cette masse qui l'entraînait vers le fond.

Bon sang… Le poids en question, c'était Jane.

4

Jane avala une grosse bouffée d'air en refaisant surface. Seigneur, que s'était-il passé ? Avec son survêtement trop grand et le sac à dos qui la déstabilisait, c'était presque impossible de nager. Soudain, quelque chose la tira par la taille, et elle se retrouva de nouveau la tête sous l'eau. Pendant quelques instants terrifiants, elle fut certaine qu'elle allait se noyer. Puis le mouvement cessa et elle put enfin remonter à l'air libre.

— Jane !

— Je suis là ! cria-t-elle, crachant et toussant. Arrête de tirer sur la corde, tu vas me faire couler !

— Bon Dieu, tu m'as fichu une de ces trouilles… Il faut qu'on récupère le jet-ski.

— Attends un peu.

Jane défit le lien de son pantalon pour s'en débarrasser.

— C'est bon, on peut y aller.

Lorsque Steve se mit à nager, elle eut bien du mal à le suivre avec le sac à dos qui la retenait en arrière. Steve grimpa sans trop de difficultés sur l'engin, puis ils durent se livrer à un véritable numéro d'équilibristes pour qu'elle parvienne à se hisser derrière lui.

Son cœur battait à se rompre après le choc de cette baignade imposée. Cela n'avait rien à voir avec la proximité physique de Steve, bien sûr, ni avec la main qu'il avait posée négligemment sur sa cuisse pour l'aider à s'installer…

— Heureusement qu'on n'allait pas plus vite, observa-t-elle. Sinon, on aurait été mal.

— Parce que tu trouves qu'on est bien, là ? répliqua Steve d'une voix essoufflée.

— J'essaie de voir le bon côté des choses.

— Et c'est quoi, le bon côté ?

— On n'est pas blessés, on ne s'est pas noyés, répondit-elle entre deux quintes de toux. Et on a toujours le jet-ski, ce qui est quand même mieux que deux paires de bras pour traverser le lac.

Le rire de Steve lui fit l'effet d'une douce mélodie. Jane aurait voulu oublier tout ce qui était arrivé pour pouvoir rire elle aussi. Elle aimait être serrée contre lui. Sentir son corps contre le sien.

— Que s'est-il passé ? demanda-t-elle.

— On a rencontré une grosse branche. Jusque-là, j'avais réussi à les éviter, mais celle-ci nous a percutés de plein fouet.

Steve voulut faire redémarrer le jet-ski, sans succès. Malgré le fracas de la pluie et les grondements du tonnerre, le silence de l'engin était assourdissant. Tous les espoirs de Jane s'envolèrent.

— Allez, allez…, murmura Steve.

Enfin, le moteur crachota, avant de reprendre vie. Jane laissa échapper un soupir de soulagement.

Steve avait beau s'efforcer de maintenir le jet-ski à sa vitesse minimale, le véhicule restait trop bruyant pour qu'ils puissent se parler. Et que lui aurait-elle dit, de toute façon ? Steve avait besoin de toute sa concentration pour naviguer dans ces eaux dangereuses.

Pour la seconde fois en une heure, elle avait eu peur de le perdre. D'abord ce plongeon insensé depuis le ponton, ensuite cet accident… *Tu l'as déjà perdu,* lui rappela une petite voix. *Il y a quatre ans.*

Dès le début, leur relation avait été intense. Un regard, quelques échanges chargés de sous-entendus, et tout s'était précipité. D'habitude, Jane refusait les rendez-vous galants. Elle n'avait pas le temps. Mais au moment où elle avait rencontré Steve, elle venait de terminer ses études et attendait les réponses des centres de recherche auprès desquels elle avait postulé : elle n'avait eu aucune raison de lui dire non.

Pendant six semaines, ils avaient passé toutes leurs journées — et toutes leurs nuits — ensemble. Jusqu'à ce qu'elle reçoive un coup de téléphone de l'université Johns Hopkins, et que Steve entame sa mission d'infiltration.

Depuis, Jane avait tenté d'analyser son comportement, en s'appuyant sur les nombreux cas d'études présentés dans les livres de psychologie qu'elle avait lus. Elle en avait conclu que Steve Woods ne comptait que sur lui-même. Et qu'il n'était pas prêt à s'engager.

Plus d'une fois, elle s'était prise à imaginer qu'il y avait autre chose. Un secret qu'il lui aurait caché, et qui expliquerait pourquoi il l'avait rejetée. Cela rendait son chagrin plus supportable.

Elle espérait simplement qu'il ne rejetterait pas Rory. Son fils avait besoin de stabilité ; c'était la raison pour laquelle elle était revenue à Dallas — pour se rapprocher de Steve et de sa famille.

Jane avait prévu de lui présenter leur fils, une fois installée, mais ses projets avaient été bouleversés. A présent, ne valait-il pas mieux attendre qu'ils aient retrouvé Rory pour révéler la vérité à Steve ? Lorsqu'ils seraient enfin réunis, elle lui expliquerait tout, et ils pourraient envisager l'avenir. Elle s'était débrouillée sans lui jusque-là. S'il le fallait, elle continuerait.

Il lui semblait que le jet-ski allait de moins en moins vite. Jamais elle n'aurait cru possible d'avoir si froid en plein mois de juillet ; la pluie venue du nord s'abattait sur eux sans le moindre répit.

Jane enfouit son visage contre le dos de Steve. Pour s'occuper l'esprit, elle tira *Moby Dick* d'une étagère de sa mémoire et le feuilleta jusqu'à trouver sa scène favorite. Elle avait récité quelques passages de ce livre à Rory, qui avait eu l'air de les apprécier — peut-être avait-il seulement réagi à l'enthousiasme de sa voix.

Seigneur, faites qu'il aille bien.

Jane se refusait à imaginer ce que son fils vivait à cet instant. Elle préférait se rappeler toutes les fois où elle l'avait serré dans ses bras, où elle avait caressé ses cheveux fins comme du duvet, où elle l'avait embrassé dans le cou pour l'entendre rire. Mais cela faisait trop mal. Alors elle continua sa lecture imaginaire, en cherchant du réconfort dans la chaleur de Steve.

— Yes ! s'écria-t-il soudain avec un rire teinté de soulagement. On y est, Jane ! C'est le barrage de Buchanan !

— Super.

Jane risqua un coup d'œil par-dessus l'épaule de Steve. Comme ils étaient encore à une trentaine de mètres des balises flottantes, elle ne distinguait pas grand-chose sur la rive. Mais un détail lui sauta immédiatement aux yeux : un policier en ciré jaune vif se tenait près de sa voiture, dont les gyrophares bleu et rouge clignotaient sinistrement.

— On ne peut pas aller là-bas, Steve. S'il te plaît, fais demi-tour, le supplia-t-elle en tirant sur sa chemise.

Il relâcha les gaz et se tourna vers elle, étonné. Il devait penser qu'elle était folle — et elle avait bien peur de le devenir tant cette histoire ressemblait de plus en plus à un cauchemar.

Petit à petit, le courant les rapprochait de la berge. Personne ne semblait les avoir repérés.

— Si tu ne veux pas accoster, Jane, où veux-tu aller ?

— N'importe où, tant qu'il n'y a pas de policiers. On n'a qu'à rejoindre la route à pied depuis un autre endroit.

— A pied ? Les abords du lac sont devenus de vrais marécages, et tu veux qu'on les traverse pieds nus ? Au milieu des cactus et de Dieu sait quoi d'autre ? Alors que la route n'est qu'à quelques mètres de nous ?

— Je ne peux pas prendre le risque de me faire arrêter, expliqua Jane, qui commençait à dénouer la corde autour de sa taille.

Steve l'en empêcha.

— Non, tu ne nageras pas toute seule jusqu'à la rive. Pourquoi ne me fais-tu pas confiance, Jane ?

— Parce que je ne peux pas.

Un flot d'émotions passa sur le visage de Steve. La colère, la tristesse, l'incompréhension. Et elle en était seule responsable.

— Je voudrais bien, s'empressa-t-elle d'ajouter, mais…

— Mais quoi ?

— Quand il s'agit de la loi, je te fais trop confiance, justement.

Elle savait que l'affection qu'il lui portait arrivait loin derrière son obsession pour bien faire et respecter les règles.

Steve parvint à se tourner suffisamment pour poser une main sur son épaule trempée. Jane eut l'impression qu'une douce chaleur se répandait dans tout son corps.

— Je ne permettrai à personne de t'arrêter, dit-il avec force. Ton fils a besoin de nous. Fais-moi confiance.

Un éclair zébra le ciel, donnant un tour sinistre à ses paroles.

— J'aimerais vraiment, murmura-t-elle.

— Alors ne te pose pas de questions, fais-le.

Sans lui donner le temps de réfléchir, il remit les gaz, et Jane dut s'accrocher à lui pour ne pas tomber.

Un homme d'une soixantaine d'années, au visage buriné par le temps, s'avança sur le ponton et lança un cordage à Steve pour qu'il puisse amarrer le jet-ski. Puis, d'une poigne vigoureuse, il aida Jane à descendre. Ses jambes la soutenaient à peine. Tandis qu'elle se débarrassait de la corde qui la reliait à Steve, elle se jura de ne plus jamais remonter sur cet engin de malheur.

— On dirait que vous avez passé un sale quart d'heure, vous deux ! Tout le monde est parti hier.

— Brandon Woods, dit Steve en lui tendant la main. Et voici ma femme, Mary Beth. On voulait juste vérifier l'état de la maison de mes parents, sur la rive nord du lac. On ne s'attendait pas à ce que la situation se dégrade aussi vite.

Brandon et Mary Beth… le frère et la belle-sœur de Steve.

— Il faut toujours se méfier de l'eau, pas vrai ? Moi, c'est Cap Harvey. Ravi de vous connaître.

Il serra la main de Jane dans la sienne, sans jamais baisser les yeux sur ses jambes nues. Heureusement, le T-shirt trop grand lui descendait à mi-cuisses.

— Je vous offrirais bien du café, mais j'imagine que vous avez hâte de partir d'ici. Ça tombe bien, vous arrivez juste avant le dernier départ pour Llano.

Du coin de l'œil, Jane nota que le policier montait dans sa voiture, sans pour autant démarrer.

— La Croix-Rouge a installé un refuge dans le gymnase du lycée, expliqua Harvey. Ils prendront soin de vous, et vous trouverez des boissons chaudes pour vous réchauffer. Le véhicule n'est pas très confortable, mais ça fait l'affaire, ajouta-t-il en montrant une vieille camionnette rouillée, garée devant la voiture de patrouille. Avant de partir, allons ranger ce jet-ski avec les autres.

Jane tenta de se fondre dans le paysage, trop choquée pour participer à la conversation. Steve avait menti en se faisant passer pour son frère. Avait-il renoncé à prévenir le FBI ?

— Vous pensez que c'est possible de laisser l'engin ici jusqu'à ce que les choses se tassent ? demanda Steve. Mon père le récupérera dès que les riverains seront autorisés à revenir.

— Bien sûr, mais je ne peux pas vous garantir qu'il le retrouvera en bon état, après cet orage du diable. Dites, votre jeune dame a l'air gelée. Vous feriez mieux de la mettre au chaud. Il y a des couvertures dans la camionnette.

— Chérie ? Viens, on va se sécher.

— Merci, murmura Jane en passant devant Cap.

Son « mari » — combien de fois avait-elle rêvé qu'il le soit vraiment ? — la prit par les épaules, et ils se dirigèrent vers le vieux véhicule.

A l'avant, les places étaient occupées par des cages de toutes les formes et de toutes les tailles. Lorsqu'ils ouvrirent les portes arrière, une puissante odeur de poils mouillés et de substances dont Jane préférait ne pas connaître l'origine les assaillit.

— Je reviens tout de suite, lança Steve dès qu'elle fut montée à l'intérieur.

Et il referma la portière.

La pluie tambourinait sur le toit. Jane entendit une perruche glousser.

— *Nymphicus hollandicus*, récita-t-elle pour elle-même.

Un peu plus loin, un tatou à neuf bandes se mit à grogner.

— *Dasypus novemcinctus.*

Puis ce fut au tour d'un chat de miauler.

— *Felis silvestris catus*, communément appelé « chat domestique ». L'une des six sous-espèces du *Felis silvestris.*

Lister les noms latins des animaux qui l'entouraient l'aidait à passer le temps et à penser à autre chose qu'à Rory, aux kidnappeurs, à la police ou à Steve. Mais c'était pourtant bien vers eux que son esprit revenait toujours : Rory, les kidnappeurs, la police *et* Steve.

Sa vie à Baltimore, quoique solitaire, n'avait pas été désagréable. Jane ne craignait pas d'être seule. C'était l'idée d'être entièrement responsable d'un Steve miniature qui l'avait tenue éveillée la nuit. Allait-elle reproduire sur son fils les mêmes erreurs que ses parents avaient faites avec elle ?

L'ayant eue sur le tard, ils avaient rapidement pris leur retraite, et avaient déménagé autant de fois qu'il le fallait pour se rapprocher des meilleures écoles. En voulant exploiter les facultés exceptionnelles de leur petit génie, les parents de Jane lui avaient assuré une existence dépourvue de jeux et d'amis.

Très tôt, Jane avait appris à cacher aux autres qu'elle jouissait d'une mémoire presque parfaite. Cela avait tendance à effrayer les gens. Certaines personnes ne supportaient pas de se voir éclipsées par ses capacités prodigieuses. Quant aux garçons, elle les intimidait bien trop pour qu'ils s'intéressent à elle.

Elle avait donc passé sa vie à ne répondre qu'aux questions qu'on voulait bien lui poser. Et elle s'en était satisfaite, jusqu'au jour où Steve lui avait montré ce qu'était le bonheur. Quelques mois plus tard, la naissance de Rory avait fini de lui ouvrir les yeux : la vie ne se limitait pas au travail et à la recherche.

Le vent secouait la camionnette et rabattait la pluie sur le pare-brise. A travers le déluge, Jane vit Steve se pencher à la fenêtre de la voiture de patrouille.

Un sentiment de panique s'empara d'elle, au point qu'elle dut se retenir de crier. A l'évidence, il était en train de la livrer à la police. Tout n'avait été qu'une ruse, il avait voulu la piéger dès le début. Que pouvait-elle faire ?

Et surtout, qu'arriverait-il à Rory ?

Jane chercha autour d'elle de quoi se défendre, mais il n'y avait que des cages, des couvertures et encore d'autres cages. Elle ne pouvait pas abandonner Rory. Dehors, Steve discutait toujours avec le policier. Une seule solution : courir jusqu'à l'orée du bois, et gagner San Antonio par ses propres moyens.

Jane ramassa le sac à dos de Steve, espérant y trouver de l'argent. Lorsque sa main rencontra le pistolet, elle se figea.

Respire. Contrôle-toi. Les exercices de relaxation qu'elle pratiquait tous les jours l'aidèrent à réfléchir posément. S'il avait voulu la remettre aux autorités, Steve ne l'aurait pas enfermée dans cette ménagerie de métal. Il l'aurait tout simplement emmenée au poste de police le plus proche, sans lui demander son avis.

Jane sursauta lorsque Cap ouvrit la portière et s'installa au volant.

— C'était moins une, les amis ! dit-il en secouant l'eau de ses cheveux. Ils ont prévu de fermer la route 29 juste derrière nous.

Il klaxonna Steve, qui salua le policier et courut les rejoindre dans la camionnette. Une fois installé à côté de Jane au milieu de l'étrange assortiment d'animaux, Steve se frotta la tête avec une couverture sèche, qu'il enroula ensuite autour de ses épaules. Lorsqu'il croisa son regard, Jane baissa les yeux. Avait-elle l'air coupable ? Cela se lisait-il sur son visage qu'elle lui avait volé de l'argent et qu'elle tenait le pistolet serré dans sa main, sous la couverture ?

— Difficile de croire qu'il est 11 heures du matin, fit remarquer Cap. Il fait tellement sombre ! J'espère que ça ne vous dérange pas, mais j'ai un dernier arrêt à faire avant de vous conduire au centre de la Croix-Rouge. La vieille Mme Walters n'a pas eu le temps d'emporter son animal de compagnie, Geneviève. C'est la dernière maison sur la route. Après, Llano est à une trentaine de kilomètres, mais avec ce temps ça risque de vous paraître beaucoup plus long.

Steve ne répondit pas. Cap continua son monologue, et bientôt Jane ne l'écouta plus, trop préoccupée par sa prochaine rencontre avec les ravisseurs de Rory.

Le niveau sonore fut soudain multiplié par dix lorsqu'ils se mirent en route. Le chemin défoncé qu'ils empruntèrent pour aller chercher Geneviève provoqua une grande agitation parmi les animaux. A chaque secousse, un relent nauséabond flottait en direction de Jane, si bien qu'elle dut se couvrir le nez avec un coin de sa couverture. Le résultat ne fut pas beaucoup plus satisfaisant : de toute évidence, celle-ci avait traîné un moment dans l'atmosphère chaude et humide de l'habitacle...

Lorsque Steve passa un bras autour de ses épaules, Jane se dégagea de son étreinte. Elle préférait être ballottée d'un côté et de l'autre plutôt que de se laisser distraire.

— Ça ne prendra qu'une minute, promit Cap une fois arrêté devant la maison de Mme Walters. Essayez de vous réchauffer.

Dès que la portière se fut refermée, Steve se pencha vers Jane.

— Il faut qu'on parle.

Dans l'obscurité, ses yeux paraissaient encore plus noirs, et ses cheveux mouillés lui donnaient l'air plus jeune que ses trente-deux ans. Jane tenta d'oublier son charme et de se concentrer sur ce qu'elle avait à lui dire.

— Est-ce que je vais devoir répéter mon histoire à la police locale, ou bien tes amis du FBI nous attendent-ils au centre de la Croix-Rouge ?

— Quoi ?

— Tu as parlé avec ce policier, je suppose que...

— C'était le shérif. Je lui ai juste demandé comment on pouvait se rendre à San Antonio, et si les routes étaient ouvertes.

Jane ravala ses accusations.

— C'est vrai ?

— Bien sûr que c'est vrai, répondit Steve.

Il se sentait blessé par la méfiance qu'il lisait dans le regard de Jane. Ne savait-elle pas qu'elle pouvait s'en remettre à lui les yeux fermés ? Jamais il ne la livrerait à la police !

Et le coup de téléphone à George, alors ? questionna une petite voix dans sa tête. Ça, il pouvait l'expliquer : pour retrouver les kidnappeurs, son équipe avait besoin des informations que Jane lui avait communiquées. Dans ce cas, pourquoi ne lui en avait-il pas parlé ? Peut-être parce qu'il craignait qu'elle ne comprenne pas. C'était dangereux de se rendre à San Antonio en aveugles, sans un minimum de contrôle sur la situation. Seul le FBI était en mesure de les aider. Steve refusait de se sentir coupable alors qu'il n'avait fait que son devoir.

— Pourquoi ne m'as-tu jamais appelée, Steve ? lui demanda-t-elle soudain.

Parce que j'en avais trop envie et que ça me faisait peur, aurait-il voulu lui répondre.

Mais il ne pouvait pas. Pas à l'arrière d'une camionnette remplie d'animaux puants, alors que le fils de Jane venait d'être kidnappé. Pas sans l'avoir d'abord prise dans ses bras.

A chaque seconde qui passait, le silence de Steve creusait un peu plus le fossé qui les séparait. Jane ramena ses genoux contre sa poitrine, comme pour s'isoler encore davantage.

— Laisse tomber, dit-elle. Ce n'est pas important.

— Si, ça l'est.

Percevant la tension ambiante, les animaux se mirent à s'agiter dans leurs cages. Steve sentait son cœur cogner dans sa poitrine. Il se donnait de fausses excuses en décrétant que ce n'était ni le lieu ni le moment pour avoir cette conversation. Comme son grand-père le disait toujours : « Il est temps de prendre le taureau par les cornes, cow-boy. » Maintenant, Steve comprenait ce que cela signifiait.

Mais avant qu'il ait pu se décider à parler, la porte arrière de la camionnette s'ouvrit et Cap lui remit un sac dans lequel quelque chose était en train de s'agiter.

— Je n'ai plus de cage, et le terrarium de Geneviève était trop lourd à déplacer. Ça ne vous dérange pas de la tenir ?

Sans attendre de réponse, il referma la portière et retourna s'installer à sa place.

— Un conseil : n'essayez pas de la regarder pour l'instant. Elle est un peu contrariée.

— C'est un serpent ? s'enquit Steve, qui tenait le sac le plus loin possible de son corps.

— Oui, un bébé python.

— Super.

Il avala sa salive. A en croire leur réaction affolée, les autres bêtes ne se réjouissaient pas non plus de voyager en compagnie d'un reptile.

— Je peux la prendre, si tu veux, proposa Jane. Je sais que tu détestes les serpents.

— Tant qu'elle reste dans le sac, ça va.

Jane eut un rire bref, avant de retrouver cette expression que Steve connaissait bien : celle d'une mère qui se demande où est son fils. Celle de tout parent prenant conscience qu'il ne reverrait peut-être jamais son enfant.

— Il a dû arriver quelque chose de grave à quelqu'un d'important, cria Cap Harvey par-dessus le vacarme des animaux. Il y a un hélicoptère posé en plein milieu du terrain de base-ball.

Steve se redressa aussitôt pour regarder par la fenêtre, tandis que la camionnette cahotait sur le parking boueux du lycée. Une colère sourde monta en lui. Le shérif avait dû avertir le FBI que Jane se trouvait dans ce véhicule.

— Bande de… Je leur avais dit de ne pas venir !

— Quoi ? Tu m'as trahie ?

La douleur qui transparaissait dans la voix de Jane fendit le cœur de Steve. En une seconde, il vit son avenir — celui dont il avait rêvé avec Jane et Rory — s'effondrer. Elle se recroquevilla dans un coin, le plus loin possible de lui.

Comme au ralenti, George, McCaffrey et Stubblefield surgirent du bâtiment, pistolets brandis. Lorsque les portes s'ouvrirent, Steve leva les mains en l'air, laissant tomber le serpent sur la cage du tatou. Du coin de l'œil, il vit la couverture de Jane glisser sur son épaule, révélant le sac à dos noir caché dessous. Celui-ci était ouvert. Les bottes gisaient à côté.

Et Jane pointait le pistolet sur ses collègues.

Bon sang, elle ne pouvait pas être sérieuse ? La Jane qu'il connaissait était incapable de tirer sur quelqu'un, il le savait. Mais les autres l'ignoraient. Avaient-ils vu l'arme ? Non, de l'endroit où ils se tenaient, la couverture faisait écran.

Steve feignit de glisser sur le plancher mouillé de la camionnette et entraîna Jane dans sa chute. Alors qu'ils tombaient ensemble sur le sol détrempé du parking, il planta son regard dans le sien.

— Ne tire pas, Jane, murmura-t-il.

5

Steve avait envie d'étrangler quelqu'un. S'il avait eu son Colt .45, il aurait peut-être même tiré sur la première personne qui se serait aventurée dans la pièce. Heureusement, on le lui avait confisqué huit heures plus tôt, avant de les emmener, Jane et lui, au siège du FBI de San Antonio.

Pendant qu'on le baladait de salle en salle pour le débriefer, ses petits camarades avaient fait subir à Jane pas moins de trois séries d'interrogatoires. C'était présentement au tour de son partenaire et ami, George Lanning, de la cuisiner.

Laissé seul depuis quarante-cinq minutes dans une salle d'observation, Steve connaissait par cœur l'écran de contrôle installé dans un coin du plafond. L'image en noir et blanc de Jane était gravée dans sa mémoire. Il n'était pas près de l'oublier.

Et Jane n'était pas près de lui pardonner.

Il la voyait assise, le menton appuyé dans une main. L'autre était menottée à un anneau de métal fixé dans la table, ce qui lui interdisait tout déplacement. C'était absurde d'imaginer un seul instant qu'elle puisse attaquer un des deux molosses présents dans la pièce.

George la bombardait de questions. Steve connaissait le topo : essayer de coincer le suspect, de lui faire cracher le morceau, en ne lui laissant pas le temps de réfléchir.

Après toutes les épreuves qu'elle avait traversées ces derniers jours, Jane aurait dû être épuisée physiquement et émotionnellement. Mais elle répondait à chacune des questions avec beaucoup de calme et de précision, en regardant George droit dans les yeux. Elle ne détourna le regard que lorsqu'il refusa de lui dire si elle serait présente au rendez-vous des ravisseurs le lendemain matin.

A chaque agent qui l'interrogeait, elle répétait la même histoire : une succession d'événements incroyables, et pourtant tristement vrais. Ils tournaient en rond.

Steve entendit la porte s'ouvrir derrière lui. Il vit d'abord un mouchoir blanc s'agiter dans l'entrebâillement, puis George entra sans oser s'avancer.

— Tu crois vraiment que je vais te sauter à la gorge ?

— Ça ne m'étonnerait pas de toi.

George avait raison de s'inquiéter : Steve était furieux. Seul son ami avait pu indiquer au reste de l'équipe l'endroit où cueillir Jane. Pourquoi ne lui avait-il pas fait confiance ?

— Vous ne pourriez pas au moins lui enlever les menottes ?

De rage, Steve frappa le mur, manquant décrocher une aquarelle aussi vieille que le bâtiment. Comment allait-il aider Jane ? Jamais il ne s'était senti aussi coupable, ni aussi impuissant.

— Ressaisis-toi, mon vieux, lui conseilla George calmement, tout en redressant le cadre sur le mur. Cette histoire te touche de si près que tu n'arrives plus à te servir de ton cerveau. Rétention d'informations, association avec…

— Le fils de Jane a été kidnappé, le coupa Steve. Bon sang, à quoi jouez-vous avec elle ? Pourquoi n'a-t-elle pas eu le droit de prendre une douche ? Vous pourriez au moins lui donner un pantalon, non ?

— Ce n'est pas moi qui décide, répondit George en détournant les yeux.

Jane portait encore son T-shirt maculé de boue. En séchant, ses cheveux s'étaient mis à boucler — ce qu'elle détestait. Ses anglaises lui donnaient l'air jeune et innocent. *Elle est innocente*, songea-t-il. Et si naïve… Cela le rendait malade.

Tout était sa faute. Il aurait dû écouter Jane et s'abstenir de contacter le FBI.

— Où est McCaffrey ? grogna-t-il, les mâchoires serrées.

— Pour vous, c'est l'*agent spécial* McCaffrey.

La porte se referma derrière leur chef, raide dans son costume noir réglementaire. Il empestait l'eau de Cologne.

— Pourquoi Jane est-elle encore menottée ? lui demanda Steve, qui en avait assez d'attendre des réponses. Cette affaire ne suit aucun des schémas habituels. Je ne sais pas ce que vous croyez, mais Jane est un témoin clé : il ne faut surtout pas la lâcher d'une semelle. C'est la seule façon de récupérer Rory et Thomas Brant.

— Asseyez-vous, Woods.

Steve jeta un autre coup d'œil vers l'écran. Jane devait être aussi frustrée que lui. Elle avait posé la tête sur son bras, si bien qu'il ne voyait pas son visage. Comment réussirait-il à se racheter auprès d'elle ?

Ils n'avaient pas eu le droit de se parler. Steve était passé de mains en mains, mais personne n'avait rien voulu lui dire. Une bouffée d'amertume l'envahit. George. Son partenaire. Un vrai Judas.

S'il arrivait quoi que ce soit à Jane ou au fils de cette dernière, il ne se pardonnerait pas d'avoir donné la priorité à son sens du devoir. La colère qu'il éprouvait envers George lui tordait les tripes. Il n'osait même pas imaginer ce que Jane ressentait à son égard.

— Pourquoi a-t-elle encore les menottes ? répéta-t-il plus calmement.

McCaffrey posa une enveloppe marron sur la table.

— Menacer des agents fédéraux avec une arme de poing, ce n'est pas quelque chose qu'on prend à la légère, ici.

— Je vous ai dit que c'était ma faute. J'ai glissé, et le pistolet est tombé de la poche arrière de mon jean.

— Et je vous ai répondu que je ne vous croyais pas. Maintenant, asseyez-vous.

Le ton autoritaire de McCaffrey n'impressionnait pas Steve. Il était prêt à lui tenir tête — ou à la lui arracher, c'était selon.

— S'il te plaît, mon vieux, fais ce qu'il te dit, insista George en posant une main hésitante sur son épaule.

Steve le repoussa brusquement, avant de s'asseoir à califourchon sur une chaise. Pas très professionnel, certes, mais n'avait-il pas été relevé de ses fonctions ? Son collègue évitait toujours de croiser son regard. Quant à sa bête noire, l'agent spécial Roger McCaffrey, il se tenait à l'autre bout de la pièce, les bras croisés.

— Qu'est-ce qu'il y a ? s'enquit Steve.

Plusieurs secondes s'écoulèrent. George passait d'un pied sur l'autre, tandis que McCaffrey observait Steve à la façon d'une araignée s'apprêtant à fondre sur sa proie.

Dans un premier temps, Steve avait attribué le comportement bizarre de ses collègues à la présence de McCaffrey aux commandes. Ce n'était pas la première fois que les méthodes de Steve étaient remises en question, et que son chef lui retirait une enquête. Pas la première fois non plus qu'ils croisaient le fer.

Mais là, c'était différent.

— Vous allez me dire ce qui se passe, oui ou merde ?

McCaffrey s'apprêtait à répondre quand George lui fit signe de le laisser parler. Sur l'écran, Jane n'avait toujours pas bougé.

— On a vérifié l'histoire du Dr Palmer. Je suis désolé, Steve, mais Rory… Rory est mort il y a trois mois.

Après la journée qu'il venait de passer, Steve pensait ne plus pouvoir être choqué. Il se trompait.

Non seulement Jane avait eu un fils, mais en plus, elle l'avait perdu ? Que répondre à cela ? C'était impossible. Jane ne lui aurait pas menti. Qu'essayaient-ils de lui faire croire ?

— Vous…

Il avala sa salive, décidant de jouer le jeu.

— Vous êtes sûrs ?

— Oui, Stubblefield a vérifié l'information trois fois. Rory Palmer est mort d'une pneumonie.

— C'est une erreur.

Steve se frotta le visage pour dissimuler sa douleur. Il aurait volontiers brisé la mâchoire de son collègue pour avoir osé lui suggérer une chose pareille.

— Selon la psy, ça se tient, expliqua George. Ton métier,

c'est de sauver des enfants. C'est pour ça qu'elle est venue vers toi. Elle en est peut-être arrivée à un point où elle ne fait plus la différence entre la réalité et ce qu'elle voudrait qui soit vrai.

— Non, vous vous trompez. Jane n'est pas une menteuse.

— Elle prend des antipsychotiques, répliqua McCaffrey. Il n'y a pas de Mme Newinsky dans son immeuble. C'est triste qu'elle ait perdu son gamin, mais Palmer est bien notre kidnappeuse.

Il redressa les épaules, sûr de lui.

— Il ne nous reste plus qu'à mettre la main sur son complice, sur le gosse des Brant et sur l'argent. Et pour ça, vous allez nous aider.

— Vous êtes en train de me dire qu'elle est folle ?

Steve se leva brusquement, faisant tomber sa chaise. Ils n'avaient pas intérêt à raconter toutes leurs salades à Jane.

McCaffrey recula d'un pas.

— On vous expose les faits, c'est tout.

— Les faits ? C'est ridicule. Jane n'est pas folle, ni malade, ni rien de ce que vous prétendez. Je ne sais pas ce qu'elle a à voir dans cette histoire, mais j'ai bien l'intention de le découvrir.

— Calmez-vous, Woods.

— Vous trouvez vraiment qu'elle a l'air d'une folle ? insista Steve en désignant l'écran, sur lequel Jane apparaissait, parfaitement sereine.

— Et vous, vous trouvez vraiment qu'elle se comporte comme une mère dont on vient de kidnapper l'enfant ? rétorqua McCaffrey. Vous ne pensez pas qu'elle serait dans tous ses états, si elle ignorait où était son fils ?

— Vous ne la connaissez pas. Jane ne ment pas. Passez-la au détecteur !

— On l'a déjà fait, Steve, répondit George en le regardant enfin dans les yeux. Mais d'après la psy, Jane est persuadée de dire la vérité. C'est pour ça qu'elle a réussi le test.

— Maintenant, je vous demande de lui faire avouer le lieu où est retenu Thomas Brant, ordonna McCaffrey.

Pour lui, c'était une enquête comme une autre. Il se fichait de savoir si un de ses agents était impliqué personnellement dans l'affaire.

— Tu es un spécialiste des enlèvements, renchérit George. Pourquoi quelqu'un se donnerait-il la peine d'établir un faux certificat de décès ?

— Je n'y crois pas, rétorqua Steve. Jane n'est pas une kidnappeuse. Demandez à la police de Baltimore de vérifier ses déclarations.

— Va lui parler, Steve.

McCaffrey lui tendit l'enveloppe qu'il avait posée sur la table, pendant que George redressait la chaise. Steve feuilleta le dossier jusqu'à ce qu'il tombe sur l'acte de décès.

Il avait besoin de temps pour réfléchir, analyser la situation. La personne qui avait imaginé ce coup monté se montrait extrêmement méthodique. Mais pourquoi ? Pourquoi faire passer Jane pour une folle ?

Il y avait un million de bonnes raisons, se rappela-t-il. L'argent, voilà ce qui justifiait de piéger Jane. Pour que le FBI n'ait pas l'idée d'aller chercher ailleurs, au moins le temps que le vrai coupable passe la frontière.

— Il existe une façon très simple de prouver que Jane dit la vérité, déclara-t-il. Allez interroger ses voisins, ses anciens collègues de l'université Johns Hopkins.

— Stubblefield travaille en lien avec la police de Baltimore, mais je te rappelle que c'est un week-end de trois jours, répondit George, clairement vexé que Steve mette en doute ses compétences.

— On n'a plus de temps à perdre, intervint McCaffrey. Ça fait quarante-huit heures, il faut qu'elle nous dise où est le gamin. Tout de suite.

Steve devait trouver une solution. Les secondes passaient, et les deux hommes attendaient une réponse — surtout McCaffrey, qui le regardait avec les sourcils froncés et les bras croisés dans son costume hors de prix.

Ce salaud n'avait vraiment pas de cœur.

— Enlevez-lui les menottes et apportez-nous à boire.

— Vous faites le bon choix, Woods, déclara son chef en lui tendant la main.

Au lieu de la lui serrer, Steve lui rendit le dossier.

— Ce n'est pas pour vous que je le fais.

— Je me fiche de vos raisons. Faites-la avouer, c'est tout ce que je vous demande.

— Pas de caméras, pas d'enregistrement. Ce que j'ai à lui dire ne regarde personne d'autre.

— Hors de question.

— Dans ce cas, débrouillez-vous tout seul.

Steve croisa les bras. Ce n'était pas la perspective de perdre son travail qui le rendait nerveux. S'il ne réintégrait pas l'équipe, il risquait de compromettre sa seule chance de retrouver le fils de Jane.

— Je pourrais vous virer, et même vous jeter en prison, le menaça McCaffrey.

— Oui, mais vous n'en ferez rien, parce qu'une mauvaise publicité mettrait en danger Thomas Brant. Et croyez-moi, je ne me gênerai pas pour parler aux médias.

Après un instant d'hésitation, McCaffrey fit signe à George d'accéder aux demandes de son collègue.

— Je m'en souviendrai, Woods.

— Moi aussi, répondit Steve avec tout autant d'animosité.

Il bluffait, bien sûr. Jamais il ne mettrait en péril la vie d'un enfant. Mais McCaffrey ne le connaissait pas assez bien pour en être certain.

George lui lança la clé des menottes ; Steve serra le poing autour du métal tiède. Au moins, il allait pouvoir libérer Jane.

— Tant qu'on y est, McCaffrey, je ne suis plus en arrêt maladie, et je reprends la direction de l'enquête. On a du pain sur la planche.

— Ne poussez pas le bouchon trop loin, Woods.

— Jane doit être au rendez-vous demain. Si elle est folle comme vous le prétendez, il faut lui laisser penser qu'on la croit. Mettez-vous en place autour du Fort Alamo, suivez-la, et on retrouvera le petit Brant.

— C'est beaucoup trop risqué.

— C'est notre seule chance.

Qu'il ait raison ou tort, Steve faisait confiance à Jane, et il était résolu à retrouver son fils.

Quel que soit le prix à payer.

Jane ne savait plus depuis combien de temps elle était assise dans cette pièce. L'exercice physique de ces deux derniers jours lui avait laissé de douloureuses courbatures dans les jambes, et elle aurait aimé pouvoir marcher un peu pour se délasser. C'était la première fois qu'elle se faisait arrêter — elle espérait que ce serait la dernière. Mais pour le bien de Rory, elle était prête à tout endurer.

Les ravisseurs lui rendraient-ils son fils si elle ne se présentait pas à leur rendez-vous le lendemain ? Elle devait absolument convaincre le FBI de lui permettre de participer. Mais comment ?

Peut-être serait-il judicieux d'accepter l'aide d'un avocat. Jane fouilla sa mémoire, à la recherche d'un livre de loi. En avait-elle seulement lu un jour ? Rien ne lui revenait concernant les condamnations pour kidnapping.

Où es-tu, Steve ? Que cela lui plaise ou non, il semblait être son seul espoir.

Lorsqu'elle ouvrit les yeux, il se tenait justement devant elle, si bien qu'elle se demanda si elle n'était pas en train de rêver. Elle le regarda, incrédule, tandis qu'il s'agenouillait pour défaire le bracelet qui la retenait prisonnière.

— Je ne t'ai pas entendu entrer, dit-elle bêtement.

— Ça va ? lui demanda-t-il, en effleurant de ses doigts frais la peau irritée de son poignet.

— Tu parles de mon état général, de mon bras, ou du fait que Rory est toujours avec ses ravisseurs ?

— Les trois. On peut discuter ?

Sans attendre sa réponse, Steve s'assit en face d'elle et posa un bloc-notes sur la table. Si seulement il avait pu lâcher son stylo et la prendre dans ses bras ! Mais il était venu l'interroger, et non la réconforter. Jane se leva de sa chaise.

— Quand allez-vous enfin me croire, toi et tes collègues ? On m'a forcée à récupérer l'argent des Brant !

— Je suis là pour t'aider.

— Comment ? En me reposant des questions auxquelles j'ai déjà répondu ?

Elle se frotta le poignet, notant que Steve portait des vêtements propres. De son côté, elle était encore vêtue du T-shirt trop grand d'Amanda, couvert de boue et imprégné de l'odeur des animaux de la camionnette.

— S'il arrive quoi que ce soit à Rory, je ne pourrai pas me le pardonner. Tu dois convaincre ton équipe de me laisser rencontrer les ravisseurs.

— Ce n'est plus un problème, répondit-il d'une voix douce.

Il se leva à son tour et s'approcha d'elle, le visage impassible mais le corps tendu comme un arc.

— Tu ne me fais pas confiance, Jane ?

— Pourquoi te ferais-je confiance ?

Steve continua d'avancer jusqu'à ce qu'elle se retrouve acculée dans un coin de la salle d'interrogatoire. Quand elle toucha le mur, il fit brusquement demi-tour et alla débrancher la caméra qui se trouvait en face. Puis il revint se planter devant elle.

— Peut-être parce que je veux récupérer Rory autant que toi. N'as-tu rien trouvé là-dedans qui plaide en ma faveur ? demanda-t-il en lui touchant le front.

Comme si la proximité de Steve lui avait ôté la parole, Jane se contenta de secouer la tête.

— Et là ?

Il posa la main juste au-dessus de son cœur. Il se tenait si près qu'elle sentait son souffle lui caresser l'oreille.

— Si tu ne me fais pas confiance, pourquoi as-tu sollicité mon aide, Janie ?

Janie. Elle avait toujours aimé qu'il l'appelle comme ça. Alors que ses jambes commençaient à se dérober sous elle,

elle se ressaisit. Elle tenta de le repousser, mais il lui résista, les mains solidement plantées de chaque côté de sa tête.

— Je n'aurais pas dû me tourner vers toi, répondit-elle faiblement. Mais j'espérais que tu m'aiderais à retrouver…

Seigneur, elle avait failli dire « ton fils ». Le regard de Steve était tellement perçant qu'elle baissa les yeux. Alors, il pencha la tête pour effleurer son cou de ses lèvres brûlantes, faisant courir un millier de frissons sur sa peau. Il sentait le gel douche, et ses cheveux bouclaient au-dessus du col de sa chemise. Jane dut se retenir de les toucher.

— Avant d'aller plus loin, Janie…

Pas de doute : il savait pertinemment l'effet que ce surnom avait sur elle.

— … tu dois me croire quand je te dis que je suis le seul à pouvoir t'aider.

Elle voulut à nouveau s'échapper, mais n'obtint que le résultat inverse : il la poussa encore davantage dans l'angle du mur.

— Qu'est-ce que tu fais ? s'enquit-elle en jetant un coup d'œil gêné vers le miroir sans tain. Je te rappelle qu'on nous observe.

— Sans doute. Mais la caméra n'enregistre pas. J'ai demandé qu'on me laisse seul avec toi.

Il lui fit signe de regarder au-dessus d'elle, et elle comprit qu'il l'avait entraînée volontairement en dehors du champ d'une seconde caméra. S'il parlait si bas, c'était parce qu'il craignait d'être écouté.

— Tu aurais dû me le dire, pour Rory, murmura-t-il d'une voix rauque. Je serais venu t'aider.

Pourquoi son cœur battait-il si vite sous la paume de Jane ? Et pourquoi tremblait-il ?

Il sait. Il a appris qu'il était le père de Rory. Ou alors…

— Oh ! mon Dieu, il lui est arrivé quelque chose, souffla-t-elle.

Jane voulut se libérer, mais Steve la tenait fermement par les poignets.

— Non, on n'a eu aucune nouvelle. Vraiment.

— Alors qu'est-ce qui ne va pas ?

Il ferma les yeux un instant, avant de se pencher vers elle pour lui chuchoter à l'oreille :

— On trouvera Rory, je te le promets. Tu dois me faire confiance.

Malgré toutes les trahisons, les souffrances et les peurs de ces derniers jours, elle était prête à s'en remettre à lui. Aussi illogique que cela puisse paraître.

— Demain, si les choses tournent mal, va au Hilton Palacio del Rio et attends-moi au bar, ajouta-t-il.

Une angoisse soudaine saisit Jane à la gorge.

— Tu m'as bien compris ?

— Oui, murmura-t-elle en sentant ses genoux fléchir.

— Parfait. Ils vont bientôt arriver. Tiens bon, Jane.

Pour une raison ou pour une autre, le FBI la soupçonnait d'avoir participé à l'enlèvement de Thomas Brant. Voilà ce qu'il venait de lui faire comprendre. Et il voulait l'aider.

— Tu ne peux pas faire ça, Steve, chuchota-t-elle tandis qu'il la conduisait vers la chaise. S'il arrive quelque chose, tu dois retrouver Rory. Oublie-moi.

— Ça… Je ne le pourrai pas.

A cet instant, George Lanning ouvrit la porte et fit entrer une jeune collègue qui portait un plateau chargé de boissons et de nourriture. Steve s'écarta rapidement de Jane, en fusillant son partenaire du regard.

— J'ai pensé que vous auriez peut-être envie de grignoter quelque chose. Docteur Palmer, l'agent Branch vous escortera jusqu'aux douches dès que vous vous serez restaurée.

— Et McCaffrey ? s'enquit Steve.

— L'agent spécial McCaffrey, le reprit George d'un ton exaspéré, est d'accord pour que le Dr Palmer rencontre les kidnappeurs sur la Plaza de San Antonio. Nous disposerons des agents tout autour pour faire en sorte que l'opération se déroule sans accroc.

— Dieu soit loué ! souffla Jane.

6

L'Alamo Plaza était envahi de stands d'artisans en tous genres. Comment Jane allait-elle retrouver Rory, dans cette foule ? Tableaux plus ou moins réussis, statues en argent et en bronze, magnets fabriqués à la main, confitures maison… Tout se brouillait devant ses yeux, comme les voix des agents dans son oreille.

Les promeneurs passaient à côté d'elle, chargés de sacs débordant d'achats. Les regards qu'elle surprenait dans sa direction étaient-ils ceux de simples anonymes, ou ceux des ravisseurs ?

Si seulement ce cauchemar pouvait prendre fin… Pendant les quelques heures où elle avait réussi à sommeiller, Jane n'avait rêvé que d'une chose : serrer enfin son fils dans ses bras.

Les agents du FBI communiquaient entre eux grâce à leurs oreillettes sophistiquées. Jane, qui portait le même équipement, les entendait prendre contact toutes les quatre minutes.

Les kidnappeurs étaient en retard.

Peut-être avaient-ils décidé de ne pas venir ? Peut-être ne reverrait-elle jamais Rory… *Ne pense pas à ça*, s'ordonna-t-elle. Elle devait se montrer forte.

Des nuages sombres s'amassaient à l'horizon, mais au-dessus d'elle le soleil brillait encore. Comme pour lui envoyer un rayon d'espoir.

— Est-ce qu'il faut que je me déplace ?

— Essaie de ne pas parler tout haut, tu es sans doute surveillée, répondit Steve dans son oreillette. Reste à l'entrée de la place. C'est normal qu'ils aient du retard. Ils inspectent les lieux, tentent de repérer d'éventuels policiers.

Le ton rassurant de Steve l'aida à se calmer. Comment faisait-il pour garder son sang-froid alors que son fils... *Stop.* Steve était un professionnel, comme tous ses collègues présents autour d'elle. Et il ne savait pas encore qu'il était le père de Rory.

Sans doute était-ce mieux ainsi, d'ailleurs. Il pouvait se concentrer sur sa mission, sans se laisser distraire par des préoccupations parentales ou par la colère qu'il ne manquerait pas d'éprouver à l'égard de Jane.

Celle-ci reconnut le couple de trentenaires, sur sa droite, qui faisaient mine de lire les noms inscrits sur le cénotaphe d'Alamo : elle les avait croisés à son arrivée aux bureaux du FBI. Le vieux monsieur assis sur un banc, en train de nourrir les pigeons : elle l'avait vu sans barbe le matin même, quand il lui avait apporté un café. Le type avec l'appareil photo et le trépied — c'était George Lanning, et il l'avait interrogée la veille à propos de l'enlèvement de Thomas Brant.

— Jane. Janie !

La voix de Steve lui fit lever la tête vers la fenêtre d'où elle savait qu'il l'observait.

— Hmm ?

— Arrête de fixer nos agents.

— Qu'est-ce que tu veux dire ?

— En ce moment, par exemple, tu me regardes. Tu vas nous faire repérer. Essaie de te détendre, de jouer les touristes.

— Le mot disait qu'il fallait que je vienne seule. Tu crois que s'ils ne se montrent pas, c'est parce qu'ils ont vu...

— Arrête, Jane. Ils viendront.

Comment pouvait-il en être si sûr ? Jane aurait voulu partager son optimisme.

Tout était sa faute. Elle avait fait confiance aux mauvaises personnes, d'abord à Mme Newinsky, et ensuite à Steve. Si les ravisseurs renonçaient à lui rendre Rory à cause de la présence du FBI, elle ne pourrait s'en prendre qu'à elle-même.

Un frisson la parcourut malgré la chaleur du soleil texan. Elle se frotta les bras pour se réchauffer.

— On va attendre encore combien de temps ? demanda-t-elle, les mâchoires crispées.

Un groupe de touristes descendit d'un bus au coin de la rue. Les trottoirs étaient noirs de monde, et des enfants couraient à travers la place. Jane aurait voulu prévenir leurs parents de ce qui pouvait arriver s'ils relâchaient leur attention un seul instant.

— Courage, Janie.

La voix de Steve semblait lui parvenir de très loin. Il fallait qu'elle se ressaisisse.

Respire lentement. Prends le contrôle de tes émotions, et transforme-les en énergie positive.

La méthode porta ses fruits : peu à peu, Jane réussit à calmer les battements de son cœur et à reprendre pied dans la réalité. Le soleil piquait la peau de ses bras nus. Elle rentra son T-shirt dans son jean, qui par chance n'était pas trop serré. L'agent du FBI qui lui avait acheté des vêtements neufs dans un supermarché ouvert de nuit avait visé juste. Même ses baskets lui allaient bien. Pour parfaire sa tenue, Steve avait emprunté les lunettes de soleil d'une de ses collègues, une petite brunette répondant au nom de Selena Stubblefield. Les épaisses montures en plastique glissaient sur le nez de Jane.

Non loin de là, un Texas ranger s'avançait sur la place. Sa présence risquait-elle de dissuader les ravisseurs de se montrer ? Fallait-il qu'elle s'éloigne ?

— Excusez-moi ?

Jane se retourna brusquement, faisant sursauter la femme qui venait de lui adresser la parole. Trois petits garçons blonds l'accompagnaient.

— Vous seriez d'accord pour nous prendre en photo ?

Avant que Jane ait pu refuser, l'inconnue lui fourra l'appareil dans les mains. A contrecœur, elle recula de quelques pas pour mieux cadrer le Fort Alamo. Au même instant, le ranger interpella un homme vêtu de noir qui promenait deux schnauzers en laisse.

— Pardon, monsieur, mais je vais devoir vous demander d'emmener vos chiens sur l'autre trottoir.

Les trois petits garçons se disputaient la place aux côtés de leur mère, qui dut élever la voix pour qu'ils acceptent enfin de se tenir tranquilles. Ils portaient tous le même T-shirt orange avec le dessin d'une Texas Longhorn, la célèbre vache à longues cornes de la région.

— Je veux juste me rendre à l'hôtel Menger, protesta l'homme dont les chiens s'étaient mis à aboyer.

— Souriez !

Clic.

— Vous pouvez en prendre une deuxième ? demanda la femme, Russell faisait la grimace.

— Bien sûr, répondit Jane, tout en jetant un coup d'œil inquiet vers la place.

— Navré, monsieur, insista le Ranger. Les chiens ne sont pas autorisés.

Clic.

— Merci beaucoup ! Ce seront nos premières photos de groupe.

La femme récupéra son appareil, tandis que ses garçons recommençaient à se chamailler.

Alors que le propriétaire des schnauzers faisait un pas vers l'Alamo, le Ranger s'empara des laisses. Plusieurs passants s'arrêtèrent pour assister au spectacle.

C'était tellement irréel ! Jane se tenait à l'écart de la foule, tentant de comprendre la scène qui se déroulait sous ses yeux. *Vous ne savez pas que mon fils a été kidnappé ?* avait-elle envie de crier.

Soudain, une petite fille lui tapota le bras et lui tendit un morceau de papier.

— On m'a dit de vous donner ça, expliqua-t-elle, avant de repartir bien vite.

Les chiens continuaient d'aboyer ; le Ranger tentait

d'empêcher l'homme d'avancer. Des sifflements s'élevèrent dans l'assistance.

— George, montre ta plaque au flic et disperse-moi cette foule, cria Steve dans l'oreillette de Jane. Windstrom, suit la fillette. Quelqu'un a vu d'où venait le papier ? Lis-le, Jane.

Les mains tremblantes, elle déplia la feuille.

« Je devrais me débarrasser du gamin, puisque tu ne m'as pas obéi.

Je te laisse une DERNIERE chance.

Entre dans le fort et cherche le drapeau du Tennessee.

TOUTE SEULE.

Range ce message dans ta poche.

Et ignore tes nouveaux amis. »

Se « débarrasser » de Rory ? Oh ! Seigneur…

— Il me demande d'entrer dans le bâtiment, expliqua Jane en fourrant le morceau de papier dans sa poche. Je dois y aller seule. Il sait que tu es là, Steve. Je t'en prie, ne me suis pas.

— Lis-moi le message, Janie. Equipe 2, couvrez la zone. Je n'aime pas ça du tout.

Jane avait du mal à se retenir de courir. Aussi rassurante que soit la présence des agents du FBI, elle devait se débrouiller sans eux, comme le kidnappeur l'avait exigé.

Sa vue mit quelques secondes à s'habituer à l'obscurité qui régnait à l'intérieur du fort. Chacune des alcôves abritait des drapeaux. Jane parcourut des yeux les panneaux qui comptabilisaient les morts par Etat. Ecosse, Rhode Island, Géorgie, Kentucky, Minnesota…

Les chuchotements des touristes et la lumière tamisée ajoutaient à sa tension. Enfin, elle aperçut un drapeau rouge isolé, celui du Tennessee. Un sac en plastique blanc était posé par terre contre le mur.

— Jane, je viens de pénétrer dans le fort, murmura Steve dans son oreillette. Ne sois pas surprise si tu me vois.

Sachant que le kidnappeur pouvait la surveiller, Jane ne

chercha pas à regarder autour d'elle. Elle ouvrit le sac, qui contenait un autre message.

« T-shirt, perruque, casquette.
Entrée est de l'Alamo Plaza.
Hôtel Menger, message pour RHONDA FRASER. »

Jane se cacha derrière deux hommes qui discutaient de base-ball, et attendit qu'ils sortent du fort pour les suivre. Le cœur battant, elle se précipita aux toilettes.

— C'est trop dangereux, Jane, fit la voix de Steve tandis qu'elle se changeait. Tu ne peux pas faire ça seule. Laisse-moi t'aider.

Il ne l'avait donc pas vue.

Après avoir jeté ses lunettes de soleil dans la poubelle, Jane enfonça la casquette sur sa tête et sortit des toilettes. Elle était tentée de se débarrasser de l'oreillette du FBI, mais celle-ci pouvait encore lui être utile pour s'informer de la progression des agents.

— Je sais que tu m'entends, Jane. Laisse-moi t'aider, répéta Steve.

Le micro intégré au petit appareil risquait de trahir sa position : elle l'emballa dans la feuille du dernier message, qu'elle glissa au fond de sa poche. Ramenant les mèches rousses de sa perruque autour de son visage, elle se joignit à un petit groupe d'adolescents qui se dirigeaient vers l'entrée est de la place.

Deux hommes en uniforme d'électricien se tenaient près du portail. Sans doute des agents du FBI. Jane baissa les yeux et franchit les grilles sans oser respirer.

Ouf. Elle était passée. Elle tourna à l'angle d'un parking et se plaqua contre le mur. Lorsqu'elle se fut assurée au moyen de l'oreillette que les collègues de Steve ne l'avaient pas vue quitter l'enceinte du fort, elle repartit en direction de l'hôtel Menger.

— Palmer, ça ne sert à rien de fuir. Rendez-nous le gamin et on vous aidera.

— Qu'est-ce que vous faites sur cette fréquence, McCaffrey ? C'est mon opération.

— Vous l'avez perdue, Woods. Et votre plaque aussi.

— Je serais vous, je ne parlerais pas trop vite.

Jane grimaça. Steve allait vraiment s'attirer des ennuis. Dès qu'elle aurait récupéré Rory, elle se rendrait, et tout rentrerait dans l'ordre. En attendant, elle replaça l'oreillette dans sa poche.

Le Menger, un des plus vieux hôtels du sud des Etats-Unis, occupait tout un pâté de maisons. Jane pénétra dans le vaste hall d'entrée, où un homme et une femme âgés prenaient le thé dans le coin salon. Ils lui accordèrent à peine un regard tandis qu'elle s'avançait résolument vers le comptoir de l'accueil.

— Puis-je vous aider ? s'enquit le jeune réceptionniste.

— Oui, je crois que vous avez un message pour Rhonda Fraser.

Sans un mot, il lui tendit une enveloppe.

— Merci.

Jane suivit la pancarte des toilettes et s'enferma à clé dans l'unique cabine. Pour la première fois depuis le début de cette journée, elle prit le temps de souffler.

A quoi jouait-elle ? Essayait-elle de se montrer plus maligne que le FBI ? Non, elle n'était qu'une simple mère déterminée à récupérer son fils. Et si pour cela elle devait fuir les marines, elle n'hésiterait pas une seconde. Rory était ce qu'elle avait de plus important au monde.

Ses mains tremblaient lorsqu'elle ressortit l'oreillette de sa poche.

— Le kidnappeur a dû lui fournir un déguisement, chef.

— Woods ne répond plus. On l'a perdu de vue à la sortie est.

Jane ne reconnaissait pas les voix.

Elle ouvrit l'enveloppe et déplia la feuille qui se trouvait à l'intérieur.

Un ticket voleta jusqu'au sol.

« Musée de cire de San Antonio.

Exposition de la Mère l'Oye.

MAINTENANT. »

— Vérifiez tous les taxis, les voitures, les cars de touristes, ordonna McCaffrey.

— Mais on n'a pas assez d'hommes…

— Ils ne sont pas loin. Lanning, je les veux en garde à vue dans l'heure. Trouvez-les.

Certaine qu'ils ne l'attendaient pas derrière la porte, Jane se sépara une nouvelle fois de l'oreillette. Elle jeta la casquette à la poubelle, avant de retourner voir le réceptionniste.

— Oui, Mme Fraser ?

— Il commence à faire vraiment chaud, dehors, dit-elle en dégageant ses faux cheveux de sa nuque. Vous n'auriez pas un ou deux élastiques à me donner ?

— Bien sûr. Tenez.

— Merci !

Jane se fit deux nattes, puis elle quitta l'hôtel. Le musée de cire se trouvait au rez-de-chaussée du bâtiment dans lequel le FBI avait établi ses quartiers pour l'opération du matin. Alors qu'elle s'apprêtait à y entrer, elle vit un homme en costume — un agent, de toute évidence — descendre d'un bus. Elle attendit qu'il monte dans un autre car de tourisme avant de pousser les portes du musée.

A l'intérieur, le niveau sonore était infernal, entre le vacarme des jeux d'arcade, la musique qui braillait à travers les haut-parleurs, et les clients qui élevaient la voix pour se faire entendre. Jane posa une main sur la poche dans laquelle elle conservait l'oreillette, espérant étouffer les sons. Heureusement, la file d'attente n'était pas longue : en quelques minutes, elle put présenter son ticket à la caissière et pénétrer dans le monde inquiétant des personnages de cire.

L'obscurité n'avait rien de rassurant. La statue de John Wayne semblait la suivre du regard, et Jane était persuadée que quelqu'un l'observait. Elle traversa rapidement la salle, les yeux baissés.

Les Stooges. Elvis. Redford et Newman dans une scène de *L'Arnaque*. Marlon Brando. Mais pas de Mère l'Oye. Jane marcha aussi vite que la foule le lui permettait, jusqu'à ce qu'elle soit obligée de ralentir : un attroupement s'était formé autour de l'exposition consacrée au *Magicien d'Oz*.

C'était tellement tentant de révéler sa position à Steve et à ses collègues… Néanmoins, elle avait trop peur que les ravisseurs la surveillent et qu'ils se vengent sur Rory. Elle prit donc son mal en patience et continua de piétiner derrière les autres clients.

Lorsqu'elle entra enfin dans l'univers merveilleux des *Contes de ma Mère l'Oye*, elle s'arrêta si brusquement que l'homme qui la suivait lui rentra dedans.

— Excusez-moi, dit-il poliment.

— Non, c'est moi.

Etait-ce le ravisseur ? Jane le dévisagea avec méfiance, jusqu'à ce qu'il la contourne pour s'intéresser à une des pièces exposées.

Tous les héros des contes prenaient vie dans cette salle — le Petit Poucet, Cendrillon, la Belle au Bois dormant… Une femme montrait à un jeune enfant la statue du Petit Chaperon rouge. S'agissait-il de la kidnappeuse ? Et dans ses bras, était-ce Thomas Brant ? Non. L'homme qui avait bousculé Jane enlaça l'inconnue et planta un baiser sur la joue du bambin, qui, en réalité, était une petite fille.

— Papa ! s'exclama-t-elle.

Arrête de te monter la tête, et réfléchis, songea Jane. *Il doit y avoir un message pour toi quelque part.*

En regardant autour d'elle, elle repéra une boîte aux lettres intégrée au décor de l'exposition. Dès que la famille se fut éloignée, Jane se pencha au-dessus de la barrière et fouilla la boîte. Celle-ci contenait un mot adressé à Rhonda Fraser.

« Rendez-vous dans la maison qui fait l'angle des rues Mittman et Dilworth. Côté sud-ouest. »

Jane crut défaillir. Comment était-elle censée s'y rendre ? Les ravisseurs avaient fait en sorte qu'elle parte de Dallas sans rien, ni carte de crédit ni papiers d'identité. Et même si elle les avait eus sur elle, le FBI se serait chargé de les lui confisquer.

Faire la manche ? Du stop ? Voler une voiture ? Jusqu'à preuve du contraire, il fallait de l'argent, ou une clé, pour se déplacer légalement d'un point à un autre. Peut-être devrait-elle attendre Steve au Hilton. L'impliquer encore davantage dans ses histoires. Lui faire confiance. Mais pouvait-il l'aider sans en informer le reste de son équipe ?

Trouve de la lumière et vérifie qu'il n'y a rien d'autre dans l'enveloppe. Ensuite seulement, elle prendrait une décision.

Jane venait de pénétrer dans une autre salle quand elle l'aperçut. Tranquillement adossé à une sortie de secours, Steve l'attendait en souriant, les mains enfoncées dans les poches de son jean.

Pour la première fois de sa vie, Jane vit rouge. Littéralement. Comment osait-il la regarder avec ce petit sourire en coin, après lui avoir laissé croire qu'elle l'avait semé ?

Cette fois, il ne l'empêcherait pas de suivre à la lettre les instructions des kidnappeurs. Elle se précipita sur lui comme une furie.

Le choc lui coupa le souffle. Sous le poids de leurs deux corps, la porte de secours s'ouvrit, déclenchant aussitôt une alarme stridente. Jane et Steve retombèrent ensemble sur le trottoir.

Qu'est-ce que j'ai fait ? se demanda-t-elle tandis que les gens accouraient vers eux.

— J'ai besoin d'argent pour prendre le taxi, bafouilla-t-elle.

— On aurait pu se contenter d'emprunter la sortie principale, mais ça marche aussi par là, plaisanta Steve en l'aidant à se relever. Il faut qu'on parte d'ici au plus vite. Est-ce que tu as trouvé un autre message ? Où que tu ailles, je t'accompagne.

Jamais Steve n'oublierait l'expression de Jane lorsqu'elle avait posé les yeux sur lui : la fureur à l'état pur. C'était bon de la voir exprimer ainsi ses émotions — même s'il ne s'était pas attendu à lui servir de défouloir.

Ils s'élancèrent dans la ruelle, dans la direction opposée au

Fort Alamo. Le seul espoir de Steve était de se mêler à la foule qui empruntait la River Walk, une promenade aménagée le long de la rivière. De là, ils pourraient rejoindre les rues plus au sud et attraper un taxi.

Mais leur course fut brusquement interrompue : Stubblefield les attendait au bout de la ruelle, le Glock pointé sur Steve.

— Je veux voir tes mains, ordonna-t-elle.

Steve analysa rapidement la situation. Sa collègue était seule. Elle ne portait pas de gilet pare-balles. En revanche, elle avait un pistolet, dont elle savait parfaitement se servir. Il allait être contraint de se jeter sur elle en prenant le risque qu'elle lui tire dessus. Et elle n'hésiterait pas, il en était certain.

— On n'est pas armés, dit-il en levant les mains en l'air.

Jane suivit son exemple.

— Rends-moi service, Selena. C'est le fils de Jane, il faut que je le retrouve.

La jeune agente haussa un sourcil. Elle se demandait sans doute à quoi il jouait, dans la mesure où elle avait elle-même découvert le certificat de décès de Rory. Cela ne l'empêcha pas de baisser son arme.

— On a du public, fit-elle remarquer.

Des passants et des employés du musée s'étaient regroupés à l'autre bout de la ruelle.

— Dans ce cas, on est obligés de jouer le jeu, répondit Steve avec un sourire contrit.

Poussant Jane derrière lui, il bondit sur sa collègue, qui fit aussitôt usage de son arme. La balle s'enfonça dans le mur en brique de l'immeuble le plus proche. Stubblefield ne ratait jamais sa cible, à moins de le faire exprès…

Steve prit soin d'amortir sa chute lorsqu'il la plaqua au sol.

— Pourquoi as-tu décidé de m'aider ?

— Je te laisse une chance, Steve. Ne la gâche pas.

— Cours, Jane ! cria-t-il. Je te suis !

Elle ne se le fit pas dire deux fois.

— Il faut que ça paraisse crédible, ajouta Stubblefield. Mes menottes sont dans mon dos. Fais vite, cow-boy. Et appelle-moi sur mon portable pour me tenir au courant.

— Merci. Je te revaudrai ça.

Steve referma les bracelets autour des poignets de sa collègue et la laissa allongée dans la rue.

Il rattrapa Jane à l'intersection suivante.

— Jette la perruque et le micro dans une poubelle.

Jane s'exécuta. Nul doute que le FBI puiserait dans la dernière paye de Steve pour remplacer le coûteux matériel… Ils traversèrent la rue et dévalèrent les marches qui conduisaient à la River Walk. Si des agents les suivaient, ils n'auraient aucun mal à les semer à travers le dédale de chemins bordés de restaurants et de magasins pour touristes.

— Où est-ce qu'on va ? demanda-t-il à Jane.

— Tu dois me laisser, Steve.

Il la saisit par le bras, l'obligeant à s'arrêter.

— J'ai dit, où est-ce qu'*on* va ?

— J'ai besoin d'argent pour prendre un taxi. C'est tout. Le message disait qu'il fallait que je vienne seule.

— Je t'accompagne, il faut que tu te fasses à cette idée. Si tu veux que je te donne de l'argent, dis-moi où on va.

Jane se remit en marche.

— J'ai rendez-vous dans une maison au coin sud-ouest des rues Dilworth et Mittman.

— Ils t'ont donné un délai ?

— Non.

— Il y a plein de taxis autour du palais des congrès. J'imagine que les chauffeurs sauront comment se rendre sur place.

— C'est à un peu moins de cinq kilomètres d'ici.

Sans ralentir, Jane ferma les yeux pour mobiliser les informations enregistrées dans son prodigieux cerveau.

— La rue Mittman traverse la ville du nord au sud. L'intersection se trouve approximativement à deux kilomètres et demi de l'autoroute 37, qui se situe à peu près à un kilomètre du palais des congrès.

— Quand as-tu eu le temps de regarder un plan de la ville ? s'enquit Steve, impressionné.

— Ce matin, aux bureaux du FBI. Il y en avait un affiché sur un mur. Ne t'inquiète pas, non seulement je peux enregistrer ce genre de données, mais je suis aussi capable de les exploiter.

Steve n'en doutait pas un seul instant. L'ennui, c'était qu'il craignait de voir débarquer à tout moment une petite armée de Colt .45. D'où l'attention soutenue qu'il portait à la fois au chemin pavé qui longeait les méandres de la rivière, et à la rue au-dessus d'eux.

— Tu vas me dire ce qu'il y avait, dans ces messages ?

— Et toi, tu vas me dire comment tu as su où j'étais ?

— Facile : je t'ai suivie.

Ils se faufilaient à présent parmi la foule de gens qui faisaient la queue devant les restaurants. Steve posa une main dans son dos pour lui faire accélérer le pas. Des odeurs appétissantes de cuisine tex-mex lui chatouillaient les narines, mais rien ne pouvait détourner son attention de sa mission : retrouver Rory et Thomas Brant.

— Comment as-tu fait, pour arriver avant moi au musée ? insista Jane. Je t'aurais vu si tu m'avais dépassée dans la file.

— Je ne t'ai pas dépassée. J'ai montré ma plaque à la caissière et j'ai remonté l'exposition à contresens. Je t'ai repérée dans la salle de la Mère l'Oye au moment où la famille qui te précédait en sortait. Maintenant, tu veux bien m'expliquer ce que disaient les messages ?

De longues minutes s'écoulèrent tandis qu'ils marchaient en silence sur le chemin pittoresque. A mesure qu'ils approchaient du palais des congrès, ils croisèrent de plus en plus de personnes munies de badges qui discutaient par petits groupes. Aucune ne prêta attention à Steve et à Jane.

— Les messages m'expliquaient comment échapper à la vigilance de tes collègues, répondit-elle enfin. Et le dernier me disait de me rendre à l'intersection des rues Mittman et Dilworth. C'est tout.

Tandis qu'ils laissaient les restaurants derrière eux, Steve fit l'effort de s'adapter à l'allure de Jane. Elle était épuisée, comme en témoignaient les cernes qui creusaient ses yeux. Par chance, ils marchaient à l'ombre, dans la fraîcheur de la rivière.

— Ils t'ont dit où aller sans te laisser d'argent pour t'y rendre ?

— Oui.

Les ravisseurs voulaient-ils qu'elle échoue ? Ou qu'elle marche… Selon Jane, le lieu du rendez-vous se trouvait à moins de cinq kilomètres. Peut-être cherchaient-ils à gagner du temps ?

Avant de la conduire au cœur du danger, Steve avait besoin de lui poser une question :

— Est-ce que tu m'aurais retrouvé au Hilton, si je ne t'avais pas rattrapée ?

Jane baissa les yeux. Steve devinait sa réponse, mais il ne comprenait pas pourquoi elle avait tant de mal à l'exprimer tout haut. C'est elle qui avait sollicité son aide ; elle s'en était remise à lui. Alors où était le problème ?

— J'ai mis Rory en danger, expliqua-t-elle. Tu risques de perdre ton boulot, et on ne retrouvera peut-être même pas mon fils.

Que répondre à cela ? Steve attira Jane contre lui et plongea son regard dans le sien. Il fallait qu'elle sache que son enfant comptait plus à ses yeux que sa propre carrière.

Comme attirées par une force invisible, ses lèvres rencontrèrent les siennes, et il l'embrassa avec passion. Pourquoi ne l'avait-il pas fait plus tôt ? Rien n'avait changé entre eux. Pour preuve, Jane répondit à son baiser avec tout autant de ferveur, comme si les quatre années qui venaient de s'écouler n'avaient jamais existé.

Sa bouche était toujours aussi douce, aussi délicieuse. Sa chaleur lui redonnait de l'énergie. Voilà où était sa place — où était *leur* place : dans les bras l'un de l'autre. Ils retrouveraient Rory, Jane finirait par lui pardonner, et tout irait bien.

N'est-ce pas ?

— Steve…

Elle essayait de le repousser.

— On ne peut pas faire ça maintenant. Où sont les taxis ?

Elle avait raison, le moment était mal choisi. Mais Steve était sûr d'une chose : il ne regrettait absolument pas ce qui venait de se passer.

7

— Cette femme me tuera ! grommela-t-il en franchissant d'un bond les deux marches du porche.

Pendant les dix minutes qu'avait duré le trajet en taxi, Steve avait tenté de faire accepter son plan à Jane : il entrerait le premier, et elle ne le suivrait sous aucun prétexte tant qu'il n'aurait pas sécurisé les lieux. Mais elle n'avait rien voulu entendre. On lui avait demandé de venir seule, alors elle se présenterait seule à la porte, et pénétrerait seule dans la maison. Sans arme. Pendant qu'il attendrait caché au coin de la rue. Nom de nom, pourquoi s'était-il laissé convaincre ?

La porte claqua derrière lui tandis qu'il se figeait sur le seuil. Une vieille dame était étendue par terre, inerte. Ses yeux vides fixaient le plafond.

— Jane ?

Des bruits de pas précipités lui parvinrent de l'arrière de la maison. Steve regretta de ne pas avoir son pistolet sur lui. McCaffrey l'avait autorisé à diriger l'opération, mais il n'avait pas voulu lui rendre son arme.

Lorsque Jane déboula en courant dans l'entrée, il poussa un soupir de soulagement. L'espace d'une seconde, il crut qu'elle tenait Rory dans ses bras, mais c'est le visage du petit Thomas Brant qui se tourna vers lui.

Sans lui demander son avis, Jane lui confia l'enfant, avant d'enjamber le corps de la vieille dame et de se précipiter dans la pièce voisine.

— Euh… Jane ?

Tout en cachant à Thomas la vue du cadavre étendu sur le

sol, Steve la suivit dans une minuscule cuisine, où elle se mit à ouvrir tous les placards les uns après les autres.

— Il n'est pas là. Il n'y a personne ici ! Et ils ne m'ont pas laissé de message !

Jane s'écroula par terre et fondit en larmes, les genoux repliés contre sa poitrine. Un gémissement glaçant s'échappait de sa gorge tandis qu'elle se balançait d'avant en arrière.

Dans les bras de Steve, le petit Thomas ne bougeait plus, comme pétrifié. Steve aussi était paralysé. Il aurait dû réconforter Jane, mais il ne trouvait pas les mots. Où était Rory ?

Puis, aussi vite qu'elle avait craqué, Jane se ressaisit.

— Qu'ont-ils fait de lui ? demanda-t-elle en levant vers Steve un regard éteint, semblable à celui de la femme qui gisait dans l'entrée.

Subitement, il prit conscience que cette vieille dame était décédée. Lui, l'agent décoré qui aurait dû commencer avant toute chose par vérifier son pouls…

Le petit garçon se mit à renifler. Quelques minutes de plus et il se mettrait sans doute à hurler plus fort qu'un coyote. Steve le rendit à Jane, avant de s'agenouiller auprès de la femme. Pas de doute, elle était morte, bien que son corps soit encore tiède. En revanche, elle ne présentait pas la moindre trace de sang ni de blessure.

Steve inspecta la pièce. Aucune vitre brisée, pas d'objet tombé au sol. La victime ne semblait pas avoir lutté contre son agresseur : ses vêtements étaient en ordre, son visage serein. Elle n'avait pas été étranglée.

— C'est ta voisine ?

— Elle était tellement gentille avec nous… Je ne comprends pas, murmura Jane en regardant autour d'elle. Il y a des affaires de Rory ici. Quelques jouets, son bol de céréales.

Elle désigna une petite assiette creuse, jaune, posée sur une chaise haute dont la qualité tranchait avec l'aspect délabré de la maison.

— C'est sa chaise, aussi. Il l'avait coloriée avec mon marqueur vert. Et ce petit gars porte un de ses T-shirts, ajouta-t-elle en tapotant le dos du garçonnet.

— C'est Thomas Brant.

Jane berça doucement l'enfant, qui s'était calmé sitôt qu'elle l'avait pris dans ses bras. Pendant ce temps, Steve fit de nouveau le tour de la cuisine, cherchant à comprendre pourquoi elle avait été conduite jusqu'ici. Il devait y avoir une raison. Que gagnaient les ravisseurs à faire croire au FBI qu'elle était folle ? Tandis qu'il marchait de long en large, il jeta un coup d'œil sur le cadavre étendu dans l'entrée. Comment cette femme était-elle morte ? Peut-être lui avait-on injecté un poison, comme celui que Jane lui avait administré à lui ?

— Nom de Dieu…

La maison n'avait pas été retournée, le corps était encore chaud. Un bol de céréales sur la chaise haute, un autre dans l'évier. Trois verres à moitié remplis de jus de fruit sur le plan de travail. Une couverture dans le parc pour bébé, avec deux ours en peluche. La poubelle débordait de couches. Steve n'était peut-être pas expert, mais cela lui paraissait beaucoup pour un seul petit garçon de trois ans.

— Bon sang, ils m'ont eu comme un bleu. Jane, il faut qu'on parte d'ici au plus vite. Quelqu'un essaie de te faire coincer pour meurtre.

— Quoi ? Mais on ne peut pas s'en aller comme ça ! protesta-t-elle en regardant l'enfant qu'elle tenait dans ses bras.

— Je suis certain que la police va arriver d'une minute à l'autre pour t'arrêter. Ces types se sont donné beaucoup de mal pour te piéger.

Il la saisit par les épaules, cherchant à capter son regard.

— Crois-moi, Jane, on doit filer.

— Et qu'est-ce qu'on fait de Thomas ?

— Dans le parc, il ne craindra rien. On ne peut pas le prendre avec nous. Là, pour le coup, on se rendrait coupables de kidnapping.

Des sirènes retentirent au loin. Les policiers ne cherchaient pas à agir discrètement…

— Allez, Jane ! cria Steve, tout en lui prenant l'enfant des bras pour le poser dans le parc. On sort par la porte de derrière. Vite !

— Je ne comprends pas. Pourquoi n'y a-t-il aucun message me disant où récupérer Rory ? Comment allons-nous le retrouver ? Qu'est-ce qu'ils veulent, maintenant ?

T'envoyer en prison à leur place.

— Je répondrai à toutes tes questions plus tard. Là, il faut y aller.

Steve composa le numéro de téléphone de George et laissa l'appareil par terre pour guider son équipe jusqu'au petit Thomas Brant. Malgré l'urgence, il prit le temps d'inspecter les bras de Mme Newinsky ; il y avait bien une trace de piqûre sur l'un d'eux. Tout portait à croire qu'elle avait été tuée avec un produit identique à celui qui avait paralysé Steve deux jours plus tôt. Les kidnappeurs avaient volé le sérum de Jane, et ils s'en servaient à présent contre elle.

En revanche, ils ne se doutaient pas que Steve était là pour la protéger.

A la septième barrière qu'ils franchirent, Jane se laissa tomber lourdement sur l'épais tapis d'herbe. Steve continua de courir, avant de faire demi-tour en s'apercevant qu'elle ne le suivait plus.

— Excuse-moi, mais je n'en peux plus. J'ai les jambes en compote.

— On n'a pas le choix, Jane.

— On ne pourrait pas se cacher pour se reposer un moment ?

Steve n'avait pas prononcé un mot depuis qu'ils avaient quitté cette maison de malheur. Il devait la détester — comment pourrait-il en être autrement, alors qu'elle venait sans doute de lui faire perdre son emploi ? Restait à savoir ce qu'il penserait d'elle lorsqu'il apprendrait que Rory était son fils... De toute façon, Jane se haïssait suffisamment pour deux, et cela lui était égal de se faire arrêter. A présent, elle n'avait plus aucun moyen de récupérer Rory.

— Je vais attendre ici qu'ils me trouvent, ça te permettra de prendre de l'avance. Mais à force de traverser les jardins des gens, tu risques de tomber sur un doberman.

Elle s'obligea à sourire. C'était toujours mieux que de verser encore un torrent de larmes.

— Jane…

— Arrête. Je sais que tu me détestes.

— Qu'est-ce que tu racontes ? Pourquoi je te détesterais ? Merde, voilà une autre voiture de patrouille.

— On ne pourra pas leur échapper.

— Je sais bien. Va voir si la cabane de jardin est ouverte, là-bas, et s'il y a une tondeuse à l'intérieur.

— Qu'est-ce que…

— On va se cacher en pleine lumière.

— Et si les propriétaires sont chez eux, bon sang ?

— Dans ce cas, on est cuits.

Pendant que Steve faisait le tour des fenêtres de la maison pour s'assurer qu'il n'y avait personne à l'intérieur, Jane courut à la cabane et en sortit une tondeuse et un bidon d'essence. Elle dénicha également des gants de jardinage, un chapeau de paille à larges bords et une casquette. Repérant un sécateur, elle s'en servit pour couper les jambes de son jean, qu'elle jeta au fond de la remise.

Entre-temps, Steve avait ôté son T-shirt et déroulé le tuyau d'arrosage, branché à un robinet extérieur. Il se passa la tête sous l'eau, plaqua ses cheveux en arrière et les coinça sous la casquette que Jane lui tendait.

— Enlève ton soutien-gorge et noue ton T-shirt sous tes seins.

— Pardon ?

— Fais-le, s'il te plaît. Si la voiture de patrouille s'arrête, il faut prier pour que le flic soit un mec.

Comme la plupart des filles, Jane avait appris très tôt à retirer son soutien-gorge sans enlever le reste. Après quelques contorsions, elle fourra le sous-vêtement dans la poche arrière de son jean et fit un nœud à son T-shirt pour exposer son ventre.

Elle poussa un cri lorsque Steve l'arrosa avec le tuyau.

— La distraction, c'est toi, chérie, dit-il avec un grand sourire.

— Si un jour j'ai l'occasion de terminer cette bataille d'eau, je te conseille de te planquer, rétorqua-t-elle, furieuse.

Steve lança le moteur de la tondeuse. Jane espérait que personne ne s'étonnerait de voir un Texan tondre sa pelouse un jour de pleine chaleur, en pantalon et bottes de cow-boy. Avec son chapeau enfoncé sur la tête, ses gants et son sécateur, Jane se dirigea résolument vers les rosiers plantés le long de la clôture, et se mit à couper les boutons fanés d'un air faussement expérimenté.

La voiture de patrouille passa lentement dans la rue.

Puis elle recula.

Oh ! Seigneur.

Qu'allait-elle faire ? Elle était incapable de mentir !

Le policier sortit du véhicule et s'avança vers elle. Jane ne s'aperçut que la tondeuse s'était tue que quand elle sentit les mains chaudes de Steve sur ses bras. Il la fit pivoter face à lui. En le voyant baisser les yeux sur ses lèvres, elle comprit tout de suite ce qui allait suivre. Pendant leur courte idylle, il l'avait regardée de cette façon chaque fois qu'il s'était apprêté à l'embrasser.

Le temps s'était-il arrêté ? Qu'attendait-il pour prendre possession de sa bouche ? Impatiente, Jane se hissa sur la pointe des pieds pour mettre fin au supplice. Elle sentit son corps s'enflammer de désir dès l'instant où leurs lèvres s'unirent.

Steve avait envie d'elle, lui aussi, comme en témoignaient sa réaction physique évidente et le grognement sourd qui s'échappait de sa gorge. Alors qu'il plaquait le ventre nu de Jane contre le sien, le policier toussota discrètement.

Steve feignit la surprise.

— Mince, chérie, je crois qu'on a de la compagnie. On peut vous aider, monsieur l'agent ?

Ce disant, il passa son T-shirt sur sa nuque. Jane ne put

détacher son regard de ses muscles qui roulaient sous sa peau. Quatre ans, c'était long… Et bon sang, ce baiser ! Comment était-elle censée se concentrer ?

— Ça fait longtemps que vous êtes dehors ? leur demanda le policier.

— Je dirais une heure. N'est-ce pas, chérie ?

Jane hocha la tête, veillant à garder son visage caché sous le bord du chapeau. Une précaution inutile, dans la mesure où le policier avait les yeux rivés sur sa poitrine — qui, sans être très généreuse, était parfaitement soulignée par le T-shirt mouillé. Et ce, jusqu'aux tétons qui pointaient à présent sans retenue.

— Est-ce qu'on a de la limonade au frigo, Winnie ? demanda Steve en lui pinçant les fesses pour qu'elle réagisse à son nouveau prénom.

Il aurait pu choisir pire. Winnifred, par exemple.

— Je crois bien…, Fred. Tu veux boire quelque chose ?

— Oui, je meurs de soif. On vous sert un verre, monsieur l'agent ?

— Non merci. On cherche un homme et une femme, ils sont armés et dangereux. Il faut que j'y retourne.

— Mince… Qu'est-ce qu'ils ont fait ? Winnie est en danger ?

Steve passa un bras protecteur autour des épaules de Jane.

— Je t'avais dit qu'il ne fallait pas s'installer dans ce quartier, chérie.

— C'est toi qui voulais te rapprocher de ta mère, trésor.

— Faut-il prévenir la police si l'on voit des gens louches traîner dans les parages ? s'enquit Steve.

— Oui, s'il vous plaît. Excusez-moi, je dois filer.

Après un dernier regard sur la poitrine de Jane, l'agent regagna sa voiture. Dès que celle-ci eut disparu au coin de la rue, Jane envoya son coude dans l'estomac de Steve.

— Aïe !

— Tu peux me dire comment j'aurais fait pour aller te chercher ta limonade ?

— Je me doutais bien qu'il allait refuser.

— Et s'il avait accepté ?

— Je me serais beaucoup moqué de toi pour nous avoir enfermés dehors, *Winnie*.

Son sourire fit fondre Jane. Il était tellement sincère ! A croire que Steve flirtait réellement avec elle.

— Ce n'est pas tout, ça, mais il nous faut un moyen de transport, dit-il en ouvrant la porte du garage.

— Tu as l'intention de voler une voiture, maintenant ?

— Je ne vais rien voler du tout.

Steve se saisit d'un tournevis, avant de se diriger vers la porte de service.

— On va juste utiliser le téléphone.

— C'est tout ?

— Dis donc, Winnie, je te rappelle que je suis agent fédéral, pas voleur.

Jane ne put se résoudre à pénétrer dans la maison. Elle resta devant le garage pour voir si personne n'arrivait — la police, un voisin ou les propriétaires de ce joli pavillon dont elle avait massacré les rosiers.

— Voilà, un taxi va venir nous chercher dans une demi-heure, annonça Steve en la rejoignant dehors. Tu n'as touché à rien, dis-moi ?

— Juste le sécateur. Et j'ai laissé mes jambes de pantalon dans la cabane.

— Ça, c'était bien vu.

Le regard de Steve erra sur les cuisses de Jane, avant de s'arrêter sur son T-shirt mouillé. Gênée, elle défit le nœud et rentra le vêtement dans son short, en grimaçant au contact du tissu froid sur sa peau brûlante.

— Je vais ranger la tondeuse et effacer nos empreintes. Ensuite on parlera.

Tandis qu'il s'éloignait, Jane ne put s'empêcher d'admirer son dos musclé, et la façon dont son jean tombait parfaitement sur ses fesses étroites et fermes.

Stop. Concentre-toi. Souviens-toi de la maison, de ce qu'il y avait à l'intérieur. Imprime cette image dans ton satané cerveau.

Ça, c'était déjà fait. Jane était capable de décrire avec précision tout ce qu'elle avait vu dans la maison qui faisait l'angle des rues Dilworth et Mittman. Et en particulier les yeux de Mme Newinsky, vides et vitreux comme ceux d'un animal mort.

Une demi-heure pour parler avant l'arrivée du taxi… Par où commenceraient-ils ? Et surtout, que feraient-ils après cela ? Jane s'assit sur une balancelle installée dans un coin du terrain.

— A quoi tu pensais tout à l'heure, quand tu m'as dit que quelqu'un cherchait à me faire accuser de meurtre ? demanda-t-elle à Steve, qui se trouvait à l'autre bout du jardin. Qu'est-ce qui s'est passé ? Pourquoi ont-ils laissé le gamin des Brant et pas Rory ? Ça n'a aucun sens. Est-ce qu'ils vont me demander de payer une rançon ? J'ai fait un petit héritage à la mort de mes parents, mais on est loin du million qu'ils viennent juste de récupérer.

— Chut !

Steve referma la porte du cabanon avant de la rejoindre.

— Tu veux que tout le monde nous entende ?

— Qu'est-ce qui s'est passé ? répéta-t-elle tandis qu'il s'asseyait à côté d'elle.

— Je crois que la complice des ravisseurs, cette femme que tu connaissais sous le nom de Mme Newinsky, a été tuée avec ton sérum. C'est un coup monté assez complexe qu'ils ont mis au point contre toi.

— Je ne comprends pas.

— Il y a quelque chose que je n'ai pas pu te dire hier, avoua Steve en se penchant en avant, stoppant du même coup le mouvement de la balancelle. J'ai essayé d'avoir un moment seul avec toi, mais McCaffrey ne m'en a pas laissé l'occasion.

— De quoi parles-tu ?

Jane le regardait avec une telle intensité que l'iris bleu de ses yeux avait presque viré au noir. Steve brûlait de l'embrasser — malheureusement, il n'était pas question qu'il suive ses pulsions comme un adolescent de dix-sept ans.

Comment lui répondre sincèrement sans la faire souffrir ? Les ravisseurs n'avaient pas l'intention de lui rendre son fils.

— La personne qui a organisé l'enlèvement de Rory a établi un faux certificat de décès daté d'il y a trois mois, expliqua-t-il calmement. Elle cherche à faire croire que tu as kidnappé Thomas Brant pour remplacer ton fils.

Jane resta muette.

— On a reçu le rapport d'un médecin disant que tu prenais des antipsychotiques. Aucune Mme Newinsky n'apparaît dans la liste des locataires de ton immeuble. Si tu ajoutes à cela qu'on n'a pas retrouvé la moindre affaire d'enfant dans ton appartement…

— Je vois, souffla Jane. Tu penses que je suis folle.

— Non. Je n'ai jamais douté de toi, répliqua-t-il avec force.

— Mais c'est ce que pense le FBI.

Elle se leva brusquement et porta les mains à son visage, avant de les laisser retomber.

— Ils ne font que suivre les preuves, Jane.

Moi, j'ai suivi mon cœur et mon instinct. Voilà ce que Steve aurait voulu lui dire, mais il ne le pouvait pas. Pas encore. Pas tant que Rory était avec ses ravisseurs. Il resta assis sur la balancelle, refoulant le besoin de prendre Jane dans ses bras.

— Cela veut dire qu'ils ne le cherchent pas, murmura celle-ci d'une voix tremblante. Personne ne le cherche. Hier soir… la caméra… C'est pour ça que tu m'as dit de me réfugier au Hilton. Oh ! mon Dieu… Ils me croient tous folle !

— Je te l'ai déjà dit, on retrouvera Rory. Je te le promets. Même si c'est la dernière chose que je fais avant de mourir.

— Et comment comptes-tu t'y prendre ?

Steve se leva à son tour et se mit à faire les cent pas. Marcher l'aidait à réfléchir.

— Notre priorité, pour l'instant, c'est de partir d'ici sans laisser de traces. J'ai mille quatre cents dollars en liquide, mais ça ne nous mènera pas loin. C'est trop risqué de se présenter dans une banque.

— Tu te balades toujours avec autant d'argent sur toi ?

— Non, je l'ai retiré hier.

— Donc, tu te doutais que les choses tourneraient mal.

Steve ne répondit pas. Il aurait aimé se tromper en prenant cette précaution.

— J'ai un ami qui me doit un service. Normalement, il devrait être quelque part à San Antonio. Il me prêtera de l'argent et une voiture.

— Tu as déjà fait ça avant ?

Steve s'arrêta.

— Non, mais j'ai pourchassé beaucoup d'hommes qui l'ont fait.

— Est-ce qu'il y en a parmi eux qui vous ont échappé, à toi et à ton équipe ?

— Non, Jane. Aucun.

Steve serra les dents. Elle était casse-pieds, avec ses questions pertinentes.

— Et pourquoi cela serait-il différent pour nous ?

— Parce que je sais comment travaille mon équipe. Je connais les procédures. Bon sang, c'est moi qui les ai écrites.

— J'ai une suggestion.

— Oui ?

— Puisque le FBI considère que Rory est… hum, tu sais.

Elle déglutit péniblement, avant de reprendre :

— J'imagine qu'ils n'ont pas cherché à s'entretenir avec mes voisins ? Pourtant, n'importe qui dans mon immeuble aurait pu leur confirmer l'existence de Rory.

— Mes collègues n'avaient pas de raison d'interroger des témoins, à partir du moment où ils étaient en possession de l'acte de décès.

— Pourquoi ne m'en ont-ils pas parlé ?

— La psy le leur a déconseillé.

— Super.

Jane serra les bras autour d'elle.

— J'ai un… un ami. Je suis sûre qu'il sera d'accord pour nous donner tout l'argent dont nous aurons besoin.

Un *ami* ?

— Hayden ne posera aucune question, si c'est ce qui t'inquiète.

— Hmm…

— Ce n'est pas la peine de faire cette tête. Je lui fais entièrement confiance.

Un coup de klaxon les informa de l'arrivée du taxi.

— On est toujours Winnie et Fred, d'accord ?

Jane hocha la tête.

— Et tu fais ce que je dis.

— Je n'ai pas l'intention de te suivre aveuglément, agent Woods.

D'où sortait-elle ce courage, Steve n'en savait rien. Mais ils en avaient besoin. *Jane* en avait besoin, pour traverser les épreuves à venir.

— Il n'y a pas à discuter là-dessus, ma belle. Quand je te dis de sauter, tu sautes, sans te poser de questions. Mets-toi bien dans la tête que c'est moi qui commande.

— Bien sûr, Fred.

8

Jane n'avait jamais eu aussi peur. Non pas pour elle, mais pour Rory. Chaque battement de cœur semblait l'éloigner un peu plus de son fils. Chaque minute qui passait réduisait ses chances de le revoir un jour.

Les murs de l'hôtel bon marché tremblaient dès qu'un avion décollait de la base aérienne de Kelly. Jane aurait pu faire abstraction du bruit et tenter de dormir si Steve avait bien voulu cesser de déambuler dans la petite chambre. La moquette allait être encore plus usée après leur passage qu'elle ne l'était déjà à leur arrivée.

— Je ne comprends pas, dit-elle en se laissant tomber sur le lit. Pourquoi élaborer un stratagème aussi compliqué ? Qui aurait intérêt à faire croire au FBI que je suis folle et que Rory est mort ?

— Ça ne te paraît pas évident ? Quelqu'un veut non seulement garder ton fils, mais aussi te mettre à l'ombre pour le restant de tes jours. Et au Texas, avec une inculpation pour meurtre, les jours en question risquent d'être rudement écourtés. Tu vois ce que je veux dire ?

— La peine de mort, murmura-t-elle.

— Alors, reprenons. Qui pourrait te vouloir du mal ? A qui profiterait ton sérum, si tu n'étais plus là ?

— Je n'en sais rien, Steve. J'ai déjà répondu à cette question.

Elle se redressa en soupirant.

— Je n'ai pas rédigé de testament, et le médicament n'en est pas encore au stade de commercialisation. Mais je suppose que tout reviendrait à Rory.

A chaque question que Steve lui posait, Jane était de plus en plus convaincue qu'aucune rançon ne lui serait demandée. Ses pensées s'embrouillaient. Elle avait besoin de dormir, mais comment espérer lâcher prise tant qu'elle n'aurait pas retrouvé son fils ?

Elle suivit des yeux les inlassables allées et venues de Steve, de la porte de la chambre à celle de la salle de bains, entre le lit double et le miroir installé au-dessus de la coiffeuse. Son reflet rendait les va-et-vient deux fois plus pénibles.

— Tu ne t'arrêtes donc jamais ? lui demanda-t-elle, excédée. Si tu pouvais laisser mon cerveau se reposer, peut-être que ça lui épargnerait de disjoncter.

— On rate quelque chose, dit-il comme s'il ne l'avait pas entendue. Reprenons du début.

Steve ferma les yeux en se pinçant l'arête du nez. Lui aussi tenait le coup grâce aux cafés et aux barres chocolatées qu'ils avaient ingurgitées en arrivant à l'hôtel.

— Ecoute, je suis debout depuis mercredi, 5 heures du matin, lui rappela-t-elle. On est vendredi après-midi, il est 14 heures. Ce serait facile de calculer le nombre d'heures que j'ai passées sans dormir, mais je ne préfère pas le savoir. Là, tout de suite, les zombies ont plus d'énergie que moi.

Elle se débarrassa de ses chaussures, ouvrit le lit et tapota l'oreiller.

— On n'a toujours pas retrouvé Rory et ça me rend malade, poursuivit-elle, mais tu m'as convaincue qu'on ne pouvait rien faire avant de rencontrer ton ami. Quand tu l'as appelé tout à l'heure, il t'a donné rendez-vous au centre commercial à 21 heures. D'ici là, on n'a qu'une chose à faire : se reposer.

Steve se tut, sans pour autant cesser de faire les cent pas. Tandis qu'elle tirait les draps au-dessus de sa tête pour ne plus le voir, Jane entendit la porte de la salle de bains s'ouvrir et se refermer. Puis l'eau se mit à couler dans la douche.

Pourvu qu'il sache quoi faire ensuite, pria-t-elle. Ils prenaient des risques en évitant les autorités. Et toujours cette question qui tournait en boucle dans sa tête : qui avait bien pu la piéger ?

Jane n'avait pas d'ennemis. Ni d'amis, d'ailleurs, en dehors de Hayden. Et ce dernier n'avait que faire de son médicament. Hayden Hughes venait d'une famille si fortunée qu'il n'avait pas besoin de travailler pour vivre.

Le sérum, c'était une chose. Mais pourquoi lui avait-on volé son fils ?

Calme-toi. Dors.

Tout s'arrangerait lorsqu'elle se serait reposée. Ses idées seraient plus claires, elle arriverait mieux à se concentrer. Comme sa mère le lui avait toujours dit, les émotions entravaient la logique ; il fallait les tenir à distance.

Jane avisa le téléphone sur la petite table de chevet à côté du lit. Steve lui avait formellement interdit de contacter qui que ce soit, mais que se passerait-il s'il changeait d'avis, si ses collègues réussissaient à le convaincre ? Qui l'aiderait ?

Hayden.

Elle composa son numéro.

— Appel en PCV de la part de Jane. Décroche, Hayden, je t'en prie…

— J'accepte l'appel. Allô ?

Entendre la voix de son ami lui réchauffa le cœur.

— Je n'ai pas le temps de tout t'expliquer, Hayden, mais j'aimerais que tu contactes le FBI et que tu leur confirmes que Rory était bien vivant la dernière fois qu'on s'est vus.

— Jane ? Que s'est-il passé ? Je ne comprends pas.

— Rory a été kidnappé, répondit-elle, les larmes aux yeux.

— Mon Dieu, qui a pu faire une chose pareille ? Qu'est-ce qu'ils veulent ? Tu as besoin d'argent ? Je peux partir de Baltimore tout de suite, si tu veux.

— Je ne sais pas ce qui se passe, Hayden.

— Pourquoi veux-tu que je leur dise que Rory était vivant ? Où es-tu ?

— Je ne peux pas te donner tous les détails, c'est trop compliqué. Rory a été emmené à San Antonio. Ce soir, on a rendez-vous dans un centre commercial avec quelqu'un qui est susceptible de nous aider.

— C'est qui, « on » ? Tu es avec le père de Rory ?

— Oui, Steve est avec moi. Je ne peux pas t'en dire plus.

Jane comprenait la frustration de Hayden, mais elle venait d'entendre Steve couper l'eau.

— S'il te plaît, appelle le FBI et dis-leur, pour Rory. Je dois te laisser.

Sans un bruit, elle raccrocha. Au moment où la porte de la salle de bains s'ouvrit, elle venait juste de remonter les couvertures sur son épaule.

— Je n'ai pas l'intention de dormir dans la douche, déclara Steve.

Si elle ne bougeait pas, peut-être finirait-il par croire qu'elle s'était endormie ?

— Je sais que tu ne dors pas, Jane, je t'ai entendue retenir ton souffle. Je ne te demande pas ton avis, je voulais juste te prévenir : je vais sortir de la salle de bains en caleçon et m'allonger à côté de toi dans le lit.

Jane ne répondit pas et garda les yeux fermés. Du moins, c'est ce qu'elle s'efforça de faire après avoir entrevu le torse nu de Steve.

Une fois allongé sous les couvertures, Steve eut bien du mal à s'endormir ; entre la présence de Jane à côté de lui et les bruits de portières sur le parking qui lui faisaient dresser l'oreille toutes les cinq minutes, difficile de se détendre. Il finit pourtant par sombrer dans un profond sommeil.

Lorsqu'il se réveilla, c'était le soir. La lumière d'un lampadaire tombait directement sur son visage — il referma les yeux, ébloui. Plusieurs avions de chasse décollèrent de la base aérienne toute proche, faisant vibrer les murs de l'hôtel. L'espace d'un instant, Steve craignit que le toit ne leur tombe sur la tête, puis les engins s'éloignèrent et le brouhaha habituel de la rue lui parvint de nouveau à travers le simple vitrage.

Quand il voulut s'étirer, Steve s'aperçut qu'un poids l'en empêchait. Durant son sommeil, il avait dû prendre Jane dans ses bras, à moins que ce ne soit elle qui ait posé sa tête sur son épaule — peu importait. Toujours est-il qu'elle devait être en train de se réveiller, car il la sentit se raidir.

Brusquement, elle se réfugia à l'autre bout du lit, emportant les couvertures avec elle.

— Pas de panique, chérie, tu as encore tous tes vêtements, plaisanta-t-il. Par contre, on ne peut pas en dire autant de moi.

Steve tira sur le drap, soucieux de cacher l'effet qu'elle produisait sur lui. Mais son inquiétude fut de courte durée : sans un mot, Jane se glissa hors du lit et alla s'enfermer dans la salle de bains.

— C'est sympa de se réveiller à côté de toi, lança-t-il gaiement en entendant claquer la porte de la petite pièce.

Bon sang, comme elle lui avait manqué ! Après son départ, quatre ans plus tôt, il s'était plongé à corps perdu dans son travail pour combler le vide qu'elle avait laissé. Aujourd'hui, malgré les circonstances dramatiques dans lesquelles ils s'étaient retrouvés, il avait l'impression qu'une partie de lui-même lui avait été rendue. Et son corps tout entier protestait de ne pouvoir la faire sienne à nouveau.

Il enfila son jean et sortit acheter deux cafés à la station-service du quartier. Il se souvint juste à temps que Jane prenait le sien avec de la crème et du sucre.

Avant de retourner dans l'hôtel, il attendit un moment dans un renfoncement de la façade. Personne ne semblait les avoir rattrapés, mais ce n'était qu'une question de temps. Quand ses collègues se décideraient-ils à vérifier la version de Jane ?

Lorsqu'il poussa la porte de leur chambre, celle-ci était assise au bord du lit, devant la télévision, et se démêlait les cheveux à l'aide de ses doigts. La scène éveilla un souvenir profondément enfoui en lui : au lendemain de leur première nuit d'amour, Jane s'était coiffée de la même façon en sortant de la douche.

Steve aurait tellement voulu que ce geste symbolique marque le début d'une nouvelle histoire…

— Merci, dit-elle lorsqu'il lui tendit le gobelet de café.

— J'ai pensé qu'on pourrait attendre l'heure du rendez-vous dans un des restaurants du centre commercial.

— Pourquoi tu n'as pas voulu que ton copain nous rejoigne ici ?

— Rhodes a un appartement, il a sûrement un ordinateur. On ne peut pas rester ici trop longtemps. Le FBI finira par retrouver notre trace.

— C'est vrai, tes collègues sont tellement méthodiques.

Steve préféra ne pas relever le sarcasme.

— Tu sais que tu es aussi célèbre que moi, maintenant ? fit-elle remarquer en levant le son du téléviseur.

La photo de Steve — un portrait datant de ses débuts au FBI, à l'époque où il avait une tête de jeune coq et les cheveux coupés bien courts — apparut dans un coin de l'écran.

« … était en arrêt de travail. On ignore si Palmer et son complice ont kidnappé l'agent Woods, ou s'il les a suivis de son plein gré. »

Une flopée de jurons s'échappa des lèvres de Steve.

— Gros crétin de McCaffrey !

— Pourquoi crétin ? Au contraire, maintenant c'est tout un Etat qui nous recherche.

— Justement !

Steve était hors de lui. Il imaginait déjà la réaction de ses parents… Kidnappé ? En cavale ? Ils allaient paniquer. Il fallait absolument qu'il leur envoie un message.

— McCaffrey n'a même pas essayé de m'appeler pour savoir ce qui se passait ! fulmina-t-il.

— Parce que tu crois que tu aurais répondu, pendant que tu bondissais par-dessus des barrières ? Ou pendant que tu tondais la pelouse en bottes de cow-boy ? En plus, je te rappelle que tu as laissé ton portable dans la maison pour guider tes collègues jusqu'au petit Thomas.

— On achètera un téléphone à carte au supermarché.

— Quel est ton plan ? s'enquit Jane en éteignant la télévision. Par quoi on commence ? Est-ce qu'on va se teindre les cheveux et t'acheter une fausse barbe ?

— Eh bien, on peut dire que le sommeil te réussit !

C'était le monde à l'envers. Jane gardait la tête froide alors que lui, agent fédéral aguerri, perdait son temps à se lamenter sur son sort.

Steve avala la dernière gorgée de son café et jeta la tasse dans la corbeille, qui se trouvait à un mètre des jambes sexy de Jane. Garder la tête froide, tu parles… C'était plus facile à dire qu'à faire.

Il s'assit sur un coin de la coiffeuse et se frotta le visage dans les mains.

— Il faut que j'appelle l'agent Stubblefield.

— Pas question.

— Elle nous a aidés à nous échapper, ce matin. On peut lui transmettre les coordonnées de Hayden Hughes, et il lui confirmera que Rory est toujours vivant. J'aimerais savoir s'ils ont réussi à remonter la piste de l'argent. On n'a pas le choix, on a besoin de leurs outils technologiques.

— Je ne leur fais pas confiance.

— C'est le moyen le plus rapide pour retrouver Rory. Le FBI dispose d'innombrables ressources…

— Ils ne s'en sont pas beaucoup servis, hier.

— Jane, ça ne nous avancera à rien de nous disputer.

Elle détourna le regard.

— Comment as-tu pu imaginer que j'étais folle ?

— Hé, c'est ce que mes collègues ont pensé, mais moi je n'ai jamais cru un mot de ce que disaient les psys.

— Pourquoi ?

— C'est vrai qu'ils ont présenté des arguments en béton. Comme quoi tu n'avais plus conscience de la réalité, et que tu en étais venue à kidnapper un autre petit garçon pour faire revivre ton fils. Pour moi, c'étaient des salades. Tu n'as pas eu besoin de moi quand tu as découvert que tu étais enceinte. Et quand Rory a été kidnappé, tu n'as pas fait appel à moi directement, mais d'une façon détournée.

Jane baissa la tête et essuya une larme qui roulait sur sa joue. L'unique larme qu'elle avait laissée échapper depuis plusieurs heures. Quand était-elle devenue ce robot impassible ? Steve l'avait connue heureuse, pleine de vie et d'énergie. S'était-elle refermée au cours des années passées ? Ou son attitude était-elle liée à sa présence ? Peut-être sa colère prenait-elle le pas sur ses autres émotions, auquel cas il ferait bien de l'imiter.

Elle secoua une dernière fois ses cheveux, comme pour signifier que la conversation était close. Steve aimait la façon dont ils ondulaient lorsqu'ils séchaient à l'air libre. Dans d'autres circonstances, Jane se serait inquiétée que ses boucles lui donnent l'air trop jeune.

Si seulement les circonstances étaient différentes, justement… Peut-être alors pourraient-ils tenter de renouer leur relation. Ou de tout reprendre de zéro.

— J'ai demandé à Hayden de contacter le FBI, dit-elle subitement.

— Tu as fait quoi ?

Steve ne savait pas ce qui le mettait le plus en rogne : qu'elle ait pris cette initiative, ou qu'elle ait demandé de l'aide à un autre que lui.

— C'est lui, le père de Rory ?

— Non, répondit Jane après un long silence. Hayden est juste un ami qui pourra confirmer que Rory était vivant il y a deux semaines. Mais il faut qu'on sache qui a fait ce faux certificat de décès. Quand devons-nous retrouver ton copain Rhodes ? J'ai vraiment besoin d'un ordinateur.

— Bientôt, mais qu'est-ce qui te fait croire…

— Je peux pirater le site de l'Etat du Maryland. Ça ne devrait pas poser de problème.

— Pas poser de problème ? Oh ! c'est sûr, on est déjà recherchés pour kidnapping et Dieu sait quoi d'autre encore. On n'en est pas à un petit piratage près !

Jane ne se laissa pas démonter par ce coup de colère. Elle avait déjà élaboré un plan, et ils allaient l'appliquer, voilà tout. Elle enfila ses baskets, celles que Steve lui avait trouvées après avoir cherché la bonne taille dans deux supermarchés.

— Est-ce que tu connais des gens qui pourraient nous

aider à remonter la piste de l'argent ? s'enquit-elle. En dehors de ton équipe et du FBI, j'entends.

— Oui, mais…

Jane souriait. Avoir un projet lui redonnait confiance.

— Si je rappelle Hayden, il pourra demander à un petit génie de l'informatique qu'on connaît de se pencher sur la question.

— C'est dangereux d'impliquer d'autres personnes.

— On est capables de retrouver Rory tout seuls, Steve. Sans l'aide de tes amis du FBI.

A supposer qu'elle ait raison, Steve était tout de même obligé de prévenir son équipe. Il fallait que les autorités soient informées de ce qui se passait.

— D'accord, contacte ton hacker. Moi, j'appelle Stubblefield. On doit à tout prix les dissuader de lancer une chasse à l'homme contre nous. OK ?

— Je ne sais pas. A ton avis, combien de temps pouvons-nous échapper au FBI ou à la police de San Antonio ?

— D'ici demain après-midi, on aura sans doute réussi à prouver l'existence de Rory et à convaincre le FBI de poursuivre les recherches. Avec un peu de chance, on aura peut-être même découvert qui veut te rayer de la carte.

— Et après, qu'est-ce qu'on fait ?

Steve haussa les épaules, tout en sachant pertinemment qu'il serait contraint de se rendre. Si ce fameux Hayden possédait des photos récentes de Rory, il le ferait venir au Texas pour témoigner. Mais d'abord, il mettrait Jane en lieu sûr.

— Allons-y, alors, dit-elle. Où est-ce qu'on doit retrouver ton ami ?

— Dans l'espace restauration.

Jane tenta de se frayer un passage entre le lit et la coiffeuse contre laquelle Steve était toujours appuyé. Il la retint doucement par le bras.

Un flot d'émotions conflictuelles l'assaillit aussitôt. Le moindre contact avec cet homme déclenchait en elle une réponse immédiate.

— Ne fais pas ça, murmura-t-elle.

Les yeux bruns de Steve ne quittaient pas les siens, perçant une à une toutes les barrières qu'elle avait tenté d'ériger entre eux.

— Ne fais pas quoi ? s'enquit-il d'une voix un peu rauque.

— Ça.

— Sois plus précise.

Il l'attira légèrement vers lui. Il savait exactement ce qu'il faisait.

— Je… rien. On doit partir, c'est tout, bredouilla-t-elle.

— Menteuse.

Il avait soufflé ce mot tout contre son cou. Jane en eut la chair de poule. Alors qu'elle trouvait enfin le courage de croiser son regard, il la relâcha brusquement.

C'était mieux ainsi.

Mieux de garder ses distances. Mieux de s'interdire de l'aimer.

9

— Alors, c'est une bonne affaire, cette imitation de BlackBerry ? s'enquit Jane en essayant — en vain — de prendre l'appareil des mains de Steve.

— C'est la première fois que je bénis l'existence des téléphones prépayés. Pas de vérifications bancaires. Pas de preuve d'identité exigée.

Steve s'assit à une table libre en plein milieu de la zone de restauration, comme s'il se fichait que leurs photos fassent la une de tous les journaux télévisés.

— Tu ne crois pas qu'on devrait se montrer plus discrets ? demanda Jane en baissant la tête tandis qu'un agent de sécurité passait à proximité.

Steve lui sourit, parfaitement détendu.

— Ne t'inquiète pas pour ça. Tu es méconnaissable sur la photo de ton permis de conduire. On dirait une gamine.

— Ce n'est pas parce que tes cheveux ont poussé que personne ne sera capable de te reconnaître, répliqua-t-elle.

— C'est bien pour ça que j'ai acheté ce chapeau.

Il enfonça le stetson noir sur son front.

— Bon, je vais aller nous chercher de quoi manger, dit-il en empochant le téléphone.

Jane entendit ses bottes crisser derrière elle tandis qu'il s'éloignait. Elle venait de s'installer devant la table métallique quand des bruits de pas précipités la firent pivoter sur sa chaise.

— On s'en va.

— Tu viens de me dire qu'il ne fallait pas s'inquiéter…

Elle eut juste le temps de ramasser les deux sacs contenant

les vêtements qu'ils avaient achetés un peu plus tôt. Steve la tira par le bras jusqu'au magasin le plus proche et lui fit signe de se taire.

— J'ai vu George, et il venait vers nous, chuchota-t-il.

— Qu'est-ce qu'on fait ?

— On s'en va.

Il lui prit les sacs, puis entremêla ses doigts aux siens.

— Surtout, ne lâche pas ma main, à moins que je te le demande.

Ils se joignirent au flot des badauds. Jane peinait à suivre les grandes enjambées de Steve. En risquant un coup d'œil derrière elle, elle crut voir que les hommes en costume se dirigeaient vers une autre galerie.

Steve l'entraîna dans une confiserie, à l'abri d'un présentoir à sucettes.

— Je ne pense pas qu'il nous ait vus, dit-il à voix basse.

Il lui tendit son chapeau.

— Surtout, ne le fais pas tomber.

Jane eut toutes les peines du monde à se retenir de rire. Leur fils avait été kidnappé, le FBI les pourchassait, quelqu'un cherchait à lui mettre un meurtre sur le dos, et Steve lui demandait de prendre soin de son chapeau ?

— C'est un beau stetson, se défendit-il en la voyant se mordre la joue.

Il jeta un coup d'œil au coin du magasin, puis lui fit signe de se rapprocher.

— Le panneau, là-bas, semble indiquer qu'on se dirige vers la sortie sud-est du centre commercial. Est-ce que tu peux chercher dans ton fabuleux cerveau à quel endroit on se retrouvera si on marche d'un bon pas pendant une dizaine de minutes ?

Jane respira calmement et ressortit le plan de San Antonio d'un coin de sa mémoire.

— Si on va tout droit vers l'est ? demanda-t-elle.

— Tourne à droite à la première rue.

— On se retrouve à l'intersection de Nock Avenue et de Shairmain Place.

— Super. Je vais appeler Rhodes et lui dire de nous récupérer là-bas. Reste ici le temps que je vérifie si George est toujours là.

— Non, on y va ensemble.

Steve sembla hésiter un instant.

— OK. Alors on va se diriger vers les toilettes et la sortie de secours, à l'autre bout du couloir.

Sans lâcher sa main — ni son chapeau —, Jane le suivit de nouveau dans la foule.

Avait-il vraiment parlé de son « fabuleux cerveau » ? Personne, hormis Hayden et les parents de Jane, n'avait jamais employé un adjectif aussi flatteur pour qualifier sa mémoire monstrueuse. Cela lui réchauffa le cœur.

Jane surveilla l'entrée du couloir qui menait aux toilettes pendant que Steve inspectait l'issue de secours. Elle s'attendait à tout moment à entendre hurler : « Pas un geste ! » Mais seules deux femmes apparurent, qui regardèrent Steve bizarrement avant de pousser la porte des toilettes pour dames.

— Il va falloir faire demi-tour, annonça-t-il. Je m'en doutais un peu, mais une alarme se déclenche si on sort par là. Tu peux me donner une autre chemise, s'il te plaît ? Je ne suis pas sûr que George m'ait repéré, mais il vaut mieux que je change d'apparence.

Jane fouilla les sacs pendant que Steve envoyait un texto à Rhodes. Alors qu'elle lui tendait le vêtement, elle se figea. A l'entrée du couloir se tenaient deux hommes de type hispanique qui pointaient leurs pistolets sur elle.

— Les mains en l'air, ordonna le plus grand avec un fort accent espagnol.

Ils ne portaient pas de costumes. S'agissait-il d'agents du FBI ?

— N'en faites rien, protesta le plus petit, un sourire sadique aux lèvres. On nous a dit qu'on pouvait s'amuser un peu avec vous.

Oh ! Seigneur ! Tout en eux respirait la haine et la cruauté. Steve se plaça aussitôt devant Jane, les mains levées au-dessus de la tête.

— Qui vous envoie ? demanda-t-il d'une voix très calme.

Jane tenta de le repousser, en vain. Elle n'avait pas envie qu'il meure à sa place. Et elle n'avait pas envie de mourir non plus.

Alors, elle se rappela que Steve avait un couteau. S'il avait acheté ce gilet de cow-boy ridicule, c'était justement pour cacher l'arme à la ceinture de son jean. Il pivota imperceptiblement, faisant en sorte que le manche lui effleure la main.

Lui demandait-il de retirer le couteau de son étui ? Les doigts de Jane hésitèrent au bas de son dos.

— Si tu veux regarder pendant qu'on s'occupe d'elle, libre à toi, *amigo*. Mais d'abord, il faut qu'on se taille d'ici. *Vamonos*.

— Je suis prêt.

Jane comprit que Steve s'adressait à elle, car il ne bougea pas d'un pouce. C'était une chance qu'elle ne puisse plus voir les armes des deux hommes, sans quoi elle se serait sans doute dégonflée. Discrètement, elle extirpa le couteau de sa gaine.

— Je fatigue un peu, les gars, se plaignit Steve en commençant à baisser les bras.

— Pas de blague ! siffla le plus bavard. Avancez. Doucement.

— D'accord, d'accord. On y va.

En un éclair, Steve s'empara du couteau et se jeta sur leurs agresseurs, désarmant le premier d'un violent coup de pied à l'estomac et balayant les jambes du second pour le faire tomber.

— Cours ! cria-t-il à Jane.

Les sacs serrés contre sa poitrine, elle s'élança dans le couloir. Steve la rattrapa bientôt et la prit par la main pour l'entraîner vers la sortie la plus proche. Des femmes se mirent à hurler en voyant le couteau qu'il brandissait toujours. Il leur cria de s'allonger.

Tandis qu'ils couraient à travers le parking plongé dans l'obscurité, une balle brisa une vitre tout près d'eux. Ils se réfugièrent derrière un monospace. De toute évidence, les deux hommes les avaient suivis et comptaient bien les achever. Steve jeta un coup d'œil autour d'eux avant de sortir le téléphone de sa poche pour taper rapidement un message.

— Qu'est-ce qu'on fait, maintenant ? demanda Jane, à bout de souffle.

— Ça ne me plaît pas, mais on attend la cavalerie.

Il regarda en direction de l'entrée du centre commercial.

— Ou George. Il a forcément eu vent de la fusillade.

— Mais l'agent Lanning nous…

D'autres balles sifflèrent au-dessus de leurs têtes.

— Oui, il nous arrêtera.

— Il n'y a vraiment pas d'autre solution ?

Le rugissement d'un moteur interrompit leur conversation.

— Eh, mec, c'est des vraies balles, qu'ils tirent ? lança le conducteur du pick-up, un homme d'une vingtaine d'années avec les cheveux dressés en pointes sur la tête.

— Rhodes ! Il était temps ! cria Steve pour se faire entendre par-dessus le vacarme des haut-parleurs.

— Vous voulez que je vous emmène quelque part ?

Rhodes remuait la tête au rythme de la musique, ses doigts tapotant sur le volant. Le vieux camion rouge était dans un piètre état, et la première pensée de Jane fut qu'ils iraient plus vite à pied que dans cette vieille guimbarde. Un peu partout sur la carrosserie, des autocollants colorés tentaient de cacher la misère.

Une rafale cribla soudain le trottoir qui les séparait du pick-up. L'ami de Steve se baissa mollement sous le tableau de bord, avant de relever la tête.

— Dites, vous avez l'intention d'accepter ma proposition, ou vous voulez rester ici encore un moment ?

Steve éclata de rire.

— Vous êtes fous ? cria Jane, regardant les deux hommes tour à tour. C'est avec ça que vous voulez nous sauver ?

Les agresseurs continuaient de progresser le long des voitures garées. Jane étouffa un gémissement de pure terreur lorsque la lunette arrière du monospace vola en éclats. Elle eut le réflexe de baisser la tête et de fermer les yeux tandis qu'une pluie de morceaux de verre retombait sur ses cheveux.

Une balle termina sa course dans le pick-up. Rhodes lâcha un juron et disparut derrière la portière.

— Attrape ! cria-t-il à Steve.

Ce dernier réceptionna le pistolet que son ami venait de lui lancer. Il se mit aussitôt à tirer sur leurs assaillants.

— Vas-y, Jane, je te couvre !

Jane courut jusqu'au pick-up et sauta sur le plateau à l'arrière de la cabine. Elle retomba lourdement à plat ventre, le nez dans la terre. Le bruit des coups de feu se mêlait à celui des balles qui s'enfonçaient dans les carrosseries, alors qu'une chanson joyeuse, totalement incongrue, passait en fond sonore à la radio. Quelques secondes plus tard, Steve la rejoignit.

— N'ayez crainte, ma petite dame, ce camion est équipé d'un moteur Hemi, cria Rhodes depuis la cabine du véhicule.

Sur ces mots, il passa la première et fit crisser les pneus sur la chaussée du parking. L'instant d'après, le vieux pick-up bondissait en avant, laissant les deux tireurs loin derrière lui.

Jane glissait d'un côté à l'autre du plateau, aveuglée par ses cheveux que le vent lui collait au visage. Alors qu'elle s'agrippait à la carrosserie dans l'idée de se redresser, Steve la tira en arrière.

— Reste couchée ! lui ordonna-t-il.

Il risqua un coup d'œil sur la rue qui défilait derrière eux. Si quelqu'un les avait suivis, impossible de s'en rendre compte avec toute la poussière que soulevait le pick-up.

Un « Hemi », avait dit Rhodes… C'était sans doute un gros moteur qui permettait d'aller vite. Jane se promit d'en apprendre plus sur l'objet auquel ils devaient la vie sauve.

— Vous avez fait un casse, ou quoi ? leur cria Rhodes tandis qu'il s'engageait à vive allure sur l'autoroute 35.

— Toujours le mot pour rire, répondit Steve. Tu nous as tirés d'un sale pétrin, Rhodes.

Il s'assit dos à la cabine et aida Jane à en faire autant. Celle-ci n'était pas mécontente que le volume sonore soit aussi élevé à l'arrière du pick-up : elle n'avait aucune envie de parler de ce qui venait de se produire.

Un pirate sexy affublé d'une boucle d'oreille en forme de dague les avait sauvés d'une mort certaine. Cela se passait de commentaires.

Tandis que Rhodes zigzaguait à toute vitesse entre les voitures, Steve cala son pied contre le protège-roue et serra Jane sous son bras pour l'empêcher de valser d'un bout à l'autre du plateau rouillé. Il retira un morceau de verre de ses cheveux. Heureusement, aucune balle ne l'avait atteinte.

— Tu peux ralentir, Rhodes ! cria-t-il. Personne ne nous suit, tu risques de nous faire repérer.

Son ami relâcha l'accélérateur, puis emprunta la première sortie. Quelques minutes plus tard, ils s'arrêtaient dans un quartier pauvre, devant un immeuble délabré que l'on aurait pu croire condamné.

Rhodes claqua la portière du pick-up et attrapa les deux sacs à côté de Jane.

— Alors racontez-moi, qu'est-ce que vous avez fait pour mettre en rogne les deux frères *enojados* ?

— Tu les connais ?

— Ils ont essayé de nous tuer, dit Jane. *Enojado* veut dire « en colère ».

— Je sais, lui rappela Steve gentiment.

Personne ne pouvait grandir dans un ranch du Texas et travailler sous couverture sans connaître des rudiments de la langue parlée juste de l'autre côté de la frontière.

— Ces types sont des tueurs à gages bien connus dans le coin, expliqua Rhodes. Vous avez eu de la chance que je sois arrivé à temps.

— Ça, tu peux le dire.

Des tueurs à gages. Les kidnappeurs de Rory étaient donc au courant que Jane avait cherché — et trouvé — de l'aide. Ils avaient décidé de passer aux choses sérieuses.

Steve garda la main de Jane serrée dans la sienne. Il savait quel genre de missions assurait Rhodes au sein de la DEA, l'agence américaine chargée de la lutte contre le trafic de drogues. Des missions d'infiltration hautement risquées. Il n'avait donc aucune confiance dans ce quartier.

Rhodes les conduisit au quatrième étage de l'immeuble, dans un studio qui fermait à peine à clé. Il fit signe à Jane de s'asseoir dans le seul fauteuil de la pièce.

— Désolé pour le confort, mais on ne me donne pas grand-chose pour payer le loyer.

Steve lui serra chaleureusement la main — sa façon de le remercier de les avoir sauvés.

— Tu vis dans un trou à rats, Rhodes.

— A qui le dis-tu ! Quand tu m'as appelé cet après-midi, j'ai tout de suite essayé de vous trouver une planque. J'attends toujours des réponses. Ça faisait une paye qu'on ne s'était pas vus, Woods. Comment tu vas ?

— Il n'y a pas d'ordinateur, les coupa Jane.

— Non. Si j'avais un PC dans ce bouge, on me prendrait pour un intellectuel.

Rhodes se tourna vers Steve.

— Elle va bien ? chuchota-t-il.

Steve secoua la tête.

— Tu crois que tu pourrais nous trouver un ordinateur portable ? Et de l'argent en liquide ?

— L'argent, ce n'est pas un problème.

— Il nous faudrait aussi un moyen de transport.

— Je m'en occupe. Vous avez mangé ?

— Non.

— Je vais vous chercher quelque chose, alors.

Tandis que la porte se refermait doucement, Steve entendit le bruit des sacs qui tombaient des genoux de Jane. Elle venait de se lever.

— Je n'arrive pas à y croire, murmura-t-elle en se dirigeant vers la fenêtre maculée de crasse. Il n'a pas d'ordinateur ?

Steve comprenait son désarroi, mais il faisait ce qu'il pouvait.

Ils étaient en cavale, pas en mission. Jane avait demandé à son ami de Baltimore de confirmer au FBI que Rory était toujours vivant. Si ce fameux Hayden faisait sa part du boulot, ils auraient l'appui du Bureau pour rechercher Rory. Tout deviendrait plus simple.

Jane était sur le point de craquer, il le sentait à sa façon de parler plus fort que d'habitude, à agiter les bras au lieu de les garder serrés contre elle. Dans sa situation, la plupart des mères se repliaient sur elles-mêmes ou se mettaient à divaguer complètement ; Jane se contentait de se ronger les ongles et de taper du pied avec impatience.

Steve était fier d'elle. Fier qu'elle parvienne à garder la tête sur les épaules alors qu'elle avait toutes les raisons de s'effondrer. Pourtant, il voyait bien qu'elle souffrait ; son visage montrait des signes évidents de stress.

— Tu es choquée, et ça se comprend, Jane. C'est toujours impressionnant la première fois qu'on est pris dans une fusillade.

Lorsqu'elle se décida enfin à croiser son regard, ce fut comme si toutes ses défenses s'écroulaient. Steve la rattrapa juste avant qu'elle ne tombe.

— Ça va aller, Janie, murmura-t-il en caressant ses boucles emmêlées. On ne s'arrêtera pas tant qu'on n'aura pas retrouvé Rory.

Et il avait bien l'intention de tenir sa promesse.

Jane s'écarta de lui en reniflant. Elle avait déjà repris le contrôle de ses émotions. Steve aurait voulu la garder encore dans ses bras pour la protéger des dangers à venir. Il brûlait de lui avouer ses sentiments. Peut-être alors se confierait-elle à son tour.

Au lieu de cela, il se passa une main dans les cheveux et rajusta son stetson, tout en continuant à batailler contre sa conscience. Devaient-ils suivre le plan de Jane, ou faire ce qui lui semblait le plus sensé, à savoir rassembler une équipe pour obtenir les renseignements dont ils avaient besoin ?

— Steve, il faut que je te dise quelque chose à propos du père de Rory, déclara-t-elle dans un souffle.

— Je t'écoute.

A cet instant, Rhodes frappa deux coups à la porte avant d'entrer dans le studio. Jane détourna le regard vers la fenêtre.

— Je vous ai trouvé un endroit tranquille où dormir, annonça Rhodes. Et je vous ai rapporté des tacos.

10

La casse automobile était la conclusion parfaite à cette épouvantable journée. Jane frissonna en pensant à ce qui vivait dans les recoins cachés des empilements de voitures. Le soleil de juillet s'était couché depuis maintenant plus de deux heures, laissant l'humidité s'installer pour la nuit. Tandis qu'elle avançait avec précaution dans les allées, Jane dut chasser les moustiques qui lui bourdonnaient aux oreilles.

Il était 23 h 30 et le ciel se faisait de plus en plus menaçant. La pluie qui avait été leur ennemie sur le lac Buchanan était sur le point de les rattraper. Mais alors que de gros nuages noirs glissaient dans leur direction, l'air autour d'eux semblait parfaitement immobile.

— Un camping-car, constata Jane, avant de se tourner vers Rhodes. C'est là qu'on va passer la nuit ?

— Oui. C'est le logement d'un copain. Il dormira chez moi ce soir.

S'agissait-il d'un sans-abri ? Oh ! Seigneur…

Le camping-car reposait directement sur ses jantes, au milieu d'appareils électroménagers rouillés, de pièces de voitures et autres objets abandonnés. Un chemin de terre en faisait le tour, et un auvent déchiré tentait d'en protéger l'entrée. Ce dernier était attaché d'un côté à une pile de ferraille, et de l'autre à une barre en métal enfoncée dans une grosse bobine de bois recouverte d'emballages de fast-food et de cannettes écrasées. Près de la porte trônait une chaise pliante rafistolée avec du scotch marron.

— Je vais aller chercher mon ordinateur portable et ma

carte wifi au garde-meubles. Vous verrez, le camping-car est bien mieux équipé que ma piaule.

Rhodes serra la main de Steve.

— J'en ai au moins pour deux heures. En attendant, faites comme chez vous.

— Il ne prend pas son pick-up ? demanda Jane lorsque Rhodes se fut éloigné.

— Je l'ai convaincu de le laisser ici en cas d'urgence, répondit Steve en faisant tinter les clés du véhicule.

Jane posa les sacs sur le tapis élimé qui servait à la fois de paillasson et de terrasse. Steve ne quittait pas des yeux le chemin que Rhodes avait emprunté.

— J'ai beau m'associer à un agent de la DEA sous couverture, ça ne m'empêche pas de rester parano, murmura-t-il. Je vais aller inspecter les environs.

Et il disparut entre les tas de voitures compactées.

Jane attendit debout devant le camping-car. Ces dernières heures passées à fuir l'avaient épuisée. Le désespoir, la peur et l'envie de serrer Rory dans ses bras la submergeaient, de même qu'il lui pesait de ne pas pouvoir se projeter dans l'avenir proche. Jane aimait l'ordre, au sein de son laboratoire comme dans la vie.

Le trajet en pick-up à côté de Steve avait été une véritable torture physique et mentale. Elle était obsédée par l'idée de lui annoncer la vérité concernant Rory. Comment réagirait-il ? Il n'y avait qu'un moyen de le savoir : en se jetant à l'eau.

Pense à ce qui doit être fait. La voix de sa mère résonnait encore à ses oreilles, des années après sa mort. *Procède par étapes. Sois logique.*

Jane ramassa les sacs et pénétra dans le camping-car, aussitôt assaillie par des relents de renfermé et de crasse. Elle allait profiter de ce moment de tranquillité pour lire les manuels informatiques que Steve et elle s'étaient procurés. Alors, elle serait prête à pirater les registres de l'Etat du Maryland afin d'identifier la personne qui avait établi le faux certificat de décès. Ce n'était peut-être pas la même qui avait voulu la faire accuser de meurtre, mais cela lui donnerait déjà une piste. Les héros des films en découvraient toujours, n'est-ce pas ?

Ils allaient retrouver Rory, elle ne pouvait pas se permettre d'en douter. Elle devait croire Steve lorsqu'il lui promettait qu'ils n'arrêteraient jamais leurs recherches. Elle devait croire en eux.

Allez, Jane, cesse de larmoyer. Mets-toi au boulot.

Le camping-car, pas très spacieux, ne semblait pas être équipé de douche ni de toilettes. Jane ouvrit le robinet de l'évier dans l'espoir de se désaltérer, mais elle le referma bien vite en voyant le filet d'eau jaunâtre qui s'en échappait. Un lit escamotable était déplié au-dessus d'une petite table. Steve et elle pourraient se reposer à tour de rôle — si toutefois ils restaient ici assez longtemps pour dormir.

Jane s'était juré de ne plus jamais partager un lit avec lui. Quelle que soit la taille du couchage, elle se retrouverait immanquablement dans ses bras, or ce n'était pas le moment de recoller les morceaux. Ni d'imaginer les mains de Steve courant partout sur son corps.

Elle avait envie de lui, c'était indéniable. Et elle le désirait d'autant plus qu'elle n'avait eu aucune relation intime depuis qu'il avait mis fin aux six plus belles semaines de sa vie. Restait à faire comme si cela ne la dérangeait pas… Sauf qu'il lui était de plus en plus difficile de s'arracher aux bras de Steve. De plus en plus difficile de se montrer forte. Indépendante. Même avant l'enlèvement de Rory, elle avait pris conscience que, toute seule, elle ne pourrait offrir à son fils la stabilité dont il avait besoin. Ce n'était pas sans raison qu'elle était retournée vivre à Dallas.

Le gros volume fit un bruit sourd en tombant sur la table. Il ne semblait pas y avoir l'électricité dans le camping-car, mais Jane trouva une lampe fonctionnant avec des piles et ouvrit un rideau derrière elle pour profiter de la pâle lumière diffusée par l'éclairage de sécurité. Puis elle s'assit et entreprit de graver un énième livre dans sa mémoire.

Lorsqu'elle eut tourné la dernière page, elle ferma les yeux et vérifia que les chapitres sur les faiblesses des systèmes, les routeurs et les flux de paquets étaient bien rangés dans un coin de son esprit. Tout était là, enregistré dans un cerveau dont elle craignait qu'il n'explose un jour.

— Salut, cette place est prise ? demanda Steve en se glissant sur le banc en face d'elle. J'ai attendu que tu aies fini de… lire, si on peut appeler ça comme ça.

— Je ne t'ai pas entendu entrer.

Jane retint son souffle lorsque Steve coinça ses longues jambes sous la table. La pièce lui parut soudain encore plus petite.

— Je crois que je vais pouvoir trouver l'information qu'on cherche.

— Je n'en doutais pas.

Steve repoussa son chapeau en arrière d'un geste digne d'un western. Ses dents blanches étincelaient à la lumière.

Concentre-toi.

— Il y a toujours des points vulnérables dans un système informatique, débita-t-elle. Si tu sais comment les exploiter, c'est facile. Il faut trouver les portes d'accès. Les connexions Internet passent par tout un tas de routeurs…

— Jane, l'interrompit Steve. Je te crois, chérie.

Bon sang. Il la troublait déjà suffisamment sans qu'il ait besoin d'employer des termes affectueux. L'étincelle d'humour dans son regard, son sourire engageant, semblaient déplacés dans leur situation. Ils devraient ne penser qu'à Rory.

— J'aimerais m'y mettre rapidement, dit-elle d'un ton qu'elle voulait le plus professionnel possible. Rhodes en a vraiment pour deux heures ?

— Il est à pied, et il doit traverser toute la ville.

Steve déplaça ses jambes pour éviter de toucher celles de Jane. La nervosité de cette dernière était palpable. Et pourtant, il serait bien obligé de lui dire ce qui le préoccupait.

— Il y a un problème ? s'enquit-elle en remarquant son malaise.

— Malheureusement, il n'y en a pas qu'un.

— Je suis une grande fille. Je peux entendre la vérité.

— Je pense que Hayden est notre homme, lâcha Steve.

Bravo, songea-t-il. Autant lui dire carrément que son meilleur ami cherchait à la tuer…

— C'est n'importe quoi.

— Ecoute-moi.

Steve voulut lui prendre les mains, mais elle les retira bien vite de la table. Il couvrit son geste en se penchant en avant, les doigts croisés.

— Tu contactes Hayden et, quelques heures plus tard, deux types essaient de nous tuer.

— Hayden ne peut pas fréquenter des gens de leur espèce. C'est impossible.

— Pourtant, ils nous ont cueillis tout de suite après ce coup de fil. Je parie que tu lui avais dit qu'on avait rendez-vous dans un centre commercial.

Jane ne répondit pas, mais il comprit à son regard qu'il avait vu juste. Hayden était bel et bien coupable. Steve devait contacter son équipe au plus vite.

— Je n'y crois pas, insista-t-elle. Hayden ne ferait jamais une chose pareille.

Elle fourra nerveusement les livres dans le sac, qu'elle posa à côté d'elle sur le banc. Puis elle se leva sans toucher à rien. On aurait dit une jeune pouliche prête à décamper au moindre coup de vent.

— Quand Rhodes nous aura apporté un ordinateur, j'aimerais que tu vérifies les relevés bancaires de ton copain, insista-t-il. Histoire de voir s'il y a eu des mouvements suspects sur son compte.

Encore fallait-il qu'elle en ait les capacités, et qu'elle sache dans quelle banque Hayden Hughes était client. Il existait tellement de petits Etats, dans le Nord ; il pouvait très bien travailler dans le Maryland et vivre ailleurs.

— Je le ferai, répondit Jane, mais ce n'est pas lui. Bon sang, je ne supporte pas de rester coincée ici.

— On n'a pas le choix, il faut attendre. Rhodes est un gars bien, il va nous rapporter ce dont tu as besoin.

Jane ne l'écouta pas et sortit du camping-car. Juste au moment où Steve passait la tête par la porte, une pluie aussi soudaine que torrentielle s'abattit sur l'entrepôt de ferraille. On ne voyait plus à trois mètres de distance.

— Super. Génial, grommela Jane en rentrant comme une furie dans leur logement temporaire. Rory a disparu, et je suis obligée de rester ici à me tourner les pouces !

« Je », et pas « nous », nota Steve.

Il l'observait depuis le porche de fortune, indifférent à l'eau qui dégoulinait sur son épaule. Même s'il la croyait capable d'obtenir les informations qu'ils recherchaient, il savait que ses collègues auraient plus vite fait de les trouver.

Steve avait tenté de réfléchir à une façon plus douce de confier à Jane ses soupçons au sujet de Hayden, mais rien ne lui était venu à l'esprit. Dans l'équipe, il était celui qui allait droit au but, qui ne prenait jamais de gants. Il laissait l'approche sensible à ses collègues. De toute façon, il n'était pas très doué pour les relations. Il ne l'avait jamais été.

Sauf… Oui, sauf peut-être avec Jane.

— Il faut que j'appelle Stubblefield, dit-il en remontant dans le camping-car.

Jane fit volte-face et le fusilla du regard.

— Certainement pas. Je ne veux pas que tu contactes le FBI.

— Selena nous a aidés, tu te souviens ? Mes collègues ont accès à des ressources qui nous font cruellement défaut. Ils pourront vérifier, si ce n'est pas déjà fait, que Rory est toujours vivant. Et ils feront tout pour le retrouver. Tu comprends ? On a besoin d'eux. On ne peut pas faire ça tout seuls dans notre coin.

Jane inspira profondément, cherchant de toute évidence à garder son calme. Le ressentiment se lisait dans ses yeux bleus. Lorsqu'un éclair illumina la pièce derrière elle, Steve la vit soudain comme une Walkyrie vengeresse descendue sur Terre pour lui trancher la tête. Sa voix résonna par-dessus le grondement du tonnerre.

— J'ai bien réfléchi à ce qui s'est passé, moi aussi. Et il

n'y a qu'une chose dont je suis sûre : chaque fois que le FBI s'approche de moi, je m'éloigne un peu plus de mon fils.

Sur ces mots, elle le bouscula et disparut sous la pluie.

— Tu me tues, marmonna Steve pour lui-même.

Ils n'étaient pas en sécurité, ici. Quelle que soit la météo, hors de question de laisser Jane traîner seule dans les parages. Steve s'aventura sous le déluge et la retrouva immobile dans un tournant du chemin.

— Tu veux bien rentrer au sec ? cria-t-il.

La pluie faisait un vacarme d'enfer en tombant sur la ferraille autour d'eux.

— Va-t'en.

— Je suis de ton côté, je te rappelle. Quelles que soient tes pensées du moment.

C'était insensé de rester dehors par un temps pareil. Steve l'obligea gentiment à lui faire face.

Dieu, qu'elle était belle. Sans maquillage, les cheveux plaqués autour du visage, dégoulinante de pluie… Jane n'avait pas besoin de bien s'habiller pour l'impressionner. Bon sang, elle n'avait pas besoin de s'habiller du tout. Il se souvenait de chaque centimètre carré de son corps. Il se souvenait d'avoir *désiré* chaque centimètre carré de son corps. Et de l'avoir aimée tout entière. Un seul regard dans sa direction et il avait faim d'elle.

Leurs conversations lui manquaient, aussi. Les longues discussions qu'ils avaient en se promenant autour du lac, ou les quelques mots échangés en vitesse quand ils n'en pouvaient plus d'attendre et finissaient par s'arracher leurs vêtements. Jamais il ne s'était senti aussi proche de quelqu'un.

Après ce que Jane avait vécu, il était prêt à rester sous l'averse, si c'était ce qu'elle voulait. Mais peut-être avait-elle simplement besoin de prendre ses distances avec lui… Ça, ça n'arriverait pas. Steve ne la lâcherait pas d'une semelle.

La pluie avait beau apporter un soulagement à l'humidité excessive de la journée, il n'en restait pas moins qu'elle tombait à seaux. Jane s'essuya distraitement les yeux. Contrairement à Steve, elle n'avait pas la chance de porter un chapeau qui lui protégeait le visage.

— Viens, dit-il en lui prenant la main.

Comme elle ne cherchait pas à se dégager, il l'entraîna vers leur abri de fortune.

— N'appelle pas le FBI, Steve, l'implora-t-elle dès qu'ils eurent franchi le seuil du camping-car.

Elle tremblait de tout son corps. Il fallait qu'elle se sèche, qu'elle se réchauffe. Steve lança son chapeau trempé dans l'évier, puis il ouvrit les placards, à la recherche de serviettes ou de couvertures. Presque tous étaient vides.

— Un paquet de chips… Des céréales… Et une boîte de préservatifs.

Il claqua brutalement la dernière porte, s'efforçant de chasser les souvenirs sensuels qui venaient de lui traverser l'esprit.

Dans le meuble à moitié effondré qui servait d'armoire, un tas de vêtements sales gisait à même le sol. Steve se passa la main sur le visage.

— Ce n'est pas souvent jour de lessive, ici.

Jane ne répondit pas. Elle se frottait les bras, le regard perdu dans le vide. Steve n'avait pas besoin de s'approcher pour voir qu'elle avait la chair de poule. Son air absent commençait à l'inquiéter ; il ferma la porte du camping-car à clé et tira tous les rideaux.

— Allez, déshabille-toi avant que… Enfin, j'en sais rien. Etes-vous en état de choc, docteur Palmer ?

— N-non.

— Il n'y a rien ici pour te sécher.

Steve vida leur sac de vêtements sur la chaise en vinyle déchiré, attrapa la chemise qu'ils avaient achetée le matin et s'en servit pour frictionner vigoureusement les cheveux de Jane.

— Arrête, tu vas me briser la nuque.

— Fais-le, alors.

Pendant que Jane avait les mains occupées, il s'accroupit pour lui retirer ses baskets, qu'il jeta à l'autre bout de la petite pièce.

— Je ne vais pas me déshabiller, prévint-elle en claquant des dents.

Steve se redressa, prenant soin de tourner la tête pour ne pas se retrouver nez à nez avec son nombril. Cela ne l'empêcha pas de remarquer que son T-shirt lui collait au corps comme une seconde peau, soulignant l'arrondi de ses seins et les pointes dressées de ses tétons.

— Il faut que tu te réchauffes, Jane.

Comment avait-il réussi à s'exprimer clairement, avec les images qui lui hantaient l'esprit ? Il se mit à lui frotter les bras de ses mains brûlantes — brûlantes, car son corps était en feu. Ces deux jours passés auprès d'elle l'avaient laissé bouillonnant comme un volcan sur le point d'exploser.

D'accord, ce n'était pas facile de se contrôler. Mais Steve était un grand garçon, non ? Il pouvait étouffer ses pulsions. N'était-ce pas ce qu'il avait fait pendant quatre ans ?

Bon sang, pense un peu à Jane ! Pense à ses besoins.

— Le duvet, murmura-t-elle.

— Tu as raison, je vais le chercher. Il est encore dans le pick-up.

Il ne fallut que trente secondes à Steve pour courir jusqu'au camion et prendre le sac de couchage, mais à son retour, il était de nouveau trempé jusqu'aux os.

Jane n'avait pas bougé, et elle ne protesta même pas lorsqu'il lui retira son T-shirt. Steve garda les yeux rivés sur une fissure qui lézardait la cloison juste au-dessus de sa tête.

— Tu peux enlever ton jean toute seule, ou tu as besoin d'aide ?

— Je vais y arriver.

— Très bien.

Pour s'empêcher de la contempler, Steve se concentra sur le loquet qui permettait d'ouvrir le lit escamotable. Comment allait-il écarter Jane du passage sans la toucher ?

Alors qu'elle se débarrassait de son jean, elle perdit l'équilibre et se retint à lui. Ses mains lui firent l'effet de glaçons sur sa peau brûlante.

Seigneur, il avait envie d'elle…

Mais ce n'était ni le lieu ni le moment. Il l'attrapa sous les aisselles et la percha sur l'étroit plan de travail. Un petit cri de surprise s'échappa des lèvres de Jane — peut-être la sensation de sa culotte mouillée contre ses fesses… Steve ne regarderait pas. Non, il devait accéder à… A quoi, déjà ?

Impossible de s'en souvenir, car soudain il la dévorait des yeux. Et elle en faisait autant. Leurs regards s'accrochèrent pour ne plus se quitter.

Puis Jane s'humecta les lèvres.

Nom de Dieu. Steve se passa la main sur le visage pour ne plus la voir, assise là devant lui sur ce plan de travail, dans la position idéale pour qu'il la réchauffe complètement.

— Janie… Ne me regarde pas comme ça.

— Je ne te regarde pas. J'ai froid, c'est tout.

Bien sûr.

Il lui tourna le dos pour déplier le lit et dérouler le sac de couchage.

— Si tu ne veux pas mouiller le duvet, il va falloir que tu changes de sous-vêtements.

— Je ne vais quand même pas…

— De quoi tu as peur, Jane ? l'interrompit-il. Je t'ai déjà vue toute nue.

Il n'aurait jamais dû dire cela.

Le camping-car trembla légèrement lorsque Jane sauta du plan de travail. Elle allait enlever sa culotte juste pour lui prouver qu'elle n'avait pas peur de lui. Et ensuite, il serait obligé de réprimer son désir et d'ignorer sa délicieuse silhouette parce que… parce que…

Il l'entendit lever un pied, puis l'autre, et imagina le sous-vêtement bleu ciel — il avait choisi lui-même le paquet au supermarché — tombant au sol.

Bon sang, il devait bien y avoir une raison pour qu'il se retienne de lui sauter dessus, non ?

Premièrement, parce qu'il profiterait de sa fragilité. Jane

n'était pas dans son état normal. En même temps, l'urgence n'était-elle pas de la réchauffer ?

Deuxièmement, ils ne se faisaient pas encore entièrement confiance. Il savait qu'elle lui cachait quelque chose. Mais peut-être la situation avait-elle évolué depuis hier… Jane était-elle prête à s'en remettre à lui ?

Troisièmement, il l'aimait.

Oui. Il n'avait jamais cessé de l'aimer. *Mais était-ce une raison pour ne pas lui faire l'amour ?*

— J'aimerais que tu regardes ailleurs le temps que j'attrape mes vêtements, demanda-t-elle.

Steve ferma les yeux de toutes ses forces, comme un petit garçon. Sauf qu'il les ferma trop tard : il avait eu le temps d'apercevoir les fesses de Jane, blanches, douces et rondes. L'image resta imprimée sur l'écran de ses paupières. Impossible de l'effacer. Son cœur se mit à tambouriner dans sa poitrine, tandis que son jean lui semblait soudain beaucoup trop serré.

Jane lui prit le duvet des mains, puis le camping-car remua de nouveau. Elle avait dû grimper sur le lit.

— Tu peux rouvrir les yeux.

— Je ne préfère pas.

Steve chercha la porte à tâtons. Il fallait qu'il sorte de cette pièce au plus vite.

— Eh, détends-toi. Ecoute-moi.

Quand il se retourna, Steve regretta aussitôt son geste : Jane n'était pas entièrement couverte. La peau laiteuse de son épaule était exposée. Et il voyait aussi son cou, ses mains…

Il avait besoin d'air.

— Tu n'es pas un peu mal à l'aise, dans tes vêtements mouillés ? s'enquit-elle d'une voix mutine.

— Je serai très bien dehors.

Dehors, où il trouverait enfin un peu d'oxygène. Ce n'était pas seulement son imagination : il avait réellement du mal à respirer. Et plus il regardait Jane, plus il se sentait attiré vers elle.

— Ne sors pas, Steve. S'il te plaît.

— Je, euh… Je suis obligé. Je ne veux pas te faire de mal, Janie.

— Je t'en prie, reste.

Ça, c'était un coup bas : elle savait qu'il ne pouvait pas lui dire non. Steve se résolut à s'asseoir à même le sol et chercha une position confortable.

Il n'en trouva pas.

11

Steve était absolument adorable, mais il se trompait sur toute la ligne.

Jane cala la chemise humide sous sa tête, puis se pelotonna sous le duvet dans l'espoir de se réchauffer.

Je ne veux pas te faire de mal, Janie.

Lui faire du mal ? Le dictionnaire qu'elle avait appris par cœur étant petite définissait ainsi le mot « mal » : « ce qui cause de la douleur, de la peine, du malheur ; ce qui est mauvais, nuisible, pénible ».

Certains pouvaient penser que Steve lui avait déjà causé du tort, mais Jane savait que c'était faux. Son existence ne s'était pas dégradée depuis qu'il lui avait dit de partir à Baltimore. Au contraire, elle s'était bonifiée grâce à Rory. Sa vie avait gagné en qualité, en utilité, et en beauté. Jane se considérait comme une personne meilleure depuis la naissance de son fils. Et celui-ci n'aurait jamais vu le jour sans l'amour que Steve et elle avaient partagé.

Elle le vit changer une énième fois de position, ramenant un genou contre son torse. De toute évidence, il supportait mal de se trouver enfermé avec elle dans la même pièce.

Il ne fallait pas être particulièrement perspicace pour noter que, malgré les événements de ces derniers jours, Steve éprouvait toujours une attirance pour elle.

Une onde de chaleur déferla en elle. Elle repensa aux semaines qu'elle avait passées dans les bras de Steve et tout son corps s'embrasa.

Elle en avait assez de penser, justement. Elle voulait ressentir. Elle voulait profiter. Sans se soucier des conséquences.

Steve déplia les jambes.

— Pour l'amour du ciel, vient sur le lit, ce sera plus confortable ! s'exclama-t-elle.

— Je suis mouillé.

— Pour un type intelligent, tu peux être sacrément idiot, parfois.

Il la regarda d'un air interdit.

— Bon sang, Steve… Je vais fermer les yeux, comme ça, tu pourras te changer.

— Je n'ai pas d'autre pantalon.

— Et alors ?

— Et alors, et alors…

Il se frotta la mâchoire, faisant crisser sa barbe de trois jours. S'il y avait eu plus de place dans le camping-car, nul doute qu'il se serait levé pour arpenter la pièce. Jane avait de la chance dans son malheur.

— Je suis capable de me contrôler, Steve, dit-elle. Pas toi ?

Quel beau mensonge… Elle n'avait aucune intention de se contrôler. Elle voulait qu'il vienne près d'elle, elle voulait puiser du réconfort dans la force de ses bras, elle le voulait, point.

— Non, répondit Steve après un long silence.

Jane se retint de sourire.

— C'est dangereux d'être si près de toi, ajouta-t-il en se levant. Tu me déconcentres. Je ne vais pas te rejoindre dans ce lit alors que…

Jane s'était assise, laissant tomber le duvet sur sa taille.

— Alors que quelqu'un… Bon sang, Jane, arrête !

— J'ai besoin de toi.

Elle repoussa le sac de couchage, qui était soudain devenu beaucoup trop chaud, et descendit du lit. Steve recula vers la porte.

— Je t'en prie, ne fais pas ça. On a deux tueurs à nos trousses, le FBI risque de débarquer à tout instant, et on est dans un camping-car pourri entouré de tas de ferraille.

— Arrête de te chercher des excuses, murmura Jane en nouant ses bras autour de sa nuque.

Elle tremblait littéralement de désir. Cela faisait si longtemps qu'elle n'avait pas éprouvé une sensation aussi extraordinaire !

— Je ne me cherche pas d'excuses.

— Soit tu as envie de moi, soit tu n'as pas envie. S'il te plaît, Steve…

Brusquement, il se libéra de son étreinte et la maintint à une distance respectable.

— Tu me rends dingue, Jane.

— Bienvenue au club.

Il fallait rester désinvolte. Pas de pression, pas de promesses.

— On peut être dingues maintenant, et retrouver la raison après la pluie.

Elle l'attrapa par la chemise pour l'attirer vers elle. Surpris, Steve n'eut pas le temps de protester. Elle avait besoin de lui, il avait envie d'elle : autant en profiter. Prendre du plaisir. Revivre dans ses bras.

Pendant quelques secondes, Steve resta figé, les yeux écarquillés.

Pendant quelques secondes seulement.

Car l'instant d'après il inclina la tête et l'embrassa avec passion, comme si elle était le dernier dessert sur Terre et qu'un millier de personnes attendaient leur tour. Comme s'il n'avait pas l'intention de partager.

Au bout d'une délicieuse éternité, ils reprirent leur souffle.

— Tu sais qu'il y a d'autres mots pour « dingue », murmura-t-elle.

— « Cinglé », « toqué », « maboul », répondit-il en ponctuant chaque mot d'un bref baiser.

— « Débridé ».

Jane fit sauter les pressions de sa chemise, qu'elle ne lui enleva qu'à moitié. Elle entreprit alors de lui rendre chacun de ses baisers, et quoi qu'il ait prétendu à peine quelques minutes plus tôt, Steve y répondit avec autant de fougue.

Toutefois, de ses mains chaudes posées sur sa taille, il

l'empêchait de s'abandonner complètement contre lui. Or Jane ne voulait pas qu'on la retienne. Elle avait envie de laisser libre cours à toutes ses pulsions. Elle avait envie qu'il fasse pareil de son côté.

— « Déchaîné », chuchota-t-elle.

Elle le tira par la chemise, réduisant la distance qui les séparait. Sa poitrine vint s'aplatir contre son torse nu. A travers la fine barrière de son soutien-gorge, elle sentait son cœur battre aussi fort que le sien.

Jane effleura la cicatrice de la blessure par balle qui avait failli coûter la vie à Steve. Ce rond de peau fragile lui fit monter les larmes aux yeux. Mais elle ne pleurerait pas maintenant ; l'heure était à la célébration de la vie, à l'assouvissement du désir qu'elle éprouvait pour cet homme.

Elle fut tentée de s'attarder sur son cou pour y laisser un suçon, mais elle n'en eut pas la patience. Elle brûlait de sentir ses caresses, comme lui seul savait lui en prodiguer.

— Et « fondu », qu'est-ce que tu en penses ? murmura-t-elle en glissant la langue derrière son oreille, là où elle le savait si sensible. « Je suis dingue de toi. Je suis fondue de toi. »

— Libère-moi et je te ferai fondre, répliqua-t-il d'une voix rauque.

Il aurait pu aisément se débarrasser de sa chemise sans lui demander son avis. Jane était surprise qu'il se montre aussi calme. Il la désirait, tout en restant parfaitement maître de lui.

La chemise tomba sur le sol, aussitôt oubliée tandis que Steve enveloppait Jane dans ses bras. Il l'entraîna vers le lit, sans cesser de l'embrasser. Oui, elle se sentait bel et bien fondre.

— Tu as d'autres exemples ? demanda-t-il.

— « Allumé », dit-elle dans un souffle.

Les mains de Steve semblèrent flotter au-dessus de sa poitrine. Sous son regard et ses caresses, elle avait l'impression d'être la femme la plus séduisante de la création — et pourtant, son soutien-gorge de sport n'avait rien de sexy.

Soudain, l'intérieur du camping-car fut plongé dans le noir. Sans doute les piles de la lampe s'étaient-elles déchargées. La pluie continuait de tambouriner sur les carcasses de métal alentour, imitant le tempo irrégulier du cœur de Jane.

Steve se montrait trop hésitant, trop mesuré. Impatiente, elle le poussa sur le dos et s'affaira sur les boutons de son jean.

Le tissu mouillé s'accrocha aux cuisses de Steve tandis qu'elle s'escrimait à le lui retirer. Il ne faisait aucun effort pour l'aider. Pire, il souriait, content de lui. Mais son sourire s'effaça lorsque Jane effleura la bosse volumineuse qui gonflait son boxer.

Se décidant enfin à coopérer, il dégagea ses bottes à coups de pied, et tenta de se débarrasser de son jean en agitant les jambes. A chaque mouvement, les muscles de son ventre et de ses cuisses se contractaient délicieusement. Jane ne perdait pas une miette du spectacle.

Lorsqu'il voulut s'asseoir, elle l'en empêcha. A califourchon sur lui, elle ôta d'abord son soutien-gorge, puis se déroba à ses mains gourmandes pour finir de le libérer de son pantalon.

— Je pourrais bien prendre goût à ce jeu des synonymes, docteur Palmer, dit-il avec un grand sourire.

Les mains croisées derrière la tête, il se laissait déshabiller, tout en faisant jouer ses abdominaux.

Seigneur !

Cette fois-ci, il daigna soulever les hanches lorsqu'elle tira sur l'élastique de son boxer. Et il lui apparut soudain dans toute sa virilité…

— J'ai un dernier mot, et ensuite, on ne parle plus, murmura Jane en se plaçant au-dessus de lui. « Sauvage ».

Sauvage, cela lui convenait parfaitement.

Steve avait fait tout ce qu'il avait pu pour garder le contrôle de la situation. Il pensait l'embrasser, la laisser s'amuser et prendre peut-être un peu de plaisir, tout en étouffant le sien. Mais dès l'instant où elle l'avait touché, il avait perdu la bataille.

Jane remua les hanches, prête à l'accueillir. Steve n'avait plus qu'à se décaler légèrement pour s'enfoncer en elle.

Bon sang, leurs retrouvailles n'étaient pas censées se passer comme ça. Elles méritaient un peu plus de romantisme, et un vrai lit. Il fallait qu'il lui avoue ses sentiments. Qu'il lui dise qu'il l'aimait. N'était-ce pas ce qu'elle attendait ?

Il la saisit par la taille pour l'empêcher de bouger. Elle savait s'y prendre, et il avait bien du mal à rester cohérent. Mais il ne pouvait pas profiter d'elle de cette façon. Jane était à bout de nerfs, quand bien même elle n'en montrait rien. S'il cédait, elle risquait de le détester un jour et il se détesterait encore plus.

Et quid de la contraception ? Oui, il avait vu une boîte de préservatifs dans un des placards, mais ce n'étaient pas les siens. Et il n'en gardait plus dans son portefeuille depuis le départ de Jane.

— Arrête de réfléchir, tu vas me donner des complexes, murmura-t-elle en lui caressant le front.

— Je ne réfléchis pas. C'est bien ça le problème.

Quand elle se pencha en avant, il sentit les pointes de ses seins lui effleurer le torse, et le mot « sauvage » s'imposa de nouveau à son esprit. Il dut se faire violence pour rester immobile. S'il bougeait, il n'y aurait pas de retour en arrière possible.

— Tu as l'esprit ailleurs, dit-elle en se remettant à onduler contre lui. Je fais quelque chose de mal ?

— Non ! Non, c'est…

— Ne pense à rien, Steve. Je ne te demande aucun engagement. Je veux juste… J'en ai besoin, tu comprends. J'ai envie de toi.

Elle se redressa et le prit dans sa main.

Holà. Il ne succomberait pas. Faire l'amour n'était pas qu'une simple question de satisfaction. Cela entraînait forcément des conséquences, même s'il était incapable tout de suite de se rappeler lesquelles.

Ecartant doucement la main de Jane, il commença sa propre exploration. Elle avait besoin d'une délivrance ? Il la lui apporterait. Ses doigts s'arrêtèrent sur le point le plus sensible de son corps et entamèrent un lent va-et-vient.

Les gémissements qui s'échappaient des lèvres de Jane le ramenèrent brusquement quatre ans en arrière, aux longues nuits qu'ils avaient partagées alors. Des heures et des heures emplies de soupirs et d'amour authentique. Il avait été tellement stupide de la laisser partir…

Au diable les conséquences.

Il la fit basculer sur le dos et la pénétra d'un seul coup de reins. Elle était si chaude, si douce, si accueillante ! Il retint son souffle, frémissant d'impatience. Comment avait-il pu vivre sans elle pendant si longtemps ?

Jane enroula les bras autour de sa nuque. Lorsqu'il s'enfonça en elle plus profondément encore, elle sourit, comme pour lui dire qu'elle acceptait sa totale reddition. Il aurait voulu rester là pour toujours. Jamais il ne serait rassasié d'elle.

Il pressa ses lèvres le long de sa gorge, déposa des baisers sur toutes les parties de son corps qui lui étaient accessibles, savoura le spectacle de ses seins qui remuaient doucement au rythme de ses poussées. Il les embrassa eux aussi, passant la langue autour des tétons érigés, enveloppant les globes laiteux de sa paume.

Jane glissa les doigts dans ses cheveux pour l'attirer à elle. Elle l'embrassa avec une telle ardeur qu'il en eut le souffle coupé.

Les minutes s'écoulèrent. La pluie continuait de tomber, et le camping-car tanguait tandis qu'ils s'aimaient comme si rien n'avait changé. Lorsque Steve ralentit l'allure, craignant de céder trop tôt au plaisir, Jane poussa un gémissement de frustration et vint à sa rencontre d'un brusque mouvement de hanches. Ce fut trop pour lui. Alors que Jane se contractait autour de lui, Steve abandonna tout contrôle et la posséda sauvagement, jusqu'à ce qu'ils atteignent ensemble les sommets de la jouissance.

Il laissa retomber son front au creux de son épaule, secoué par l'onde de choc qui venait de le traverser. Le souffle de Jane tout près de son oreille aurait presque suffi à raviver les braises de son désir.

Alors que les battements de son cœur commençaient à se calmer, Steve perçut au loin une sonnerie étouffée.

— Jane, il faut qu'on mette les choses au clair.

Le téléphone s'obstinait à sonner.

— Mince, ça doit être Rhodes.

— Dépêche-toi, dit-elle en le repoussant. Le portable est sur la chaise, sous le tas de vêtements.

Surpris de sa réaction, Steve descendit du lit et tâtonna dans le noir pour retrouver l'appareil.

— Allô ?

— J'ai tout ce qu'il vous faut. Je devrais être là dans dix minutes.

— Parfait, merci.

Steve raccrocha. Jane était déjà en train de se rhabiller.

12

— Il faut vraiment qu'on parle de ce qui vient d'arriver, insista Steve en attrapant son boxer et sa chemise.

Bon sang, il savait qu'il se détesterait. Mais c'était trop tard, le mal était fait.

— Ce n'est pas la peine, répliqua Jane, qui avait déjà enfilé son jean et en était en train de passer son T-shirt. Ce n'était rien.

— Ah oui ?

Steve croisa les bras sur son torse. Il avait vu son visage lorsqu'elle s'était abandonnée au plaisir. Pour elle comme pour lui, ce qu'ils avaient vécu quelques instants plus tôt n'était pas « rien ». Elle se voilait la face.

— On doit retrouver Rory, dit-elle.

— On doit aussi prévenir le FBI.

Steve se retint de grimacer en enfilant son jean mouillé. Jane n'avait pas bronché en revêtant le sien, hors de question qu'il se plaigne.

— Je peux obtenir les informations dont nous avons besoin, Steve. Tu m'as demandé de te faire confiance. Maintenant, je te demande la même chose.

— On a assez perdu de temps aujourd'hui, répondit-il tandis qu'il s'asseyait sur le matelas pour chausser ses bottes. On n'a rien fait de la journée !

Il s'aperçut trop tard de ce qu'il venait de dire. Jane avait toutes les raisons de se sentir vexée, mais elle n'en laissa rien paraître.

— Je dois essayer, expliqua-t-elle. Au moins pour être en paix avec moi-même.

Sans un mot, elle se pencha pour attraper le sac qui se trouvait sous la table, entre les jambes de Steve.

— Jusque-là, tes amis ne m'ont pas crue. Qu'est-ce qui te fait penser qu'ils me croiront maintenant ?

— Je suis sûr qu'ils ont déjà parlé à Hayden. Mais pour le savoir, il faut les appeler.

— Je ne veux plus discuter de ça.

— Bon sang, Jane, énerve-toi contre moi, contre les kidnappeurs, contre qui tu veux ! Crie, pleure, tape dans le mur, mais fais quelque chose ! Parle-moi de ce qui vient de se passer entre nous.

— Ça ne servirait à rien que je me donne en spectacle. Mes parents m'ont appris à rester calme et rationnelle en toutes circonstances.

— Tu veux savoir pourquoi mes collègues ne t'ont pas crue ?

Jane lui tournait le dos, une main sur la poignée de la porte. Il la vit se figer.

— Ton absence d'émotions a scellé ton sort, ma grande. A force de te comporter comme une reine de glace, tout le monde a cru que tu mentais.

Les épaules de Jane s'affaissèrent. *Imbécile,* se morigéna Steve. Non seulement il l'avait blessée, mais elle devait être certaine à présent qu'il comptait parmi ceux qui avaient douté. Avant qu'il ait pu s'expliquer, elle serra le sac contre sa poitrine et sortit.

Steve replia brutalement le lit, lança le duvet à l'autre bout du camping-car et ouvrit le rideau. Jane s'était assise sur la chaise pliante rafistolée. A cet instant, une moto vint se garer derrière le pick-up. Deux coups de klaxon — c'était Rhodes.

Steve perdait ses réflexes. Que se serait-il passé si les kidnappeurs avaient débarqué ? Ou les deux frères qui avaient déjà tenté de les tuer ? Le pistolet que Rhodes lui avait confié se trouvait sous la table. A cette heure-ci, Jane serait morte, et lui aussi, probablement. Il n'y aurait plus eu personne pour sauver Rory.

Il se pencha pour ramasser l'arme par terre. Alors qu'il se

redressait, il tomba nez à nez avec Jane. Elle venait de rentrer, les bras chargés d'un ordinateur portable qui faisait la taille d'une valise. Quand elle lui fit signe de s'écarter, il comprit qu'il pouvait tirer un trait sur l'idée de discuter.

Pourtant, il aurait souhaité obtenir son accord avant d'appeler Stubblefield. Non qu'il attende sa permission, mais il aurait voulu qu'elle reconnaisse au moins qu'il *fallait* le faire. Visiblement, cela n'arriverait pas.

Il sortit dans la nuit et s'adossa à un poteau. Avant de s'éclipser, Rhodes avait tiré une rallonge d'on ne sait trop où pour que Jane puisse se servir de l'ordinateur aussi longtemps qu'elle en aurait besoin.

Elle se tressa rapidement les cheveux, puis elle s'assit sur le banc et s'étira. Steve avait beau être trempé du haut de son stetson jusqu'à la pointe de ses bottes, il ne put s'empêcher de rester là, sous la pluie, à l'observer.

Jane faisait comme si tout allait bien. Comme s'ils ne venaient pas de se disputer à peine trois minutes après avoir fait l'amour. Mais elle était en colère, il l'avait vu dans son regard. La Walkyrie n'était pas loin.

Ses doigts se mirent à danser sur les touches du clavier. Et dire qu'il lui avait suffi de feuilleter un manuel sur le piratage informatique… Ce don le fascinait, tout autant que l'idée que Rory ait pu en hériter. Elle appelait cela « mémoire photographique », à défaut d'un autre terme. Des millions de pages d'informations enregistrées dans sa matière grise, qu'elle était capable de mobiliser en un clin d'œil.

Et en même temps, elle était si naïve…

Sachant Jane en sécurité, Steve s'éloigna en pataugeant dans la boue.

Une mémoire photographique, aussi impressionnante soit-elle, ne suffirait pas à accéder aux données protégées d'un Etat. Steve s'y connaissait un peu en systèmes informatiques. Si un hacker chevronné pouvait réunir quelques pièces du puzzle à force de tâtonnements, un néophyte mettrait obligatoirement plus de temps à remonter la piste d'un acte de décès falsifié.

Et ce temps, ils ne l'avaient pas.

Steve s'abrita de la pluie sous une sorte d'auvent formé par un empilement de ferraille et chercha le numéro de Stubblefield dans son portefeuille. Son regard s'attarda sur la photo de Jane qu'il gardait là depuis quatre ans — un portrait Photomaton en noir et blanc. L'espace d'un instant, il imagina la recouvrir d'une autre photo plus récente où on la verrait avec son fils.

Il hésitait encore à contacter sa collègue, tout en sachant que le bon sens le commandait. Ils avaient besoin de renseignements — sur les amis de Jane, sur cette histoire de faux certificat de décès, sur le meurtre de Mme Newinsky. Steve voulait également savoir si l'argent des Brant avait refait surface. Cette piste pouvait les mener jusqu'aux ravisseurs.

Le fait que ces derniers n'aient demandé aucune rançon pour Rory n'augurait rien de bon. Ce scénario rappelait trop à Steve l'enlèvement de Bobby Joe Hill, son copain d'école. Disparu sans laisser de trace.

Il refusait d'envisager qu'il puisse arriver la même chose à Rory.

Convaincu que Jane et lui ne pourraient s'en sortir seuls, il se décida enfin à composer le numéro de Stubblefield. Celle-ci décrocha au bout de trois sonneries, mais sa voix était inaudible. Sans doute cette fichue météo qui brouillait les communications…

— Stubblefield, tu m'entends ?

— Steve, j'attendais ton appel, répondit-elle d'un ton plutôt froid. L'acte de décès était un faux. On a envoyé un agent interroger les amis de Jane, et il s'avère que l'enfant est vivant.

— Il était temps !

— On a suivi la procédure, se défendit-elle.

— Je me fiche de savoir qui a merdé, Selena. Tout ce que je veux…

— Où êtes-vous ?

— En sécurité.

Quelque chose le retenait d'en dire plus. Son instinct, sûrement, et l'envie de protéger Jane.

— Il faut qu'on rentre, ajouta-t-il.

— Non ! Vous ne pouvez pas.

— Pourquoi ?

Certes, Steve et Jane avaient fui le FBI, ce pour quoi ils seraient sans doute sanctionnés. Néanmoins, Jane ne pouvait plus être accusée d'enlèvement maintenant qu'ils avaient établi que Rory était en vie. Steve risquait d'être suspendu de ses fonctions, mais il s'en fichait. Tout ce qui lui importait, c'était qu'elle soit à l'abri du danger.

— Steve ? Tu es toujours là ?

Il se déplaça jusqu'à ce qu'il y ait moins de craquements sur la ligne.

— Je t'ai demandé pourquoi on ne pouvait pas rentrer, Selena.

— On a épluché les mails de Hayden Hughes, répondit-elle. Il a loué les services de tueurs à gages pour supprimer Jane. On pense qu'il est à l'origine des deux kidnappings.

— Ses hommes de main nous sont tombés dessus au centre commercial.

— C'est pour ça que vous feriez mieux de rejoindre une planque.

— Il faut que je participe aux recherches, Stubblefield. C'est le fils de Jane !

— Tout le monde y travaille. Toi, tu dois avant tout te préoccuper de la sécurité du Dr Palmer. Surtout si tu refuses de me dire où vous êtes.

— Je préfère garder cette information pour moi.

Mieux valait prévenir que guérir…

— Je peux vous installer dans un hôtel à San Antonio, mais je doute que tu sois d'accord, poursuivit Stubblefield. Tu te rappelles comment aller dans cette planque à l'ouest de la ville ? Elle est toujours en service. Tu as ton portable avec toi ? Je pourrais te tenir au courant au fur et à mesure de l'enquête.

Steve sentit les poils se dresser sur sa nuque. Toujours cet instinct, qui lui avait été si utile à de nombreuses reprises. Les téléphones portables étaient trop faciles à pister. Avait-il commis une erreur en appelant Stubblefield ? Faisait-il vraiment confiance à ses collègues ? Ses amis. Les personnes aux côtés de qui il combattait le crime depuis dix ans.

S'il ne s'était agi que de lui, il s'en serait remis à eux les yeux fermés. Mais pour Rory et Jane…

— Je te rappellerai plus tard, dit-il avant de raccrocher.

Il glissa le téléphone dans la poche arrière de son jean mouillé — c'était mieux que de le noyer sous la pluie qui continuait de tomber à verse. Alors qu'il se dirigeait vers le camping-car, il rencontra Rhodes.

— Tu as une minute ? lui demanda son ami. Je suis allé nous chercher quelques bières dans le bureau du gardien. Il n'y verra que du feu.

Steve accepta la cannette qu'il lui tendait. Son chapeau de cow-boy formait une gouttière qui dirigeait l'eau directement dans son dos. Quant à Rhodes, son imperméable jaune ne pouvait pas grand-chose contre le vent qui lui rabattait la pluie en plein visage. Le tonnerre crépita au loin, à peine audible dans le vacarme des gouttes qui tambourinaient sur les carcasses rouillées des voitures.

Steve entraîna son ami à l'abri de l'auvent qu'il venait de quitter.

— Où tu avais la tête, pour te pointer en pleine fusillade avec un pick-up des années soixante ?

— Je n'avais pas le choix, mon gars. C'était le seul véhicule que j'avais où on pouvait tenir à plus de deux.

— Pour ma dernière mission, le Bureau m'avait donné une Volvo beige, confia Steve tandis qu'ils décapsulaient leurs cannettes.

— Tu as dit à la charmante Jane que je bossais pour la DEA. Merci pour ma couverture.

— Je suis désolé de t'avoir mêlé à tout ça, Rhodes, mais j'avais besoin de ton aide.

— Ce n'est pas vraiment un problème. De toute façon, ma mission est presque terminée.

Il haussa les épaules.

— Et franchement, elle est cool, pour un petit génie.

— Ils ont voulu lui mettre un meurtre sur le dos. Ils lui ont volé son fils. Et elle essaie à elle seule de faire le travail de toute une équipe des services de renseignements.

— Oui, je dois reconnaître qu'elle est assez impressionnante. Dis, est-ce que tu veux bien rester discret sur le rôle que j'ai joué dans cette histoire ? Ça m'embêterait d'abandonner ma mission alors que je suis si près du but.

— Evidemment.

— Il y a une chose que je ne comprends pas, Steve. Il te suffirait d'un simple coup de fil pour récupérer les infos dont tu as besoin. Pourquoi perdre du temps à la laisser chercher ?

— C'est compliqué.

Steve s'essuya le visage, bien content que la pluie masque la sueur qui recouvrait subitement sa lèvre supérieure. Un mauvais pressentiment le taraudait. L'impression qu'il devait au plus vite emmener Jane loin d'ici.

— Tu n'as qu'à dire un mot, et je pars avec vous.

— Je ne peux pas te laisser faire ça, répondit Steve, qui appréciait la loyauté de son ami. Ça ne sert à rien qu'on perde tous les deux notre job.

A travers la fenêtre du camping-car, ils voyaient Jane concentrée sur l'écran de l'ordinateur.

— Elle te cache quelque chose, déclara Rhodes à brûle-pourpoint.

Il avala sa dernière gorgée de bière. Steve avait à peine entamé la sienne.

— C'est possible, concéda-t-il. Qu'est-ce que tu veux, en échange du pick-up ?

— Tu sais comment ça marche, Woods. Il y aura peut-être un jour où tu répondras au téléphone et où je te demanderai de ne pas poser de questions.

Si par malheur la foudre tombait un peu trop près, tout ce que Jane avait accompli au cours de cette dernière heure n'aurait servi à rien. Le modem à haut débit que Rhodes lui avait apporté continuait d'assurer la connexion à Internet, mais pour combien de temps encore ? Peut-être serait-il plus prudent d'éteindre l'ordinateur en attendant la fin de l'orage. Et s'il ne passait pas avant plusieurs heures ?

Non, il fallait continuer. Chaque étape la rapprochait un peu plus des kidnappeurs de son fils. Et d'une conclusion avec Steve.

Ce qui s'était passé entre eux n'avait été qu'un interlude agréable entre amis. Rien de plus. Ils avaient eu besoin pendant quelques instants d'oublier leurs soucis ; il n'était pas question d'interpréter leur étreinte autrement.

Pourtant, faire l'amour avec Steve lui avait paru si merveilleusement juste ! Sentir de nouveau ses bras autour d'elle, son corps contre le sien… ça avait été magique. Il avait fallu à Jane beaucoup de détermination pour prétendre le contraire. Peut-être Steve avait-il vu clair dans son jeu ? Peut-être attendait-il plus de leur relation ?

Tu te fais des idées. Steve Woods était marié à son travail, et c'était pour son travail qu'il restait à ses côtés. Cela ne durerait pas.

La porte du camping-car s'ouvrit. Elle reconnut le bruit des bottes de Steve.

— Il faut qu'on parle, Jane.

Il avait retiré son chapeau, qui gouttait sur le linoléum sale. Il le fit tourner une fois, deux fois, dans ses mains. Des mains puissantes, et en même temps si douces.

Steve était nerveux. Que pouvait-il être arrivé de plus ? Jane n'avait pas envie de l'entendre. Rien ne lui ferait changer d'avis. Elle ne partirait pas d'ici avant d'avoir découvert ce que le FBI savait à propos de son fils.

— Tu as appelé ta collègue, devina-t-elle. C'est Rory ? Il est…

— Mon Dieu, non. Ils ne savent pas encore où il est, mais ils le retrouveront. Ils savent qu'il a été kidnappé. Tout le monde le cherche.

Pendant qu'elle soufflait, il se remit à torturer son chapeau.

— Je ne voulais pas te faire peur, excuse-moi. Je ne savais pas comment tu réagirais à... Bon, il n'y a qu'une seule façon de le dire : Stubblefield m'a appris qu'ils avaient établi un lien entre Hayden et l'enlèvement de Rory.

Jane sentit son ventre se serrer.

Coupe-toi de tes émotions. Elles se mettent en travers de ton chemin. Ses parents avaient raison.

Steve l'avait prévenue qu'il contacterait le FBI, et elle avait accepté cette idée, du moins en pensée. Car dans son cœur, elle avait bêtement espéré qu'il lui ferait confiance. Qu'il croirait en elle. Ne venaient-ils pas de partager...

Stop. Il fallait se rendre à l'évidence. Steve donnait la priorité à son travail, comme il l'avait toujours fait.

— Tu m'as entendue ? demanda-t-il. Stubblefield m'a dit que Hayden avait engagé les deux hommes qui ont essayé de te tuer au centre commercial.

Les émotions se mettent en travers de ton chemin. Elles troublent la pensée logique, et les conséquences sont toujours fâcheuses. Ne laisse jamais rien t'empêcher de mener une tâche à bien.

— Je t'ai entendu, mais je ne te crois pas. Les informations du FBI n'ont pas été fiables jusque-là. Peu importe qui a kidnappé Rory, j'ai besoin d'aller au bout du décryptage que j'ai lancé. On pourra se disputer plus tard.

— Tu as trouvé quelque chose ?

— Un dossier qui a reçu un traitement prioritaire à l'antenne du FBI de Dallas.

— Pardon ?

— Tu voulais savoir ce que tes collègues avaient découvert. Donc, j'ai jeté un œil, répondit-elle d'un ton égal.

Ne laisse jamais rien t'empêcher de mener une tâche à bien.

— Je ne partirai pas avant de savoir ce qu'il y a dans ce dossier, ajouta-t-elle.

— Tu as piraté le site du FBI ?

— Piraté, pas vraiment. Je me suis servie de ton mot de passe pour accéder à leur logiciel. N'aie pas l'air si surpris.

Il avait donc bel et bien douté de ses capacités…

— La plupart des gens choisissent un mot de passe qu'ils n'oublieront pas. J'ai essayé le nom de ton ami qui avait été enlevé quand tu étais petit, ça n'a pas marché. Alors je me suis souvenue du *Guide du voyageur galactique*. Zaphod était un de tes personnages préférés.

Il la regardait comme si elle venait justement d'une autre planète.

— Je t'avais dit de me faire confiance, Steve. Deviner ton mot de passe n'était pas si compliqué. Il fallait simplement te connaître, pas forcément être un génie.

— J'aurais pu te le donner, mon mot de passe, répondit-il au bout d'un moment. Je n'aurais pas cru qu'il fonctionnerait encore, après le coup que je leur ai fait. Qu'est-ce que tu as trouvé ?

— L'agent McCaffrey a autorisé une recherche interne. Je n'ai pas encore localisé l'initiateur de cette demande, ni l'identité de la personne qui a effacé le dossier.

— S'ils sont aussi pressés, c'est que ça a sans doute un rapport avec Rory. Tu ferais une super agente, Janie. Tu résistes au stress aussi bien que mes collègues.

Venant de Steve, c'était un beau compliment. Il avait foi en son équipe. Un groupe d'experts qui se dépassaient quotidiennement.

Alors pourquoi avaient-ils commis autant d'erreurs, cette fois-ci ?

Tout en faisant mine de s'intéresser aux informations qui défilaient sur l'écran de l'ordinateur, Jane observait Steve du coin de l'œil. Il continuait de triturer le bord de son chapeau.

— Quand as-tu compris que Hayden était impliqué dans l'affaire ? demanda-t-il soudain.

— Je ne le savais pas.

— Mais tu es tellement calme !

— J'ai appris à ne pas me laisser distraire par mes émotions.

Enfin, peu importe. Tu avais raison : tes collègues ont fini par se rendre compte de leur erreur. Est-ce que je dois en conclure que tu es prêt à rejoindre ton équipe ?

— Pas tout de suite. D'abord, j'aimerais te conduire en lieu sûr. Rhodes a accepté de rester avec toi pendant que je retournerai au Bureau.

— Je peux aider, protesta-t-elle.

— Je sais.

— Il faut que je participe, Steve. Je vais devenir folle si je reste assise à ne rien faire.

— Je risque de ne pas faire grand-chose non plus. Il y a de grandes chances pour qu'ils me mettent en cellule.

Il coiffa son chapeau.

— Allons-y.

— Je n'arrêterai jamais de chercher Rory.

Il y eut un silence.

— Steve, je dois te dire…

— Jane, on ne peut pas faire semblant…, commença-t-il en même temps.

Elle se retourna sur le banc étroit pour lui faire face.

— Vas-y.

Steve posa son stupide chapeau dans l'évier. Sa bouche s'ouvrit et se referma plusieurs fois avant qu'il se décide enfin à se lancer.

— En temps normal, je t'aurais laissée parler la première. Mais il n'y a rien de normal chez toi.

Il se gratta le front, enfonça ses mains dans ses poches.

— On… On ne peut pas faire semblant d'ignorer ce qui s'est passé ce soir.

— Ce que j'ai à t'expliquer est beaucoup plus important.

— Quand tu dis une chose pareille, comment veux-tu qu'une personne intimidée comme moi continue de parler ?

— Intimidé, toi ?

Elle le dévisagea, incrédule. Mais oui, il était sérieux.

— Tu es le mec le moins timide que je connaisse !

— Avec toi, si.

Steve se frotta le visage, puis se pinça l'arête du nez — il se serait mis à faire les cent pas si l'espace n'avait pas été aussi réduit.

— Tu as beau prétendre le contraire, Jane, tout à l'heure nous n'avons pas fait que soulager notre tension.

— Je ne voulais pas que tu te sentes obligé de changer quoi que ce soit à ta vie, murmura-t-elle.

En deux pas, Steve la rejoignit sur le banc pour lui prendre les mains.

— Ma vie a changé dès l'instant où je t'ai vue sur le campus, il y a quatre ans.

Avait-il deviné, pour Rory ? Essayait-il de lui faire dire la vérité ?

— Je voulais t'en parler, Steve, mais il y a toujours eu quelque chose pour m'en empêcher. Et puis il s'est fait kidnapper, et tu ne me croyais pas.

— Ne t'emballe pas, chérie. De quoi tu parles ?

Il n'était donc pas au courant. Rien dans son regard n'indiquait qu'il avait percé son secret — ni déception ni colère.

— On est d'accord, il n'y a pas que le sexe entre nous, n'est-ce pas ? insista-t-il.

A travers la chaleur de ses mains qui enveloppaient toujours les siennes, Jane ressentit toute la confiance qu'il plaçait en elle. Il était temps de lui avouer qu'il se battait pour son fils.

— Steve, Rory est…

Mais il la fit taire d'un baiser. Et alors qu'elle tentait de le repousser, Rhodes ouvrit la porte à toute volée.

— Désolé d'interrompre votre… conversation, mais on a de la compagnie.

Il repartit aussitôt en courant vers le pick-up.

— Tu en as encore pour longtemps à récupérer ce dossier ? s'enquit Steve.

— Je ne sais pas. Le système de cryptage n'est pas très

perfectionné. Ça peut prendre quelques minutes comme plusieurs heures. Steve, il faut vraiment que je te dise…

— Cache-toi sous la table avec l'ordinateur. Et pour l'amour du ciel, Jane, cette fois-ci, écoute-moi.

13

Ignorant les consignes de Steve, Jane rangea l'ordinateur encore ouvert dans un placard. Elle n'allait pas rester à l'abri alors que le père de son enfant risquait sa vie pour elle.

En sortant, elle prit soin de retenir la porte pour l'empêcher de trahir sa présence en claquant au vent. La lumière de la lampe à mercure repoussait l'obscurité jusqu'aux empilements de carcasses métalliques, donnant l'avantage à leurs ennemis. Alors que Steve fouillait la nuit du regard, deux silhouettes vêtues de noir fondirent sur lui.

Les trois hommes tombèrent ensemble sur la moto de Rhodes. Le casque roula jusqu'à la chaise pliante à côté de Jane, qui resta figée sur place, impuissante, tandis que les grognements et les jurons s'élevaient autour d'elle.

Où était passé Rhodes ?

L'un des deux assaillants avait réussi à s'asseoir à califourchon sur Steve. Jane crut entendre de l'espagnol, et une odeur familière d'après-rasage bon marché flotta jusqu'à elle. *Les frères enojados.* Comment les avaient-ils retrouvés ?

Soudain, un bras puissant lui enserra la taille et la souleva de terre. Jane poussa un cri. Elle vit Steve relever la tête, juste au moment où son adversaire le frappait en plein visage.

Se retenant de hurler pour ne pas le distraire, elle se débattit comme une furie, tenta de se libérer de l'étreinte de son agresseur qui commençait à l'entraîner vers l'obscurité. Elle enroula les pieds autour de ses chevilles et parvint à le faire tomber dans la boue.

Aucune des techniques d'autodéfense qu'elle avait apprises

ne lui permit d'échapper au molosse qui s'était assis sur son dos. Il la clouait au sol, pesant sur elle de tout son poids. Si seulement elle pouvait attraper un objet, n'importe quoi…

Le casque de moto se trouvait presque à sa portée. Jane se tortilla, tendit le bras autant qu'elle le pouvait. Ses doigts frôlèrent le plastique dur et froid.

— *No tan de prisa !*

Pas si vite ? Jane tourna la tête vers son agresseur. Il pointait un pistolet en direction de Steve.

Steve sentit une rage sourde bouillonner en lui. Un troisième homme avait surgi de l'ombre et plaqué Jane au sol. Il tentait à présent de le viser avec son arme. Repoussant son adversaire d'un violent coup de coude, Steve chercha son pistolet à l'arrière de son jean… et découvrit qu'il avait dû le perdre pendant la bagarre.

Tandis qu'il se débarrassait du deuxième agresseur en l'envoyant mordre la poussière d'un coup de poing dans le nez, le premier brandit un couteau qu'il se mit à agiter devant lui, l'empêchant d'aller porter secours à Jane. Au moins, il lui offrait un bon bouclier contre le pistolet de son complice.

— Hé, c'est pas très fair-play, ça ! grommela Steve.

Il pivota sur lui-même, balançant le pied en direction du couteau. C'est la tête de son ennemi qu'il atteignit finalement.

L'homme essuya le sang qui coulait de son sourcil.

— Toi, tu es *muerto*, grogna-t-il.

Il s'avança vers Steve en fendant l'air de son couteau, l'obligeant à bondir en arrière. Mais Steve ne fut pas assez rapide : la lame lui entailla l'avant-bras.

— Fils de…

Ignorant la douleur, Steve chercha autour de lui de quoi se défendre. Rien. Ils étaient au milieu d'une décharge, et il n'y avait même pas une barre de fer à portée de main !

Veillant à maintenir son adversaire entre le pistolet et lui, il déchira sa chemise et l'enroula autour de son poignet gauche.

Ainsi protégé, il put esquiver l'attaque suivante. Il en profita pour assener un crochet à son ennemi, et enchaîna aussitôt avec un coup de genou à l'entrejambe. Le couteau tomba par terre et glissa jusque sous un réfrigérateur sans porte.

— Où est ton copain ?

Steve sonda l'obscurité. Le deuxième homme qui avait bondi sur lui était maintenu au sol par Rhodes.

Soudain, un coup de feu retentit.

— Non ! hurla Jane, tandis que la balle traversait l'auvent de fortune au-dessus de sa tête.

Steve n'eut pas le temps de chercher son pistolet : d'un ample mouvement du bras, Jane frappa son adversaire en plein visage avec le casque de moto. Il bascula en arrière et perdit son arme dans sa chute. Jane s'avança à quatre pattes pour la ramasser.

Steve s'apprêtait à mettre la main sur son pistolet lorsque l'homme qu'il venait de désarmer se jeta sur lui tête baissée. Le Mexicain réussit à prendre le dessus et commença à l'étrangler, un sourire diabolique aux lèvres, mais Steve attrapa une poignée de boue et la lui enfonça violemment dans le nez.

L'homme tomba à la renverse, puis tenta de se relever, un peu sonné. Steve ne lui en laissa pas le loisir : il le cueillit d'un coup de pied à l'estomac et lui en assena un autre dans les reins pour faire bonne mesure. Le type resta par terre, à se tenir le ventre en gémissant.

Une deuxième détonation retentit.

— Je l'ai raté ! cria Jane. Il s'enfuit !

Ses mains tremblaient tandis qu'elle pointait le pistolet sur son agresseur, qui courait sur le chemin.

— Tiens celui-ci en joue, lui ordonna Steve en désignant l'homme au couteau.

Jane redirigea le canon de son arme sur sa nouvelle cible. En la voyant si sûre d'elle, Steve n'hésita pas à se lancer à la poursuite du fuyard. Il devait le rattraper : la vie de Rory en dépendait. Les semelles usées de ses bottes glissaient sur le sol boueux, mais il avait l'avantage de connaître parfaitement l'agencement de la casse. Gagnant peu à peu du terrain, il bondit sur son ennemi, lui fit percuter de plein fouet la portière ouverte d'une voiture et tomba sur lui, prêt à en découdre.

Aucune réaction.

Le type était séché.

Il le saisit par le T-shirt et le traîna vers le camping-car. Rhodes le rejoignit en chemin.

— Attrape ça ! dit-il en lui lançant un rouleau de gros scotch.

— Il n'ira pas bien loin dans cet état, mais c'est vrai qu'il vaut mieux être prudent.

Steve attacha les mains du Mexicain dans son dos, avant de le fouiller.

— Rien.

— Désolé d'être arrivé en retard à la fête, mais le petit frère m'a pris par surprise, expliqua Rhodes en se massant la nuque. Il y a sans doute des gens qui ont entendu les coups de feu. Les flics risquent de se pointer d'une minute à l'autre.

— On ne peut pas partir tout de suite, répondit Steve. On a besoin de récupérer des infos.

— Tu ne tireras rien du mien, il est sonné.

Rhodes jeta un coup d'œil sur l'homme qu'ils étaient en train de traîner dans la boue.

— Celui-ci a l'air K.-O. pour un moment, lui aussi.

Quant au troisième assaillant, il se roulait toujours par terre, sous la surveillance étroite de Jane.

— Ça va ? demanda Steve à cette dernière.

Elle inspira profondément, avant d'acquiescer.

Bon sang, cette femme ne manquait pas de courage… Steve n'avait qu'une envie : la prendre dans ses bras et l'aimer jusqu'à la fin de ses jours. Il se saisit doucement du pistolet qu'elle tenait serré dans ses mains.

— Steve, tu saignes ! s'exclama-t-elle soudain. Tu vas avoir besoin de points.

Avec le bas de son T-shirt, elle essuya le sang qui coulait sur son avant-bras.

— Ne t'inquiète pas pour moi.

Indifférent à sa blessure, Steve souleva le seul malfaiteur qui était encore conscient et le posa sans ménagement sur la chaise pliante.

— Attache-le, Rhodes.

Son ami obtempéra sans lésiner sur le scotch, puis fouilla les poches de leur prisonnier.

— Un téléphone portable, commenta-t-il. L'historique des appels a été effacé.

— Dis-moi, mon gars, tu as l'intention de coopérer, ou il va falloir que j'envoie ma copine dans le camping-car pour lui épargner de tourner de l'œil ? demanda Steve au Mexicain.

Ce n'était pas un interrogatoire habituel. Pour obtenir des réponses, il était prêt à employer toutes les méthodes, même les moins orthodoxes.

— Comment tu t'appelles ? demanda-t-il en pointant le pistolet sur le visage de l'homme.

Celui-ci se contenta de grogner. Steve passa derrière lui.

Pendant ce temps, Jane avait ramassé le rouleau de scotch. Elle s'en servit comme d'un bandage pour recouvrir la blessure de Steve.

— Ça devrait maintenir la plaie fermée le temps de trouver un hôpital, expliqua-t-elle. Moi, je rentre. Je n'ai aucune envie d'assister à ça.

Steve enroula un bras autour du cou du Mexicain et lui enfonça le canon du pistolet dans une narine.

— Ecoute, mon vieux, j'ai deux options. Soit j'appelle les flics et je leur explique où te cueillir, soit tu me dis qui t'a recruté et je ne te troue pas le nez.

L'homme tenta de se débattre, mais ne réussit qu'à tomber en arrière quand Steve le relâcha brusquement.

— Alors, pour qui tu bosses ? Où étiez-vous censés nous emmener ?

Il le redressa sur sa chaise.

— Je n'ai pas le temps de jouer à ton petit jeu, siffla-t-il, le visage collé au sien. Parle, ou je te refais le portrait.

A l'intérieur du camping-car, Jane ne pouvait s'empêcher

de regarder ce qui se passait de l'autre côté de la fenêtre. Elle n'avait jamais vu Steve sous ce jour, un pistolet dans une main et un criminel dans l'autre.

L'homme que Rhodes avait assommé s'était réveillé et dévisageait Steve, les yeux écarquillés par la peur. Jane s'en fichait. Ces types étaient impliqués dans la disparition de son fils, et ils avaient essayé de les tuer. Elle s'interdisait d'éprouver la moindre once de compassion à leur égard. Steve pouvait faire ce qu'il voulait avec eux, elle ne s'en mêlerait pas.

— Le numéro est dans mon téléphone, avoua finalement le Mexicain saucissonné sur la chaise. Je devais envoyer un texto une fois qu'on vous avait retrouvés.

— Ne me raconte pas de conneries ! cria Steve. Où étiez-vous censés nous emmener ?

— *Esta en el caro. Por favor no nos maten*, supplia le deuxième malfrat, toujours allongé dans la boue.

— Quelle voiture ? demanda Rhodes. Quelle rue ?

L'homme dut répondre, car Rhodes fila en quatrième vitesse. Jane tira le rideau. Pour éviter de se laisser attendrir par le sort de ces crapules, mieux valait détourner le regard.

Le programme de décryptage était sûrement terminé depuis le temps. Jane était convaincue que le dossier avait une importance cruciale. Elle découvrirait les secrets qu'il renfermait, puis elle révélerait le sien à Steve.

— Tu ne peux pas savoir comme c'est bon de te voir assise là, couverte de boue mais sans une égratignure.

Quand l'avait-il rejointe ? Alors qu'elle levait les yeux vers lui, Steve glissa une main derrière sa nuque et captura ses lèvres en un baiser presque bestial. Le corps de Jane ne tarda pas à réagir.

Elle passa les bras autour de sa taille pour l'attirer plus près d'elle, écrasant ses seins contre ses muscles fermes. Steve continuait de l'embrasser, emporté par le désir qui les avait si vite enflammés. Jane fit le vide dans sa tête et savoura ce moment de pure passion. Ils étaient vivants, ils étaient ensemble. Plus rien d'autre ne comptait hormis Rory.

Lorsqu'il se résigna à la relâcher, Jane se laissa tomber sur le banc, les jambes soudain trop faibles pour la soutenir.

— On ne peut plus attendre, dit-il d'une voix encore troublée par l'émotion. Il faut partir.

A cet instant précis, une fenêtre apparut sur l'écran de l'ordinateur, annonçant que le décryptage était terminé. Jane avait réussi.

Steve regarda par-dessus son épaule tandis qu'elle faisait défiler les pages pour mémoriser le document.

— Tu as déjà tout retenu ? s'enquit-il, impressionné.

— C'est moins intéressant que je ne le pensais. Il s'agit d'un journal intime. Je ne vois pas vraiment pourquoi un agent du FBI se donnerait la peine de crypter un document de ce genre. Il s'intitule *Le Projet Héra*.

Steve se figea.

— Héra ? Ce n'est pas une déesse grecque ?

— Si.

— Qu'est-ce que ça raconte ?

— La princesse Lamia, maîtresse de Zeus, se fait voler son enfant par Héra. Mais Lamia est plus rusée que sa rivale jalouse. Elle retrouvera son fils… Attends. L'auteur du texte a pris quelques libertés avec l'histoire d'origine : dans la mythologie grecque, Héra vole *tous* les enfants de Lamia, qui se transforme en vampire pour en enlever d'autres.

— C'est tout ? s'enquit Steve en déglutissant avec difficulté.

— Le texte fait aussi allusion au mythe nordique de Fensalir, le palais de la déesse Frigg où tous les couples mariés…

— … vivront heureux pour l'éternité, termina Steve d'un ton incrédule. C'est le nom du ranch de Stubblefield.

— L'agent avec qui tu as été en contact ? Qu'est-ce que ce journal a à voir avec…

— C'est elle, l'interrompit Steve. C'est Stubblefield qui a kidnappé ton fils.

— Comment peux-tu en être si sûr ?

— Je vais prévenir George. Envoie ce dossier par mail au FBI.

Jane connaissait l'adresse de l'antenne de San Antonio pour avoir fouillé leurs archives un peu plus tôt.

— Pourquoi aurait-elle fait une chose pareille ? demanda-t-elle.

Sa question resta sans réponse : Steve était déjà au téléphone avec son collègue. Bien qu'elle n'entende qu'une partie de la conversation, Jane n'eut aucun mal à remplir les blancs. Surtout lorsque Steve répondit à George :

— Non, venez la chercher ici.

Pas question, songea-t-elle.

— Tu peux m'expliquer pourquoi je ne peux pas aller avec toi au ranch de Stubblefield ? demanda Jane dès qu'il eut raccroché.

— Je préfère que tu attendes mes collègues ici. C'est plus prudent.

— Pourquoi faut-il toujours que les mecs sortent des âneries pareilles ? s'emporta-t-elle. Je sais qu'ils disent ça dans les livres et dans les films pour se la jouer chevaliers, mais là, c'est la vraie vie. Tu dirais la même chose si j'étais ton équipière ? Est-ce que c'est écrit quelque part, que tu dois te séparer de la femme avec qui tu es ?

Steve ouvrit la bouche, mais elle ne lui laissa pas le temps de parler.

— Si tu me considères comme un boulet, dis-le clairement. Si tu penses que je vais te ralentir, que ça t'empêchera de récupérer Rory vivant, fais-le-moi savoir. Mais souviens-toi d'une chose, ajouta-t-elle en plantant son index sur son torse. Dans tous ces livres, dans tous ces films, c'est l'héroïne qui sauve les fesses du héros à la dernière minute. Alors je préférerais faire équipe avec toi directement, plutôt que de te suivre comme une idiote.

— Vous ne cessez de me surprendre, docteur Palmer, répondit Steve en lui caressant la joue. Mais c'est non. Où sont ma chemise et mon chapeau ?

— Ton chapeau ?

Jane lui barra le passage, les mains sur les hanches.

— Je viens avec toi, oui ou non ?

— La décision est prise, Jane.

— Tu es le type le plus énervant que je connaisse. Comment peux-tu m'ignorer de cette façon ?

— T'ignorer ? Bon sang, Jane, je n'en ai jamais été capable.

Il la saisit par les bras pour l'écarter de son chemin.

— Dépêche-toi, Rhodes ! Les flics débarquent dans six minutes.

— Ils trouveront nos trois copains prêts à être embarqués. Au fait, tu n'as pas cherché à savoir comment ils avaient réussi à vous pister jusqu'ici.

Rhodes n'attendit pas la réponse. Il ramassa son casque et disparut dans la nuit sur sa moto.

— Il a raison… Fais-moi voir tes chaussures, Janie.

Elle tendit ses baskets à Steve, qui les tordit dans tous les sens jusqu'à ce qu'ils entendent un petit bruit sec.

— J'imagine que c'est le genre de traceur GPS qu'on utilise pour les animaux domestiques. C'est Stubblefield qui t'a apporté les vêtements, quand on était au FBI ?

— Oui. Je refuse de rester ici, insista Jane, affolée à l'idée de ne pas participer aux recherches.

— Tu rentres avec mes collègues, répliqua-t-il en lui rendant ses chaussures.

— On doit retrouver Rory ensemble, Steve. Tous les deux. Comment le lui dire ?

— J'ai appelé George, il va venir en hélicoptère dès que la météo le permettra. Je sais que tu veux revoir Rory, mais tu dois me faire confiance. Reste ici.

— Rory est ton fils !

14

Jamais Jane n'aurait pensé qu'elle annoncerait la nouvelle à Steve d'une façon aussi abrupte. Cent fois, elle avait imaginé sa surprise. Cent fois, elle avait rêvé qu'il la prendrait tendrement dans ses bras.

Mais il n'y avait rien de tendre dans la manière dont il la traîna jusqu'au vieux pick-up de Rhodes, avant de la pousser, toute maculée de boue, sur le siège passager. Les mâchoires serrées, il s'installa au volant et conduisit pendant une heure en silence.

Il fallut tout ce temps à Jane pour trouver quoi dire.

— Je suis désolée de te l'avoir appris comme ça, mais je ne pouvais pas te laisser partir sans moi.

— Tu as inventé cette histoire pour que je t'emmène ?

— Non.

— Donc, ça fait deux jours que tu me mens ?

Il gardait les yeux rivés sur la petite route de campagne, comme il l'avait fait depuis qu'ils avaient quitté San Antonio.

— J'ai essayé de te le dire, mais ce n'était jamais le bon moment.

— Tu as quand même eu quatre ans.

— Tu es injuste.

— Injuste ? Si Rory est vraiment mon fils, j'ai raté quatre ans de sa vie !

Que répondre à cela ? Il avait raison, elle aurait dû l'informer bien plus tôt. Mais elle ne pouvait pas retourner en arrière pour réparer son erreur. L'urgence était de retrouver Rory ; ensuite seulement ils réfléchiraient à l'avenir.

— Tu étais déjà au courant, quand tu es partie à Baltimore ? s'enquit Steve.

— Non. Je l'ai appris sept semaines plus tard.

— Et tu es sûre qu'il est de moi ?

— Oui, j'en suis sûre.

La croirait-il si elle lui avouait qu'elle n'avait fréquenté que lui ?

Jane comprenait qu'il ait besoin de poser des questions, de connaître les détails. Mais ils devaient absolument mettre au point un plan pour arracher Rory aux mains de ses ravisseurs.

— Qu'est-ce qu'on fera quand on sera arrivés au ranch de Stubblefield ? demanda-t-elle.

— Attends, tu viens de m'annoncer que je suis père. Je ne sais plus quoi penser. D'un côté, j'ai envie de croire que ce n'est pas vrai, parce que je n'arrive pas à concevoir que tu m'aies menti pendant quatre ans. Si tu dis la vérité, je suis obligé de te détester un peu.

Ce fut au tour de Jane de regarder par la fenêtre sans rien dire. Elle n'avait jamais été douée pour la psychologie. Dans les situations chargées en émotion, la logique ne fonctionnait pas, les livres ne lui étaient d'aucune utilité. Rien ne pouvait préparer quelqu'un au choc de se découvrir parent. Jane avait eu plusieurs mois pour accepter la venue de Rory, alors que Steve n'était au courant de son existence que depuis une heure.

— Si tu es revenue au Texas au départ, c'était pour me présenter Rory, n'est-ce pas ?

Steve entendit à peine la réponse de Jane, à moitié couverte par le bruit de la route et des essuie-glaces.

— Oui.

— Ça a dû être dur, toute seule.

— Je n'étais pas seule, j'avais Rory.

Elle lui toucha le bras.

— Je n'ai jamais voulu te l'imposer, Steve, et cela reste vrai aujourd'hui.

Comment était-il censé réagir à cela ? Jane ne lui demandait rien. Il y avait de quoi devenir fou.

— Mais même si je ne me sentais pas seule, j'ai vite compris que ce n'était pas l'idéal pour Rory, poursuivit-elle. J'ai voulu me rapprocher de toi et de ta famille au cas où il m'arriverait quelque chose. Pour qu'il ait quelqu'un.

— Bon sang, Jane… Tu aurais dû me le dire plus tôt.

— Je ne savais pas comment m'y prendre.

— Tu es la personne la plus intelligente que je connaisse. Tu ne pouvais pas décrocher le téléphone ?

— Il y a quatre ans, tu m'as fait comprendre que tu avais un travail et que rien ne viendrait s'immiscer entre lui et toi.

— C'était juste un boulot.

— Ce n'est pas l'impression que cela donnait, répliqua-t-elle.

Steve comprenait. Plus tard, il lui expliquerait à quel point il avait eu tort. A quel point ils s'étaient tous les deux trompés. Rien n'était plus important à ses yeux que Jane et Rory.

La pluie s'était remise à tomber, ce qui, pour une fois, n'était pas une mauvaise chose : tous les avions dans la région seraient retenus au sol. L'inconvénient étant que les hélicoptères du FBI ne pourraient pas décoller non plus… Steve ralentit. Avec les trombes d'eau qui s'abattaient sur le pare-brise, il ne voulait pas rater la route qui les mènerait jusqu'à leur fils.

Car il avait un fils. Et il devait le sauver.

Jane tripotait la poignée de la fenêtre. Depuis qu'elle lui avait annoncé la nouvelle, elle avait évité de croiser son regard.

— Je me demande comment l'agent Stubblefield a découvert l'existence de Rory, dit-elle.

— C'est moi qui lui ai parlé de toi.

Steve frappa le volant.

— Je n'arrive pas à croire qu'elle me déteste à ce point. Je n'ai rien vu venir.

Comme il avait été stupide de tourner ainsi en rond comme un poulet sans tête ! S'il avait eu deux grammes de jugeote, il aurait remarqué que Stubblefield était en train de perdre pied. Il se montrait plus perspicace, d'habitude.

— La complexité du plan élaboré par l'agent Stubblefield suggère qu'il ne s'agit pas que d'une simple haine, fit remarquer

Jane d'un ton détaché, presque professoral. Tu veux bien me parler des relations que tu avais avec elle ? Les coéquipiers sont souvent proches, non ?

— Pas nous.

Steve était bien trop sur la défensive pour un homme qui n'avait rien à cacher. Mais Jane ne manifestait aucun signe de jalousie, murée derrière son masque de froideur objective. Ne pouvait-elle pas être à la fois une scientifique *et* une femme ? Steve n'oubliait pas qu'elle avait l'habitude de gérer les situations seule, sans se reposer sur personne. Et il l'avait encouragée dans ce sens en l'envoyant à Baltimore.

— J'ai vécu deux mois sous le même toit que Stubblefield pour une mission, expliqua-t-il. Il ne s'est rien passé. Elle voulait aller plus loin, mais je lui ai dit que j'étais a… que j'étais avec toi.

Il avait failli prononcer le mot « amoureux ». *Et pourquoi tu ne l'as pas dit ?* s'enquit une petite voix agacée dans sa tête. *Quand vas-tu te décider à lui confier ce grand secret ?*

Une vision de l'avenir se présenta soudain à son esprit. Une vision de ce qu'il désirait au plus profond de lui-même : construire une vie avec Jane et Rory. Avoir une petite fille, peut-être, avec des cheveux bouclés comme ceux de sa mère. Ou alors, un ou deux autres garçons. Steve n'était pas contre l'idée de voir Jane enceinte, mais cela ne le dérangeait pas non plus qu'il n'y ait que Rory, si c'était ce qu'elle voulait. Il brûlait de lui montrer combien il l'aimait. Et Stubblefield ne lui volerait pas cet avenir.

— Qu'est-ce qui s'est passé, ensuite ? demanda Jane, interrompant le fil de ses pensées.

— La mission s'est achevée. Stubblefield semblait avoir bien pris mon refus. A aucun moment elle n'a fait de scène ou proféré de menaces. A notre retour, elle a demandé à faire équipe avec un autre agent, c'est tout.

— Je ne crois pas qu'elle ait organisé tout ça pour se venger de toi, Steve. Elle t'a volé ton enfant. Elle s'est donné beaucoup de mal pour faire croire que j'étais folle, que je prenais des antipsychotiques, que j'avais kidnappé un petit garçon et assassiné une vieille dame.

Jane marqua une pause. Steve entendait presque les rouages tourner dans son cerveau.

— C'est moi qu'elle veut tuer, reprit-elle. Toi, elle te veut vivant. Si l'on s'appuie sur certaines études de cas similaires, il semblerait qu'elle ait fait tout ça pour toi.

— Pour moi ? Mais on n'a jamais…

— Peu importe. Elle essaie peut-être de créer le monde parfait dans lequel tu l'aimerais.

Jane se frotta le nez comme pour remonter des lunettes imaginaires.

— Il est possible qu'elle se soit servie des ressources du FBI et qu'elle ait découvert que j'avais accouché de Rory. C'est peut-être ça qui a déclenché son premier épisode psychotique.

De plus en plus mal à l'aise, Steve se concentra sur la route, tentant de retrouver l'itinéraire que George et lui avaient emprunté lorsqu'ils avaient rendu visite à Stubblefield dans son ranch. Jamais il n'aurait imaginé être à l'origine de la décompensation psychotique d'une collègue. Jamais il n'aurait cru être responsable un jour de l'enlèvement de son propre fils. Et pourtant, il était là, plongé dans le pire cauchemar qui soit.

— Es-tu certain que Stubblefield a hérité de ce ranch ? s'enquit Jane.

— C'est ce qu'elle m'a dit, en tout cas. Elle l'aurait récupéré l'an dernier à la mort de son oncle.

— Tu as été élevé dans un ranch. Je ne pense pas que ce soit une simple coïncidence.

— Elle n'aurait pas eu les moyens de s'offrir une propriété de cette taille avec ce qu'elle gagne au FBI, affirma Steve. Si elle n'a pas hérité, c'est qu'eile a volé de l'argent. Tu crois qu'elle a kidnappé le fils des Brant pour pouvoir s'acheter le ranch ? Cela voudrait dire qu'un enfant a été arraché à ses parents par ma faute.

— Tu n'es pas responsable de sa maladie. Son obsession aurait très bien pu se porter sur quelqu'un d'autre. Est-ce qu'elle t'a déjà invité chez elle ?

— Oui, j'y suis allé avec George.

Steve pianota nerveusement sur le volant.

— Je, hum… je l'ai aidée à trouver un contremaître pour les travaux.

— Tu lui as donc donné des conseils. Est-ce qu'elle t'a demandé ton avis sur les améliorations qui pouvaient être apportées à la propriété ?

— Oui, je lui ai peut-être fait une ou deux suggestions. Comme ajouter une piste d'atterrissage.

Steve sentit sa gorge se nouer.

— Elle en a fait installer une au printemps, précisa-t-il.

L'idée qu'il puisse être l'objet du délire de sa collègue ne lui plaisait pas du tout. Et le fait qu'il ne se soit rendu compte de rien l'enchantait encore moins. Fameux sens de l'observation…

— Si Stubblefield possède un avion, elle partira dès que la pluie se sera calmée, ajouta-t-il. Ensuite, elle restera planquée quelque part…

— Tu penses qu'elle va quitter le pays avec Rory ? demanda Jane. C'est pour ça que tu ne voulais pas attendre les renforts.

Steve ne répondit pas. Il avait ralenti et regardait attentivement le paysage.

— Ah, voilà la rivière Guadalupe, dit-il, soulagé. On se rapproche.

Malgré ses souvenirs embrumés, il parvint à retrouver la route du ranch. Ils passèrent un pont qui enjambait un ruisseau gonflé par les pluies. Les profonds fossés de chaque côté de la piste gravillonnée l'obligèrent à garer le pick-up en plein milieu du chemin.

— Tu voulais un plan, je crois que j'en ai un, dit-il à Jane. Mais il risque de ne pas te plaire.

— S'il implique de se séparer, c'est sûr que non.

— On est bien d'accord, notre but est de récupérer Rory ? Quoi qu'il en coûte ?

— Oui. Je suis prête à tout, répondit Jane.

— Alors allons-y.

Steve étouffa un juron. Un caillou venait de s'enfoncer dans son genou alors qu'il changeait de position, au sommet de la colline qui surplombait le ranch.

— On capte quelque chose, ici ?

Jane sortit le téléphone de la poche de son coupe-vent.

— Non. Mais tes collègues nous retrouveront bien, tu ne crois pas ? Tu as dit qu'ils seraient là dès que les hélicos pourraient décoller.

— Prends ce pistolet. C'est un Glock, il a une sécurité au niveau de la queue de détente. C'est un peu différent du Beretta que je t'ai montré tout à l'heure.

Steve parlait à voix basse tout près de l'oreille de Jane, s'enivrant de son parfum qu'il percevait malgré la pluie. Il aurait voulu la prendre dans ses bras, la mettre à l'abri du danger, mais c'était impossible. Pour cette mission, ils avaient chacun leur rôle à jouer. Steve espérait juste qu'ils s'en sortiraient tous les deux vivants.

— Le coup ne peut partir que si tu presses la détente, expliqua-t-il. L'arme se recharge automatiquement après chaque tir.

— Ça ne me semble pas très sécurisé, tout ça, marmonna Jane en fourrant le pistolet au fond de sa poche.

— Il faut juste que tu sois prête à tirer avant de viser quelqu'un.

Steve et Jane venaient de traverser un ruisseau transformé en torrent qui dévalait la pente de la colline pour aller se jeter dans la rivière Guadalupe. Ils s'étaient abrités dans un bosquet de mesquite dont les vieilles brindilles craquaient sous leurs pieds. La maison de Stubblefield se trouvait à une centaine de mètres en contrebas.

— Elle est éclairée comme un sapin de Noël, commenta Steve.

— Je ne vois personne passer devant les fenêtres. Tu crois que Stubblefield nous attend ?

Steve tira Jane en arrière, de peur qu'elle se fasse repérer.

— Je pense qu'elle n'est pas sûre qu'on vienne, mais elle a préféré tout allumer au cas où, pour nous empêcher d'approcher discrètement. Là, sous l'auvent, c'est sa jeep.

Steve avait la certitude croissante qu'il était attendu.

— Tu sais qu'elle ne croira pas facilement à ma mort si tu ne lui apportes pas de preuves, fit remarquer Jane. Tu pourrais aller chercher le pick-up et m'installer sur le plateau…

— Et que va penser Rory ? la coupa-t-il. Non, il faut que tu le retrouves et que tu l'emmènes loin d'ici. Je me débrouillerai pour convaincre Stubblefield. Commence à descendre de la colline dès que je serai parti. Je détournerai son attention pour que tu puisses pénétrer dans la maison. Et n'oublie pas de…

— Steve, l'interrompit-elle avec un grand sourire. Même si tu ne les as pas écrites, je me souviens parfaitement de tes instructions.

— Oui, c'est vrai.

Il lui rendit son sourire, heureux qu'elle soit suffisamment détendue pour plaisanter. Mais la situation était grave. Jane devait se montrer prudente, sans quoi elle se ferait tuer.

— Souviens-toi que ton objectif est de récupérer Rory vivant. Ne prends pas de risques inutiles. Sors-le de là, c'est tout.

Cette fois, il perçut de la peur dans ses yeux, la même qu'il ressentait au plus profond de ses tripes. Et pourtant, il croyait en leur plan. Cela allait marcher.

Leurs lèvres durent se rejoindre toutes seules, car Steve ne se rappelait pas avoir penché la tête. Dieu, que ses lèvres étaient douces… Elles avaient gardé le goût du soda à l'orange qu'ils avaient trouvé dans le pick-up. Ils s'embrassèrent avec toute la passion et le désespoir d'un baiser d'adieu.

— Jane, murmura-t-il lorsqu'ils reprirent leur souffle. Il est temps d'y aller.

— Je sais, répondit-elle, tout en capturant sa bouche pour

un dernier baiser fébrile. Avant que tu partes, il faut que je te dise…

Il posa un index sur ses lèvres.

— Plus tard. Moi aussi il faut que je te le dise, mais pas maintenant. Pas comme ça.

Une larme roula sur la joue de Jane. Il l'essuya d'une caresse.

— Ne te fais pas repérer, et garde ton objectif en tête. Promets-le-moi, Janie. Peu importe ce qui arrive, pense d'abord à Rory.

— Je te le promets.

Après un dernier regard chargé d'émotion, Steve s'élança hors du buisson.

Il courut à travers les broussailles jusqu'au chemin de gravillons qui menait au ranch. Surtout, ne pas se retourner, au risque de trahir la présence de Jane. Quelqu'un pouvait être en train de l'observer. Bon sang, il ne savait même pas quel genre d'équipement Stubblefield possédait. Il suffisait qu'elle se soit procuré des lunettes de vision nocturne, et il n'aurait aucune chance de lui échapper.

Maison, écurie, hangar pour avion, abri de jardin, garage indépendant… Trop de variables, pas de renforts immédiats. George et ses autres collègues étaient sans doute prêts à partir, mais Steve ignorait combien de temps la météo les maintiendrait au sol. Il fouilla les alentours du regard, à la recherche de sa cible, Selena Stubblefield. Aucun mouvement en vue.

Il se tenait à présent juste devant le vieux bâtiment de deux étages. Toujours rien. Personne ne sortit de l'ombre pour l'affronter. La pluie avait enfin cessé, et le silence régnait. Jusqu'à ce que les chevaux se mettent à hennir dans le corral.

Une personne vêtue d'un imperméable jaune venait de rejoindre Steve. Même de loin, Jane percevait l'expression de dégoût sur le visage de ce dernier. Il s'agissait probablement de Stubblefield.

Jane tâta la poche de sa veste, rassurée d'y sentir la masse solide du pistolet. Steve avait-il besoin d'aide ? Devait-elle se rapprocher pour entendre sa conversation avec la kidnappeuse de leur fils ?

Respire. Lentement. Jane se mit à ramper dans l'obscurité, jusqu'à la limite de la lumière.

Promets-le-moi, Janie. Pense d'abord à Rory.

Courbée en deux, elle courut se cacher derrière un poteau de clôture, puis un autre, puis un troisième, s'attendant à tout moment à ce que les complices de Stubblefield surgissent pour la tuer. Mais il n'y avait personne à l'horizon, ni derrière les fenêtres de la maison. Selena semblait être seule.

Ce n'était pas un mirage. Sa collègue, la femme qui avait enlevé son fils et tué une vieille dame, se tenait devant lui, en chair et en os. Steve fit un pas vers elle.

— Où est Rory ?

— En sécurité, répondit-elle avec le même sourire mauvais qu'il avait vu chez tant d'autres psychopathes. Pour l'instant.

Une vague de soulagement envahit Steve. Il essuya la sueur qui perlait à son front.

— Je commençais à me dire que je serais obligée de partir sans toi, chéri, dit Selena.

— J'ai eu du mal à retrouver le chemin pour venir jusqu'ici, répondit Steve en glissant discrètement une main dans son dos, prêt à dégainer son pistolet.

— Tu es trop drôle, Steve. C'est pour ça que je t'ai épousé.

Epousé ? Elle était encore plus atteinte qu'il ne le pensait. Jane avait vu juste. Selena lui souriait, à la fois détachée de la réalité et suffisamment lucide pour refuser de lui indiquer où elle avait caché Rory.

— Tu me connais, toujours le mot pour rire, dit-il avec une légèreté forcée.

Etait-ce la silhouette de Jane qu'il venait de voir traverser le champ ?

— On ferait mieux de finir les valises, déclara Selena en se tournant vers la maison.

Steve empoigna la crosse de son pistolet.

— Tu as raison. Il ne faudrait pas qu'on soit en retard pour…

— Espèce de connard !

Selena fit volte-face et tira.

15

Jane entendit un moteur pétarader. Non, ce n'était pas une voiture, ils étaient perdus en pleine campagne… Elle tourna la tête juste à temps pour voir Steve s'effondrer près de l'écurie.

Stubblefield venait de lui tirer dessus.

Jane tomba à genoux et se couvrit la bouche pour s'empêcher de crier. Comment avait-elle réussi à se convaincre qu'elle pouvait aider Steve à retrouver Rory ? Elle aurait dû l'écouter et attendre l'arrivée du FBI.

Ce cauchemar se terminera-t-il un jour ? s'interrogea-t-elle. *Cette folle va-t-elle vraiment tuer toutes les personnes que j'aime ?*

Car elle aimait Steve, en dépit de tout bon sens. Elle l'avait aimé quatre ans plus tôt, ils avaient conçu un magnifique bébé ensemble, et elle l'aimait encore aujourd'hui. Quoi qu'il arrive, elle l'aimerait jusqu'à la fin de ses jours.

Luttant contre les larmes qui lui piquaient les yeux, Jane se leva et sortit le pistolet de sa poche. Un pas, deux pas. Elle allait neutraliser Stubblefield et attendre que le FBI localise le ranch de Fensalir. Et si Selena remuait ne serait-ce qu'un petit doigt, elle l'abattrait.

A cet instant — miracle ! — Steve se mit à bouger. Alors qu'il portait une main à son épaule, Jane eut l'impression qu'il lui faisait signe discrètement de ne pas s'en mêler.

Promets-le-moi, Janie. Pense d'abord à Rory.

Jane courut se cacher derrière la maison. Là, elle reprit son souffle et tenta de rassembler ses esprits.

Où Stubblefield avait-elle bien pu enfermer Rory ?

Steve fut soulagé de ressentir la douleur. Cela voulait dire qu'il était vivant. Il avait mal à l'arrière du crâne, mais c'était à cause de sa chute, et non parce qu'il avait reçu une balle entre les deux yeux. Selena ratait rarement sa cible ; nul doute qu'elle lui aurait percé une troisième narine si elle l'avait voulu.

En revanche, il avait bien un trou dans sa chemise, et son bras saignait là où la balle l'avait atteint.

Cette folle lui avait tiré dessus et il n'avait même pas repéré son pistolet. Lui qui pensait contrôler la situation… Il avait toujours son arme coincée à l'arrière de son jean, mais il ne pouvait pas tuer Stubblefield. Elle seule savait où se trouvait Rory.

— Où est le Dr Palmer ? demanda-t-elle.

— Quoi ?

Steve espérait que Jane avait perçu son signal. Il n'osa pas regarder dans sa direction. Sans gestes brusques, il pressa la manche de sa chemise sur sa blessure pour stopper l'hémorragie. Une chance que Stubblefield ait visé le bras gauche.

— Ne me prends pas pour une imbécile, Steve, gronda-t-elle en s'avançant vers lui. Où est Jane Palmer ?

— Elle est morte. Tes hommes de main l'ont tuée, et après je me suis occupé d'eux.

Lorsqu'il s'assit, sa tête se mit à tourner. Stubblefield commença à décrire des cercles autour de lui, comme un animal se préparant à bondir sur sa proie.

— Pourquoi devrais-je te croire ? Si ta traînée t'attendait quelque part, tu ne me le dirais pas.

— Où est Rory ?

— Je t'ai déjà répondu. En sécurité.

— Pourquoi devrais-je te croire ? répliqua-t-il à son tour.

Réfléchis. Que voulait-elle ? Pourquoi l'avait-elle seulement blessé ?

Stubblefield se figea et pointa le pistolet sur son torse.

— Je te crois, s'empressa-t-il de dire. Je sais que tu ne ferais jamais de mal à Rory. Je sais que tu aimes… notre fils.

Steve parvint à se redresser sur un genou. Il se sentait capable de se lever, mais il n'avait aucune envie que Stubblefield le renvoie par terre d'un coup de pied.

— Tu me laisserais le voir ? ajouta-t-il. J'ai été beaucoup absent ces derniers temps.

Bon Dieu, il espérait ne pas se tromper en alimentant son fantasme. Il n'avait jamais eu à jouer le rôle du mari repentant.

— Je te promets que je, euh… enfin, tu sais. Je ne recommencerai plus jamais, ajouta-t-il.

Stubblefield parut se détendre ; elle écarta son index de la gâchette.

— Dis-toi bien que si tu recommences, je ne t'attendrai pas. Et tu ne reverras plus jamais ton fils. Allons-y.

Alors qu'il s'apprêtait à se lever, Steve aperçut Jane qui sortait en courant de la maison. Elle se dirigeait tout droit vers l'écurie, qui était éclairée comme en plein jour.

— On peut se reposer une minute, Selena ? demanda-t-il en se tenant l'épaule. Je me sens un peu faible.

Comme il l'avait espéré, Stubblefield se tourna vers lui et ne vit pas Jane se précipiter de l'autre côté de l'écurie.

— Tu devrais te ménager un peu plus, chéri. Entre ton boulot et tous les travaux que tu fais pour le ranch, tu n'es presque jamais là pour Rory.

Cette sorcière semblait avoir oublié que c'était elle qui l'avait blessé. *Mais qu'elle oublie*, songea-t-il. Cela pouvait jouer en leur faveur.

— Le pauvre petit ne saurait pas à quoi ressemble son père s'il n'avait pas sa photo sur sa table de chevet.

Voilà pourquoi ils n'avaient rien retrouvé dans l'appartement de Jane : Stubblefield avait tout emporté.

Steve hésitait à lui poser d'autres questions concernant Rory. Cela risquait-il d'éveiller ses soupçons ? Ou de l'énerver ? Prudemment, il remua son bras gauche pour vérifier qu'il pouvait encore s'en servir. Comme le muscle lui paraissait un peu raide, il continua à plier et déplier le bras, serrer et desserrer le poing, tout en sentant la colère monter en lui à chaque vague de douleur.

« Où est Rory ? » avait-il envie de hurler.

Pendant ce temps, Stubblefield l'observait. Une lutte terrible semblait se jouer derrière ses pupilles dilatées. Steve vit sa main sortir lentement de la poche de son imperméable.

Il n'allait pas attendre sagement qu'elle lui tire dessus une deuxième fois. Et comme il n'avait pas non plus le temps de bondir sur elle pour la désarmer, il s'élança vers l'écurie. Stubblefield tira, atteignant la porte au moment où il se jetait sur le sol.

Jane avait fouillé la maison : vide. Elle avait fouillé l'écurie : vide également. Où pouvait-elle encore regarder ? Rory était introuvable.

Soudain, des coups de feu éclatèrent, et plusieurs balles traversèrent la porte. Une seconde plus tard, Steve la refermait derrière lui.

— Stubblefield est aussi folle que tu le pensais, chuchota-t-il précipitamment. Cache-toi là et attends qu'elle te tourne le dos pour sortir. Vite !

Terrorisée, Jane se rua derrière la porte de la sellerie, qui ne fermait pas complètement. Des morceaux de filets cassés et des longes effilochées pendaient au-dessus de sa tête. L'odeur du cuir était presque écœurante.

— Steve ! appela Stubblefield d'une voix hystérique.

— Je suis là, Selena. J'ai cru entendre un bruit.

Pourvu qu'elle le croie ! Mais, de toute évidence, Stubblefield doutait. Ses deux personnalités se livraient une guerre sans merci. Malgré le monde parallèle qu'elle s'était inventé, dans lequel Steve et Rory lui appartenaient, elle connaissait pertinemment les raisons de la présence de Steve ici.

— C'est cette catin que tu as entendue ! rugit-elle tout près de la sellerie. Elle t'a suivie jusque chez nous !

— Non, cela ressemblait plutôt à… à un lynx, répondit Steve. Il n'était pas très loin non plus. Une ombre passa devant la porte derrière laquelle Jane s'était réfugiée ; elle n'aurait su dire s'il s'agissait de Steve ou de leur ennemie.

— J'ai pensé que c'était peut-être ça qui faisait peur aux chevaux, poursuivit-il. Tu sais où est mon fusil ?

Pour l'amour du ciel, Steve, ne lui pose pas de questions. Ne la pousse pas à réfléchir.

Jane ne pouvait pas rester cachée plus longtemps. Stubblefield lui tournait le dos — c'était l'occasion ou jamais. Elle poussa la porte sans un bruit.

Steve secoua la tête, tentant de dissuader Jane de sortir. Mais il ne réussit qu'à attirer l'attention de Stubblefield, qui se retourna et braqua son arme sur Jane. Alors que celle-ci se jetait par terre, Steve assena un coup de pied dans le bras de sa collègue. Le pistolet s'envola et atterrit près d'un mur, hors de leur portée.

Avec un cri enragé, Stubblefield bondit sur Steve. Assise sur son ventre, elle se mit à le frapper violemment.

— Quand tu veux, Jane ! cria-t-il, en espérant qu'elle avait toujours le Glock qu'il lui avait confié.

— Lâchez-le ! ordonna Jane. J'ai dit, lâchez-le !

La menace du pistolet n'eut aucun effet sur la furie qui s'acharnait sur lui.

— Ça te fait quoi d'avoir perdu ton gamin ? hurlait-elle en enfonçant ses ongles dans son bras blessé. Salaud ! Traître ! Tu ne mérites pas de revoir ton fils !

Déchaînée, Stubblefield criait, frappait, griffait. Les doigts crispés comme des serres, elle s'attaqua aux yeux de Steve, qui ne put que les fermer tandis qu'il rendait quelques coups à l'aveugle.

— Ce n'est pas plutôt moi que tu as envie de massacrer ? hurla Jane.

Steve fut surpris par la violence contenue dans sa voix.

Stubblefield tourna alors la tête et reçut de plein fouet la bride que Jane venait de balancer à la façon d'une batte de base-ball. Selena fut projetée en arrière par la force de l'impact, mais elle se releva aussitôt avec la souplesse d'un chat.

— Tu ne me tueras pas, salope. Tu as besoin de moi pour retrouver ton petit morveux.

La voix rauque, les cheveux défaits, la bouche en sang, Stubblefield faisait peur à voir. Elle se débarrassa de son imperméable et se planta devant Jane, qui tenait toujours la bride dans une main et le Glock dans l'autre.

— Tire ! cria Steve.

Jane se figea. Son bras tremblait. Elle hésitait.

Stubblefield s'avança lentement vers elle, sans que Jane puisse faire le moindre geste.

Steve se jeta sur sa collègue, mais elle se montra plus résistante qu'il ne l'imaginait — ou peut-être était-il plus fatigué. Tandis qu'ils roulaient ensemble dans la poussière, elle se débattit comme une forcenée en s'obstinant sur son épaule blessée. Dans un regain de rage, Steve réussit à la plaquer sur le dos, l'avant-bras appuyé contre sa gorge. Selena n'avait plus aucune chance de s'échapper.

— Où est Rory ? demanda-t-il, les dents serrées.

— Je ne te le dirai pas.

Peu à peu, son visage se transforma. Les yeux écarquillés, elle sembla s'étonner qu'il veuille la tuer. Puis elle comprit qu'il allait probablement le faire, et se mit à le griffer furieusement. En vain. Ses mouvements s'affaiblirent.

Steve ne relâcha pas la pression. L'agent Stubblefield était en train d'étouffer — et l'espace d'un instant il aurait voulu qu'elle meure.

Les bras de Selena retombèrent le long de son corps. A la voir ainsi, les paupières closes et le visage apaisé, personne n'aurait pu deviner que cette jeune femme ordinaire abritait un démon. Steve s'écarta d'elle, et Jane prit aussitôt sa place pour vérifier le pouls de Stubblefield.

— Elle n'est pas morte, juste inconsciente.

En se relevant, Steve vacilla et dut se retenir au mur pour ne pas tomber. Entre les coups qu'il avait reçus des frères *enojados*, sa blessure par balle et son corps-à-corps avec Stubblefield, il avait l'impression qu'un camion lui était passé dessus. Son bras gauche pendait à son côté comme un gros serpent mort.

— Il faut qu'on l'attache, dit-il en soupirant.

Jane le rejoignit dans la sellerie. Elle l'enlaça, enfouissant son visage dans ce qui restait de sa chemise.

— Je voulais la tuer, murmura-t-elle. Mais elle avait raison : je n'ai pas pu appuyer sur la détente.

— Tu n'as pas à t'en vouloir pour ça, Janie. On va retrouver Rory, même si on est obligés de passer la propriété au peigne fin.

Alors qu'il s'emparait d'un rouleau de corde, Steve entendit la porte de l'écurie s'ouvrir. Il se retourna à temps pour voir Stubblefield filer vers le hangar à avion. Il se précipita derrière elle.

Selena courait à toutes jambes, et il était déjà à bout de souffle. Jamais il ne la rattraperait.

— Va dans la maison pour appeler George ! cria-t-il à Jane.

— Impossible, la ligne est coupée. Mais j'ai récupéré ça, dit-elle en lui montrant la clé de la jeep garée sous l'auvent.

Ils se ruèrent vers la voiture. A l'instant où ils claquaient les portières, un moteur rugit et des pneus crissèrent sur les graviers. Stubblefield s'enfuyait à bord d'une Toyota Camry.

Où était Rory ? Elle ne serait jamais partie sans lui. Bon sang, elle avait même voulu arracher les yeux de Steve pour l'empêcher de voir son fils !

C'est alors qu'il aperçut le haut d'un siège auto à travers la lunette arrière de la Camry. Rory était dans la voiture avec elle…

Stubblefield rejoignit l'allée principale et enfonça l'accélérateur, gravissant la colline sur les chapeaux de roues. Lorsque Steve et Jane atteignirent le sommet, près du bosquet de mesquite, ils la virent faire une embardée pour éviter le pick-up garé en travers du chemin.

Muet de stupeur, Steve regarda la scène qui se déroulait

sous ses yeux. La voiture dérapa dans la boue et plongea tout droit dans le ruisseau en crue, aussitôt emportée par le courant.

Steve bondit de la jeep et atteignit la rive en même temps que Jane.

— Ne me dis pas que tu comptes la sauver ? demanda-t-elle en le voyant retirer ses bottes.

Elle n'avait donc rien remarqué...

— Il y avait un siège-auto dans la voiture.

16

— Oh ! non…

Jane se débarrassa de sa veste et de ses chaussures, prête à aller sauver son fils. Tout était sa faute. Si elle n'avait pas insisté pour aider Steve… S'ils avaient attendu le FBI…

— Oh ! mon Dieu, il va mourir.

Steve la prit par les bras, le visage torturé par l'angoisse.

— On n'est pas sûrs qu'il soit dans la voiture. Je t'en supplie, reste ici, Jane.

Alors qu'il faisait un pas vers la rivière, il se retourna et accrocha son regard.

— Je t'aime.

— Je t'aime aussi.

Jane le vit se jeter dans les flots tourbillonnants et disparaître sous la surface écumeuse. Sur la carte de la région qu'elle avait mémorisée, ce cours d'eau était marqué comme « intermittent ». Il ne fallait pas être un génie pour deviner qu'il était sujet aux crues subites.

Aucun signe de la voiture, qui avait dû être complètement engloutie. Il faisait nuit noire. *Les phares !* songea-t-elle soudain. Elle courut jusqu'à la jeep et la rapprocha de la rivière autant qu'elle le pouvait.

Combien de temps Steve était-il capable de retenir son souffle ?

Incapable de rester inactive plus longtemps, Jane le suivit dans l'eau, où elle se sentit immédiatement tirée vers le fond. Elle tenta de repérer la Camry, Steve, Rory… Mais elle ne vit rien, et le courant, bien trop puissant pour elle, menaçait de l'emporter. Elle s'agrippa à une branche et se hissa de nouveau sur la berge.

Là, elle resta prostrée au pied d'un arbre. Surtout, ne pas pleurer. Car si elle commençait, elle serait incapable de s'arrêter.

Autour d'elle, les insectes qui s'étaient tus au moment de l'accident se remirent peu à peu à chanter. La pluie avait enfin cessé, et le bruit du torrent emplissait la nuit.

— Je vous en prie, Seigneur. Je vous en prie, répétait Jane.

Où était passé Steve ?

Si leur fils mourait, elle ne se le pardonnerait pas.

Steve espérait que Stubblefield rôtirait en enfer. Il ne distinguait presque rien dans l'eau boueuse — seulement la masse trouble de la voiture plantée au fond de la rivière, avec son capot cabossé.

Brusquement, les phares s'allumèrent et la lumière apparut par intermittence à l'intérieur de l'habitacle. L'eau avait dû provoquer un court-circuit dans le système électrique. Steve fit le tour du véhicule pour se placer du côté conducteur, et tenta d'ouvrir les portières. Celles-ci étaient fermées à clé.

Assise derrière le volant, Selena luttait pour se dégager. L'eau lui arrivait déjà au menton. Steve frappa à la vitre et lui fit signe de déverrouiller les portes. Elle ne sembla pas comprendre.

— Aide-moi ! cria-t-elle avec un regard désespéré, en tirant frénétiquement sur sa ceinture. Je ne veux pas mourir ! Aide-moi !

Le niveau de l'eau montait rapidement dans l'habitacle. Rory, un peu plus en hauteur, pleurait tant qu'il pouvait dans son siège-auto. Steve s'acharna sur la portière, puis renonça en sentant la voiture glisser. Il ne fallait pas qu'elle soit emportée plus loin par le courant.

Incapable de retenir son souffle plus longtemps, il remonta à la surface et avala une grande bouffée d'air. Il sortit son couteau de sa poche, inspira profondément, et replongea aussitôt.

En tâtonnant, il repéra le joint en caoutchouc autour de la fenêtre et y glissa la lame du couteau. De précieuses bulles d'air s'échappaient de sa bouche.

Lorsqu'il découvrit le visage de son fils pour la première fois, l'eau avait fini d'envahir la voiture et l'enfant ne pleurait plus. Ses cheveux bruns s'agitaient doucement d'avant en arrière, et ses yeux étaient fermés, comme s'il dormait.

Steve avait besoin de respirer, mais il refusait de remonter sans Rory. Après avoir dégagé le joint autour de la fenêtre, il s'accrocha à la poignée de la portière et pesa de tout son poids contre la vitre avec son genou. Celle-ci céda et flotta à l'intérieur de la voiture.

De l'air, vite. Pour lui et pour son fils.

Ils étaient morts. Tous.

Steve ne pouvait pas avoir retenu son souffle aussi longtemps. Jane avait cru le voir refaire surface à une dizaine de mètres en contrebas et s'était précipitée dans cette direction, mais à présent elle ne distinguait plus rien.

Aucun signe de la voiture ni de Steve. Aucun corps.

Jane faisait des allers et retours au bord de la rivière, pieds nus dans les cailloux tranchants. Elle baissait la tête pour passer sous les branches basses, s'accrochait à elles lorsqu'il fallait marcher dans l'eau. S'accrochait à l'espoir qu'ils avaient survécu. Steve lui avait dit qu'il l'aimait.

Pourquoi maintenant, et pas plus tôt ? Parce qu'il pensait ne pas s'en sortir. Jane était prête à replonger, mais qu'arriverait-il s'il avait besoin d'elle et qu'elle n'était plus là ?

Steve passa les bras à travers le trou béant de la fenêtre. A l'avant, le corps de Selena se balançait d'un côté et de l'autre au gré des mouvements du véhicule. Les poumons en feu, il coupa les sangles du siège auto qui retenaient son fils, l'empoigna par la salopette et l'extirpa de l'habitacle. Lorsqu'il prit appui sur la voiture pour remonter à la surface, il la sentit partir sous ses pieds.

— Steve ! cria Jane à la seconde où il émergea.

Il eut à peine la force d'avaler de l'air tandis qu'il luttait pour maintenir la tête de Rory hors de l'eau. Jane les avait rejoints au milieu de la rivière et le tirait par la ceinture. Ensemble, au prix de violents efforts, ils réussirent à remonter sur la berge.

Steve ravala les sanglots qui tentaient de s'échapper de sa gorge. Il allait devoir faire le deuil d'un fils qu'il n'avait même pas eu le temps de connaître.

Réanimation cardio-pulmonaire. Jane tira le livre de médecine de sa mémoire et l'ouvrit à la page 253, celle qui concernait la noyade. Les gestes de premiers secours n'étaient pas les mêmes pour un enfant et pour un adulte.

Elle aida Steve à se traîner sur la rive caillouteuse. Il toussait à chaque inspiration.

— Tu peux le lâcher, maintenant, dit-elle en desserrant ses doigts de la salopette de leur fils. Tu l'as sauvé.

Même dans la faible luminosité, elle distinguait le visage pâle de Rory, ses lèvres toutes bleues. Sans tarder, elle le transporta plus haut sur la berge et l'allongea dans l'herbe. Steve trouva la force de la suivre.

Regarder. Ecouter. Palper.

Le petit torse de Rory ne se soulevait pas. Lorsqu'elle se pencha au-dessus de son visage, Jane ne sentit aucun souffle sur sa joue. Mais le soulagement l'envahit quand elle perçut un pouls léger au niveau de sa carotide. Son cœur ne s'était pas encore arrêté de battre.

Deux insufflations. Si cela ne suffit pas, commencer le massage cardiaque.

Jane renversa la tête de son fils en arrière et souffla doucement dans sa bouche, jusqu'à ce que son ventre se soulève. Pendant ce temps, Steve la dévisageait, le regard empli d'espoir. Il n'avait pas prononcé un mot depuis qu'il avait sorti l'enfant de l'eau.

— Respire, Rory, supplia Jane en essuyant les larmes qui roulaient sur ses joues.

A la deuxième insufflation, le petit garçon commença à tousser. Il revenait parmi eux ! Jane le plaça aussitôt sur le côté pour l'empêcher de s'étouffer.

— Dieu soit loué…, murmura Steve.

Rory se mit à gémir. Puis il vomit, et pleura pour de bon. Jamais Steve et Jane n'avaient été aussi heureux d'entendre un enfant pleurer.

Elle allongea son fils à plat ventre sur ses genoux pour lui tapoter le dos. Entre deux quintes de toux, Rory hurla de plus belle.

— Encore un peu, mon cœur, lui dit-elle. Il faut que tu recraches toute cette mauvaise eau.

Avait-il conscience du danger qu'il avait couru ? A cet instant, la réalité frappa Jane de plein fouet. Rory avait frôlé la mort. Son petit garçon chéri avait failli mourir ! Elle le serra dans ses bras sans pouvoir retenir ses larmes. Mon Dieu, qu'il était bon de le retrouver !

Steve embrassa Jane sur le front, puis il se leva avec difficulté. Jane le retint par le bras. Il n'allait tout de même pas risquer sa peau pour sauver la femme qui avait voulu les tuer…

Des émotions contradictoires assaillaient Steve. Certes, l'agent Stubblefield lui avait volé son fils. Elle avait assassiné une vieille dame et tenté de faire subir le même sort à Jane. Mais cette dernière croyait en la vie ; elle ne souhaitait la mort de personne, pas même de sa pire ennemie.

— Tu penses qu'elle a une chance de survivre ? demanda-t-elle à Steve.

— La voiture a été emportée par le courant. J'ai à peine réussir à sortir Rory, alors…

Ils remontèrent lentement la berge.

— Qu'est-ce qu'on fait, maintenant ? s'enquit Jane.

— On retourne au ranch. Tu entends des hélicos, toi ? C'est un de ces moments où je rêverais de voir débouler la cavalerie.

Dans les bras de Jane, Rory était inconsolable. Elle le berça en l'embrassant tendrement.

— C'est fini, mon bébé. C'est fini.

— Je suis heureux d'entendre sa voix, confia Steve.

— Tiens, tu n'as qu'à le ramener à la voiture. Vous avez besoin de vous réchauffer, tous les deux. Je m'occupe de retrouver nos chaussures.

Steve rejoignit la jeep en serrant Rory contre lui. Dans son travail, il avait l'habitude de porter des enfants, mais là… C'était complètement différent.

— Tout va bien, maintenant, murmura-t-il à son fils.

En chemin, il ramassa l'imperméable de Jane et en sortit le 9 mm, qu'il coinça dans son jean. Une fois dans la voiture, il mit le moteur en marche et poussa le chauffage au maximum. Puis il débarrassa Rory de ses vêtements trempés pour l'enrouler dans la veste que Rhodes avait prêtée à Jane.

Mais le petit garçon ne voulait pas rester immobile : il se mit à se tortiller, et tenta de grimper sur le volant. C'était sûrement bon signe.

A quoi ressemblerait sa vie en tant que père ? Steve ne s'était jamais posé la question. Et maintenant… Bon sang, il était trop épuisé pour réfléchir. Quoi qu'il en soit, il était prêt à assumer ses nouvelles responsabilités, avec l'aide de Jane. Elle lui avait dit qu'elle l'aimait. C'était un bon début, n'est-ce pas ?

— Hé, bonhomme, murmura-t-il en ébouriffant les cheveux de Rory. Moi, c'est Steve.

L'enfant posa sa petite main sur sa joue mal rasée.

— Je sais. Tu es mon papa, c'est maman qui me l'a dit.

Steve sentit son cœur gonfler dans sa poitrine. Il n'avait jamais rien éprouvé de tel. Quelque chose d'indescriptible, comme une bouffée de bonheur pur. Il avait l'impression qu'un morceau de lui-même venait de lui être rendu sans qu'il se soit aperçu de son absence. Le puzzle était à présent complet ; plus rien ne serait comme avant.

— C'est vrai, Rory, répondit-il d'une voix voilée par l'émotion. Je suis ton papa, et ta maman est la femme de ma vie.

Steve venait de terminer sa phrase lorsque Jane monta dans la jeep.

— Il n'y a toujours pas de réseau, annonça-t-elle.

— Allons chez Stubblefield. J'essaierai de réparer la ligne du téléphone.

Jane prit Rory dans ses bras et couvrit son visage de baisers.

— Cette maison me fiche la chair de poule. Je préfère qu'on t'attende dans la voiture.

Steve gara la jeep sous l'auvent, laissant le moteur tourner pour que le chauffage continue de fonctionner.

— Restez ici, je vais jeter un œil à l'intérieur. J'aimerais être sûr qu'il n'y a pas d'autres surprises qui nous attendent.

— J'ai déjà fait le tour de la maison, Steve. Je n'ai vu personne.

— Je vais vérifier quand même.

Il enfila ses bottes sur ses chaussettes trempées, appuya sur le bouton de fermeture centralisée et descendit de voiture.

La porte d'entrée n'était pas complètement refermée : Steve n'eut qu'à la pousser. Pourtant il marqua un temps d'hésitation lorsqu'elle heurta le mur. Un mauvais pressentiment le tenaillait. Il n'avait pourtant aucune raison de penser que Selena avait des complices. Recruter des hommes de main, falsifier des documents, assassiner des gens… Elle était tout à fait capable d'avoir accompli cela toute seule. Qu'avait dit Jane à propos des schizophrènes ? Qu'il s'agissait généralement de personnes brillantes, tant qu'elles parvenaient à séparer leurs deux mondes. C'était quand ces deux univers entraient en conflit que les problèmes commençaient.

Steve grimpa l'escalier pour contrôler l'étage. Dans chaque pièce, des photos avaient été accrochées aux murs dans leur cadre d'origine — sauf que les visages avaient été changés. En se voyant sur un portrait de mariés aux côtés de Stubblefield, Steve eut la nausée. Et il crut vomir lorsqu'il découvrit le nom de sa collègue sur un faux acte de naissance. Il comprenait mieux pourquoi Jane n'avait aucune envie de remettre les pieds dans cette maison.

Il redescendit au rez-de-chaussée. Encore deux pièces à vérifier, et il pourrait se pencher sur le problème du téléphone.

Le salon semblait tout droit sorti d'un magazine de décoration intérieure. Sur la table basse, une autre photo trafiquée. Steve retira du cadre le visage de son ex-équipière qui se superposait à celui d'une Jane rayonnante et très enceinte.

Stubblefield était vraiment malade. Très malade.

Alors qu'il reposait la photo sur la table, le vase qui se trouvait juste sous son nez vola en éclats, en même temps que la lumière s'éteignait.

Faisant volte-face, Steve distingua dans l'obscurité un bras en train de pointer un pistolet sur lui. Il plongea aussitôt vers la fenêtre et fit basculer la table basse pour s'en servir de bouclier. Puis il répliqua avec son 9 mm.

— Je ne sais pas quel est votre problème, l'ami, mais ce n'est pas en me tirant dessus que ça va arranger quoi que ce soit ! cria-t-il.

— Oh ! que si, agent Woods. On ne devrait jamais faire confiance à une folle. J'en finis avec vous, et ensuite je m'occupe de Jane.

L'inconnu se remit à tirer.

Steve brisa le carreau de la fenêtre avec un objet d'art en métal. Il avait peu de chances de suivre le même chemin sans se faire trouer la peau, mais autant multiplier les portes de sortie.

— Selena est morte, dit-il. Et je ne vois pas ce que vous avez contre moi.

— J'avais deviné ce qu'il était advenu de l'agent Stubblefield. Et ce que j'ai contre vous, Woods, c'est tout simplement que vous n'êtes pas encore mort.

Les balles se rapprochaient. Steve était coincé entre le canapé et la table basse qui, à ce rythme, ne le protégerait pas longtemps.

— Vous voulez me tuer ?

— Oui, agent Woods. C'est en général la conclusion à laquelle on arrive quand quelqu'un vous tire dessus.

L'homme parlait d'un ton docte et condescendant.

— Qui êtes-vous ?

— Dites-moi d'abord où vous avez caché Jane et Rory.

Il ne les avait donc pas vus arriver dans la jeep... Jane avait dû mettre l'enfant en sécurité quelque part.

— C'est donnant-donnant, mon gars. Vous savez qui je suis. A votre tour de me dire qui vous êtes.

Steve tira deux fois, faisant exploser la vitre d'un cadre accroché au mur derrière l'inconnu. Puis il se barricada un peu mieux en rapprochant la table basse du canapé.

— Je suis surpris que vous ne l'ayez pas encore deviné, répondit le tireur depuis le couloir.

— Alors expliquez-moi au moins pourquoi vous voulez nous tuer.

Le type visa la table, où plusieurs projectiles vinrent se loger. Il savait se servir d'un pistolet. Steve vérifia son chargeur — plus que quatre balles.

Dès que les coups de feu cessèrent, il sauta par-dessus la table et se mit à courir en déchargeant son arme. Un juron s'échappa de ses lèvres lorsqu'il se jeta tête baissée dans la cuisine et atterrit sur son épaule gauche. Au moins, il avait réussi à traverser le couloir sans se faire faucher.

— Il est temps d'arrêter ce petit jeu, agent Woods ! cria l'homme tandis que Steve se précipitait vers la porte de service.

Comme il s'en doutait, Jane et Rory n'étaient plus dans la jeep. Steve fila en zigzaguant vers l'écurie, où il savait que Stubblefield avait fait tomber son arme.

Lorsqu'il ouvrit la porte, il se retrouva nez à nez avec le canon d'un pistolet.

— Mon Dieu, Steve !

Jane s'écarta pour le laisser entrer.

— J'ai vu une ombre passer devant la fenêtre de la cuisine pendant que tu allumais les lumières à l'étage. Quand les premiers coups de feu ont retenti, je me suis précipitée ici pour récupérer l'arme de Stubblefield. Tu es sûr que ça va ? Ta blessure s'est remise à saigner.

Elle lui confia le Glock. Steve alla aussitôt entrouvrir la porte pour jeter un coup d'œil vers la maison. Personne en vue.

— Rory est en sécurité ? demanda-t-il à voix basse.

Jane acquiesça.

— Tu as pu voir le visage du type ?

— Non, elle n'a pas pu, agent Woods.

Le mystérieux tireur avait pénétré dans l'écurie par l'entrée du corral. Agé d'une quarantaine d'années, il paraissait en excellente forme. Steve aurait bien du mal à l'affronter au corps à corps dans l'état où il était.

— Hayden ? s'exclama Jane d'un air abasourdi. Qu'est-ce que tu fais ici ?

— Je réalise mon rêve, chérie.

Il fit signe à Steve, qui posa aussitôt son arme par terre et la fit glisser loin de lui.

— Maintenant, je vous demanderai de lever les mains et de me dire où est Rory. Ce serait injuste qu'il ne soit pas convié à cette petite réunion.

— Tu veux le sérum, devina Jane, écœurée.

Plusieurs fois, il l'avait encouragée à en achever la préparation et à le vendre au plus offrant.

— Tu étais de mèche avec Selena ? Comment est-ce possible ?

— Tu ne croyais tout de même pas qu'une femme aussi stupide aurait réussi à mettre au point un stratagème de cette complexité ? Ma chère Jane, j'ai déjà récupéré le sérum. J'en ai vendu la formule à ses nouveaux propriétaires pas plus tard qu'hier. Vos mains, agent Woods, ajouta-t-il en agitant son pistolet.

— Steve ne peut pas lever le bras, expliqua Jane. Il a reçu une balle.

— Et ce ne sera pas la dernière ! répliqua Hayden avec un rire de fou.

Jane soupçonnait Steve de bluffer : elle l'avait vu se servir de son bras depuis qu'il avait été blessé. En revanche, jamais elle n'avait observé sur son visage une telle haine, un tel désir de vengeance.

— Juste une petite question pour satisfaire ma curiosité, Hughes, dit-il. Comment êtes-vous entré en contact avec Stubblefield ?

— Selena m'a approché il y a quelques mois, après avoir mené des recherches sur Jane. Son obsession était tellement évidente ! Elle avait besoin d'argent pour financer ses délires romantiques. Moi, j'avais besoin de ses délires pour obtenir le sérum et Rory. Je ne pensais pas que tu serais naïve à ce point, Jane. Ton médicament vaut des millions ! Et avec un enfant aussi doué que Rory, les possibilités sont infinies. Il sera brillant, et je serai là pour exploiter toutes ses idées.

— Et dire que je te faisais confiance... Je ne t'ai rien caché à propos de Rory, et c'est toi qui m'as poussée à retourner vivre à Dallas pour me rapprocher de Steve !

— Ça faisait partie du plan. Je te rappelle que tu as rejeté ma proposition ! J'aurais fait un très bon père.

— Sauf que je ne t'aimais pas comme ça, Hayden.

— Parce que tu crois que je t'aimais, moi ? Ha ! Ha ! Bref, c'était plus simple de t'éliminer, pour que personne ne puisse contester mon autorité sur la formule et sur Rory. Mais cette incompétente de Stubblefield n'a pas été foutue de recruter de vrais professionnels pour te tuer. Maintenant, je dois m'en charger moi-même.

— Dans ma branche, on appelle ça un meurtre, intervint Steve. Vous avez peur de prononcer le mot ?

Il se plaça entre Hayden et Jane, laissant son bras blessé pendre le long de son corps. Discrètement, il montra à la Jane le pistolet de Stubblefield qui gisait par terre à deux mètres d'elle.

— Taisez-vous, s'énerva Hayden. J'ai assez perdu de temps comme ça. Où est Rory ?

Sur un signe de Steve, Jane se précipita sur l'arme pendant qu'il se jetait sur Hayden. Lorsqu'elle se releva tant bien que mal parmi les seaux renversés, ce dernier fit feu en même temps qu'elle.

17

Jane sentit le recul de l'arme jusque dans son coude. La détonation résonna douloureusement dans ses oreilles. Mais elle était toujours debout ; le tir de Hayden ne l'avait pas atteinte.

En rouvrant les yeux, elle découvrit les deux hommes étendus côte à côte sur le sol couvert de paille. Rory pleurait dans la pièce voisine. Hayden gémissait. Quant à Steve, il gisait à terre, immobile.

Oh ! Seigneur, l'ai-je tué ?

Ou Hayden avait-il finalement décidé de le viser lui plutôt qu'elle ? Son arme se trouvait par terre. Et il tendait la main pour l'atteindre.

— Steve ! cria Jane.

Alors qu'il commençait à bouger, Hayden se releva d'un bond et le frappa dans les côtes avec la pointe de sa chaussure. Malgré sa douleur évidente, Steve parvint à se mettre à genoux ; cette fois, c'est à la mâchoire qu'il reçut le coup. Jane vit un filet de sang jaillir de sa bouche tandis qu'il s'écroulait dans la poussière.

Les mains crispées sur le pistolet de Stubblefield, elle n'osait pas tirer de peur de blesser Steve. Mais elle n'allait tout de même pas laisser ce monstre tabasser à mort l'homme de sa vie ! Quand Hayden se prépara à frapper à nouveau, elle lui assena un coup de crosse sur la nuque qui le fit tomber à genoux.

— Ne bouge pas ! hurla-t-elle en le tenant en joue.

— Tu ne tireras pas, répliqua Hayden, qui s'était déjà relevé et s'approchait d'elle, l'air menaçant.

Il avait raison. Deux heures plus tôt, Selena s'était avancée vers elle avec la même lueur de folie dans les yeux. Jane s'était figée. Et ensuite ? Selena avait réussi à s'enfuir, et Rory avait failli se noyer.

Hayden continuait de parler, mais Jane n'entendait plus que son fils qui pleurait derrière la porte. Son fils qui avait besoin d'elle.

« Tu ne me tueras pas, salope ! » La voix de Selena résonnait encore à ses oreilles.

« … de vrais professionnels pour te tuer. Maintenant, je dois m'en charger moi-même. » Hayden, son collègue, son ami. Hayden, un meurtrier.

— Ne t'approche pas, le prévint-elle.

Etendu sur le sol de l'écurie, Steve semblait inconscient. Jane aurait voulu qu'il se réveille et qu'il la protège, mais elle avait hésité trop longtemps avant d'agir. Steve ne pourrait rien pour elle.

— On sait tous les deux que tu ne tireras pas, répéta Hayden.

Cet homme n'était pas son ami. C'était un assassin qui n'avait qu'une idée en tête : les tuer.

Jane pressa la détente. Le coup partit de travers — elle avait encore fermé les yeux — mais Hayden comprit enfin qu'elle ne plaisantait pas. Il se jeta par terre, cherchant à récupérer son pistolet.

— Tire ! ordonna Steve.

Cette fois, Jane visa avant d'appuyer sur la gâchette. Sous son regard horrifié, Hayden s'effondra aux pieds de Steve, les yeux grands ouverts, un trou dans la poitrine. L'odeur puissante de la poudre se mêlait à celles des chevaux et du cuir.

— Oh ! mon Dieu. Je l'ai tué, murmura Jane en lâchant le pistolet.

— Non, chérie, tu l'as raté, répondit Steve d'une voix épuisée. Il va vraiment falloir que je t'apprenne à tirer.

Il laissa retomber sa tête en arrière. Dans sa main qui reposait sur son ventre, il tenait l'arme de Hayden. Jane n'avait pas entendu le coup de feu, parti en même temps que celui qu'elle-même avait tiré. Une fois de plus, Steve avait volé à son secours.

— Va t'occuper de Rory, ma belle.

Jane enjamba le corps de Hayden et courut à la sellerie pour prendre son fils dans ses bras.

— Tout va bien, mon chéri, dit-elle en le serrant contre elle. C'est fini.

Lorsqu'elle rejoignit Steve, il cherchait le pouls de Hayden. Jane cacha à son fils le cadavre de cet homme qui avait jadis été l'ami de la famille.

— Il est mort, confirma Steve. Ne touche à rien, c'est une scène de crime.

Sa chemise était en lambeaux, tachée de boue et de sang. Si sa plaie à l'avant-bras ne s'était pas rouverte grâce au scotch que Jane avait enroulé tout autour, sa blessure à l'épaule saignait de plus belle. Tout le côté droit de son visage était tuméfié à cause des coups qu'il avait reçus de Hayden. Sa lèvre inférieure était ouverte, le tour de ses yeux constellé de griffures. Ses cheveux retombaient sur son front, emmêlés de paille.

Et pourtant, Jane le trouvait parfait. Jamais elle n'avait été aussi heureuse de regarder quelqu'un.

— Tu es dans un sale état. Ça va ?

— Oh ! ça ira mieux après une petite semaine au lit. Surtout si j'ai la femme qu'il faut à côté de moi, ajouta-t-il avec un clin d'œil. Rory va bien ?

— Aussi bien qu'il peut aller après ce qu'il a traversé. Si on partait d'ici ?

— Dès que j'aurais réussi à me mettre debout.

Steve se leva lentement, en grimaçant de douleur.

— Tu veux que j'aille chercher la jeep pour te transporter jusqu'à la maison ?

— Ça va aller.

Jane changea Rory de hanche pour pouvoir soutenir Steve. Il accepta volontiers son aide.

— Salut, bonhomme, dit-il en caressant les cheveux de son fils.

Steve avait beau être en piteux état, Rory leva vers lui de grands yeux confiants. De quoi lui redonner du courage et lui faire oublier la douleur. Enfin... presque.

Le regard de Jane s'attarda sur le corps de Hayden.

— Il ne mérite pas ta pitié, murmura Steve en l'entraînant hors de l'écurie.

— Qu'est-ce qui peut pousser quelqu'un à faire ça ? s'interrogea-t-elle. Selena, je comprends. Cette pauvre femme était malade.

— « Cette pauvre femme » ? s'étrangla Steve. Cette folle a kidnappé ton fils et a failli le tuer. Elle a assassiné au moins une personne, mais tu compatis parce qu'elle était « malade » ? Qu'est-ce qu'il faut pour te mettre en colère ?

— Ce n'est pas parce que je garde mon calme que je ne ressens rien, rétorqua Jane, blessée.

— Excuse-moi. Tu as raison.

Pour tout dire, le fait qu'elle ne soit pas sujette aux crises d'hystérie n'était pas pour lui déplaire.

— Je ne comprends vraiment pas ce qui s'est passé dans la tête de Hayden, reprit-elle. La reconnaissance, le prestige, la fortune... Il avait tout. Mon sérum n'en était encore qu'à la phase expérimentale, et ce n'était pas le seul à être bientôt mis sur le marché. Je ne vois pas qui peut avoir déboursé des millions pour l'acheter.

— On saura bientôt si Hayden était aussi riche qu'il le prétendait. Tu sais, la cupidité transforme les gens. Quelque chose a fait basculer Hayden de l'autre côté de la barrière. Il était peut-être jaloux de toi.

Quelle que soit la raison, Steve était trop fatigué pour y réfléchir. Et dire qu'il fallait encore attendre l'arrivée du FBI ! Voilà qui promettait d'être amusant. Au mieux, Steve se ferait renvoyer, au pire, McCaffrey porterait plainte contre lui. Sans oublier l'argent de la rançon qui avait disparu... Les chefs chercheraient forcément un responsable pour tout ce qui était allé de travers, et Steve représentait le candidat idéal.

Pour l'heure, il se concentrait sur les quelques pas qui lui restaient à faire avant d'atteindre la maison. Bientôt, Jane et lui seraient obligés d'évoquer ces « Je t'aime » qu'ils avaient échangés dans le feu de l'action. Comment la convaincre d'accepter de partager sa vie, quand celle-ci était si instable ? Cette fois, Steve ne se contenterait pas d'une relation de quelques mois. Il la voulait pour toujours.

Lorsqu'ils s'arrêtèrent devant la porte de la maison, l'aube se levait enfin derrière les arbres. Un bourdonnement d'hélicoptères se fit entendre au loin.

— Voilà la cavalerie, commenta Steve, soulagé.

Jane jeta un regard inquiet sur son épaule.

— Tu crois qu'ils ont un médecin avec eux ?

— Ne t'en fais pas pour moi.

— Ce n'est pas gênant qu'on attende à l'intérieur ?

— On a déjà laissé nos empreintes partout. Je pense qu'ils ne seront pas trop regardants.

Dans la cuisine, Jane tira une chaise et aida Steve à s'y asseoir. Après avoir installé Rory à côté de lui, elle alla chercher un torchon. Ses mains tremblaient lorsqu'elle le pressa contre sa blessure.

Il avait dû perdre beaucoup de sang, car il sentait sa tête lui tourner. Mais ce n'était pas le moment de se laisser aller. Jane avait envie de parler, il le voyait dans ses yeux chaque fois que leurs regards se croisaient.

L'ennui, c'était que les mots ne venaient pas.

Steve avait une trouille bleue d'aborder avec elle leur passé ou leur avenir. Malgré son état, il préférait cent fois affronter un autre meurtrier plutôt que de se voir rejeté par Jane.

— Je ne sais pas quand on trouvera le temps de discuter, dit-il en l'attirant sur ses genoux.

Le torchon tomba sur la table. Jane le ramassa et se remit à comprimer la plaie.

— Pourquoi pas maintenant ? s'enquit-elle.

— Je risque de m'évanouir et de rater quelque chose d'important.

Jane eut un petit rire, mais il ne plaisantait pas.

— J'aimerais présenter Rory à mes parents, annonça-t-il de but en blanc.

Il sentit Jane se raidir. Seigneur, qu'avait-il encore dit de travers ?

— Bien sûr, répondit-elle. Pendant ce temps, je pourrai…

— Hé, je n'ai jamais dit que je voulais y aller sans toi !

Il l'obligea à tourner la tête vers lui, et l'embrassa tendrement sur les lèvres.

— Tu ne vas quand même pas me laisser m'occuper tout seul d'un enfant de trois ans ? Je n'y survivrais pas.

— Tu es capable de survivre à tout.

— Tu te trompes, Janie. Sans toi, je n'aurais jamais…

Steve ne put finir sa phrase. McCaffrey venait de pénétrer dans la cuisine en rengainant son 9 mm.

— On a donc des survivants, lâcha-t-il. J'imagine que si vous êtes assis là tous les trois, c'est qu'il n'y a personne d'autre dans la maison ?

Steve acquiesça tandis que Jane se levait. On attendait sans doute de lui qu'il fasse un rapport. Il était sûr d'avoir une chose importante à dire…

— Merci pour le dossier que vous nous avez envoyé, agent Woods. Docteur Palmer, George est actuellement sur la piste de la personne qui a acheté illégalement votre sérum. Il semblerait que Hayden Hughes…

Steve eut l'impression que la voix de McCaffrey s'éloignait. Des points noirs se mirent à danser devant ses yeux, puis il glissa de sa chaise et s'écroula par terre.

18

Jane marchait lentement sous les arbres qui entouraient le ranch où Steve avait grandi, joué, et appris à devenir un homme. C'est en tombant d'un de ces géants qu'il s'était jadis cassé le bras. Ses racines étaient aussi profondes que celles des chênes qui avaient été plantés cent ans plus tôt sur la propriété.

Jane ne se sentait pas à sa place ici.

Toute la famille de Steve s'était réunie le temps du week-end pour faire la connaissance de Rory. Ses parents, son frère et sa belle-sœur, ses neveux et nièces, tous ses cousins, oncles, tantes et grands-parents. D'un côté, Jane appréciait l'accueil chaleureux que ce petit monde lui avait réservé. Mais c'était légèrement oppressant pour quelqu'un qui n'avait eu comme seule famille que son père et sa mère. Quelqu'un qui ne savait pas ce que c'était de rentrer au bercail. Jane ignorait comment se comporter dans cette ambiance intime et joyeuse.

Ce dont elle était sûre en revanche, c'était que son cœur appartenait à l'homme qui s'avançait à sa rencontre, vêtu d'un jean usé et d'un vieux T-shirt du FBI, chaussé de bottes de travail et coiffé de son éternel stetson.

— Tu as vu ce coucher de soleil ? dit-il.

— Je pensais que tu jouais avec Rory.

Depuis une semaine, ils n'avaient fait qu'échanger des banalités. Comme Steve l'avait prédit, entre son séjour à l'hôpital, le débriefing au FBI et les présentations à sa famille, ils n'avaient presque jamais eu l'occasion de se retrouver seuls.

— Ma mère voulait passer du temps avec lui, répondit-il en montrant Amanda qui poussait Rory sur la balançoire en bois, près de la maison.

Le sourire attendri de Steve fit battre le cœur de Jane un peu plus vite. Les griffures avaient disparu sur son beau visage, et les hématomes n'étaient plus que des souvenirs jaune pâle. Il avait failli mourir. Plus d'une fois, il avait risqué sa vie pour elle et pour Rory. Jane avait tellement envie de se jeter dans ses bras pour ne plus jamais en partir ! Elle l'aimait.

— McCaffrey m'a appelé, annonça-t-il en enfonçant les mains dans les poches de son jean. Les Brant ont récupéré leur petit Thomas — et leur argent. Les liasses de billets ont été retrouvées dans une valise cachée dans la voiture de Selena. Ça faisait dix mois que Hughes était en contact avec elle. Le FBI t'a mise hors de cause. Et j'ai le feu vert pour réintégrer l'équipe.

Tout était rentré dans l'ordre. Jane pouvait regagner son appartement et reprendre le travail. Ses yeux s'emplirent de larmes tandis qu'elle regardait le coucher de soleil qu'il admirait tant. Le spectacle était magnifique.

— Je pensais que tu serais heureuse, observa Steve.

— Je le suis.

Mais sa voix tremblait, et elle se retenait à grand-peine de pleurer.

— On n'a pas encore eu le temps de discuter.

Il retira son chapeau et se mit à faire les cent pas, comme à son habitude lorsqu'il était nerveux.

— Tu sais, il y a quatre ans, je ne pensais pas avoir la chance de te revoir un jour. Et puis tu es revenue, avec une surprise... Tu aurais dû me le dire, Jane.

— Je sais. Je croyais pouvoir élever Rory toute seule. Le protéger, comme mes parents l'avaient fait avec moi.

— Tu ne me faisais pas confiance pour ça ?

Il posa son chapeau sur un piquet de clôture. Jane détourna

la tête, le regard attiré vers la balançoire et son fils qui riait dessus.

— Non, Steve, ce n'est pas du tout ça. Je ne connaissais pas d'autres façons de survivre. J'avais l'habitude d'avancer sans jamais regarder en arrière. Je n'ai jamais eu d'endroit où retourner.

— Qu'est-ce qui t'a fait changer d'avis ?

— Hayden a fait passer des tests de QI à Rory sans mon consentement. Quand j'ai su que mon fils était comme moi, j'ai compris pourquoi mes parents avaient été aussi protecteurs, pourquoi ils s'étaient efforcés de cacher mes capacités au reste du monde. Subitement, Hayden voulait faire partie de la famille et être là pour Rory, alors que nous n'avions jamais été intimes. Je me suis rendu compte que mon fils avait déjà une famille. Et qu'il avait besoin de son père.

Steve s'arrêta devant elle. Jane retint son souffle lorsque son regard brun se posa sur ses lèvres, juste avant qu'il ne l'embrasse fougueusement. Elle avait faim de lui. De sa bouche, de ses mains, de son corps tout entier. Elle aurait voulu que ce baiser dure toujours, mais Steve l'interrompit pour lui offrir son plus beau sourire.

— Alors, est-ce que tu veux m'épouser ? demanda-t-il en sortant une bague en diamant de sa poche.

Jane baissa les yeux.

— J'en ai envie, mais je ne peux pas, répondit-elle à contrecœur. Je suis revenue ici pour changer la vie de Rory, pas la tienne.

— Peut-être que ma vie a besoin de changement, répliqua-t-il.

Il se passa une main dans les cheveux, tout en rangeant la bague dans sa poche.

— J'ai bien peur de ne pas te comprendre, Jane.

— Je ne veux pas que tu te sentes obligé de m'épouser parce qu'on a eu un enfant ensemble, expliqua-t-elle. Retourne sauver le monde, Steve. Rory pourra te rendre visite quand tu le voudras.

— Et si tu m'écoutais ?

Jane releva la tête, surprise par l'intensité de sa voix.

— C'est à cause de moi qu'on s'est séparés il y a quatre ans. Je t'en prie, ne me rejette pas à ton tour. Je veux être avec toi et Rory.

— Tu nous connais à peine, protesta-t-elle.

— Ça, ça peut changer. Pourquoi as-tu si peur d'envisager un avenir avec moi, Jane ?

— Je n'ai pas peur. C'est juste que tu as un don pour retrouver les enfants kidnappés et les rendre à leur famille. Je ne veux pas chambouler ta vie, t'empêcher de faire ce que tu aimes. Tu finirais par m'en vouloir.

Steve encadra son visage de ses mains pour l'obliger à le regarder dans les yeux.

— Je t'aime. Et j'aimais déjà Rory avant d'apprendre que j'étais son père. Je l'aimais parce qu'il était ton fils.

— Mais tu n'as rien dit quand je te l'ai annoncé !

— J'étais sous le choc. Il m'a fallu un moment pour m'en remettre. Et avant aujourd'hui, je n'avais pas compris pourquoi tu m'avais caché son existence.

De l'autre côté du jardin, sa mère agita les bras et leur montra Rory, qui courait vers eux. Ils méritaient tous la chance de devenir une famille.

— Je ne sais pas si je peux accepter, insista Jane, les larmes aux yeux.

— Pourquoi ? Tu m'aimes, n'est-ce pas ?

— Oh oui ! Mais…

Alors qu'elle se détournait, il surprit le mélange d'inquiétude et d'espoir qui se lisait sur son visage.

— Il n'y a pas de « mais », Jane. Tu as juste à dire oui, murmura-t-il en l'attirant contre lui. Quand vas-tu arrêter de fuir ?

— Je ne fuis pas.

— Si, tu me fuis. Mais cette fois, je ne te laisserai pas partir.

— Je n'en ai pas l'intention, répondit-elle.

Steve ressortit la bague de sa poche. Sa main trouva celle de Jane, prête à accepter sa promesse. Et tandis qu'il glissait l'anneau sur son doigt, Jane se sentit sourire. Ils avaient toute la vie pour découvrir ensemble la définition du bonheur.

JUSTINE DAVIS

Protection clandestine

Titre original : OPERATION MIDNIGHT

Traduction française de CATHY RIQUEUR

83-85, boulevard Vincent-Auriol, 75646 PARIS CEDEX 13.
Service Lectrices — Tél. : 01 45 82 47 47
www.harlequin.fr

1

— Cutter !

Hayley appela une nouvelle fois, puis elle décida d'économiser son souffle pour courir. Ce n'était pas que le chien l'ignorait. Simplement, parfois, il devenait tellement obnubilé par quelque chose que le reste du monde cessait d'exister.

Ça t'apprendra à le gâter autant, se morigéna Hayley. A le traiter comme un humain parce qu'il agissait comme tel la plupart du temps.

Il s'était présenté sur le pas de sa porte quand elle avait eu le plus besoin de lui et s'était rapidement montré si intelligent que, désormais, elle ne pouvait imaginer vivre sans Cutter. Mais tout cela ne l'aidait guère alors qu'elle progressait péniblement, à la nuit tombée, dans la forêt.

Si elle n'avait pas connu ces bois depuis l'enfance, elle aurait pu être nerveuse. Toutefois ce n'était pas la période des ours et, en dehors d'eux, peu de choses l'effrayaient. Néanmoins, un chien intrépide pouvait s'attirer des ennuis ; la nuit précédente, Hayley avait entendu des coyotes. En outre, un raton laveur acculé pouvait se montrer hargneux. En se bagarrant avec, Cutter risquerait de se blesser, même si à la fin, il aurait certainement le dessus, songea Hayley.

Un peu plus tôt, le passage d'un hélicoptère au-dessus de la maison avait plongé Cutter dans un état frénétique. C'était pourtant monnaie courante dans la région, le Nord-Ouest Pacifique, avec les allées et venues de la marine et des garde-côtes. Habituellement, ils ne dérangeaient pas le chien mais cet hélicoptère, plus petit, avait effrayé Cutter en descendant très bas et le chien était parti comme une flèche.

Voilà pourquoi Hayley était en cet instant à sa recherche et criait son nom.

Elle contourna le gros cèdre au nord de la piste, déjà à peine visible en plein jour. De plus, il y avait de la neige dans l'air. Hayley aurait dû emporter son épaisse parka à capuche avec la torche dans la poche. Cependant, il faisait seulement frais, pas froid. Par ailleurs, elle n'avait pas prévu qu'il s'agirait d'une longue expédition.

A force de marcher, elle arriva sur la propriété de son voisin. L'homme, assez âgé et qui vivait en reclus, n'apprécierait certainement pas son intrusion, ou celle de Cutter. Aussi Hayley pressa-t-elle le pas.

— Comme le personnage stupide d'un mauvais film d'horreur, marmonna-t-elle entre ses dents.

Pestant contre Cutter, elle reconsidéra sa décision de partager avec lui les restes de son pot-au-feu. Cutter serait privé de carottes, qu'il adorait, pour prix de son escapade.

Esquivant un large érable, Hayley faillit alors trébucher sur Cutter. L'animal s'était arrêté net.

— Waouw ! s'exclama Hayley en reprenant son équilibre. Qu'est-ce que…

Le chien remua la queue sans toutefois relâcher son attention. Il regardait fixement quelque chose à travers les arbres, remarqua Hayley. Un peu méfiante — il était trop tôt pour les ours, non ? —, elle s'avança à la hauteur de Cutter. Pendant un moment, elle ne put en croire ses yeux, cela paraissait tellement improbable.

On le distinguait à peine dans l'obscurité et il aurait été invisible sans la faible lumière provenant de la maison voisine. Cette lumière glissait sur la surface noire lustrée, dessinant une série de reflets à peine perceptibles de lignes courbes et droites.

Mais Hayley sut instantanément ce que c'était.

L'hélicoptère qui avait fait trembler ses vitres quinze minutes plus tôt était posé dans le jardin de son voisin l'ermite.

Cependant, quelque chose dans la présence de l'appareil posé là, luisant discrètement dans la pénombre, troubla Hayley. Et le fait qu'il ne porte pas de sigle la perturba plus encore. N'était-il pas censé, à l'instar d'un avion, porter un numéro d'identification ?

Il s'agissait peut-être d'un prototype qui n'était pas encore enregistré, se dit Hayley. L'industrie aéronautique était très présente dans le Nord-Ouest Pacifique. Peut-être le voisin de Hayley était-il ingénieur ou quelque chose de ce genre. Ni elle ni aucun des autres membres de la petite communauté semi-rurale n'avaient la moindre idée de ce qu'il faisait vraiment. Etant plutôt bienveillants, ils ne le taxaient pas d'asocial, pas encore, du moins. La rumeur allait de l'entasseur compulsif au veuf accablé de chagrin. Hayley, qui elle-même prisait sa tranquillité ainsi que la quiétude de cet environnement boisé, préférait simplement le laisser en paix si c'était ce qu'il avait choisi.

Etant sa voisine directe, elle l'avait vu plus souvent que quiconque, deux fois exactement. Et les deux fois, il s'était immédiatement retranché à l'intérieur de sa maison comme s'il craignait que Hayley puisse l'approcher.

Peut-être aurait-elle mieux fait de se montrer un peu plus curieuse. La présence de cet hélicoptère avait de quoi intriguer. Son voisin était-il un savant fou ? Un terroriste ? s'alarma Hayley. A la seule idée de ce genre de chose dans la paisible bourgade de Redwood Cove, sa mère aurait éclaté de rire. Cependant, sa mère avait ignoré nombre des côtés obscurs de ce monde au cours des dernières années de sa vie. Pas par choix mais parce qu'elle était restée concentrée sur son combat pour rallonger son existence autant que possible. Un combat que Hayley avait mené à ses côtés durant trois ans jusqu'à ce qu'il soit perdu, huit mois plus tôt.

Une porte coulissante s'ouvrit et, l'instant d'après, une lumière vive jaillit sur le côté de la maison, remarqua Hayley. D'instinct, elle fit un bond en arrière, même si elle se tenait à distance respectable. En outre, le périmètre du détecteur de mouvements ne s'étendait apparemment pas aussi loin. Cutter, quant à lui, fit un demi-pas en avant tandis que deux hommes sortaient sur la terrasse. La truffe de Cutter se leva et palpita alors qu'il reniflait les odeurs que la brise légère charriait dans sa direction.

Hayley, elle, fixait la terrasse désormais éclairée. Son voisin affichait une barbe blanche et impeccablement taillée, mais il semblait avoir du mal à marcher et le second homme, nettement plus jeune, l'aidait manifestement à marcher. Ce second homme portait une veste de cuir et son crâne était rasé. Surtout, nota Hayley avec un certain effroi, il avait une arme de poing, dans un étui à sa hanche.

Hayley attrapa le collier de Cutter. Toutes ses élucubrations à propos d'hommes en noir et de leurs hélicoptères semblaient soudain nettement moins fantasques. Ces individus étaient-ils du côté des bons, s'il en existait encore, et procédaient-ils à l'arrestation du voisin ermite ? La raison de son choix de vivre en reclus était-elle pire que ce que Hayley avait imaginé ?

Elle frissonna, regrettant plus que jamais sa parka. Puis une autre pensée succéda rapidement à celle-ci. Et si le voisin était une victime ? Si jamais les hommes de l'hélicoptère étaient des criminels et qu'ils l'enlevaient ?

Il pouvait également s'agir d'une combinaison tordue de ces deux options, songea Hayley. Il était devenu tellement difficile de distinguer les bons des méchants…

Les deux hommes montèrent dans l'hélicoptère, le plus jeune aidant de nouveau son aîné avec une sollicitude manifeste. Quelques instants plus tard, l'hélicoptère revint à la vie, le moteur vrombissant, les feux de navigation clignotant.

L'esprit de Hayley fonctionnait à toute allure.

Deux hommes, dont un armé, montent à bord d'un hélicoptère et celui-ci décolle…

Le voisin ermite ne pouvant apparemment pas être le pilote, ce rôle incombait à l'autre homme. Ce qui devait impliquer que le voisin partait de son plein gré, non ? Dans le cas contraire, le voisin ne s'enfuirait-il pas pendant que l'autre homme était occupé à… eh bien, à ce que l'on fait pour amener à décoller un hélicoptère ? A moins que le voisin ne le puisse pas. Peut-être ne se sentait-il pas assez bien ? Ou était-il simplement trop effrayé pour tenter de s'échapper ?

Ou alors… se pouvait-il qu'il y ait eu, pendant tout ce temps, un troisième homme attendant à bord de l'appareil ?

Les questions se bousculaient dans la tête de Hayley. Cutter émit alors un étrange gémissement, attirant l'attention de sa maîtresse sur la terrasse. Un troisième homme sortait de la maison ! Grand, mince, des cheveux aussi foncés que le ciel, il portait à l'épaule gauche un grand sac de toile. Il commença à descendre les marches de la terrasse et deux choses se produisirent alors simultanément. Le bruit du moteur s'amplifia. Et Cutter laissa brusquement échapper un bref aboiement.

Avant que Hayley puisse réagir, le chien s'était dégagé de son étreinte. Et, au grand désarroi de Hayley, Cutter fonça droit sur le troisième homme. La queue dressée, tête baissée, il quitta le couvert des arbres. Cutter n'était pas méchant mais l'homme qu'il chargeait l'ignorait. Hayley s'élança donc à sa suite.

Adieu, la retraite silencieuse, songea-t-elle alors que l'homme, qui avait manifestement entendu l'aboiement du chien, laissait tomber le sac par terre.

— Cutter ! cria Hayley.

Le chien l'ignora, clairement concentré sur sa cible. Toutefois, il courait joyeusement comme il le faisait pour accueillir Hayley quand elle rentrait à la maison. Cutter connaissait-il cet homme ? Hayley, elle, ne l'avait jamais vu. Elle s'en serait souvenue : l'homme avait un physique très séduisant.

L'apparition mystérieuse de Cutter dans sa vie, au moment où elle avait eu le plus besoin de cette distraction, était-elle sur le point d'être élucidée ?

L'homme se tourna pour affronter l'assaut du chien.

Il sortit une arme. La pointa sur Cutter.

— Non !

La panique transforma le cri de Hayley en un hurlement.

L'individu ne tira pas. Cela aurait dû rassurer Hayley. Excepté qu'il tourna aussitôt son attention — et son arme — vers elle. Elle continua d'avancer. L'homme n'avait pas fait feu sur Cutter, or celui-ci devait paraître beaucoup plus menaçant qu'elle.

Ou peut-être pas, se reprit-elle à penser, ralentissant le pas alors que le chien atteignait son but.

Au plus grand étonnement de Hayley, Cutter s'assit poliment aux pieds de l'homme et la regarda par-dessus son épaule avec une expression de joie sans mélange. Il avait la langue qui pendait, les oreilles dressées, et il arborait le même air que lorsqu'il venait de trouver exactement le jouet qu'il cherchait. Il semblait dire : « Regarde, je l'ai trouvé ! »

L'homme baissa son arme mais ne la rengaina pas, nota Hayley.

Elle agrippa le collier de Cutter, fermement cette fois.

— Je suis désolée. Il m'a échappé. Mais il est inoffensif, vraiment. Il ne fait pas ça, habituellement… Je veux dire, il lui faut un certain temps avant de se montrer démonstratif envers les inconnus. En général, il ne fonce pas sur les gens…

Elle se répétait, réalisa-t-elle.

— Je suis désolée, fit-elle à nouveau. Nous n'avions pas l'intention de nous introduire sur cette propriété.

Elle lança un regard à l'hélicoptère qui attendait et adressa un sourire embarrassé à son voisin, mais il ne la voyait probablement pas.

— Bon Dieu ! maugréa le troisième homme.

Aussitôt, Hayley reporta son attention sur lui. La lumière soulignait à contre-jour les contours de sa silhouette élancée et le faisait paraître encore plus grand. Il dominait Hayley de toute sa taille.

Plus vite, elle sortirait de là, mieux ce serait, décida-t-elle. Elle tira sur le collier de Cutter mais le chien était réticent et résista de façon inhabituelle.

D'ailleurs, tout ce que Cutter avait fait depuis l'apparition de l'hélicoptère était inhabituel, pensa Hayley, empoignant de nouveau la laisse.

La portière de l'hélicoptère s'ouvrit. L'homme plutôt jeune se pencha au-dehors.

— Il est temps, Quinn ! s'écria-t-il afin de couvrir le bruit du moteur et le souffle croissant du rotor principal.

— Je sais, répondit le troisième homme.

Hayley voulut en profiter pour s'éloigner. Elle tourna les talons, tout en entraînant Cutter à sa suite.

Mais le dénommé Quinn fut plus rapide qu'elle et la devança pour lui bloquer le passage.

Hayley sursauta. La situation, jusque-là déconcertante, devenait soudain menaçante. Manifestement, cet homme n'avait nulle intention de la laisser partir.

— Je suis désolé.

Il empoigna Hayley tellement rapidement qu'elle n'eut pas le temps de réagir. L'individu fit courir ses mains sur elle, la fouillant sans scrupule.

Elle lui donna un coup de coude.

— Que faites-vous ?

L'homme ne prit pas la peine de répondre.

De nouveau, Hayley tenta de s'éloigner mais l'homme la maintint facilement sur place, d'une poigne effrayante.

Puis il la souleva de terre.

Elle se débattit, griffa, donna des coups de pied, dont un, au moins, qu'elle réussit à asséner fermement. Elle eut à peine le temps de crier avant d'être balancée à bord de l'hélicoptère.

Elle se tortilla, s'efforçant de sortir avant que ce Quinn ne monte à bord. Cutter, au pied de l'appareil, ne la défendait même pas. Il ne faisait rien d'autre que geindre.

Elle fut poussée sur un siège. Elle s'évertua alors à se relever mais Quinn attrapa Cutter et jeta le chien de vingt-cinq kilos sur les genoux de Hayley comme s'il ne pesait pas davantage que le sac de toile qui lui succéda. Ensuite, Quinn se hissa dans l'hélicoptère et la portière claqua derrière lui avec un bruit sinistre. Leur sort était scellé, réalisa Hayley.

Elle se renfonça sur son siège, le cœur battant la chamade, les mains tremblantes tandis qu'elle s'accrochait à Cutter, luttant pour assimiler un simple fait.

Ils se faisaient kidnapper.

2

— Tu ne m'as été d'aucune aide, marmonna Hayley au chien qui débordait de toutes parts sur ses genoux.

Pourtant, la peur la faisait s'accrocher à la boule de poils.

Tout comme il n'avait émis aucune protestation quand le parfait inconnu l'avait attrapé, sans même parler de Hayley, le chien ne semblait pas du tout gêné par ce qui leur arrivait.

Hayley, au contraire, était terrifiée. Si elle n'avait pas eu le chien à qui se raccrocher, sur qui se concentrer, elle aurait certainement été en train de hurler.

Soudain, les rotors se mirent à tourner et Hayley laissa, en effet, échapper un petit cri.

— Merci pour ton aide, Teague ! lança Quinn à l'autre homme armé.

Il dut pratiquement hurler pour se faire entendre, cependant le sarcasme fut très perceptible.

L'autre homme se mit à rire. Et il afficha un sourire en coin juvénile qu'en d'autres circonstances Hayley aurait trouvé charmant. A cet instant, il ne fit qu'ajouter à ses craintes.

— Le jour où vous ne serez plus capable de maîtriser une femme et un chien, je quitterai ce travail, cria en retour le dénommé Teague.

— Je te laisse piloter, alors sors-nous d'ici, maugréa Quinn.

Teague sourit à nouveau mais se concentra ensuite totalement sur sa tâche, reportant son attention sur des commandes qui, nota Hayley, semblaient mobiliser non seulement ses mains et ses yeux, mais aussi ses pieds. Piloter un hélicoptère était apparemment une affaire complexe.

— Attachez votre ceinture, ordonna Quinn à Hayley.

Elle ne réagit pas, observant toujours le pilote tout en essayant d'analyser la joute verbale, amicale et spontanée, des deux hommes. Etait-ce de bon augure ou le contraire ? Elle l'ignorait et…

— Lâchez ce satané chien et bouclez votre ceinture ! intima Quinn.

Le chien débordait trop sur Hayley pour qu'elle puisse simplement le libérer et poser les mains sur les deux parties de la ceinture de chaque côté d'elle.

Lorsque l'homme le remarqua, il attrapa Cutter et le souleva aussi facilement que s'il ne faisait que la moitié de son poids. Cutter ne grogna même pas en réaction à cette manipulation, d'ordinaire indésirable de la part d'un étranger. Hayley en fut irritée.

Cependant, elle garda le silence. Elle ne voulait pas provoquer l'homme pendant qu'il tenait le chien dans ses bras.

Il sembla s'en rendre compte.

— Si vous voulez le récupérer, obtempérez.

Hayley prit les deux extrémités de la ceinture puis lança un regard au traître à quatre pattes. Il était en train de passer une langue rose sur la mâchoire déterminée de leur ravisseur.

— Ne te gêne pas, fraternise avec l'ennemi, grommela Hayley en attachant la ceinture aux allures de harnais.

Elle estimait pouvoir s'exprimer tout haut, tant l'environnement était bruyant. Sa seule compensation fut l'air stupéfait de Quinn. Il ne devait pas souvent afficher cette expression, se dit Hayley sans savoir pourquoi.

Quinn lui laissa retomber le chien sur les genoux.

— Etes-vous obligés ?

La question, à peine audible, émana de l'obscurité, derrière Hayley. De son voisin, comprit-elle avec un temps de retard. C'était la première fois qu'elle l'entendait parler. Sa voix était un peu rauque, probablement par manque d'usage, songea-t-elle ironiquement. Un léger accent semblait également y poindre, mais trois mots ne suffisaient pas pour savoir lequel.

— Désolé, Vicente, s'excusa Quinn, renouvelant l'agacement de Hayley.

Si quelqu'un devait recevoir des excuses, ne serait-ce pas plutôt elle ?

Teague cria quelque chose qu'elle ne put saisir mais que Quinn dut comprendre car il tourna la tête pour répondre. Puis il se pencha pour prendre un objet sur le siège libre à l'avant. Si Hayley avait eu du cran, ç'aurait été une occasion, pendant que Quinn était tourné de l'autre côté, de bondir vers la portière, sortir. Mais parviendrait-elle à détacher sa ceinture, tenir Cutter et ouvrir la portière assez rapidement ? Elle…

Quinn se retourna et l'occasion fut perdue.

A la grande surprise de Hayley, Quinn se casa par terre à ses pieds, alors que l'espace était vraiment exigu pour un homme de sa taille.

En fait, devina-t-elle la seconde d'après, Quinn restait pour garder un œil sur eux plutôt que de s'attacher sur le siège vacant près du pilote. Cela avait certainement été le sujet de l'échange qu'elle n'avait pas entendu. Et ce dont Quinn s'était saisi était une sorte de casque audio lui permettant de converser avec le pilote.

Simultanément, l'appareil s'éleva dans le ciel nocturne et il fut trop tard pour essayer de faire autre chose qu'éviter de trembler de peur. Pourquoi diable les avoir enlevés ? Hayley n'avait rien fait. Elle n'aurait pas demandé mieux que de disparaître dans les bois et de laisser partir ces hommes. Elle avait seulement voulu récupérer son chien…

A cette idée, elle s'accrocha à Cutter, sa fourrure épaisse et douce lui réchauffant les mains. Si l'hélicoptère disposait d'un éclairage intérieur, il n'était pas allumé mais Hayley n'en avait pas besoin pour visualiser les teintes saisissantes de Cutter. La tête et les épaules presque noires cédant ensuite la place à un brun roux intense. Le vétérinaire disait qu'il semblait être un berger belge de pure race mais étant donné que Cutter s'était présenté sans papiers, Hayley n'en avait pas la certitude.

Et, aussi réconfortante que fût la présence du chien — même

s'il paraissait singulièrement apprécier leur kidnappeur —, Hayley regretta de ne pas en savoir plus.

Cutter était en effet intelligent, à un degré semblant parfois surnaturel. Plus d'une fois, depuis le jour où il était apparu et avait entrepris de combler le vide de sa vie, Hayley s'était demandé s'il n'était vraiment qu'un chien. Il paraissait sentir, comprendre et « savoir » des choses qui échappaient totalement à un chien ordinaire. Et, pour cette raison, il serait plus en sécurité sur la terre ferme où il pourrait survivre seul. Du moins, pendant un moment, estima Hayley.

Mais peut-être devrait-il le faire plus longtemps. Beaucoup plus longtemps, et même toujours, si ces hommes avaient l'intention de tuer Hayley.

Elle étreignit le chien tellement fort qu'il se tortilla un peu. Dans quel pétrin sa boule d'énergie et de fourrure les avait-elle précipités ?

Le chien, lui, ne semblait pas du tout perturbé par le fait de voler dans les airs. Il semblait considérer cela comme une version simplement plus excitante des balades en voiture dont il raffolait tant.

Hayley baissa la tête, appuyant sa joue contre la fourrure de Cutter. Ce faisant, elle glissa un regard oblique au siège où était assis son voisin. Elle ne distingua toujours pas grand-chose de lui, seulement sa barbe grise parsemée d'argent et le léger reflet de ses yeux. En dehors de sa discrète requête, il n'avait rien dit d'autre et, après celle-ci, il avait semblé se tasser contre le côté de l'appareil, comme s'il souhaitait disparaître. Il avait fait de même lorsque Hayley était tombée sur lui à l'extérieur de sa maison. Que pouvait-il penser de son intrusion, même fortuite, dans ses affaires ? s'interrogea Hayley.

Au moins avait-il émis une protestation symbolique. Cela comptait, supposa-t-elle.

Vicente.

Jusque-là, Hayley ignorait comment il s'appelait. Et à la façon dont il avait posé la question, avec hésitation, il ne dirigeait pas l'opération.

Etait-il riche ? Etait-ce la raison de tout ceci ? Un kidnapping pour une rançon ?

Cependant, dans ce cas, pourquoi se montrerait-il si coopératif ? Non que les armes n'engendrent pas la coopération mais il paraissait particulièrement disposé à collaborer.

Par ailleurs, comment quelqu'un qui pouvait s'offrir un appareil tel que celui-ci pourrait-il avoir besoin d'argent au point de commettre un crime tel que le kidnapping ? A moins, bien entendu, que ce soit par ce biais que ces hommes se l'étaient procuré.

Peut-être étaient-ils des trafiquants de drogue, songea Hayley, résistant difficilement à l'envie de jeter un regard vers le petit espace derrière elle. Des stupéfiants y étaient-ils entassés ? Les hélicoptères disposaient-ils de compartiments à marchandises séparés ? Hayley n'en avait aucune idée. Elle chassa de son esprit l'image des pains de cocaïne, inspirée par les médias.

Bien sûr, il y avait d'autres possibilités. Des terroristes, par exemple. Ils n'en avaient pas l'air mais qu'en savait-elle ? Peut-être Vicente était-il un expert de la fabrication de bombes ? Peut-être…

L'hélicoptère s'inclina fortement, coupant court au tumulte de ses pensées.

C'est tout aussi bien, se dit-elle, *tu devenais idiote*.

Du moins l'espéra-t-elle. Quelle explication simple y aurait-il au fait d'être emmenée par des hommes étranges, en compagnie de son voisin peut-être plus étrange encore ?

Elle leva la tête. Quinn la dévisageait depuis son poste sur le plancher. Elle n'avait aucune idée de ce qu'il pouvait entendre dans ce casque, toutefois il n'y avait aucun doute sur ce qu'il fixait.

Puisque parler et poser la myriade de questions qui taraudait Hayley était impossible, son esprit était libre d'envisager toutes les possibilités. Ce n'était pas nécessairement une bonne chose. Elle ne s'était jamais considérée comme particulièrement imaginative, pourtant les choses qui se bousculaient dans son esprit confirmaient cette tendance.

Quinn semblait focalisé sur elle comme s'il ne s'inquiétait pas du tout de Vicente. Donc, conclut Hayley, son voisin était impliqué d'une manière ou d'une autre. Elle frissonna à nouveau en pensant à ce que l'homme vivant à quelques centaines de mètres de chez elle avait pu comploter. Il avait sans doute une très bonne raison de rester caché.

Cutter, lui, gardait les yeux sur l'homme assis par terre, tendant occasionnellement la truffe dans sa direction, apparemment toujours aussi séduit qu'au premier abord. C'était vraiment bizarre, la façon dont le chien avait réagi à cet homme, jugea Hayley. En d'autres circonstances, elle aurait eu tendance à se fier à son jugement ; à plus d'une reprise, Cutter s'était montré méfiant vis-à-vis d'une personne dont Hayley avait ensuite appris qu'elle le méritait. Et si Cutter aimait quelqu'un… Eh bien, pour l'instant, le jury continuait de délibérer.

Pourquoi ce Quinn avait-il emmené Cutter ? Il n'avait semblé hésiter qu'une fraction de seconde. Cela lui avait-il suffi pour comprendre que Hayley ferait ce qu'il faudrait pour protéger l'animal ? Y compris coopérer avec ces sinistres individus ?

Plus Hayley y réfléchissait, plus cela l'effrayait. A l'évidence, Quinn utiliserait tous les moyens de pression qui se présenteraient.

Elle lui retourna son regard, son esprit lui fournissant l'image de ce qu'elle ne pouvait voir dans l'obscurité. La mâchoire carrée, la bouche austère, les sourcils foncés à l'arc légèrement satanique…

Tous détails qu'elle avait remarqués sur la terrasse.

OK, ça suffit ! s'ordonna-t-elle, détournant les yeux.

Au moins pourrait-elle dire à quoi ce Quinn ressemblait.

Mais à qui ? A la police ?

Sa gorge se noua tandis que l'évidence s'imposait à elle, à retardement. Elle les avait vus. Elle les avait tous vus. Pourquoi, dans ce cas, ne l'avaient-ils pas simplement tuée sur place ? Avaient-ils été trop pressés de décoller ? Ou alors n'avaient-ils pas encore décidé de son sort ?

Il était plus probable, songea-t-elle avec amertume, qu'ils

disposaient d'un endroit où se débarrasser d'un corps, auquel cas il leur serait plus simple d'attendre d'y être arrivés.

A cette perspective, Hayley déglutit avec plus de peine encore.

Le vol se poursuivait interminablement, dans une obscurité oppressante. Une obscurité dont Hayley ne sortirait peut-être jamais…

3

— Nous arriverons à l'aéroport dans environ dix minutes.

La voix de Teague Johnson résonna haut et clair dans le casque audio sans aucun des grésillements ou sifflements fréquents chez les anciens appareils. Son prix était justifié, songea Quinn.

Il souleva le cache de sa montre qui empêchait que l'on puisse voir la lueur du cadran.

3 h 15.

Pas mal. Ils étaient largement dans les temps, en dépit des… complications.

— Le carburant ? s'enquit-il.

Normalement, ce ne devait pas être un problème, ils avaient tout organisé minutieusement. Cependant, ils transportaient une personne supplémentaire. Plus une demi-portion.

Quinn grimaça.

Ce chien…

— Ça fait une différence, lui répondit Teague. Ce sera juste mais nous y arriverons.

— Bien reçu, fit Quinn.

Il revint à son examen de leur passagère imprévue tandis que le chien continuait, de son côté, à l'étudier. L'animal ne détachait pas son regard de lui et Quinn n'avait pas besoin de voir dans l'obscurité pour en être sûr.

Il connaissait peu de chose quant au fonctionnement du cerveau canin. Pourquoi donc le chien était-il tellement subjugué par lui ? Ç'aurait pu être amusant si ce n'avait pas été aussi déconcertant.

Sa propriétaire, en revanche, n'était pas du tout subjuguée par lui, nota ironiquement Quinn. Dommage. Elle était plutôt séduisante. Du moins, d'après ce qu'il avait vu. Et senti, durant sa palpation rapide et quand il avait posé la main sur une fesse ferme et galbée pour la pousser à bord. Cela l'avait surpris, cet intérêt soudain ; il n'avait jamais eu beaucoup de temps pour les femmes.

Et en cet instant, il n'en avait pas plus à leur consacrer, se rappela-t-il. Ils allaient atterrir sous peu et ils seraient alors vulnérables durant les quelques minutes qu'il leur faudrait pour se ravitailler en carburant. D'ailleurs, il y avait intérêt à ce que cela ne prenne que quelques minutes ; ils avaient payé assez cher pour s'en assurer. Ils auraient pu éviter cet inconvénient en utilisant un avion, à l'autonomie supérieure. Toutefois, dans cette zone semi-rurale, cela aurait impliqué d'emmener Vicente par la route jusqu'à une piste d'envol puis de la piste d'atterrissage jusqu'à leur destination. Ce qui les aurait rendus encore plus vulnérables.

L'intrusion inattendue de la femme et du chien ne les avait pas beaucoup retardés, étant donné que Quinn n'avait pas perdu de temps à tergiverser. Mais cela leur coûtait du carburant. Même si la femme semblait peser cinquante-cinq kilos tout au plus, le chien en rajoutait vingt à vingt-cinq et, ensemble, ils équivalaient à un autre passager de la taille de Vicente. Sur un appareil aussi petit, cela comptait. Pas tant en termes d'espace que de rendement énergétique, calcula Quinn. Cependant leur programme, et l'extraction de Vicente, avaient été le plus important.

Ainsi que la confidentialité. L'homme était un précieux atout et ils ne pouvaient prendre le risque de laisser un témoin derrière eux.

L'hélicoptère changea nettement d'angle, nota Quinn. Ils approchaient donc du petit aérodrome où ils se ravitailleraient en carburant.

Un instant plus tard, la femme releva la tête. Apparemment, elle avait également remarqué le changement de cap. Elle dirigea son regard vers le hublot, quoique manifestement incapable de voir autre chose que le ciel nocturne, et elle se pencha en avant comme si elle tentait de déceler un indice sur le tableau des commandes.

Le pouvait-elle ? se demanda Quinn. S'y connaissait-elle en hélicoptères ou en instruments de bord ? Elle ne semblait pas affectée par le vol : aucun signe de nausée ni de vertige. A la différence de Vicente à qui il avait fallu administrer une bonne dose de médicaments contre le mal des transports. Quinn avait apprécié de les lui donner ; la somnolence était l'un des effets secondaires et cela lui convenait parfaitement.

Il avait pensé à en faire prendre également à la femme, sous prétexte qu'elle ne vomisse pas dans son hélicoptère. Mais il n'en avait pas eu le temps et le lui faire avaler aurait été trop compliqué. Par ailleurs, il voulait avoir l'occasion de la jauger pendant qu'elle était sous contrôle. Et où le serait-elle davantage qu'attachée au siège d'un hélicoptère à dix mille pieds et cent trente-cinq nœuds d'altitude ?

Jusque-là, elle n'avait pas causé de problèmes. Toutefois, Quinn ne prendrait pas le risque de tourner le dos à une femme qui s'était ruée sur un homme armé. Et, même si son visage restait caché tandis qu'elle s'accrochait à ce satané chien, Quinn en était presque certain : elle ne cessait de se creuser la tête, ce qui ne présageait rien de bon s'il voulait que les choses se déroulent simplement.

Alors qu'ils descendaient en altitude, la femme se montra plus alerte.

Quinn étouffa un soupir.

Elle cherchait assurément un moyen de s'évader.

Aussi, il descendit le store du hublot par lequel elle regardait au-dehors ; plus il la garderait dans l'ignorance de leur environnement, mieux ce serait.

Quinn jeta ensuite un œil à Vicente, qui semblait profondément endormi dans son coin. Vicente était un dur à cuire, Quinn devait le reconnaître. L'homme avait à peine sourcillé quand ils étaient venus l'emmener. Mais, étant donné son passé, ce n'était pas surprenant.

A l'inverse, Quinn ne savait rien de la jeune femme méfiante et vigilante. Donc mieux valait s'attendre au pire.

— A toi de jouer quand nous toucherons le sol, dit-il dans le casque audio.

— Un problème ? s'enquit Teague.

— Le vieil homme est endormi. Notre hôte indésirable complote.

— Qu'a-t-elle dit ?

— Rien. Et comment sais-tu que je ne parlais pas du chien ? lança Quinn.

Teague eut un rire bref.

— Le chien pense visiblement que vous êtes une sorte de dieu chien. La femme, pas autant.

— Tu m'en diras tant, marmonna Quinn.

Un nouveau rire de Teague et, comme pour le ponctuer, ils descendirent assez brusquement.

— J'ai eu le feu vert, précisa Teague.

Quelques instants plus tard, il posa l'appareil avec une extrême délicatesse, presque aussi doucement que Quinn lui-même y serait parvenu. Il devrait laisser Teague piloter plus souvent, conclut-il.

Le bruit diminua tandis que les rotors ralentissaient. Le camion-citerne de carburant les attendait déjà, comme prévu, ce qui était bon signe, estima Quinn. Il aurait préféré laisser le moteur en marche mais le personnel sur place n'était pas formé au ravitaillement à chaud. Ils durent donc le couper. Ils ne souhaitaient pas attirer l'attention sur eux en transgressant le règlement local. Ils avaient décidé que l'anonymat du petit aérodrome valait la peine de prendre ce risque.

Teague attendit que les rotors soient arrêtés puis il ouvrit sa portière et descendit sur le tarmac.

Un projecteur sur le côté du hangar le plus proche éclaira l'intérieur de l'hélicoptère. Quinn lança un nouveau regard à Vicente. L'homme semblait profondément endormi. Il ronflait même légèrement. Probablement était-il très sensible à ces médicaments, se dit Quinn.

Le silence était assourdissant, entrecoupé seulement par le bref échange entre Teague et l'employé chargé de l'opération de ravitaillement ainsi que les sons générés par celle-ci, troublant le calme de la nuit.

Dans les hôpitaux, avait un jour lu Quinn, les patients mouraient davantage à 3 heures du matin qu'à tout autre moment. Cela semblait être l'heure à laquelle les gens cessaient de lutter.

Repoussant ces pensées inutiles, Quinn décida de garder ses écouteurs. Cela dissuaderait peut-être la femme de lui parler et de mettre à exécution ce qu'elle avait certainement en tête.

Mais aussitôt que le silence lui permit d'être entendue, elle se lança.

— Il faut que j'aille aux toilettes !

Et voilà, pesta Quinn intérieurement. La première approche. Percutante, ancrée dans la réalité et difficile à rejeter. Il la rejetterait néanmoins ; ils ne pouvaient prendre ce risque.

— Retenez-vous ! lui répondit-il d'un ton brusque en ôtant ses écouteurs.

Il se releva bien qu'il doive rester voûté. Il avait besoin d'étirer ses jambes après ces heures passées confiné au sol.

— Je ne peux pas, protesta la femme.

Quinn fit un signe de tête en direction du chien.

— S'il le peut, vous aussi.

Elle battit légèrement en retraite, puis reprit la parole, avec la voix d'une institutrice à bout de patience face à un élève récalcitrant.

— C'est un chien, pour le cas où vous ne l'auriez pas remarqué.

Elle avait décidément de la repartie, s'amusa Quinn.

A son tour, il répliqua :

— J'ai remarqué !

Le projecteur extérieur éclairant la femme, Quinn la détailla un peu plus. En particulier sa bouche. Aussitôt, un nouvel accès de désir, plus intense que le premier, le gagna. Mais il le réprima sévèrement, furieux contre lui-même. Il ne laissait jamais rien interférer avec une mission. C'était la raison pour laquelle on continuait de lui en confier.

La femme lui lança :

— Vous devez donc savoir qu'un chien est capable de se retenir plus longtemps. Sinon, comment pourraient-ils attendre toute une nuit, à l'intérieur d'une maison ?

— Je n'y ai jamais réfléchi, concéda Quinn.

Ce point attisait soudain sa curiosité.

— Pourquoi, d'ailleurs ?

La femme parut interloquée par sa question. Mais elle trouva une réponse sensée.

— Ils y étaient probablement obligés pour se cacher des prédateurs lorsqu'ils vivaient à l'état sauvage. A présent, est-ce que vous allez me trouver des toilettes ?

— Retenez-vous ! répéta Quinn.

— Je suis un humain, pas un animal sauvage, répliqua-t-elle.

— Vous pensez que les humains n'ont pas autrefois vécu à l'état sauvage ? contra Quinn.

— Manifestement, certains ont conservé cet état…

Quinn ignora la pique.

— Retenez-vous donc, ordonna-t-il une troisième fois à la femme.

Il ne pouvait prendre le risque que ce soit une ruse pour pouvoir descendre de l'hélicoptère et s'enfuir. Son instinct lui intimait de se méfier d'elle.

D'ailleurs, elle reprit :

— Les humains n'ont plus eu besoin d'exercer ce talent depuis que nous avons atteint le sommet de la chaîne alimentaire.

Oh oui, de la repartie. Et l'esprit vif, constata Quinn. S'il n'était pas occupé par ailleurs, il aurait aimé découvrir à quoi d'autre s'affairait son esprit.

Il interrompit ses propres pensées avant qu'elles ne s'égarent de nouveau en direction de cette bouche.

— Le ravitaillement est terminé, annonça Teague au même moment.

Alors qu'il se réinstallait sur le siège du pilote, la femme orienta sa requête vers lui. Teague parut surpris, puis décontenancé.

Leur passagère était maline, songea Quinn : elle avait opté pour une cible plus jeune et vraisemblablement plus vulnérable.

— Des toilettes ? reprit Teague.

Il jeta un regard à Quinn.

— Elle peut attendre, tonna Quinn.

— Comment pourriez-vous le savoir ? lança la femme.

Le ton de sa voix avait très légèrement changé, nota Quinn. La sécheresse en était nuancée par une émotion que Quinn connaissait trop bien.

La peur.

Qu'elle ne se soit pas manifestée plus tôt était d'ailleurs étonnant, se dit Quinn. La femme ne semblait pas s'effrayer facilement, ou alors elle le cachait bien.

— Vous attendrez, asséna-t-il.

— Vous préférez que je salisse votre bel hélicoptère si je n'y parviens pas quand nous serons dans les airs ?

— Dans ce cas, je vous pousserai dehors, menaça Quinn.

Les yeux de la femme s'agrandirent et elle eut un mouvement de recul.

— Ou peut-être le chien, insista Quinn.

La femme parut plus horrifiée encore.

Quinn s'en félicita : il avait trouvé son moyen de pression. La réaction de leur passagère confirmait ce qu'il avait soupçonné depuis qu'il l'avait vue s'élancer à découvert derrière le chien. Elle risquerait sa vie mais pas celle du chien. Elle le protégerait coûte que coûte.

Quinn enfonça le clou.

— Votre chien ne nous fera pas économiser autant de carburant que vous, mais un peu tout de même.

La femme dévisagea Quinn, silencieuse, tentant visiblement de déterminer s'il parlait sérieusement.

— Allons-y, Teague ! lança Quinn.

Il remit ses écouteurs plus tôt que nécessaire et fit semblant de ne pas entendre l'injure que lui lança leur passagère. Son ex-épouse avait usé du même qualificatif à son égard la dernière fois qu'ils s'étaient vus. Excepté qu'elle l'avait prononcé avec tristesse alors qu'il n'y avait que venin dans la voix basse et rauque de cette femme.

Elle luttait toujours mais pas stupidement, conclut Quinn. Elle ne tentait rien qui soit voué à l'échec, comme le frapper, par exemple.

Quinn enregistra cette information dans un coin de sa tête tandis qu'il regagnait son poste, à l'étroit par terre, évitant d'appuyer sa jambe sur la zone où la femme lui avait asséné un coup. Elle s'était débattue comme une tigresse devant la maison de Vicente. Quinn avait eu de la chance qu'elle n'atteigne pas son genou… ou pire. Sinon, il aurait boité pendant deux ou trois jours. La douleur persisterait pendant au moins ce temps.

Et si un regard de femme pouvait tuer, il serait déjà mort.

4

Ce n'était pas la première fois que Hayley souhaitait avoir un meilleur sens de l'orientation. Sans la boussole intégrée au rétroviseur intérieur de sa voiture, elle ne savait jamais dans quelle direction elle allait, sauf si elle s'orientait vers le soleil levant ou couchant.

Il n'était d'ailleurs pas certain qu'une telle aptitude sur terre se traduise par la même dans les airs.

Et puis, la boussole de l'hélicoptère était hors de sa vue.

Elle ignorait donc totalement quelle direction ils avaient prise. Ils avaient changé de cap plusieurs fois et Hayley était désormais complètement perdue.

En revanche, elle savait évaluer le temps écoulé. Ce second vol avait déjà duré deux heures. Moins que la première étape qu'elle avait estimée à trois heures.

Ils étaient donc à environ cinq heures de vol du jardin de Vicente ainsi que de sa propre petite maison nichée dans les bois. C'était long lorsque l'on voyageait dans un espace exigu ; même Quinn avait changé de position afin de pouvoir étendre ses longues jambes sur le plancher de l'appareil.

J'espère qu'il a les fesses endolories, songea Hayley peu charitablement. *Même si ce sont de très belles fesses.*

Hayley étouffa cette pensée traîtresse. Tous les individus louches n'étaient évidemment pas des trolls. Bien sûr, le monde ne s'en porterait que mieux si tel était le cas, mais la vie ne se montrait jamais aussi simple. Si ces hommes dans l'hélicoptère étaient du bon côté de la loi, ils lui auraient déjà présenté un insigne…

Hayley tenta de deviner la distance qu'ils avaient parcourue, cependant elle ignorait totalement à quelle vitesse ils volaient. Sans ce facteur crucial de l'équation, ce qu'elle savait était inutile.

Une seule chose était certaine : son chien atteignait la limite de sa remarquable patience. Cutter avait commencé à remuer environ une demi-heure après le second décollage, manifestement désireux de descendre des genoux de Hayley. Elle avait alors cherché un espace où le poser. Mais avec Quinn assis par terre à ses pieds, il y en avait fort peu.

Peut-être devait-elle simplement déposer son Cutter en adoration devant Quinn sur les genoux de ce dernier. Elle aurait probablement dû faire cela pendant qu'ils étaient au sol, ce qui lui aurait donné une chance d'atteindre la portière tandis que Quinn se serait dépêtré de Cutter.

Cependant, elle ne l'avait jamais vraiment envisagé. Quinn avait toujours une arme et il avait déjà menacé de balancer le chien hors de l'hélicoptère. Hayley l'en croyait tout à fait capable.

De nouveau, Cutter se tortilla et son arrière-train glissa des genoux de Hayley sans qu'elle puisse le retenir. Puis il remua une dernière fois et elle dut le lâcher sous peine de lui faire mal. L'instant d'après, il se trouvait exactement là où elle avait songé à l'installer, sur les genoux de Quinn.

A cette vue, le cœur de Hayley fit un bond dans sa poitrine. Quinn ne tirerait vraisemblablement pas à l'intérieur de son propre hélicoptère. Cependant, Hayley était effrayée. Il s'agissait de son chien adoré et la logique n'était pas son point fort en cet instant.

— Je vous en prie, ce n'est qu'un chien, plaida-t-elle d'un ton pressant, en se penchant autant que le lui permettait la ceinture.

Quinn marmonna quelque chose mais à l'intention du pilote et si bas que Hayley ne put rien entendre.

Elle retint sa respiration. Quinn avait-il donné l'ordre d'ouvrir la portière pour jeter l'animal dans le vide ?

Ils continuèrent de voler.

Quinn souleva aisément le chien. Puis, à la grande surprise de Hayley, il fléchit les genoux et se tourna légèrement, adoptant une position sans doute beaucoup moins confortable, avant de poser le chien à côté de lui.

Il avait bougé pour faire de la place à Cutter !

Hayley ferma les yeux, tremblant presque de soulagement. Que devait-elle en conclure ? C'était un geste tellement simple mais qui pourtant en disait long.

Peut-être.

Peut-être Quinn ne voulait-il pas prendre le risque d'ouvrir la portière et de jeter le chien dehors. Ou préférait-il éviter de se salir en l'abattant.

Ce point de vue cynique était le plus probable. Hayley fit l'effort de s'y raccrocher dans l'intérêt de Cutter comme dans le sien.

Peu à peu, elle y voyait un peu mieux, réalisa-t-elle. Elle jeta des regards prudents autour d'elle. Quinn l'empêcherait-il même de faire cela ?

En fait, de là où elle était, elle pouvait seulement regarder devant elle, à cause du store que Quinn avait baissé. Le ciel semblait plus clair à l'horizon. Toutefois, sans point de comparaison, c'était difficile à affirmer.

Quinn, assis par terre près de Cutter, était toujours dans la pénombre. Mais le visage de Vicente se dessinait dans la faible lueur. Hayley avait vu juste. L'aube se levait.

Quinn remua la tête tout en mettant la main contre le casque audio, semblant écouter. Il devait discuter avec le pilote, supposa Hayley.

S'ils s'étaient dirigés vers l'est, il y aurait des problèmes de relief, comme celui de la chaîne des Cascades. Un hélicoptère pouvait-il s'élever assez haut pour les franchir ? Ou devait-il emprunter les mêmes itinéraires que ceux utilisés au sol ? Hayley n'en avait aucune idée.

Tu ne sais vraiment pas grand-chose d'utile, se reprocha-t-elle amèrement.

Mais comment aurait-elle pu imaginer se retrouver un jour

kidnappée dans un hélicoptère noir ? La simple expression « hélicoptère noir » était tellement chargée de références à certains romans et films que cela l'empêchait presque de réfléchir clairement.

Vicente bougea légèrement, changeant de position.

Pendant un moment, Hayley regretta de ne pas avoir été capable de dormir aussi bien que Vicente semblait l'avoir fait ; sa fatigue rendait plus laborieuse encore toute pensée rationnelle. Cependant, dormir en de pareilles circonstances, en particulier avec un homme dangereux comme Quinn à moins d'un mètre d'elle, était inenvisageable. La décharge d'adrénaline induite par la peur influait toujours sur son organisme et la rendait nerveuse.

Vicente remua à nouveau puis il ouvrit les yeux dans la clarté croissante du jour. Il passa de la somnolence à la conscience puis à l'éveil complet et il se redressa brusquement, nota Hayley. Ensuite, alors qu'il regardait dans sa direction, les expressions se succédèrent sur son visage, d'abord la surprise, puis la prise de conscience quand la mémoire sembla lui revenir, et enfin, quelque peu contrit, le regret.

A ce même moment, l'appareil se mit à perdre de l'altitude, remarqua Hayley. Une autre escale de ravitaillement ? Eh bien, cette fois, demander à aller aux toilettes ne serait pas une ruse mais une nécessité. Et si Quinn refusait de la croire…

En pivotant brusquement, l'hélicoptère coupa court à ses pensées. C'était certain, ils atterrissaient. Hayley reconnut la sensation. Et alors qu'ils faisaient face à une autre direction, l'aube perça franchement à l'horizon.

Ils touchèrent le sol encore plus délicatement que la fois précédente, avec une étonnante légèreté. Puis Teague se mit à couper les interrupteurs et le bruit des rotors changea en ralentissant.

A la lueur blafarde de l'aurore, Hayley observa les lieux. Il ne s'agissait pas d'un aérodrome, pas même rural. Et il n'y avait pas le moindre signe de camion-citerne.

Ce qui se trouvait là, c'était une vieille grange délabrée

située à quelques mètres, de l'autre côté d'une parcelle de terre parsemée de quelques rares buissons. Un peu plus loin se dressait un antique moulin à vent en ruines. Et, venant à leur rencontre depuis la grange, apparut un homme portant un pantalon de treillis ainsi que la chemise assortie qui le rendaient difficile à distinguer du paysage dans la lumière avare. Il semblait boiter légèrement. Hayley n'en était pas certaine. En tout cas, il tenait un fusil. Pas un fusil traditionnel, élégant, avec une crosse en bois poli, mais une chose toute noire, à l'allure agressive. L'arme semblait sortie d'un film mettant en scène une invasion extraterrestre.

Quinn enleva son casque audio et, au lieu de le poser sur le siège libre à l'avant, il le suspendit à un crochet en hauteur. Cela signifiait-il qu'ils étaient arrivés à destination ? se demanda Hayley. Etait-il possible que ce soit cet endroit ?

Quinn se mit debout, contournant Cutter, redevenu alerte et dressé sur ses pattes.

Quinn regarda ensuite Vicente, qui était désormais assis le dos droit, complètement réveillé.

— Nous vous emmènerons dans peu de temps à l'intérieur, monsieur.

Monsieur ?

Hayley s'étonna de cette marque de respect. Alors qu'elle ne semblait pas devoir espérer la moindre attention.

Aussi, elle prit la parole :

— J'ai vraiment besoin d'aller aux toilettes !

Quinn lui lança un regard. Il sembla l'étudier durant un moment. Et, cette fois, il parut la croire.

— Je n'en aurai que pour quelques minutes, assura Hayley.

Puis le regard de Quinn se reporta sur Cutter.

— Il peut sortir, maintenant, de toute façon.

Hayley ne savait comment prendre cela. Etait-ce de la prévenance envers le chien ou alors Quinn voulait-il avoir le contrôle sur lui pour la maîtriser, elle ?

Si c'est ce qu'il escompte, il risque d'être surpris, songea-t-elle. En tout cas en ce qui concernait Cutter ; personne n'avait sans doute jamais exercé le moindre contrôle sur l'animal.

Quinn descendit de l'hélicoptère et se pencha en avant, puis étira ses jambes comme si elles étaient engourdies. Elles devaient l'être, supposa Hayley : caser son mètre quatre-vingt au moins dans cet espace exigu au sol n'avait pas dû être chose aisée.

Pour autant, Hayley n'avait aucune envie de le plaindre. A cette réserve près que Quinn avait fait de la place pour Cutter. Et le chien ne semblait pas moins épris de lui qu'au moment où il avait rencontré ce sombre inconnu.

Toutefois, Cutter hésita à descendre quand Quinn lui tint la portière ouverte. Le chien regarda par-dessus son épaule, ses yeux foncés se rivant à ceux de Hayley dans l'attente silencieuse de sa permission. Elle eut égoïstement envie de la lui refuser, de le garder auprès d'elle. Cependant, le chien, parfois hyperactif, était probablement sur le point d'exploser après être resté confiné dans cet espace étroit pendant si longtemps. Sans parler du fait qu'il lui fallait sans doute aussi satisfaire un besoin naturel, chose beaucoup plus aisément réalisable pour Cutter que pour elle.

— Vas-y ! lui dit-elle.

Avec un léger aboiement de contentement, le chien sauta sur la terre ferme. Puis il leva les yeux vers Quinn comme s'il attendait quelque chose de lui. Quinn parut déconcerté et il embrassa d'un geste l'espace où ils se trouvaient comme pour indiquer au chien qu'il était tout à lui. Etrangement, Cutter semblait plus petit à côté de cet homme. Hayley le considérait comme un grand chien ; près de Quinn, il paraissait de taille moyenne.

Cutter se mit alors à renifler le nouveau venu. Cependant, en dépit de l'arme agressive et, contrairement à l'accueil qu'il avait réservé à Quinn, il sembla au bout d'un moment ne rien trouver d'intéressant et s'éloigna rapidement en trottant à la découverte de son nouvel environnement.

L'homme en treillis parlait à Quinn et Teague à la manière

de quelqu'un qui fait un rapport. Teague écoutait attentivement, remarqua Hayley, mais il était clair que le propos était destiné à Quinn. Tous les sons ne parvenaient à Hayley qu'un peu étouffés. Elle devait avoir les oreilles qui bourdonnaient après ces heures de bruit incessant et elle attrapa seulement un mot de temps à autre. *Périmètre. Sécurité.*

— Je suis vraiment désolé.

A ces mots, Hayley tourna brusquement la tête. Vicente venait de s'exprimer. Il avait effectivement un léger accent, hispanique, estima-t-elle, et il la regardait avec la même expression que précédemment, teintée d'un profond regret.

Qu'elle se soit trouvée entraînée dans tout ceci ? se demanda Hayley.

Ou parce qu'elle n'en sortirait pas vivante ?

En cet instant, la seconde éventualité paraissait la plus probable. Et, lorsque Quinn se retourna pour lui faire signe de sortir, elle se sentit étrangement réticente. L'hélicoptère noir semblait soudain un lieu plus sûr que celui où elle était sur le point de s'aventurer.

5

— Nous sommes sur le pied de guerre, déclara Liam Burnett en se joignant au rapport du sniper Rafer Crawford.

Quinn hocha la tête, reconnaissant. Il n'en attendait pas moins de Liam. Son équipe était bien entraînée et autonome. Tous étaient opérationnels.

Soudain, Liam aperçut leur demi-passager supplémentaire qui traînait aux abords et son esprit analytique se mit en branle de façon manifeste, nota Quinn. Puis, Liam remarqua la femme toujours assise à bord et, là encore, Quinn put suivre les pensées de Liam : la logistique que représentaient une personne supplémentaire et un animal, le fait que c'était une femme, séduisante en plus. De tous les membres de l'équipe, Liam était celui qui avait toujours eu le plus de difficulté à demeurer impassible. Péché de jeunesse, sans doute, songea Quinn.

— Alors, lança Rafer avec un regard oblique à la femme dans l'hélicoptère, comment est-elle arrivée là ?

— Je n'ai pas pu l'éviter, répondit Quinn avec une grimace.

Il désigna ensuite le chien qui rôdait aux abords de la grange, inspectant le terrain avec une minutie qui forçait l'admiration. L'animal détecterait probablement le passage de toute créature, humaine ou non, l'ayant traversé au cours des six derniers mois.

— La faute du chien ? s'enquit Rafer, l'air encore plus perplexe.

— C'est une longue histoire…, soupira Quinn en se tournant vers l'hélicoptère.

Teague aidait Vicente à en descendre. Le vieil homme se déplaçait avec raideur et Rafer les rejoignit pour leur venir en aide.

— Nous avons des antalgiques en stock ? demanda Quinn à Liam. On dirait que le vieil homme souffre pas mal de son arthrite.

— Une trousse de secours standard plus la réserve d'ibuprofène de Rafer.

— Il se peut que l'on doive piocher dedans, commenta Quinn. J'espère que Rafer n'a pas une mauvaise semaine…

— Ça semble aller, observa Liam.

Etant donné que Liam travaillait avec Rafer, il devait être au courant, songea Quinn. Rafer dissimulait bien la douleur que lui causait une ancienne blessure. S'il n'y avait eu ce léger boitement, quelqu'un qui n'aurait pas vu l'impressionnante cicatrice n'aurait rien soupçonné. Et Rafer refusait de la laisser le freiner. Le processus avait été long et douloureux, toutefois Rafer avait fait tellement d'efforts et avait si bien appris à compenser qu'il était aussi efficace que les autres membres de l'équipe, excepté s'il s'agissait de courir sur une longue distance.

— C'est pour aujourd'hui ?

La question émanait de l'intérieur de l'hélicoptère. La femme semblait un peu excédée, songea Quinn en réprimant un sourire narquois.

— Si vous avez de la chance, rétorqua-t-il sans même la regarder.

— Quel est son nom ? demanda Liam, en baissant la voix.

— Aucune idée.

Liam dévisagea Quinn durant un moment puis il secoua la tête, l'air accablé.

— Vous avez passé tout ce temps avec une femme aussi sexy sans savoir comment elle s'appelle ?

— Si elle t'intéresse tellement, charge-toi de la surveiller, répliqua Quinn. Tu te rendras compte qu'elle cause plus de problèmes qu'elle ne le vaut.

— Je ne sais pas…, reprit Liam en jetant un regard de côté à la femme. Elle semble en valoir la peine.

Quinn ne releva pas.

— Je vais la conduire à l'intérieur pendant que tu ravitailles l'hélicoptère en carburant et que tu le mets en lieu sûr. Ensuite, elle sera tout à toi.

Quinn ouvrit la portière de l'hélicoptère.

— Garde-la sous contrôle.

A ces mots, la femme se raidit sur son siège, nota Quinn. Il était soulagé de déléguer sa surveillance au jeune et consciencieux Liam. Si elle était la fille honnête et sérieuse que suggérait sa loyauté envers le chien, ces deux-là s'entendraient à merveille.

— Et pour ce qui est du chien ? s'enquit Liam, gardant les yeux fixés sur la jeune femme qui émergeait de l'hélicoptère.

— Notre second hôte indésirable ? Je m'en charge, répondit Quinn. Il semble m'apprécier.

— Ce qui ne prouve pas qu'il ait bon goût, marmonna la femme.

Liam réprima un sourire.

— En effet…

La passagère descendit de l'appareil et Quinn put mieux la détailler dans la lumière du jour naissant. Elle était un peu plus grande qu'il ne l'avait d'abord pensé, un mètre soixante-dix peut-être. Sa silhouette était sensuelle sans excès. Et les cheveux qu'il avait vus simplement bruns étaient en fait agrémentés de reflets roux et dorés qui semblèrent réchauffer l'air vif du petit matin.

Quinn se morigéna intérieurement.

Toi, tu es resté trop longtemps confiné !

Il s'obligea à revenir à l'essentiel.

— Elle dit avoir besoin d'aller aux toilettes.

Les joues de la femme parurent rosir, nota Quinn. Cependant, elle ne protesta guère. Cela devait vraiment être une nécessité.

En avançant de quelques pas, elle jeta un regard aux environs. Aussitôt, la stupeur se lut sur son visage, remarqua Quinn. Et en effet, autour d'eux ne s'étendait qu'un terrain désert, presque plat et parsemé seulement d'herbes desséchées, de plantes rabougries et, à l'occasion, d'un arbre.

C'était très, très éloigné du paradis verdoyant qu'ils avaient quitté la veille au soir.

Ils étaient au milieu de nulle part et si la femme avait songé à s'évader, ce qui était presque certain, elle prit manifestement conscience en cet instant que c'était absolument impossible.

— Prends garde à ce que tu souhaites, murmura-t-elle d'un ton désespéré.

Il ne fallait pas être un génie pour comprendre le sens de ses paroles, se dit Quinn. Durant toutes ces heures, elle avait probablement souhaité que l'interminable vol en hélicoptère prenne fin et, là, elle désirait plus que tout remonter dans l'appareil. Parce que cela semblait le seul moyen de quitter cet endroit extrêmement isolé.

Bien, songea Quinn. Avec un peu de chance, elle ne tenterait rien de stupide.

Elle se tourna encore et observa la maison.

Elle avait vraiment un visage expressif, pensa Quinn. Jouer au poker avec elle reviendrait à dépouiller une enfant de son argent. En cela, elle surpassait même Liam. Quinn n'aurait pu la blâmer.

L'habitation semblait sur le point de s'écrouler. Les fenêtres, en dehors d'une ou deux stratégiquement situées, étaient barricadées et le toit qui s'affaissait donnait l'impression de fuir comme une passoire, si toutefois il arrivait qu'il pleuve en cet endroit. Le revêtement se disloquait çà et là. Le tout, malmené par les intempéries, avait une allure improbable. Le seul élément apparemment solide était la cheminée de pierre. Le lieu semblait abandonné depuis des années.

Il avait exactement l'apparence qu'il était supposé avoir.

— Quinn ?

Il se tourna vers Liam.

— Pour le chien. Devons-nous aller à…

Le jeune Texan laissa sa phrase en suspens tandis que Quinn lançait un regard d'avertissement en direction de la femme.

La petite ville la plus proche ne lui évoquerait sans doute rien. Toutefois, Quinn ne voulait pas lui donner des idées.

— Ne t'inquiète pas de nourrir ce satané chien.

La femme se figea.

— Il faut qu'il mange !

Quinn ne lui accorda même pas un regard.

— J'emmène tout le monde hors de vue, à l'intérieur, annonça-t-il à Liam. Tu vas aider Teague à s'occuper de l'hélicoptère.

Liam hocha la tête.

— Il faut qu'il mange ! répéta la femme.

Quinn se tourna alors vers elle.

— Vous ne vous demandez pas si nous allons *vous* nourrir ?

Elle n'hésita pas un instant.

— Il passe d'abord.

— C'est un chien, rappela Quinn.

— Je suis responsable de lui. Il me fait confiance pour prendre soin de lui. Ça fait partie du marché.

Elle devenait un peu ésotérique sur ce point, jugea Quinn, mais il admirait son sens des responsabilités. Et, par chance, Charlie avait tendance à gonfler les stocks quand il s'agissait d'un séjour d'une durée indéterminée.

— Il pourra manger ce que nous mangerons, pour l'instant, indiqua Quinn.

La femme sembla se détendre un peu et poussa un soupir de soulagement. Elle ne lui demanda pas pour autant si ce *nous* la concernait.

Quinn observa alors le chien : il reniflait le pourtour de la grange. Soudain, comme s'il avait conscience du regard de Quinn, l'animal se retourna et leva la tête, regardant dans leur direction. Puis il s'avança spontanément vers eux en trottant. C'était vraiment un chien au physique peu ordinaire, se dit Quinn : avec ses oreilles dressées, sa tête et son cou foncés et sa fourrure épaisse qui s'éclaircissait progressivement en un brun roux sur le reste du corps. L'animal semblait vif, comme les chiens de berger que Quinn avait vus en Ecosse lors des nombreux pèlerinages qu'il y avait faits.

— Son nom est Cutter ? demanda-t-il presque distraitement alors que l'animal traversait l'espace séparant la grange délabrée de la maison encore plus délabrée.

— Oui, répondit la femme. Et le mien est Hayley, bien que vous n'ayez pas pris la peine de me le demander.

Non, il ne l'avait pas fait en effet. Il avait préféré ne pas le savoir. Il s'était senti beaucoup plus à l'aise quand elle était seulement *la femme*.

— Ce n'est pas à moi qu'il faut dire cela, reprit-il. Dites-le plutôt à Liam. Il pense que vous êtes un ajout bienvenu au décor.

Et pas toi ? commenta une petite voix traîtresse dans la tête de Quinn.

La femme ne sembla pas gênée par le sarcasme implicite. Au lieu de cela, elle contempla le paysage aride avant de déclarer avec une grimace :

— Perdue au milieu de nulle part, à me mordre les doigts d'avoir souhaité atterrir et, à présent, clouée au pilori. Ma vie est soudain pleine de clichés…

Quinn resta bouche bée durant un instant, alors que les premières paroles de la femme traduisaient exactement les pensées qui lui étaient venues plus tôt. N'importe quelle femme normale serait devenue hystérique. Ou, du moins, trop effrayée pour réfléchir rationnellement, encore plus répondre par un trait d'esprit.

Cette femme allait probablement être davantage qu'un élément perturbant, gourmand en carburant, estima Quinn.

Il ferait bien de prévenir Liam de la surveiller de très près.

6

Hayley s'arrêta net sur le seuil de la maison, étonnée. Non, plus qu'étonnée, elle était sidérée. Etant donné l'extérieur, elle s'était attendue à une épaisse couche de poussière, des trous dans les murs, du mobilier cassé, voire inexistant, et des signes de présence animale.

Au lieu de cela, l'intérieur était impeccable et étonnamment moderne. Le rez-de-chaussée était presque une seule vaste pièce ; l'étage, une mezzanine ouverte. Les meubles, apparemment neufs, étaient ravissants. Un canapé dans des tons vert tendre et fauve ainsi que quatre fauteuils d'un vert assorti semblaient faire écho aux couleurs de l'extérieur. Toutefois, ces teintes, ternes au-dehors, avaient à l'intérieur un caractère apaisant. Il y avait des coussins sur le canapé, ainsi qu'un jeté de canapé en tricot vert pour s'installer devant le feu de la grande cheminée de pierre. L'endroit était résolument — et contre toute attente — accueillant. Si l'on exceptait l'armoire métallique installée entre la porte et l'une des rares fenêtres non condamnées.

Il y avait même des tapis décoratifs sur le parquet parfaitement lustré qui semblait toutefois légèrement inégal et suffisamment patiné pour être le sol d'origine.

Tout était harmonieux, songea Hayley, stupéfaite.

La table basse, carrée et massive, achevait de créer un décor confortable et engageant.

— Je pensais que vous vouliez aller aux toilettes.

S'élevant juste derrière elle, la voix de Quinn semblait clairement impatiente.

— A en juger par l'extérieur, je ne m'attendais pas à cela, répliqua sèchement Hayley.

Les lèvres de Quinn s'incurvèrent comme s'il était sur le point de sourire. Si tel était le cas, il refréna efficacement et quasi instantanément cette envie, nota Hayley.

Elle fit un pas de côté, regardant encore plus attentivement autour d'elle. Il y avait une grande table avec huit chaises, du même style que la table basse, près de la cuisine s'étendant sur près d'un demi-mur. Celle-ci comportait une cuisinière compacte, un petit réfrigérateur et même un four à micro-ondes posé sur le comptoir.

Ils avaient donc manifestement l'électricité, conclut Hayley. Ce qui, en y réfléchissant, était tout aussi déconcertant puisqu'elle n'avait pas vu de lignes électriques. S'ils lui disaient qu'ils se trouvaient littéralement à des milliers de kilomètres de toute civilisation, elle le croirait. Un groupe électrogène alors ? Elle n'en avait pas remarqué. Ils étaient courants là où elle vivait. Elle en possédait d'ailleurs un, et elle n'en avait jamais rencontré qui soit parfaitement silencieux. Peut-être ces hommes étaient-ils des écologistes forcenés et avaient-ils dissimulé quelque part des panneaux solaires. Ou alors peut-être ce moulin à vent n'était-il pas vraiment hors d'usage et avait-il été converti à la production d'électricité plutôt qu'au pompage de l'eau. Cette pensée n'était pas réconfortante. Les fanatiques en tous genres rendaient Hayley nerveuse.

Elle faillit se mettre à rire d'elle-même. Nerveuse ? Pourquoi pas terrifiée plutôt ? Elle venait tout de même d'être enlevée, de nuit, par l'un de ces hélicoptères noirs qui étaient devenus un mythe culturel…

Tandis qu'elle étudiait l'espace dévolu à la cuisine, elle remarqua autre chose. Au lieu de placards, il y avait des étagères et elles étaient garnies d'une quantité impressionnante de nourriture se conservant facilement : des boîtes de conserve, des aliments lyophilisés. Face à une telle abondance de denrées, Hayley se sentit découragée. Combien de temps au juste prévoyaient-ils de les garder, elle et Cutter ?

— C'est là-bas, dit Quinn en lui désignant l'une des extrémités de la pièce d'où partait un étroit couloir menant sur la droite.

L'envie de Hayley se faisant pressante, elle emprunta le chemin indiqué. Mais Quinn la suivit et elle regimba intérieurement. Cependant, illustrant en cela l'un des incessants compromis de l'existence, sa dignité céda face à l'appel de la nature.

A son grand soulagement, Quinn la laissa fermer la porte. Probablement, songea-t-elle alors qu'elle actionnait l'interrupteur et regardait autour d'elle, parce qu'il n'y avait pas de fenêtre dans la petite salle de bains. Le lavabo, ainsi qu'un placard étroit se trouvaient dans le fond et les toilettes — heureusement — dans l'angle opposé. Il n'y avait pas de baignoire et la cabine de douche était exiguë. Hayley se représenta mal un homme de la taille de Quinn l'utiliser facilement.

Eh bien, voyons, se reprocha-t-elle, caustique, *ne te gêne pas pour imaginer cet homme sous la douche, nu et mouillé !*

Même s'il l'avait kidnappée et traînée en un lieu aussi reculé, Hayley ne pouvait le nier : Quinn était un homme séduisant.

— Les lois de l'univers devraient vraiment obliger les criminels à ressembler à des trolls, marmonna-t-elle en finissant d'utiliser les toilettes.

Elle ouvrit ensuite le robinet, se lava les mains et les essuya à la serviette pendue juste à côté. Ce premier problème résolu, elle but un peu d'eau, ce qui apaisa sa bouche et sa gorge sèches. Puis elle laissa couler l'eau tandis qu'elle inspectait le meuble ainsi que la petite armoire à pharmacie.

Elle n'y trouva rien d'autre que des serviettes supplémentaires, des savons, du dentifrice, des brosses à dents et des rasoirs de sûreté. Elle en mit un dans sa poche. Il ne pouvait certainement pas occasionner de gros dégâts, mais cela la rassurait néanmoins.

Puis, pour la première fois, elle jeta un œil à son propre reflet dans le miroir accroché au-dessus du lavabo. De petits yeux fatigués lui retournèrent son regard. Et, comme s'ils venaient de lancer un signal que son cerveau, jusque-là trop en effervescence, n'avait pu capter, une vague de lassitude la submergea.

Elle n'aurait pas dû être aussi fatiguée, se dit-elle. Elle était souvent restée éveillée toute la nuit pour sa mère au cours de ces tristes derniers mois. Elle avait appris à faire de petits sommes quand elle le pouvait, dormant juste assez pour tenir le coup. Par conséquent, une nuit de veille, même stressante, n'aurait pas dû avoir cet effet sur elle.

Peut-être que le fait d'être kidnappée génère un stress différent, songea-t-elle.

Elle faillit se mettre à rire d'elle-même, qui tentait de raisonner avec logique et bon sens alors que tout son univers avait sombré dans le chaos.

— Les réserves d'eau ne sont pas inépuisables !

La remarque acerbe lui parvint de l'extérieur et elle s'empressa de fermer le robinet.

Quand elle ouvrit la porte, Quinn se tenait contre le montant, le pouce gauche enfoncé dans la poche avant de son jean, la main droite pendant librement. Prête à dégainer son arme ? se demanda Hayley, les scènes d'une dizaine de films lui venant à l'esprit. Quinn pensait-il vraiment qu'elle allait l'attaquer ?

Elle se força à ne pas mettre la main dans sa poche pour s'assurer de la présence du rasoir qu'elle avait subtilisé.

— Vous avez trouvé quelque chose ? lança Quinn.

Au ton de sa question, il savait pertinemment qu'il n'y avait rien à trouver. Il tenait simplement à lui faire remarquer qu'il savait qu'elle avait cherché.

Aussi, Hayley répliqua :

— Je suis sûre que vous connaissez déjà la réponse. Que croyez-vous que je vais faire : tailler et affûter une brosse à dents ?

— Non, bien que cela ait déjà été fait. Toutefois, vous pourriez vouloir en utiliser une.

Instinctivement, Hayley recula. Quinn insinuait-il que son haleine le justifiait ?

Il essaie seulement de te déstabiliser, se dit-elle. *Et il y parvient*, rectifia-t-elle, amère.

— Comme c'est aimable à vous de le proposer, répondit-elle, innocemment. Mais dois-je gaspiller l'eau ?

Quinn sembla à nouveau sur le point de sourire. Cependant, il haussa simplement les épaules.

— Contentez-vous de ne pas la dilapider. Grâce à vous, il nous faut compter avec une personne de plus. A moins que vous ne vouliez que le chien ait soif.

— Il va avoir besoin d'eau, protesta aussitôt Hayley. Au cas où vous ne l'auriez pas remarqué, il a une fourrure épaisse.

— Ce n'est pas mon problème, maugréa Quinn.

— Si, ça l'est ! Il n'a pas demandé à être traîné au milieu de ce désert.

— Dans ce cas, vous pourrez lui donner votre ration.

Elle le ferait, évidemment, s'il fallait en arriver là.

— Je n'ai pas demandé non plus à venir ici, rappela-t-elle à Quinn.

Pour la première fois, une expression de lassitude traversa le regard de Quinn. Il avait les yeux bleus. D'un bleu intense, constata Hayley dans la lumière de plus en plus vive du matin.

— Je sais, lui répondit-il, la même fatigue transparaissant dans sa voix. Mais nous n'avions pas le choix.

Se radoucissait-il, même légèrement ? se demanda Hayley. Elle eut envie d'exiger des réponses, mais il valait peut-être mieux ne pas les connaître.

— Je suis vraiment désolé, mademoiselle.

A ces mots, sur sa gauche, Hayley tourna vivement la tête. C'était son voisin l'ermite qui la regardait, l'air troublé.

— C'est ma faute, commença-t-il à expliquer d'un ton d'excuse, quoique solennel. Je…

— Ça suffit, Vicente ! l'interrompit brusquement Quinn. Ne lui adressez pas la parole.

Hayley en eut le souffle coupé, comme si Quinn l'avait giflée. Au temps pour le radoucissement, se dit-elle, furieuse.

Vicente poussa un soupir et battit en retraite dans le salon.

Puis Quinn se tourna vers Hayley.

— Montez à l'étage. Et restez-y. N'en descendez que pour la salle de bains.

Hayley dut lutter contre l'envie de déguerpir dans l'escalier comme un chat apeuré. Elle rassembla tout son courage pour affronter le regard de Quinn.

— Vicente tentait seulement de s'excuser.

— Et il l'a fait. Montez.

— Cutter…

— Nous vous l'enverrons plus tard, s'il ne s'est pas sauvé, tonna Quinn.

Ce fut au tour de Hayley d'esquisser un sourire à l'idée que son fidèle compagnon puisse l'abandonner. Même s'il était fasciné par leur ravisseur.

— Vous n'avez jamais eu de chien, n'est-ce pas ?

Le front de Quinn se plissa comme s'il trouvait qu'elle passait du coq à l'âne. Puis, lentement, un souvenir lointain sembla affleurer à son esprit.

— Pas depuis longtemps, dit-il sans même la regarder.

Hayley aurait bien aimé savoir à quoi ressemblait ce souvenir.

L'accalmie dura quelques instants.

Ensuite, le Quinn froid et autoritaire réapparut.

Hayley comprit : la patience de Quinn avait atteint ses limites.

— Vous montez ou je dois vous traîner de force là-haut ?

— J'y vais, grommela-t-elle.

Au moment où ils arrivèrent dans le salon, Liam apparut.

— Tout est prêt, annonça-t-il. Vous devez avoir faim.

— Elle a du poids à perdre, lâcha Quinn.

Cette fois, Hayley garda une expression neutre. Quinn l'avait déstabilisée avec sa remarque sur la brosse à dents, elle ne laisserait pas une telle chose se reproduire.

— Pas beaucoup, objecta Liam en la scrutant d'un regard appréciateur qui contrastait avec l'impatience de Quinn.

— Elle monte dans la mezzanine, maugréa Quinn. Et n'oublie pas le chien !

— Il pourrait nous être très utile, affirma Liam en reportant les yeux sur Quinn. Il a prévenu Rafer de la présence d'un crotale, là-dehors.

Des crotales ? Formidable ! ironisa Hayley en elle-même. Il n'y avait heureusement pas de serpents venimeux chez elle, ce serait donc une découverte.

— Vous n'aimez pas les serpents ? lui demanda Quinn.

Lui arrivait-il de laisser passer quelque chose ?

— Je vous parle bien, non ? répliqua-t-elle.

Liam s'esclaffa. Quinn lui jeta un regard peu amène.

— Elle est vraiment tout à toi, maugréa-t-il avant de s'éloigner.

7

Quinn n'était pas homme à croire aux présages ou aux prémonitions. Cependant, tandis qu'il se tenait debout à l'entrée de la maison, il commençait à avoir un mauvais pressentiment. Régulièrement, une ou deux petites choses, voire davantage, posaient problème lors d'une mission. Cela ne voulait rien dire. Et cette mission-ci s'était déroulée sans accroc… du moins jusqu'à ce qu'ils quittent le domicile de la cible.

Ensuite, dès l'instant où ce satané chien, sortant des bois, s'était précipité sur lui, les choses avaient dégénéré.

Le chien. Au fait, où était-il ? se demanda Quinn.

Comme en écho à sa pensée, l'animal contourna au petit trot l'arrière de la grange où l'hélicoptère serait stationné si de nouveaux retards survenaient et que le séjour se prolongeait.

Depuis longtemps rompu à la discipline de ce métier, Quinn s'efforça de ne pas penser aux conséquences d'un long séjour en compagnie d'une femme récalcitrante à la langue bien pendue.

La tête et la queue du chien se redressèrent. Puis Cutter s'élança vers Quinn au galop.

Déconcerté, Quinn secoua la tête. Pourquoi un chien qu'il ne connaissait même pas agissait-il ainsi ? Il n'avait même jamais vu de chien tel que Cutter, avec une robe d'une teinte aussi particulière. C'était un animal mince et musclé qui se déplaçait avec une grâce aérienne que Quinn appréciait.

Teague avait apparemment suivi le chien et, alors qu'il contournait la grange, il adressa à Quinn le signal de la main signifiant d'attendre. Quinn avait ordonné qu'ils communiquent par signes jusqu'à ce qu'ils soient certains de n'avoir été ni vus, ni suivis. Et, par chance, pensa-t-il alors que l'animal venait vers lui, le chien ne semblait pas enclin à aboyer.

Puisque Teague avait manifestement quelque chose à lui rapporter, Quinn attendit. Presque distraitement, il se mit à gratter les oreilles du chien. Le soupir extatique que laissa échapper l'animal faillit vraiment cette fois arracher un sourire à Quinn. Il ne comprenait pas cette soudaine et inexplicable réaction venant d'un chien inconnu mais c'était… agréable. Flatteur.

Teague ralentit sa course puis s'arrêta, à peu près comme le chien l'avait fait. Le bras droit de Teague esquissa un mouvement puis s'interrompit. Teague était la dernière recrue de l'unité et ce mouvement, s'il l'avait achevé, aurait été un salut, devina Quinn. Il faudrait un moment à Teague pour se défaire de cet automatisme malvenu, songea Quinn.

— Vas-y ! lança-t-il à Teague

— Oui, monsieur. Le périmètre est sûr. Mais le chien a découvert les traces d'un gros animal dans le ravin côté nord.

— Les traces d'un animal ?

— Seulement deux traces. Il est probable que je ne les aie pas vues. Elles étaient sous le bord. Voilà pourquoi le vent ne les a pas effacées, j'imagine.

Ainsi, comme l'avait prédit Liam, le chien pourrait s'avérer utile, pensa Quinn. Il se rappela certaines des unités canines avec qui il avait travaillé par le passé et prit note d'en adjoindre une à l'équipe.

— Une idée de ce dont il peut s'agir ?

— Les empreintes étaient floues mais laissées par de grosses pattes, répondit Teague. Il n'y a pas de loups par ici, n'est-ce pas, monsieur ?

— C'est plus vraisemblablement un puma.

Teague parut troublé. Quoique bien entraîné et intrépide, il était un pur citadin. Il connaissait les fondamentaux pour survivre dans la nature mais ce n'était pas chez lui, comme chez la majorité des membres des différentes équipes, une seconde nature.

Il était arrivé jusqu'à eux par le biais de leur site Internet où ses messages réfléchis et bien rédigés avaient d'abord attiré l'attention de Tyler Hewitt, leur webmaster, qui les avait envoyés à Charlie qui, à son tour, les avait transmis à Quinn. A la différence de beaucoup d'autres, Teague avait survécu à l'incroyablement longue et difficile opération de filtrage. Et, la première fois que Quinn avait rencontré le jeune ex-marine, il avait su qu'il serait une bonne recrue.

Cela s'était produit juste avant la vague d'insatisfaction qui avait déferlé sur les marines ainsi que sur les autres corps de l'armée. Quinn et ses collègues pouvaient désormais, s'ils le souhaitaient, piocher parmi une multitude de combattants qualifiés, expérimentés et désabusés qui avaient finalement pris conscience de ce qui se passait. Quinn ne voulait d'aucun d'eux.

Charlie et lui avaient choisi une date, assez arbitrairement, mais celle-ci était devenue la date limite. Ceux qui s'étaient rendu compte de la situation avant cette date avaient une chance. Les autres… non. Quinn voulait des hommes tels que Teague, qui s'était montré assez intelligent, assez perspicace et qui avait assez de matière grise pour repérer les stratégies à l'œuvre et anticiper l'inéluctable. Et les repérer tôt, pas quand elles devenaient tellement évidentes que même le soldat le plus obtus ne pouvait les ignorer.

Personne, non plus, au-dessus d'un certain grade, avait ajouté Quinn. A ce stade de la hiérarchie, il était impossible de ne pas voir ce qui passait, à moins de l'ignorer délibérément. Cela les privait d'hommes expérimentés. Toutefois, aux yeux de Quinn, les autres qualités étaient plus importantes.

— Les traces semblent anciennes, reprit Teague. Et le chien s'est montré intéressé mais pas frénétique.

Il termina sa phrase d'une voix hésitante, comme s'il doutait que ce mot puisse exprimer ce qu'il voulait dire. Cependant, Quinn visualisa aussitôt l'image. Il acquiesça d'un signe de tête.

— Dans ce cas, tu as probablement raison. Elles sont anciennes. Mais préviens les autres, nous garderons l'œil ouvert, au cas où.

— Et je suppose que le chien nous avertira s'il revient, ajouta Teague.

Quinn baissa les yeux sur le patient animal, debout à ses pieds.

— Probablement, convint-il. Mais nous ne devons pas compter là-dessus. Il n'est pas entraîné et nous ne le connaissons pas assez bien.

— Vous savez, c'était étrange, là-bas. On aurait presque dit…

Teague laissa sa phrase en suspens, l'air un peu gêné.

— Presque dit quoi ? lui demanda Quinn, rappelant à l'homme, de son ton posé, que dans ce monde son opinion était la bienvenue et qu'elle pouvait influer sur le cours des événements.

— Qu'il avait été entraîné. Je n'ai travaillé que deux fois avec les chiens de l'armée mais son comportement m'a rappelé ces expériences : il semblait savoir pourquoi nous sommes là, sa manière de mener les recherches, quadrillant le terrain…

Le regard de Quinn se reporta sur le chien, qui restait tranquillement assis, levant vers Quinn un regard attentif. Comme s'il attendait les ordres. Etait-ce possible ? L'animal avait-il suivi une formation ? Il paraissait trop jeune pour être un chien retraité de la police ou de l'armée et il se déplaçait trop aisément pour avoir été réformé en raison d'une blessure. Avait-il été évincé d'un programme pour une autre raison ? Ou était-il simplement doté d'une intelligence redoutable ?

Ses réflexions au sujet du chien amenèrent Quinn à penser de nouveau à sa propriétaire. Et cela engendra chez lui le besoin de bouger, de trouver quelque chose à faire, n'importe quoi.

— Bon travail, déclara-t-il brusquement à Teague. Nous fonctionnons en binôme. Quatre heures d'affilée. Rafer et toi prenez le premier tour de garde. Convenez entre vous de l'organisation mais je veux que ce périmètre soit contrôlé tous les quarts d'heure. Liam et moi vous relèverons à…

Quinn consulta sa montre — le grand chronographe qui lui en disait plus qu'il n'avait besoin de savoir sur cette mission : 11 heures pile.

— Oui, monsieur !

A nouveau, Teague réprima de justesse le salut. Quinn lui adressa un sourire en coin.

— Ça prend un moment…

— Ce n'est pas seulement ça.

Teague hésita puis il se lança.

— C'est le fait de pouvoir saluer un chef qui le mérite.

Voilà, songea amèrement Quinn, ce qui arrivait quand on envoyait un jeune homme honnête, correct et intelligent travailler avec des haut gradés qui ne se préoccupaient que de leur prochaine stratégie politique et prenaient chaque décision en fonction de leurs desseins personnels. Si Teague avait été affecté à une unité de combat, il serait resté beaucoup plus longtemps.

Et il ne serait pas à leurs côtés, ce qui serait une perte pour eux.

— Merci, fit Quinn.

Il reçut l'hommage avec une tristesse non dissimulée.

— A présent, au travail.

Le jeune ex-marine tourna vivement les talons et alla rejoindre Rafer. Celui-ci venait d'émerger de la grange où il vérifiait le bon fonctionnement du groupe électrogène. Il aperçut Quinn et lui confirma par signe que tout allait bien. Rafer était l'expert en mécanique de l'équipe et s'il disait que le groupe électrogène fonctionnait sans problème, ils étaient parés tant qu'il resterait du combustible. L'imposante citerne enterrée contenait assez pour un mois d'utilisation s'ils étaient un peu économes. Si leur séjour se prolongeait au-delà, alors se poserait le problème du réapprovisionnement.

S'il se prolongeait au-delà, un autre problème se poserait à Quinn, celui de réussir à garder la raison. Ils étaient vraiment au beau milieu de nulle part.

« Perdue au milieu de nulle part, à me mordre les doigts d'avoir souhaité atterrir et, à présent, clouée au pilori. Ma vie est soudain pleine de clichés… »

Les paroles de la femme — il refusait de l'évoquer par son

prénom, ce serait mieux si elle restait simplement la femme, le problème, l'obstacle, la nuisance — résonnèrent dans la tête de Quinn.

Oh oui, elle avait de l'esprit et de la repartie.

Deux choses auxquelles il ferait mieux de s'abstenir de penser.

8

Hayley s'écarta de la balustrade de la mezzanine. Sa colère s'était progressivement apaisée, lui permettant de réfléchir. Son père lui avait dit une fois que la colère embrumait le cerveau. Et elle n'en avait jamais eu une démonstration plus claire qu'en cet instant précis.

Il était, après tout, absurde que son cerveau ait choisi de s'adonner à la colère quand Quinn avait interdit à Vicente de lui adresser la parole, comme si elle était une sorte de paria. Totalement absurde. Mais la colère, avait ajouté son père, valait toujours mieux que le désespoir. Au moins était-elle plus utile, si on la canalisait correctement.

Hayley s'assit dans le seul fauteuil disponible dans l'espace long mais étroit de la mezzanine. Elle avait plus que jamais besoin de réfléchir clairement. Durant la maladie de sa mère, elle s'était habituée à devoir lutter contre les brumes de l'épuisement pour chaque décision, pour chaque étape à entreprendre.

Là, après cette nuit de veille éprouvante, elle était également fatiguée. Mais ce n'était rien en comparaison des mois interminables au cours desquels elle n'avait jamais dormi plus de quatre heures d'affilée. Elle pouvait sans problème se priver de sommeil pendant une nuit, conclut-elle. Il était donc temps de réfléchir sérieusement à la situation et au moyen de s'en sortir puisqu'elle était seule et qu'elle pouvait se concentrer.

Liam l'avait quittée en lui communiquant la consigne polie mais ferme de rester tranquille : il y aurait constamment quelqu'un pour la surveiller depuis le rez-de-chaussée. Malgré ses plaisanteries et son sourire, Liam avait semblé tout à fait sérieux. Il y avait chez cet homme une détermination à toute épreuve derrière son apparence affable, songea Hayley.

Quinn n'aurait certainement pas recruté un autre type d'homme dans son équipe.

Et Quinn, à l'évidence, était le chef.

Hayley l'avait entendu quand il était resté à l'entrée, donnant des ordres précis et catégoriques. Visiblement, tous ces hommes lui obéissaient sans hésitation. Il était manifestement le meneur et leur inspirait le respect.

Entre autres choses..., songea Hayley. Tout serait plus simple s'il n'était pas tellement... impressionnant. Un frisson la parcourut, réaction qu'un homme n'avait pas suscitée chez elle depuis très longtemps. Que cela se produise à cet instant précis la vexa au plus haut point.

Pour ne plus y penser, elle se leva, se déplaçant aussi silencieusement que possible afin d'inspecter la mezzanine. Celle-ci ne mesurait que quatre mètres de large mais s'étendait sur toute la largeur de la maison. En dehors du fauteuil, installé près d'une lampe de lecture, il y avait un lit double, adossé à l'autre mur latéral, une table de chevet près de celui-ci et une commode basse posée contre le mur du fond.

Sous la fenêtre.

Les volets étaient fermés et Hayley s'en approcha, une idée dans la tête. Malheureusement, il ne s'agissait pas de simples volets qu'elle aurait pu ouvrir : la fenêtre était solidement barricadée, tout comme la plupart de celles du rez-de-chaussée.

Hayley testa quand même la solidité des planches. Mais les faire céder nécessiterait des outils ou beaucoup plus de force qu'elle n'en avait.

Et rien dans la pièce ne pourrait faire office d'arme.

De toute manière, songea Hayley, elle ne se voyait pas utiliser une arme, quelle qu'elle soit, contre ces hommes visiblement bien entraînés et dangereux.

Elle se laissa tomber sur le bord du lit. Puisqu'ils avaient cessé de voyager, il ne restait plus grand-chose pour la distraire de la triste réalité de sa situation.

Où donc pouvait être Vicente ? s'interrogea-t-elle. Il y avait de la place pour une chambre sous cette mezzanine. Vicente y était-il installé ? En tant qu'hôte ou en tant que prisonnier ?

Vicente avait paru sincèrement ennuyé, se rappela Hayley. Il se sentait apparemment responsable de l'avoir entraînée dans tout ceci.

C'était plutôt la faute de Cutter, nuança Hayley à regret. S'il ne s'était pas précipité hors des bois, refusant de prêter attention à ses appels, ni lui ni elle ne se trouveraient en ce lieu. Mais cela ressemblait tellement peu au comportement habituel du chien qu'il y avait forcément autre chose, estimait Hayley. Même si Cutter était un animal indépendant, il était aussi, d'ordinaire, obéissant, sauf si ce qu'elle voulait qu'il fasse entrait en conflit avec ce qu'il savait devoir faire.

Cela pourrait paraître étrange à certains, cependant elle l'avait constaté à de trop nombreuses reprises depuis que Cutter avait atterri dans sa vie.

Comme la fois où il avait refusé obstinément de venir à l'intérieur un soir : elle avait dû aller le chercher sur le côté de la maison pour l'emmener de force. Alors seulement, elle avait senti l'odeur caractéristique du propane et détecté une dangereuse fuite.

Ou encore la fois où Cutter l'avait littéralement traînée au-dehors sous une pluie battante puis au sommet de la colline jusqu'à l'endroit où elle avait découvert son voisin, coincé sous un arbre tombé au sol, blessé et incapable d'atteindre son téléphone portable. Le pauvre homme avait été trempé jusqu'aux os par les trombes d'eau tombées du ciel.

L'eau ! songea Hayley avec angoisse.

Quinn avait-il sérieusement l'intention de priver Cutter d'eau ? Hayley refusait d'y croire. On ne pouvait faire une telle chose à un animal innocent. Cependant, Quinn et ses hommes les avaient bien jetés, elle et Cutter, dans un hélicoptère pour les conduire au milieu de nulle part !

Comme si ses pensées l'avaient fait se matérialiser, Cutter

entra alors dans la maison, ses griffes cliquetant sur le parquet du rez-de-chaussée.

Au bout d'un moment, Quinn ordonna :

— Emmène-le là-haut. Dis à la femme de le garder avec elle.

Il y eut un autre échange que Hayley ne parvint pas à entendre. Puis, peu après, Teague se mit à rire.

— Il refuse de m'obéir, chef.

— Alors, porte-le.

— Vous avez vu ses dents ?

— Tu as peur d'un malheureux chien ?

— Non. Je fais seulement ce que vous avez toujours prôné. Chacun se charge de ce qu'il fait le mieux. Le chien vous aime. Par conséquent, vous vous en chargez.

Il y eut une pause, puis un son qui aurait pu être un rire moqueur à demi étouffé ou une expression de dégoût pas du tout étouffée.

Puis des pas dans l'escalier. Au prix d'un effort, Hayley resta assise sur le bord du lit. Elle n'allait tout de même pas bondir à chaque apparition de Quinn.

Un moment plus tard, Cutter émergea au sommet de l'escalier et courut vers elle, manifestant sa joie habituelle de la retrouver après avoir été séparé d'elle. Quinn était juste derrière Cutter mais il s'arrêta — Dieu merci — en haut des marches.

— Tu te souviens enfin de moi, murmura Hayley au chien sans vraiment le penser tandis qu'elle lui papouillait les oreilles avec gratitude.

Cutter poussa un soupir et s'appuya contre elle.

Elle tourna alors les yeux vers Quinn. Il l'observait intensément.

Une vieille maxime traversa l'esprit de Hayley : le meilleur moyen de vous faire vous sentir insignifiant consiste à essayer de donner des ordres au chien d'une autre personne.

De toute évidence, cela ne s'appliquait pas au cas présent. Ou sinon, Quinn était incapable de se sentir insignifiant.

— Vous ne le priveriez pas vraiment d'eau, dit Hayley,

comme si énoncer un constat plutôt que poser une question lui assurerait la réponse qu'elle voulait entendre.

— Ah non ? lâcha Quinn.

Cela avait été une stupide tentative, Hayley l'avait su alors même qu'elle prononçait ces mots.

Quinn s'avança sur la mezzanine. Il était vraiment très grand, constata Hayley. Le plafond bas était à une trentaine de centimètres au-dessus de sa tête à elle, mais à quelques-uns seulement de celle de Quinn.

— Le fait qu'il puisse boire — ou manger — dépend entièrement de vous.

Elle tressaillit.

— De moi ?

— Vous vous tenez bien et il aura ce qu'il lui faut.

Hayley faillit sortir de ses gonds. Quinn n'avait pas à lui parler comme à une enfant récalcitrante. Cependant, elle devait, pour l'instant, privilégier le bien-être de Cutter, pas le sien.

— Vous maltraiteriez un animal innocent pour me manipuler ?

— Je ne suis pas convaincu qu'il soit si innocent, répliqua Quinn avec une nuance d'amusement dans la voix.

Ces mots déplurent à Hayley. Elle défia Quinn :

— Qu'est-ce qui vous fait croire que me manipuler marchera ?

Quinn haussa les épaules.

— Vous avez vu que nous étions armés et vous êtes quand même venue en courant derrière le chien.

Hayley fit légèrement machine arrière, levant vers Quinn un regard sincèrement intrigué.

— Pourquoi auriez-vous tiré sur une femme innocente poursuivant un chien encore plus innocent ?

— J'ignorais que vous étiez innocente, persifla Quinn.

Ces propos horrifièrent Hayley. Dans quel genre de monde vivait Quinn pour que l'on y soit présumé coupable, ou au moins suspect, tant que l'on n'avait pas apporté la preuve du contraire ?

Le genre de monde qui peut conférer au regard d'un homme

cette froideur, ce contrôle, ce dégoût et cette défiance, se répondit mentalement Hayley. Ses yeux n'étaient pas seulement bleus, ils étaient de glace.

— Pour autant que je sache, c'est vous qui l'avez lancé contre nous, reprit Quinn.

C'était tellement grotesque que Hayley laissa échapper :

— Etes-vous souvent attaqués par les chiens de parfaits inconnus ?

Quinn haussa de nouveau les épaules.

— C'est arrivé.

— Difficile à croire, vous êtes tellement charmant ! rétorqua Hayley sans réfléchir.

Réapparut alors sur le visage de Quinn ce subtil changement d'expression, presque amusé.

— Et vous, reprit-il sur le ton faussement badin de la conversation, cela vous arrive souvent de foncer sur des hommes armés ? Vu les circonstances, la réaction la plus sage, la chose que la plupart des gens auraient faite, c'est tourner les talons et fuir aussi loin que possible. Mais vous…

— Donc, je suis une idiote. Très bien ! le coupa Hayley.

Après tout, vu les circonstances, ce n'était pas totalement faux.

— Vous l'aimez, lança soudain Quinn.

Son regard fit la navette entre Cutter et elle.

— Assez pour foncer en enfer, au sens figuré, pour lui, ajouta Quinn.

— Et cela me rend facile à manipuler ? contra Hayley.

— Entre autres choses, oui.

Elle préféra ne pas savoir lesquelles. Quelqu'un susceptible de se servir d'un chien, de menacer de l'affamer, ne prenait pas un bon départ avec elle.

Peu importait. Elle ne pouvait pas faire n'importe quoi parce que Quinn serait sans doute capable de mettre ses menaces à exécution. Et si Hayley le mettait assez en colère, il y avait cette arme…

Quoique tuer Cutter — elle déglutit tandis que les mots se

formaient dans son esprit ébranlé — retirerait à Quinn son moyen de pression.

— Vous avez dit qu'il pourrait se montrer utile, rappela-t-elle.

Même elle nota le désespoir dans sa voix.

— Il l'a déjà fait, reconnut Quinn. Mais nous avons survécu tout ce temps sans un chien dans notre équipe et je pense que nous pourrons continuer encore un peu.

— Quelle équipe ? questionna Hayley. Qui êtes-vous ?

Mais le savoir serait-il vraiment mieux ? songea-t-elle dans la foulée.

— Pour l'instant, nous sommes les personnes responsables de vous, et de votre chien, répondit Quinn. Vous devriez vous rappeler cela.

Encore une menace ? Hayley dut faire appel à tout son courage pour croiser le regard de Quinn. Elle n'allait pas baisser pavillon devant cet homme même si c'était ce qu'elle mourait d'envie de faire.

Elle ne pouvait lutter contre eux, contre lui. Elle n'avait ni armes, ni assez de force ou de connaissances. Et même si elle parvenait à se libérer, elle serait toujours au milieu de nulle part.

Non, il était dans son intérêt comme dans celui de son chien de… bien se tenir. Et elle se méprisa d'être suffisamment effrayée pour décider de s'en tenir à cela.

9

— Patron ?

Quinn s'arracha à ses rêveries au sujet de la femme à l'étage et il se tourna vers Liam. Le jeune homme était également leur expert en informatique ou, comme Liam le disait lui-même en plaisantant, leur geek. Il avait posé, sur la table basse au milieu de la pièce, son ordinateur portable, une version robuste, à coque renforcée, utilisée lors des opérations militaires.

Les talents informatiques de Liam, associés à une étonnante adresse dans le maniement des armes et à une grande endurance physique formaient une combinaison de premier choix que Quinn avait été ravi de trouver même si elle était assortie d'un début de casier judiciaire. Cependant, Liam s'était investi à leurs côtés avec zèle et une prédisposition certaine. Il lui avait seulement manqué, auparavant, d'avoir un but dans sa vie.

— Il faut que vous jetiez un œil à ça, indiqua Liam.

Quinn sortit définitivement de ses pensées.

Si Liam disait avoir découvert quelque chose, c'était le cas. L'homme était un expert en recherches, que ce soit dans le cyber espace ou dans le monde réel.

— De quoi s'agit-il ? s'enquit Quinn en s'avançant vers l'écran du portable.

Ils avaient en effet installé dans le moulin délabré une antenne-relais qui leur permettait d'être parfaitement connectés.

— J'ai trouvé ça sur une chaîne d'actualités locale de la région de Seattle, précisa Liam.

Quinn se pencha vers la vidéo surmontée du titre :

Incendie d'une maison, un mort présumé dans l'explosion.

Quinn lut le premier paragraphe de l'article qui accompagnait les images.

— Je suis quasiment sûr…, reprit Liam.

— Et tu as parfaitement raison, l'interrompit Quinn.

— Ils disent que l'explosion est peut-être due à une fuite de propane.

— C'est une hypothèse logique. Il y avait une citerne, rappela Quinn.

Tous deux savaient ce qu'il en était réellement.

— Ça dit que l'explosion a été signalée juste après 1 heure du matin, poursuivit Liam. Nous avons décollé à 0 h 32. Ils étaient donc juste derrière nous. En décomptant quelques minutes, le temps pour eux d'installer l'explosif, quel qu'il soit, ça laisse moins d'une demi-heure de marge.

— C'est court, observa Quinn.

— Beaucoup trop court. Irréalisable dans un tel délai.

— D'autant plus qu'ils n'auraient pas dû pouvoir localiser Vicente, maugréa Quinn.

— Vous pensez que nous avons été trahis ? demanda Liam.

— Tu penses que ceci — Quinn fit un geste en direction du portable — est une coïncidence ? Qu'une maison vide a simplement explosé une demi-heure après notre départ ?

— Non, monsieur. Je ne crois pas davantage que vous aux coïncidences.

— Le rasoir d'Occam, Liam.

— Comment ?

— Si l'on doit se donner trop de mal pour appliquer une autre théorie, elle est probablement erronée.

Quinn prit son téléphone portable et tapa le message qu'il n'avait pas envie de devoir envoyer.

— Silence radio ? s'enquit Liam.

— Oui, plus aucune communication, confirma Quinn.

Cela les priverait de toute forme d'information ou d'aide

mais Quinn n'avait pas d'autre choix jusqu'à ce qu'ils soient de nouveau en mesure de communiquer en toute sécurité.

— Nous avons une fuite ? insista Liam, l'air incrédule.

Quinn apprécia sa confiance dans les leurs.

— Il en a forcément une, lui répondit-il en envoyant le signal de cesser toute communication.

Hayley s'éloigna du bord de la mezzanine et retourna s'asseoir sur le lit. Après être restée aussi longtemps accroupie à observer le salon en contrebas, elle avait les jambes engourdies. Cutter la suivit et sauta près d'elle sur le lit.

Les hommes au rez-de-chaussée l'avaient-ils entendue ? se demanda Hayley. Elle n'avait pas saisi grand-chose de ce qu'ils disaient, car ils lui tournaient le dos. Mais elle avait pu furtivement apercevoir l'écran de l'ordinateur portable : une vidéo montrait la maison de son voisin dévorée par les flammes.

De justesse, elle avait réussi à ravaler un cri d'horreur.

Le titre de la vidéo évoquait un mort présumé, cependant son voisin était avec eux, vivant et en bonne santé. Et, à la connaissance de Hayley, il vivait seul.

Mais que savait-elle vraiment de lui ?

Toutes sortes de scénarios extravagants prirent d'assaut son esprit. Quelqu'un d'autre vivait-il avec Vicente ? Cette personne était-elle morte dans l'incendie ? Ou alors était-elle déjà morte avant ? Le voisin paisible et reclus était-il en réalité un tueur, retenant une infortunée victime dans cette maison et…

Cutter laissa échapper un bref gémissement, puis remua légèrement ; en resserrant trop fort son étreinte sur lui, Hayley avait tiré sur ses poils.

— Désolée, murmura-t-elle au chien.

Pour le cas où quelqu'un viendrait se renseigner sur ce bruit, Hayley s'étendit sur le lit, où elle se trouvait d'ailleurs avant d'espionner Quinn et ses hommes. Elle avait, en vain, tenté de se reposer pour avoir ensuite l'esprit plus vif et plus disposé à trouver un moyen de s'évader.

Cependant, cette vidéo changeait tout. Les hommes de Quinn avaient-ils posé une bombe pour faire exploser la maison après leur départ ? Avec quelqu'un à l'intérieur ? Quinn en était ressorti quelques minutes après Vicente et Teague. Peut-être l'avait-il donc armée lui-même. Ce qui ferait de lui… un meurtrier ? s'étrangla Hayley.

Bien sûr, le titre évoquait un mort *présumé*. Peut-être n'en avait-on pas eu confirmation. Peut-être les enquêteurs présumaient-ils que Vicente était mort puisqu'ils ne pouvaient évidemment pas le retrouver.

Tout cela était encore plus sinistre que Hayley ne l'avait pensé. Quinn et ses hommes auraient détruit la maison pittoresque qui se dressait là depuis cinquante ans, uniquement pour effacer leurs traces ?

Etait-ce cependant le cas ? Les deux seuls mots que Hayley était certaine d'avoir entendus étaient *explosion* et *fuite*.

S'agissait-il d'un accident ?

Dans une maison alimentée par du propane pendant des années sans le moindre incident, précisément au moment où tout ceci s'était produit ?

Ces pensées résonnèrent comme un sarcasme dans l'esprit de Hayley. Elle se reprocha vertement d'être assez idiote pour même envisager cette éventualité. Elle ne vivait peut-être pas dans le monde de Quinn mais même elle ne pouvait croire à une telle coïncidence.

Allongée sur le lit confortable, elle finit par sombrer dans le sommeil. Toutefois son esprit refusa de rendre les armes et il la gratifia d'une série de scénarios cauchemardesques qui l'empêcha de se reposer.

10

Hayley s'éveilla en sursaut. Seule. Cutter avait disparu. Apparemment, le chien s'était libéré de son étreinte, il avait sauté au bas du lit et avait descendu l'escalier, tout cela sans la réveiller. C'en était déconcertant.

Hayley se redressa. Il faisait encore jour mais elle avait dû dormir au moins deux heures, peut-être trois. Il commençait à faire un peu plus chaud dans la mezzanine. C'était probablement l'après-midi.

Peut-être que Cutter était descendu en quête d'un endroit plus frais. Sa fourrure double et épaisse était adaptée au climat froid et pluvieux du Nord-Ouest mais pas à celui, plus chaud de ce lieu, où qu'il soit.

Hayley se leva et s'avança aussi silencieusement que possible au bord de la mezzanine pour jeter un œil en bas. Il n'y avait personne en vue. Même l'ordinateur portable qui avait affiché la vidéo ayant ponctué son sommeil de cauchemars avait disparu.

Tout comme son chien.

Pourvu que Cutter n'ait pas énervé Quinn, songea Hayley. L'homme était déjà assez irascible. Quoiqu'il ait paru plus favorablement disposé envers Cutter qu'envers elle. Le chien, avait-il reconnu, pouvait être utile.

Et, à moins d'avoir vraiment un cœur de pierre, il était plutôt difficile d'ignorer un chien qui se prenait d'affection pour vous. Hayley n'aurait certainement pas envie de connaître la personne capable de regarder ces yeux brillants et cette langue frétillante puis de s'éloigner sans même un sourire.

Cependant, l'idée que son chien puisse être utile à un groupe d'hommes armés ne lui plaisait pas du tout. Ce genre d'utilité se terminait souvent mal.

Une chose pouvait tout de même rassurer Hayley : l'instinct de Cutter concernant les personnes relevait quasiment du prodige. En fait, Hayley n'aurait pu citer une occasion où Cutter s'était trompé. C'était le chien qui avait amené Hayley à faire plus ample connaissance avec le bourru M. Elkhart de la bibliothèque. Celui-ci s'était tout simplement avéré être un vieil homme solitaire s'étant toujours reposé sur son épouse défunte pour briser la glace lorsqu'ils rencontraient de nouvelles personnes. M. Elkhart était également un héros de guerre qui était revenu de Corée avec un coffret de médailles et des récits édifiants. Fait plus surprenant encore, il était un artiste de grand talent. L'esquisse qu'il avait faite de Cutter était accrochée à la place d'honneur dans le bureau de Hayley.

La vision du dessin la frappa soudain de plein fouet. Reverrait-elle un jour cette esquisse ? Et sinon, que se passerait-il ?

Il ne lui restait aucune famille à l'exception de quelques cousins dans le Missouri qu'elle voyait rarement et, bien sûr, de Walker, son frère vagabond. Elle n'était même pas certaine de l'endroit où il se trouvait à cet instant. Elle n'avait plus eu de ses nouvelles depuis presque un mois. Mais il ne voudrait certainement pas de la maison. Hayley n'imaginait pas Walker poser un jour ses valises.

Bon sang, voilà qu'elle semait à nouveau le chaos dans sa tête, pensant à tout et n'importe quoi sauf à la situation présente. Il fallait que cela change. Sur-le-champ.

S'armant de courage, elle descendit en silence l'escalier. Quinn et ses hommes ne s'attendaient certainement pas à ce qu'elle reste tout le temps à l'étage ? Quinn le lui avait ordonné, exception faite des allers-retours à la salle de bains, mais peut-être n'était-il pas là en ce moment ? Par ailleurs, s'il s'était agi d'une consigne stricte, ne l'aurait-il pas attachée ?

Elle frémit à cette idée. Peut-être le feraient-ils si elle

fouinait trop. Qu'ils s'en soient abstenus jusque-là n'apaisait guère ses craintes.

Elle arriva au pied de l'escalier étroit. Liam était dans la cuisine et buvait de l'eau à la bouteille. Le jeune homme lui sourit, l'air étrangement contrit.

— Salut, lança-t-il, comme si elle n'était qu'une simple invitée. Il y en a d'autres dans le réfrigérateur.

Etait-ce une invitation ?

Hayley s'avança prudemment vers Liam.

— Je pensais que l'eau posait problème.

— Seulement celle qui vient du puits, précisa Liam. Il ne nous a jamais lâchés mais il est un peu lent. On ne peut pas en utiliser beaucoup à la fois.

Le jeune homme sourit à nouveau, plus naturellement cette fois.

— Pas de douches de vingt minutes, je le crains, ajouta-t-il.

— Mais à présent, il y a moi, souligna Hayley. Et mon chien. Où est-il, à propos ?

— Nous avons tendance à surstocker, donc ça ira, indiqua Liam. Quant à votre chien, il est dehors avec Quinn. Il monte la garde. Nous alternons. Je m'hydrate parce que je prends la relève dans dix minutes.

— Quinn a un tour de garde ? s'étonna Hayley.

Liam haussa les épaules.

— Il ne demande à personne de faire ce qu'il ne ferait pas lui-même.

— Vous paraissez… admiratif, commenta Hayley.

Liam afficha un air surpris.

— Bien sûr. Je ne travaillerais pas pour lui si je ne l'admirais pas. Il m'a remis sur le droit chemin. Il est le meilleur patron que j'aie jamais eu.

Liam était si jeune que le compliment n'avait pas forcément de sens, songea Hayley.

— Oh ! fit Liam. Ça me rappelle qu'il a laissé des choses pour vous dans la salle de bains.

Hayley douta d'avoir bien entendu.

— Quelles choses ?

— Deux sweats, un T-shirt, ce genre de choses, répondit Liam. Pour vous habiller pendant que ces vêtements…

Il les désigna avec la bouteille d'eau.

— Seront dans la machine.

Hayley fut tellement abasourdie qu'il lui fallut un moment pour assimiler l'information.

— Quinn a fait cela ?

Contrairement à son patron, Liam ne contint pas son sourire. Etait-ce uniquement parce qu'il était plus jeune ou parce qu'il n'était pas investi dans cette activité — quelle qu'elle soit — depuis aussi longtemps ? se demanda Hayley.

— Quinn est loin d'être aussi mauvais qu'il en donne l'impression, reprit Liam. Il est seulement constamment plongé dans le travail.

— Constamment ? releva Hayley.

Elle parvint à stopper la question avant qu'elle ne franchisse ses lèvres, se rendant compte à temps — pour une fois — de ce qu'elle pourrait suggérer.

— Alors, reprit-elle plutôt, les vêtements font-ils partie du surstockage ? Et quelle machine ?

Liam afficha un large sourire, et ressembla, sur le moment, à un homme ordinaire. Si l'on exceptait l'arme qu'il portait à la hanche, nuança Hayley.

— Disons simplement que nous avons la personne la plus experte en logistique de la planète, répondit Liam.

Il désigna la salle de bains.

— Et il y a un petit lave-linge ainsi qu'un sèche-linge dans le placard face à la salle de bains.

Puisque Liam paraissait assez ouvert, Hayley se risqua à tenter quelque chose dont elle s'abstiendrait d'instinct avec Quinn.

— Que diable se passe-t-il ? Et qui êtes-vous ?

En un éclair, le comportement décontracté de Liam disparut, remplacé par une attitude toute professionnelle.

— C'est à Quinn que vous devez parler de ça.

— Et je suis sûre qu'il se montrera très loquace, commenta Hayley d'un ton pince-sans-rire.

— Quinn, reprit Liam, une lueur malicieuse dans le regard, ne se montre jamais loquace.

— Quelle surprise !

Hayley s'étonna elle-même de son ton narquois. Elle était détenue par des hommes armés aux intentions indéfinies. Elle aurait plutôt dû songer à survivre, pas à se montrer insolente, au risque de susciter des représailles.

Elle étudia Liam. Ce jeune homme ordinaire au visage avenant pouvait-il être impliqué dans quelque chose d'infâme ?

— La question est, murmura-t-elle presque pour elle-même, est-il du côté des bons ou des méchants ?

— Oh ! Des bons, c'est évident. Quinn est le meilleur des hommes, lança Liam avant de se refermer comme s'il regrettait d'avoir parlé un peu trop vite.

Il finit rapidement de boire son eau, la salua tout aussi vivement et s'éloigna.

Hayley aurait aimé se sentir rassurée par la réponse spontanée de Liam. Toutefois, elle n'était pas idiote. De nombreuses personnes faisaient des choses insensées voire néfastes en pensant œuvrer pour le bien. Des écoterroristes aux poseurs de bombes, des anarchistes au drapeau noir aux marxistes au poing levé, tous étaient convaincus que leur cause était juste.

Des pas résonnèrent sur la terrasse juste avant que Liam n'atteigne la porte. Il avait dû entendre venir quelqu'un, comprit Hayley. Elle, non. Mais elle aurait dû s'en douter. Ils ne la laisseraient jamais seule, sans surveillance, donc Liam ne serait pas parti sans savoir que quelqu'un d'autre arrivait.

En fait, réalisa-t-elle, elle avait multiplié par deux leur charge de travail. Ils devaient non seulement guetter toute menace extérieure mais également s'inquiéter d'elle. S'ils se trouvaient en un lieu propice à une évasion, elle pourrait se servir de cet argument, mais pas en cet endroit où il semblait impossible de trouver de l'aide avant des kilomètres. Kilomètres qu'elle ne pourrait parcourir sans provisions, sans eau en particulier. Elle était en bonne condition physique mais une évasion exigerait sûrement beaucoup plus.

Elle exigerait d'être en aussi bonne condition physique que ces hommes.

Sur cette pensée, le meilleur spécimen des quatre fit son entrée. Quinn s'adressa brièvement à Liam qui hocha la tête et sortit. Où étaient les deux autres hommes ? s'interrogea Hayley. Ils alternaient les tours de garde, lui avait dit Liam. Donc, une personne, au moins, serait toujours dans la maison pour la surveiller. Quinn dirigeait l'opération de main de maître.

Soudain, Cutter franchit le seuil, aperçut Hayley et se rua vers elle, lui témoignant comme d'habitude sa joie de la retrouver.

— Tu as réussi à éviter les ennuis ? demanda-t-elle au chien en se penchant pour le caresser et en accordant une attention particulière à cette zone sous son oreille droite qu'il adorait qu'on lui gratte longtemps et vigoureusement.

Elle ne pouvait pas vraiment blâmer l'animal, après tout. C'était un esprit indépendant, alors pourquoi resterait-il enfermé s'il n'y était pas obligé ? Néanmoins, sa soudaine attirance envers Quinn restait troublante.

Presque aussi troublante que la sienne, se dit Hayley. Car elle ne pouvait ignorer la façon dont son pouls s'accélérait à chaque fois qu'elle croisait Quinn ou son émoi lorsque ces yeux bleus froids se focalisaient sur elle. La peur seule ne pouvait en être à l'origine.

— C'est un chien intelligent, déclara Quinn.

— En général, oui, acquiesça Hayley.

Si Quinn saisit la pique voilée, il ne répondit pas.

— J'en déduis qu'en général, il n'a pas ce genre de réaction face aux inconnus.

— En effet, en général, il fait preuve d'un meilleur jugement, confia Hayley.

Cette fois, les lèvres de Quinn esquissèrent un léger sourire.

Mais Hayley jugea plus prudent de ne pas se montrer trop impertinente.

— Vous êtes sûr qu'il n'a pas été à vous un jour ? demanda-t-elle à Quinn. Peut-être dans une autre vie ?

— J'en suis certain, répondit-il. Ni dans celle-ci, ni dans l'autre.

Il se dirigea vers la chambre du fond où, d'après les spéculations de Hayley, l'homme qui avait été son voisin s'était réfugié.

Que signifiait exactement la réponse de Quinn ? se demanda-t-elle.

Presque aussitôt, elle soupira intérieurement. Quinn était si mystérieux… Elle pourrait passer tout son temps à tenter de le percer à jour sans jamais approcher de la vérité.

11

Toujours surveiller la tête du serpent.

Hayley avait dû entendre cela dans une émission sur la faune sauvage. Ou peut-être dans l'un de ces documentaires sur les opérations militaires qu'elle regardait quand elle éprouvait le besoin de croire qu'il existait encore des héros en ce monde. Dans un sens comme dans l'autre, c'était pertinent. Donc, elle observait Quinn. Ce qui n'avait d'ailleurs rien de pénible.

C'était néanmoins étrange, pensa-t-elle. Ses quatre geôliers étaient de jeunes hommes robustes, forts et séduisants — dans le style baroudeur. Toutefois, c'était sans conteste Quinn qui attirait son regard.

Hayley arrangea le coussin dans son dos. Elle était parvenue à convaincre Teague de la laisser rester au rez-de-chaussée, promettant de se limiter à la salle de bains et au salon près de la cheminée.

Lorsque Quinn rentra de sa patrouille — Cutter sur ses talons —, Hayley se prépara à des reproches. Et Quinn lança effectivement à Teague un regard éloquent.

— Je lui ai montré la bibliothèque, répondit celui-ci. Elle a été occupée à lire tout le temps où j'ai été ici.

Sur ce, Teague se retira rapidement de l'autre côté de la pièce avant que Quinn puisse… quoi faire ? Lui remonter les bretelles ? Pour avoir dit la vérité ?

Parce que c'était vrai, songea Hayley. Elle avait été surprise de la sélection éclectique de livres cachée derrière l'une des portes coulissantes du couloir. Les étagères du haut contenaient des ouvrages généraux, des biographies et des livres d'histoire ainsi que de la fiction, des nouvelles, d'Hemingway à Daoul, et des romans, de Twain et Austen aux contemporaines Roberts et Flynn. Il y avait d'autres volumes en espagnol, en français ainsi que dans deux autres langues qu'elle n'identifia pas.

Il y en avait pratiquement pour tous les goûts, ce qui était vraisemblablement le but s'ils utilisaient régulièrement cet endroit pour ce genre de chose. Et cela devait être le cas. Sinon, ils ne seraient pas aussi bien organisés ni approvisionnés. Cette conclusion fut loin de réconforter Hayley.

Cependant, l'idée qu'ils aient fourni de la lecture la rassura un peu. En particulier en l'absence de télé et de tout ordinateur en dehors du leur. Une mesure de précaution, sans doute. Ils pouvaient suivre les commentaires de leurs agissements mais leurs victimes restaient dans l'ignorance.

Les deux étagères du bas étaient garnies d'une vaste gamme de livres pour enfants et jeunes adultes, remarqua Hayley. A l'une des extrémités, elle repéra les aventures du célèbre sorcier. En souriant, elle s'empara du premier tome. Cela ne la dérangerait pas de le relire, ni d'ailleurs de les relire tous. En un tel moment, un peu d'évasion ne lui ferait pas de mal.

Ce sera même le seul genre d'évasion que tu pourras te permettre, songea-t-elle amèrement. *Qui sait si tu n'auras pas le temps de les relire tous avant de partir d'ici.*

Si elle en repartait un jour, rectifia-t-elle mentalement.

Avec un temps de retard, la raison de la présence des livres pour enfants lui vint à l'esprit. Ils amenaient des enfants dans cet endroit ?

Plus que tout le reste, cette pensée l'ébranla. Et, durant tout le temps qu'elle passa, assise à lire les exploits des trois jeunes héros malins et téméraires, elle ne cessa de s'interroger sur les enfants qui avaient dû séjourner en ce lieu. Etaient-ils toujours vivants ou leurs jeunes vies avaient-elles été fauchées car ils étaient des témoins gênants ?

Hayley ne pouvait s'imaginer aucun de ces hommes tuant de sang-froid un enfant. Cependant, son cerveau ne pourrait probablement pas appréhender une telle idée de toute manière.

Sautant sur ses genoux, Cutter l'arracha à ses réflexions et la ramena au présent. Elle devrait prendre garde à cela, se dit-elle en serrant le chien dans ses bras. Il fallait qu'elle évite de s'immerger à ce point dans ses pensées, en particulier lorsque Quinn était dans les parages. Elle avait besoin d'avoir l'esprit alerte avec lui. Avec tous, sans aucun doute, mais en particulier avec lui.

Pour l'instant, il avait disparu dans le couloir, en direction de la chambre. Des voix résonnèrent. Quinn discutait avec Vicente.

Hayley se leva, fit signe à Cutter de ne pas bouger, craignant que le bruit de ses griffes sur le parquet ne la trahisse. Certes, Quinn n'aurait pas besoin de cela pour être averti puisqu'il semblait avoir des yeux derrière la tête.

Hayley s'avança lentement en direction de la cuisine, aussi silencieusement qu'elle le put. Elle sortit une bouteille d'eau du petit réfrigérateur, prenant tout son temps.

Tendant l'oreille.

— Je ne le ferai pas !

— Vicente, écoutez-moi. Voulez-vous que ces hommes gagnent...

— Je veux que *vous* fassiez le travail pour lequel *vous* avez été engagé. Vous êtes les meilleurs, exact ?

— Nous le ferons. Nous le sommes. Mais il n'y a aucune garantie.

— Si je fais ce que vous demandez, ceux qui le veulent n'auront plus besoin de moi, ajouta Vicente. Ils n'auront plus de raison de me garder en vie.

— Ce n'est pas vrai..., objecta Quinn.

— Vous êtes un homme bien. Je vous respecte. Mais je ne le ferai pas.

Quinn poussa un soupir exaspéré, marquant apparemment la fin de l'entretien. Hayley se rua hors de la cuisine et regagna sa place sur le canapé, livre en mains.

Quelle était cette chose que Vicente avait refusé de faire ? En tout cas, Quinn ne l'y avait pas forcé. En fait, il s'en était remis à la décision du vieil homme. Au moins, une chose était claire. Ils avaient été engagés pour faire cela, quoi que *cela* puisse être. Etaient-ils simplement des gardes du corps incroyablement bien équipés ? Vicente avait-il des ennuis tellement énormes qu'il lui fallait une protection renforcée ? Qui étaient ceux qui avaient besoin de garder Vicente en vie, mais cesseraient d'éprouver une telle nécessité s'il accédait à la requête de Quinn ?

Hayley s'efforça de garder l'esprit concentré sur toutes ces questions afin d'éviter qu'il ne s'attarde sur la déclaration qui l'avait le plus interpellée.

« Vous êtes un homme bien. Je vous respecte. »

Quinn l'était-il ? La perception de ce qu'était un homme bien dépendait de la personne qui faisait le constat, songea Hayley. Inspirer le respect à un citoyen modèle était une chose mais l'inspirer à un criminel en était une tout autre.

Quinn revint dans la pièce, s'arrêtant juste après l'entrée de la cuisine. Il regarda fixement Hayley, se demandant peut-être s'il devait lui donner l'ordre de remonter à l'étage.

Elle s'étonna d'avoir cru déceler chez cet homme un signe de radoucissement ; il était brusque, froid, impassible, pas le moins du monde enclin à se justifier ou à lui expliquer quoi que ce soit. Il était exclusivement concentré sur sa mission et elle n'était pour lui qu'une distraction mineure.

— Un choix intéressant, dit-il en désignant le livre.

Il n'y avait pas plus d'émotion dans ses paroles que s'il venait de rayer un élément d'une liste. Aussi, s'il la trouvait idiote de lire ce qui était présenté comme un livre pour enfants, cela ne se vit certainement pas.

— L'évasion…, lui répondit-elle succinctement, tout à fait consciente des multiples interprétations qu'il pourrait faire de cette réponse.

A nouveau, après coup, elle s'interrogea sur le bien-fondé de son impertinence.

Réfléchis avant de parler, s'admonesta-t-elle. *C'est comme ça que c'est censé fonctionner.*

Elle reporta les yeux sur le roman. Peut-être que si elle semblait simplement lire et ne pas créer de problèmes, Quinn ne l'exilerait pas sur la mezzanine. Elle faillit se mettre à rire. Quinn serait assez courtois pour ne pas déranger une personne qui lisait ? En particulier si cette personne était sa prisonnière ?

Hayley s'interdit de lever à nouveau les yeux. Il l'étudiait, elle le sentait. D'une certaine manière, l'intensité de Quinn, sa vigilance, son sens de la mission rappelaient à Hayley son chien Cutter. L'animal faisait parfois preuve de la même ténacité, de la même incroyable capacité à établir des priorités. L'écureuil qui détalait sous son nez était sans doute tentant, cependant il restait concentré sur son objectif premier, que ce soit le chat gris de Mme Kerry ou tout autre intrus de plus grande taille.

Peut-être était-ce la raison pour laquelle le chien était tellement subjugué, supposa Hayley. Il reconnaissait en Quinn une âme sœur. L'objet de son attention n'en était visiblement pas aussi sûr. Quinn paraissait plus médusé qu'autre chose par l'attitude de Cutter.

Enfin, Quinn parut faire un mouvement et Hayley se décida à lui jeter un regard : il rejoignit Teague et tous deux conversèrent à voix basse, tellement basse qu'elle ne put entendre.

Au bout d'un moment, en dépit du récit captivant, elle cessa d'essayer de lire. Avec Quinn dans la pièce, c'était impossible. L'énergie qu'il dégageait était aussi tangible que la gravité et quand il entrait quelque part, tout se mettait en mouvement.

A l'instar de Cutter, pensa Hayley.

Le chien se glissa au bas du canapé et fonça droit vers sa nouvelle idole.

Quinn, qui écoutait ce que lui disait Teague, ne sembla pas du tout remarquer le chien. Cependant Hayley le soupçonna d'avoir su exactement à quel moment celui-ci avait commencé à bouger. Il semblait avoir une perception décuplée de tout ce qui se passait autour de lui. Ce devait être le cas, songea-t-elle, s'il faisait régulièrement ce genre de chose. Elle préféra ne pas penser à cela, aux autres personnes qui avaient transité par ce lieu et qui étaient peut-être…

Ses pensées furent brusquement interrompues par un simple, et presque distrait, geste de Quinn. Un geste tout à fait naturel, dans des circonstances normales. Toutefois, dans ce contexte, et venant de cet homme, il sidéra Hayley.

Sans même regarder, il tendit la main et se mit à gratter l'oreille droite de Cutter.

Hayley n'en revenait pas, tandis que Cutter se trémoussait, évidemment ravi. Puis le chien s'appuya contre la jambe de Quinn. Celui-ci ne le regarda toujours pas mais la caresse, douce et affectueuse, se poursuivit. Et le chien soupira de contentement.

Ce ne devait pas être la première fois, jugea Hayley. A moins que Quinn n'ait deviné par magie que c'était l'endroit exact où Cutter adorait être caressé, juste en dessous de son oreille droite, vers l'arrière.

Fascinée, Hayley fut incapable de détourner les yeux. En fait, de façon presque idiote, elle se sentait rassurée. Quinn était sans doute froid, expéditif et inapprochable mais, apparemment, il n'était pas insensible.

Teague fit un geste vers Hayley. Quinn la regarda brièvement puis il secoua la tête.

Le frisson qui la parcourut balaya le peu de réconfort qu'elle avait éprouvé devant le geste affectueux de Quinn envers le chien. A l'évidence, elle était devenue un sujet de discussion et cela la rendit nerveuse.

C'était insensé, vraiment. Elle avait interprété ce simple geste de façon exagérée. Même les hommes malfaisants avaient eu, au cours de l'histoire, des chiens qu'ils aimaient apparemment.

Elle regardait fixement Quinn, réalisa-t-elle soudain, pétrifiée. Et, comme s'il le sentait, il la dévisagea de nouveau.

Le cœur de Hayley se mit à battre la chamade.

Elle s'obligea à reporter son attention sur le livre, même si cela lui était extrêmement difficile.

Observait-elle Quinn uniquement pour en apprendre plus sur lui ? Cela devenait de moins en moins crédible, s'avoua-t-elle.

12

La situation menaçait fort de virer au désastre, songea Quinn.

D'ailleurs, elle avait déjà en partie échappé à son contrôle, maugréa-t-il intérieurement alors que le chien trottait joyeusement à ses côtés. La présence de cet animal n'avait jamais fait partie du plan.

Cutter s'arrêta soudain et se tourna à demi.

D'instinct, Quinn s'arrêta lui aussi. Par quoi le chien avait-il été attiré ?

— Hé, patron…

La voix de Rafer s'éleva discrètement dans l'obscurité derrière Quinn, lui procurant un sentiment mêlé de satisfaction et d'inquiétude. De satisfaction parce qu'il n'avait pas entendu approcher Rafer ; l'homme était doué. D'inquiétude, pour la même raison ; lui-même n'était manifestement pas doué.

Ou beaucoup trop distrait.

— RAS ? s'enquit-il.

— Tout est calme, chuchota Rafer. Même chose pour Teague qui est sur le périmètre sud.

Rafer lança un regard au chien.

— Sa présence rend difficile le fait de surprendre qui que ce soit.

Mis à part moi, apparemment, se dit Quinn.

— Ce chien nous est utile. Va te reposer, Rafer. Je prends la relève.

— Ce n'est prévu que dans quarante-cinq minutes.

— Et pourtant, je suis là, marmonna Quinn. Vas-y…

Rafer acquiesça et s'éloigna.

Puis Quinn se remit à marcher. Le chien reprit immédiatement son poste à ses côtés.

Peut-être est-ce une bonne chose que ce fichu cabot soit là, conclut Quinn en lui-même. *Puisque tu as la tête ailleurs…*, se reprocha-t-il.

Cutter laissa alors échapper un aboiement étouffé, obliqua à gauche et accéléra. Le vent léger avait changé de direction, réalisa Quinn au même moment. Cela avait-il permis au chien de percevoir une nouvelle odeur ?

Un mouvement au loin sur la droite attira l'attention de Quinn. Il devait s'agir de Teague. En effet, l'instant d'après, l'homme exécuta le mouvement du bras indiquant qu'il n'y avait rien à signaler. Quinn répondit de la même manière. Le chien s'arrêta comme s'il avait compris le signal et savait que tout allait bien. Puis il revint au petit trot et reprit sa place aux côtés de Quinn.

Peut-être était-ce effectivement une bonne chose de compter ce chien parmi eux, conclut Quinn. Il avait déjà travaillé avec des unités canines et, quoique ces chiens l'aient toujours étonné, il n'avait jamais pensé à en adjoindre un à leur personnel. Cependant, ce chien, qu'il avait d'abord trouvé beau plutôt qu'intelligent, lui prouvait de plus en plus qu'il avait eu tort. Pour un animal qui n'avait pas reçu de formation militaire ou policière, soit il possédait un instinct incroyable, soit il apprenait tellement rapidement que c'en était troublant.

Enfin, en supposant qu'il n'ait pas reçu de formation de ce type… Quinn n'avait jamais vraiment posé la question à sa propriétaire.

« Hayley, bien que vous n'ayez pas pris la peine de me le demander », se rappela Quinn.

De toute façon, elle ne serait pas restée anonyme longtemps vu le personnage. Quinn avait auparavant côtoyé d'autres femmes dans ce genre de situation et nombre d'entre elles avaient quasiment perdu tous leurs moyens. Très peu avaient eu le courage d'affronter Quinn comme celle-ci l'avait fait. Elle ne manquait pas de cran.

Ni d'ailleurs, pensa Quinn ironiquement, d'autres attributs que les membres de l'équipe avaient assurément remarqués. Et tous semblaient avoir aussi remarqué que cette femme exerçait sur Quinn une profonde attirance.

Voilà où il en était. Et il n'était pas fier. Venait-il vraiment, lui, Quinn Foxworth, de renoncer à dormir afin de s'éloigner de cette femme insolente et trop maligne aux yeux couleur de prairie ?

Et depuis quand était-il devenu poète ?

Il jura, furieux contre lui-même. S'il continuait à ce rythme, il commettrait une stupide erreur de débutant, simplement parce qu'il était beaucoup trop distrait pour rester concentré. D'accord, le plan de départ avait été *légèrement* modifié, mais n'avait-il pas toujours prêché la flexibilité ? N'avait-il pas sensibilisé ses hommes à la nature impermanente de leur travail, aux brusques changements de situation ? Pourquoi diable, alors, ne suivait-il pas ses propres conseils ? Pourquoi la situation le perturbait-elle autant ?

C'était la faute de cette femme. Voilà ce que l'on récoltait quand on errait en forêt la nuit. Elle aurait dû rester chez elle et laisser le chien retrouver seul son chemin jusqu'à la maison. Manifestement, Cutter était assez malin pour y parvenir.

Plus que malin. Quinn s'imaginait parfaitement se fier à l'ouïe et au flair de l'animal. Cela ne nécessiterait pas beaucoup d'efforts de le transformer en un auxiliaire canin de premier ordre.

Mais la femme vendrait-elle le chien ?

Quinn faillit se mettre à rire tout haut de la vision qui lui traversa l'esprit. A en juger par la façon dont la femme le regardait, elle l'imaginait capable de s'approprier purement et simplement l'animal. Il avait remarqué ces moments, souvent juste après qu'elle lui eut fait une remarque cinglante, où la peur traversait son regard. Ces moments où, un peu tard, son bon sens la rappelait à l'ordre et au silence.

Quinn aurait dû se féliciter de cette peur. Si la femme restait tranquille, peut-être pourrait-il la chasser de son esprit.

Il savait faire preuve de cette discipline, durement acquise. Il devait seulement l'appliquer.

Toutefois, le souvenir de ce regard apeuré chez la femme ne le quitta plus. Il le gêna. Le tarauda, le tarabusta jusqu'à ce qu'il décide presque de renvoyer le chien à elle, pour que Cutter ne lui rappelle plus cette vision.

Mais l'animal lui obéirait-il ? Cutter semblait prendre lui-même la plupart de ses décisions et, même s'il disparaissait régulièrement pour rendre visite à la femme, il revenait toujours, comme s'il avait décidé que Quinn, lui aussi, faisait partie de ses attributions.

— C'est elle que tu devrais aller surveiller, pas moi, murmura Quinn à l'adresse du chien.

Bizarrement, comme s'il avait vraiment compris, le chien regarda la maison puis reporta les yeux sur Quinn, l'air de dire : « Elle est en sécurité à l'intérieur. »

— Tu es presque effrayant, tu sais ça ? maugréa alors Quinn.

A ces mots, Cutter fixa intensément Quinn, lui évoquant à nouveau le chien de berger qui contrôlait ses animaux par la seule force de sa volonté et le magnétisme de son regard.

Le chien avança de quelques pas puis se retourna, attendant visiblement que Quinn reprenne le contrôle du périmètre.

Au bout d'un moment, Quinn se remit en marche, secouant la tête. Mais qui menait ce tour de garde en fait ?

Un désastre, songea-t-il de nouveau. Patrouiller avec un chien n'avait jamais fait partie du plan.

Pas plus que devoir chasser de son esprit la maîtresse de ce chien. Quinn ne voulait pas faire peur à la femme. Il voulait seulement qu'elle s'en aille. Il aurait aimé n'être jamais tombé sur elle.

Eh oui, les choses avaient vraiment tourné au désastre… Mais cela s'appliquait-il au plan ou seulement à lui ?

13

Hayley s'éveilla brusquement. Durant un moment, le rêve persista, tellement saisissant et réel que Hayley se tourna vers le mur près du lit. Dans son rêve, elle avait commencé à compter les jours en alignant des traits sur ce mur. Cela, en se servant du manche du rasoir qu'elle avait subtilisé.

Toutefois, ce n'était pas ce qui la faisait frissonner en cet instant. C'était l'image issue de ce rêve, tellement distincte et poignante qu'elle fut presque surprise que le mur qu'elle fixait soit intact.

Elle se redressa lentement, serrant ses bras autour d'elle. La pièce paraissait beaucoup plus froide qu'elle ne devait l'être en réalité.

Hayley ignorait où ils se trouvaient mais il y faisait chaud le jour et terriblement froid la nuit. Chaque soir, quelqu'un avait allumé un feu dans la cheminée avec ce que Teague lui avait décrit comme un combustible énergétique fait de sciure et de copeaux de bois, particulièrement écologique. Cela chauffait agréablement l'étage où était attiré l'air chaud.

Hayley avait demandé à Teague pourquoi ils n'utilisaient pas la chaudière. Il lui avait expliqué que cela économisait le propane de la grande citerne dans la grange pour d'autres tâches : faire la cuisine, chauffer l'eau et, le plus important, produire l'électricité.

Teague avait semblé si enclin à discuter qu'elle avait pris le risque de lui demander combien de temps ils resteraient là. Teague s'était instantanément refermé, s'excusant brusquement.

Il n'avait même pas expliqué à Hayley qu'il ne pouvait pas en parler. Il avait simplement ignoré sa question et il était parti.

L'image issue du rêve traversa à nouveau son esprit. Quatre groupes de cinq traits, suivis par celui qu'elle avait ajouté dans son rêve. Vingt et un jours.

Vingt et un jours. Trois semaines.

L'idée qu'elle pourrait encore être en ce lieu trois semaines plus tard — voire plus longtemps — était horrible à envisager. Trois jours lui suffisaient déjà.

L'alternative, cependant, était pire.

Elle devait garder cela en tête. Les heures s'égrenaient et elle était toujours vivante ! Peut-être qu'ils n'allaient pas la tuer. Après tout, s'ils devaient le faire, pourquoi ne pas en finir tout de suite et éviter le tracas de la nourrir et de partager l'eau avec elle ? Comme Quinn le lui avait ostensiblement fait remarquer, Cutter, au moins, était utile. Elle n'était que…

Quoi ? Une nuisance ? Un désagrément ?

Elle secoua vivement la tête. Elle n'était rien d'aussi bénin et ferait bien de se le rappeler. Elle était un témoin. Le témoin gênant d'un kidnapping. Et, également, la victime d'un enlèvement.

Or, rien de tout cela ne cadrait avec la perspective de rentrer tranquillement chez elle lorsque tout ceci serait terminé.

Néanmoins, son esprit continuait d'y croire. Teague paraissait être un homme sympathique avec un brillant sens de l'humour qui surprenait Hayley. Liam semblait tellement jeune et innocent qu'elle ne parvenait pas à comprendre pourquoi il faisait cela. Rafer était calme, presque renfermé. Son regard recelait une part d'ombre qui ne devait pas être seulement due à la blessure, sans doute grave, qu'il avait manifestement reçue à la jambe gauche. Hayley avait eu raison à propos du boitement mais cela ne semblait pas beaucoup ralentir Rafer.

Quant à son voisin, Vicente, pour ce qu'elle avait vu de lui, il aurait aussi bien pu être un fantôme. Il avait apparemment pris à cœur l'ordre de Quinn puisqu'il n'avait fait aucun effort pour parler à Hayley. Et, lorsqu'ils s'étaient rencontrés dans le couloir, près de la salle de bains, la veille au soir, il avait détalé comme si elle était presque plus effrayante que les hommes qui les détenaient.

Ou comme s'il connaissait mieux qu'elle le prix à payer s'il désobéissait aux ordres de Quinn.

Eh oui, il fallait prendre cela en considération, songea-t-elle amèrement.

Quoique l'homme ne lui ait pas donné d'autre ordre que celui de rester dans ses quartiers. C'était une bonne chose qu'elle ne soit pas claustrophobe. Elle commençait cependant à s'agacer de n'être jamais autorisée à sortir. Quinn ne semblait pas être souvent dans la maison. Il restait toujours à l'extérieur. Supervisant. Donnant des ordres.

Excellant en tout cela, sans le moindre doute. Il semblait être ce genre de personne.

Une idée frappa soudain Hayley. Quinn et ses hommes pourraient simplement repartir en hélicoptère en l'abandonnant là, dans ce qui était vraiment pour elle le milieu de nulle part, puisqu'elle n'avait aucune idée d'où ils se trouvaient.

Elle s'irrita de ses pensées tortueuses. C'était tout ce qu'elle semblait capable de produire ces derniers temps, une succession de réflexions confuses, l'une chassant l'autre.

Peu à peu, la mezzanine s'éclairait, remarqua-t-elle. Il n'y avait pas d'horloge mais visiblement, c'était le petit matin. Cela la surprit ; elle avait mieux dormi qu'elle ne s'y était attendue étant donné les circonstances.

Le bruit familier des griffes résonna sur les marches de l'escalier. Cutter avait été près d'elle quand elle s'était couchée mais il avait disparu quand elle s'était réveillée dans la nuit. Probablement pour rejoindre Quinn… Le chien accompagnait les autres hommes s'ils le lui demandaient. Cependant, avec Quinn, c'était manifestement Cutter qui prenait la décision.

Le chien bondit sur le lit et donna à Hayley un grand coup de langue en guise de bonjour.

— J'aimerais que tu puisses parler, déclara-t-elle, pour la énième fois depuis que l'animal, si intelligent, était arrivé dans sa vie. J'adorerais connaître ton explication. A-t-il été ton maître dans une autre vie ? Quand il était peut-être seulement un homme ordinaire, un ingénieur ou un concepteur de logiciels ?

— Je préfère penser que j'ai été Sun Tzu.

Hayley réprima un sursaut. Comment un homme de la taille de Quinn réussissait-il à monter aussi silencieusement l'escalier ?

Surtout, il avait posé les yeux sur elle, ce qui lui fit regretter ses propos stupides. Cet homme, concepteur de logiciels ? Aucune chance. Hayley le voyait mal confiné dans un bureau. Ou alors, ingénieur ? Seulement s'il s'agissait de concevoir des armes, ironisa-t-elle.

Alors Sun Tzu, guerrier notoire et auteur de *L'Art de la guerre* ? Oh oui, elle l'imaginait parfaitement.

Pendant un long moment, Quinn resta simplement debout à la fixer. En fait, les rares fois où il s'était trouvé à l'intérieur alors qu'elle était réveillée, il avait semblé faire seulement cela : l'observer.

Elle devait s'y attendre, se dit-elle. Après tout, elle aussi le détaillait dès qu'elle en avait l'occasion et il en avait évidemment conscience. L'homme ne ratait rien. Cependant, Hayley continuait. Plus elle en saurait, plus elle aurait de chances de survivre, non ?

Du moins était-ce pour cela qu'elle avait commencé à le faire.

Hayley ne se rappelait que trop clairement ce moment, la veille, où elle s'était rendu compte que les choses avaient changé. Quand elle avait profité de ce que Liam soit suffisamment absorbé par les informations sur son ordinateur pour regarder par l'une des fenêtres non condamnées de la maison.

La scène qui s'était déroulée sous ses yeux avait été aussi déconcertante qu'inattendue. Cutter s'adonnait joyeusement à l'une de ses occupations favorites, une sérieuse partie de jeu. Il courait pour aller chercher un bâton lancé encore et encore par un Quinn qui semblait tout aussi infatigable que lui.

L'espace d'un instant, Hayley s'était figée, regardant non pas le chien mais l'homme. L'homme qui se déplaçait avec aisance et robustesse, avec autant de grâce féline que de puissance. Quinn lançait ce bâton à une distance qu'elle-même n'aurait jamais pu atteindre et Cutter adorait.

Devant ce spectacle, la poitrine de Hayley s'était comprimée d'une façon étrange et nouvelle qui n'avait rien à voir avec la peur… Quinn était un homme très attirant.

Et en cet instant, il la scrutait toujours, la dominant de toute sa taille, pendant qu'elle était au lit. Elle décida donc de se lever. Cependant, elle ne portait que le maxi T-shirt que Quinn lui avait fourni. Elle dut se retenir d'attraper la couverture pour la remonter sous son menton, telle l'héroïne d'un vieux mélodrame.

Quinn te toisera, de toute façon, marmonna-t-elle pour elle-même, restant au lit.

— Que voulez-vous ? lui demanda-t-elle, sèchement afin de masquer son agitation.

Un instant, quelque chose parut animer le regard de Quinn, quelque chose de torride et tentant. Cela disparut très vite, mais Hayley en resta toute frissonnante.

— Ravitaillement, répondit laconiquement Quinn.

Il tourna son regard vers le chien.

— De quoi a-t-il besoin ?

— Vous allez en hélicoptère au supermarché le plus proche ? persifla Hayley.

Quinn ne sourit absolument pas.

— Vous pourriez peut-être vous montrer plus diplomate quand je vous demande ce dont vous avez besoin.

— Vous avez demandé ce qu'il *lui* fallait, rappela Hayley.

— Je l'aime bien, concéda Quinn.

— Parce qu'il ne pose pas de questions ?

— Et il n'est pas non plus sarcastique, ajouta Quinn.

Hayley ne put s'empêcher d'émettre un petit rire sans joie.

— Oh ! Il peut l'être. S'il en ressent l'envie.

— Sarcastique ? Un chien ? s'étonna Quinn.

A la façon dont il la regarda, il l'assimilait à ces personnes qui anthropomorphisaient à l'extrême leurs animaux de compagnie, leur attribuant pensées et motivations humaines comme si les cerveaux humain et canin fonctionnaient à l'identique.

Hayley n'avait jamais été ainsi. Cependant, Cutter… Eh bien, il était différent. Probablement les autres propriétaires d'animaux pensaient-ils la même chose de leurs chiens ou chats. Mais Cutter était vraiment différent.

Et sarcastique, donc.

Pour preuve, Hayley révéla à Quinn le fait suivant :

— Cutter hurle chaque fois qu'arrive notre factrice, qui est également une chanteuse d'opéra refoulée.

Quinn plissa les yeux.

— Comment ça ?

— Elle chante sans arrêt, pas très bien. A pleins poumons, en fait. Donc Cutter a pris l'habitude d'annoncer l'arrivée du courrier par un hurlement qui ressemble de façon effrayante à celui de la factrice. Empreint de vibrato.

Cette information sembla dérouter Quinn. Il observa le chien, assis près de Hayley sur le lit. D'ailleurs, Quinn semblait la plupart du temps dérouté par le comportement du chien. Et, en cet instant, alors que Cutter le regardait lui aussi, la langue frétillante, arborant un sourire canin, Quinn parut réprimer un sourire en retour.

A quoi ressemblerait Quinn s'il se laissait aller à afficher ce sourire ? se demanda Hayley. Il avait déjà un charme ravageur, s'il s'ouvrait vraiment, il serait sans doute…

Il est toujours l'homme qui t'a kidnappée, se rappela-t-elle abruptement.

Tu es supposée l'observer pour savoir comment te comporter avec lui afin de rester en vie. Pas pour remarquer combien il est grand, mince et sexy.

Comment y parvenir, là était la question.

— Pourquoi vous n'avez pas envoyé Liam, comme d'habitude ? lança-t-elle.

— Il dort, répondit Quinn. Il a assuré le poste de nuit.

Il indiqua cela négligemment, comme s'ils travaillaient

dans une usine, de simples hommes ordinaires faisant un travail ordinaire.

Mais ces hommes n'avaient rien d'ordinaire, pensa Hayley.

En particulier celui qui se tenait debout devant elle, appuyé contre la balustrade de la mezzanine, les bras croisés sur son large torse.

Qui était son patron ? s'interrogea Hayley. Pas seulement parce qu'il était manifestement le chef de l'équipe mais aussi parce qu'elle se le représentait difficilement prenant des ordres de quiconque. Quinn recevait les suggestions de ses hommes, Hayley avait pu le constater, et il agissait parfois en conséquence, mais des ordres venant d'un supérieur ? Elle avait du mal à l'imaginer.

Elle avait pourtant une imagination fertile. Débridée, même. Elle se racontait beaucoup d'histoires. Par exemple que son cœur chavirait dès que Quinn posait les yeux sur elle. Qu'elle développait pour lui un désir croissant, plus obsessionnel à chaque heure qui s'écoulait. Et surtout que le regard de Quinn brûlait d'un même désir pour elle.

Le cliché de l'otage amoureuse de son ravisseur !

Voilà ce qu'elle était, un cliché ambulant.

Et une idiote.

Pire, si elle n'y prenait pas garde : une idiote morte.

14

— Elle est seulement effrayée, affirma Teague.

Quinn, qui était occupé à se verser un café, s'interrompit et tourna la tête vers l'ex-marine.

— Effrayée ?

Teague haussa les épaules.

— Ma sœur était comme ça. Quand elle avait peur, il fallait qu'elle fanfaronne. Elle me balançait des vannes, ce genre de choses. Je pense que c'était sa manière d'éviter de devenir hystérique.

Le regard de Teague se fit soudain distant, comme s'il contemplait une scène du passé. Quinn ne savait que trop bien laquelle. Cependant, il ne fit pas de commentaire. Ils avaient eu cette discussion une fois et Teague n'avait certainement pas envie que cela se reproduise.

— Elle pose beaucoup de questions, poursuivit Teague. Peut-être que nous devrions la mettre au courant.

Quinn haussa un sourcil.

— Je veux dire, elle est plutôt sensée et intelligente, ajouta Teague. Elle comprendrait peut-être.

— Assez intelligente pour choisir de *te* cuisiner, fit observer Quinn.

— Hé, c'est moi le membre le plus sympa de l'équipe ! plaisanta Teague.

— Et c'est l'une des raisons de ta présence ici, souligna Quinn. Mais tu sais qu'intelligence ne rime pas forcément avec bon sens.

Teague haussa de nouveau les épaules.

— Je sais. La plupart de mes collègues enseignants me l'ont prouvé. Voilà pourquoi j'ai rejoint les marines.

Quinn ébaucha un sourire. Teague faisait assurément autant preuve d'intelligence que de bon sens, ce qui n'était pas toujours la meilleure recette pour survivre dans le monde universitaire.

— Nous ne pouvons pas prendre le risque de la mettre au courant, Teague. Trop de choses dépendent de la confidentialité de cette opération.

Teague se contenta de hocher la tête. Question de bon sens, encore une fois, songea Quinn. Mais Teague en aurait-il assez pour garder le silence ?

— Euh… patron ?

Quelque chose avait changé dans le ton de Teague et il modifia sa posture, l'air plus circonspect.

— Oui, je sais, lui confirma Quinn. Elle nous écoute.

Il y eut un léger mouvement derrière lui, juste après le seuil de la cuisine.

Teague regarda dans cette direction puis il reporta les yeux sur le visage de Quinn.

— Je vais voir si Vicente a besoin de quelque chose avant de sortir, annonça Teague avant de disparaître.

L'intruse fit le mouvement inverse et s'avança dans la pièce. Quinn en fut quelque peu surpris. Décidément, la femme ne manquait pas de courage.

Quinn l'observa tandis qu'elle prenait une tasse et se versait un café. Elle se retourna ensuite pour lui faire face, seule l'ondulation légère à la surface du liquide sombre suggérant qu'elle n'était pas aussi calme qu'elle voulait bien le paraître.

— Qu'espériez-vous ? demanda-t-elle à Quinn.

Elle marquait un point, concéda-t-il. Il ne s'était simplement pas attendu à ce qu'elle l'affronte ni reconnaisse aussi ouvertement ce qu'elle faisait.

— Savoir, c'est pouvoir, admit-il.

— Vous feriez la même chose si vous étiez à ma place, non ?

Et elle ajouta, une note d'amertume dans la voix :

— Excepté que vous ne vous seriez pas laissé kidnapper…

Quinn étudia la femme pendant un moment, puis répliqua :

— Quoique je conteste le terme *kidnapper*, vous n'avez guère eu le choix en l'occurrence.

— Et comment, reprit-elle d'une voix nettement plus aigre, appelleriez-vous cela ?

— Une décision stratégique.

Elle le détailla à son tour. A nouveau, s'il en jugeait strictement par sa façon posée de soutenir son regard, elle ne paraissait pas du tout effrayée. Seul son langage corporel défensif, la tasse de café brandie devant elle comme s'il s'agissait d'une arme et les légers tremblements qui créaient des ondulations à la surface du liquide, la trahissaient.

Elle persifla :

— Eh bien, vu d'ici, votre *décision stratégique* ressemblait à s'y méprendre à un kidnapping.

— J'en suis sûr, concéda Quinn.

La femme fronça les sourcils.

— Ne soyez pas condescendant, par-dessus le marché.

— Comment cela, condescendant ?

— Ne convenez pas de ce que je viens de dire juste pour me faire taire.

— J'en convenais parce que c'est vrai, rectifia Quinn. Je suis sûr que c'est l'impression que vous en avez eue.

La femme le regardait comme si elle ne croyait pas un mot de ce qu'il disait. Et il ne pouvait guère le lui reprocher.

Il prit la poêle, des œufs, le bacon.

— Qui êtes-vous tous les quatre ? lança-t-elle abruptement.

Quinn ne s'était pas attendu à cette question directe et franche. Peut-être la femme n'était-elle pas aussi effrayée que le pensait Teague. Ou peut-être avait-elle simplement assez de cran pour surmonter sa peur.

— Pour l'instant, lui répondit Quinn, nous sommes les hommes qui avons le contrôle.

— Vous voulez dire que vos armes ont le contrôle ?

— Elles maintiennent l'équilibre.

— L'équilibre ? répéta la femme.

Sa voix monta un peu dans les aigus, premier indice vocal de sa nervosité, songea Quinn.

— Dieu a créé les hommes, Sam Colt les a rendus égaux. Je crois que ce sont les termes de la maxime, lança Quinn.

La femme grimaça.

— C'était une époque différente, objecta-t-elle.

Puis, après un coup d'œil à l'arme de poing dans l'étui de Quinn, elle ajouta :

— Et ce n'est pas un Colt.

Quinn ne réagit pas à ce savoir inattendu. Toutefois, il enregistra le fait : elle avait identifié l'arme.

Son arme de prédilection était généralement un HK à moins que la mission ne requière un autre choix.

— Une époque différente, en effet, acquiesça-t-il en prenant un saladier. Cependant, l'humain n'a pas beaucoup évolué sous le vernis apparent de la civilisation.

— Si c'est supposé me rassurer, ça ne fonctionne pas, commenta la femme.

— Ça le devrait, pourtant. Nous avons besoin d'hommes coriaces pendant les périodes difficiles.

— Si nous avons besoin de criminels et de kidnappeurs, alors nous sommes en très mauvaise posture en effet ! rétorqua-t-elle.

Quinn ne put retenir un petit rire. A vrai dire, il aimait la façon dont elle lui tenait tête et répliquait malgré sa peur.

Il se mit à casser les œufs dans le saladier. Lorsqu'il arriva à plus de six, la femme afficha un air perplexe.

— C'est une bonne chose d'avoir découvert que les œufs n'étaient pas si mauvais qu'on le pensait pour la santé.

Il lui lança un regard.

— Vous vous inquiétez pour ma santé ?

— Pas vous ?

— Non, puisque ce n'est pas seulement pour moi.

Elle parut surprise.

— Vous préparez le petit déjeuner pour tout le monde ?

— Chacun le fait à tour de rôle.

— Même vous ? releva la femme.

Quinn haussa un sourcil.

— Vous préféreriez que je vous affecte à ce rôle ?

— Tout dépend. Il y a de la mort-aux-rats quelque part ?

Cette fois, Quinn ne put s'empêcher de rire franchement.

— Désolé. Vous voulez prendre la suite ?

Il souleva la lourde poêle en fonte.

— Je vous en prie, pas encore un cliché, grommela-t-elle.

Un troisième rire menaça d'échapper à Quinn. Ce qui, en soi, l'étonna. Il ne se rappelait pas la dernière fois où il avait été si près de rire, même une seule fois, alors trois…

Mais, entre son chien et elle, il avait été amené à sourire — quoique intérieurement — très souvent. C'était déconcertant.

Il posa la grande poêle sur un brûleur et s'affaira à battre les œufs dans le saladier, puis à les assaisonner.

— Des personnes vont me rechercher. Le rechercher, lui aussi, probablement, ajouta-t-elle en esquissant un geste en direction de la chambre où leur précieux prisonnier semblait se satisfaire de se cacher.

— Oh ! Il va être recherché, c'est certain, concéda Quinn. Quant à vous ? Peut-être. Cependant, vous n'avez pas vraiment eu une vie sociale trépidante depuis le décès de votre mère.

Il lui lança un regard, sûr de son coup. Et en effet, elle se décomposa. Puis le dévisagea, visiblement stupéfaite.

— Comment êtes-vous au courant pour ma mère ?

— Nous préparons consciencieusement nos missions.

— Et qui diable est ce *nous* ? Qui êtes-vous donc ?

Quinn ignora la question. Cela n'arrêta pas la femme pour autant.

— J'y ai réfléchi, confia-t-elle. Soit vous menez une vaste opération criminelle, soit vous êtes des agents gouvernementaux.

— En un sens…, convint Quinn, tout en ajoutant sel et poivre aux œufs. Je dirais qu'il n'y a pas grande différence.

— Je pencherais pour le gouvernement, poursuivit-elle comme s'il n'avait rien dit. Il n'y a que des agents gouvernementaux pour enlever les gens sur leur propriété.

— D'un point de vue technique, protesta mollement Quinn, vous étiez sur la propriété de quelqu'un d'autre.

Elle leva les yeux au ciel, marmonnant :

— J'aurais dû prendre la poêle.

Quinn étouffa à nouveau un rire.

Toutefois, elle n'en avait apparemment pas terminé.

— Alors, à quelle agence appartenez-vous ? La CIA, la DEA, le DHS ? Qui a dépensé l'argent de mes impôts pour que vous me traitiez comme une vulgaire criminelle ?

— Tout de même mieux que cela, je pense, lui répondit Quinn.

Il appréciait décidément l'aplomb de cette femme, mais s'obligea à réprimer ce sentiment en cuisinant. Il déposa le bacon dans la poêle désormais chaude.

— Très bien, conclut-elle d'un ton sec. Nous dirons donc que je bénéficie d'un traitement de faveur. Ce n'est toujours pas une réponse.

— Nous ne sommes pas des agents gouvernementaux.

Quinn fut un peu surpris de l'avoir reconnu. Non que cela n'ait pas l'effet désiré. S'ils représentaient le gouvernement, la femme pourrait certes être plus encline à collaborer. Cependant, elle ne semblait pas apprécier toutes les agences émanant de Washington. Peut-être que la garder dans l'ignorance entretiendrait son appréhension et la rendrait plus coopérative, estima Quinn. Toutefois, il n'avait pas envie d'alimenter sa peur, aussi efficace que cela puisse être.

L'odeur tentante du bacon en train de frire commençait à réveiller l'estomac de Quinn, ainsi que celui de son hôte à en juger par la manière dont elle humaît l'air en penchant la tête.

Quinn prit alors une décision et se tourna pour faire face à la femme. Elle tenait toujours la tasse de café, qui était probablement assez chaude pour faire des dégâts si elle la lui jetait au visage. Venant d'elle, il n'en serait pas autrement étonné.

— Hayley…

Elle ne dit rien mais de toute évidence l'utilisation de son prénom la troubla. C'était une première.

— Nous ne sommes pas les méchants, assura Quinn.

Elle l'étudia pendant un moment avant de lui répondre :

— Puisque ma vie est pleine de clichés ces derniers temps, permettez-moi d'en ajouter un : *il n'y a pas de fumée sans feu.*

— Si j'avais le choix, vous ne seriez pas ici, insista Quinn.

Les lèvres de la femme s'entrouvrirent puis se refermèrent, comme si elle hésitait à dire quelque chose.

Quinn contempla cette bouche sagace et sexy.

— Jusque-là, vous disiez *nous*, releva-t-elle.

Elle était décidément perspicace.

— Ça n'a pas été une décision concertée mais la mienne.

— Parce que vous êtes le chef.

— En effet.

Il n'allait pas nier l'évidence.

— Vous êtes donc la personne que je dois blâmer pour tout ceci, asséna-t-elle, ses lèvres esquissant un sourire.

— Il semblerait.

Hayley Cole n'avait pas froid aux yeux, songea Quinn, utilisant ses nom et prénom pour la première fois en pensant à elle.

Quand ils avaient acheté la maison qui devait désormais être une ruine incandescente, ils avaient bien entendu mené des recherches approfondies sur tous les voisins. En fait, c'était plutôt Charlie qui avait mené les recherches. Notamment sur Hayley Cole.

Elle frissonna face à Quinn, semblant hésiter à reprendre la parole.

Finalement, elle lança :

— Pourquoi ne pas m'avoir simplement tuée ?

Cette discussion allait trop loin, jugea Quinn. D'autant plus qu'il se mettait à y prendre goût.

Il devait cesser.

— J'en ai encore le temps, répliqua-t-il, instillant ce qu'il espéra être le juste équilibre d'exaspération et de menace dans sa voix.

Au moins se mura-t-elle dans le silence.

Mais, la connaissant désormais un peu, cela ne durerait pas.

15

« Hayley, nous ne sommes pas les méchants »

Au souvenir des paroles de Quinn, Hayley frissonna. De peur ou d'envie, elle n'aurait su dire et serra ses bras autour de son corps. Quinn avait prononcé son prénom pour la première fois…

A cette pensée, elle regimba intérieurement. Ce n'était pas le moment de se comporter en adolescente. Et elle s'expliquait parfaitement pourquoi son pouls s'était emballé quand il avait prononcé son nom de cette voix grave et rauque. Après tout, cela faisait bien longtemps qu'elle n'avait plus envisagé d'avoir un homme dans sa vie. Elle en avait rencontré quelques-uns mais aucun n'avait éveillé son intérêt. Prendre soin de sa mère avait sapé toute son énergie. Probablement était-elle encore dans cet état d'hébétude…

Jusqu'à ce que cet homme ne fasse rien d'autre que prononcer son prénom.

Arrête, s'ordonna Hayley. *Tu es déstabilisée, voilà tout.*

Elle devait penser à ce que Quinn disait, pas à la manière dont il l'avait dit. Et certainement pas à l'intonation de sa voix quand il prononçait son prénom.

« Nous ne sommes pas les méchants. »

Mais ne serait-ce pas précisément ce qu'affirmeraient des criminels ? Afin de la pousser à coopérer ? Ils lui diraient n'importe quoi. Ils joueraient au gentil flic et au méchant flic, non ? Afin de la pousser à se confier à Liam ou peut-être à Teague, à qui incomberait le rôle du gentil flic.

Il était parfaitement inutile de se demander qui incarnerait le méchant flic.

Néanmoins, Hayley devait l'admettre : ces instants passés dans la cuisine avaient paru… assez différents.

Bien sûr ! Parce que regarder un dur à cuire faire à manger te rend toute chose.

C'était certainement la triste vérité. Raison pour laquelle elle s'était retirée sur la mezzanine plutôt que de rester dans la pièce principale comme elle avait pris l'habitude de le faire car c'était plus confortable pour lire.

Cependant, en cet instant, elle avait besoin de réfléchir et d'avoir les idées claires. Il fallait qu'elle analyse la situation pour décider de la conduite à tenir. Allait-elle simplement se résigner en espérant que cela finirait bien ? Ou se rebeller et tenter de s'assurer que cela finisse bien ?

Cela ferait-il d'ailleurs une différence ?

Elle pourrait être une prisonnière exemplaire et tout de même finir abattue parce qu'elle était capable de les identifier.

Cette pensée lui resta en travers de la gorge.

Elle préférerait encore se battre si elle devait mourir de toute façon. Ce serait probablement plus rapide ainsi.

A l'évidence, Quinn dirigeait les opérations quotidiennes. Et il édictait les règles. Quel que soit le membre de l'équipe que Hayley interrogeait, la réponse était toujours la même :

« Désolé, je ne peux pas parler. Ordre de Quinn. »

Enfin, Rafer omettait le *Désolé*. Les civilités ne semblaient pas faire partie de son répertoire. Mais le résultat était le même. Si Hayley voulait des renseignements, elle devait les demander au patron.

Excepté que…

Tout ceci semblait tourner autour de Vicente. Son ancien voisin serait-il le véritable meneur ? s'interrogea Hayley. Se pouvait-il qu'il coordonne tout ? Cependant, puisqu'il restait tout le temps cloîtré dans sa chambre, elle ne le saurait jamais. Peut-être était-ce lui le grand patron, dont Quinn se contentait de suivre les ordres.

L'esprit de Hayley rejeta cette idée. Quinn s'était montré déférent envers le vieil homme mais pas à la manière d'un employé s'adressant à son supérieur.

Soudain, elle eut une révélation. Quinn avait effectivement fait preuve de déférence envers Vicente. Et, si l'intuition de Hayley était juste, ce n'était pas une chose qu'il faisait à la légère. Par conséquent, Vicente, en raison de qui il était ou de pourquoi il se trouvait là, avait gagné le respect de Quinn.

L'esprit de Hayley bouillonnait. Assurément, elle était sur la bonne voie. Elle devait examiner toutes les possibilités. Cette affaire tournait évidemment autour de l'homme à la barbe argentée.

La présence de Hayley en ce lieu était purement fortuite, illustration typique de l'expression *se trouver au mauvais endroit au mauvais moment.* Et peut-être était-ce sur ordre de Vicente que Quinn la gardait saine et sauve. Vicente avait semblé désolé qu'elle ait été entraînée dans tout ceci. Juste avant que Quinn ne lui interdise de parler à Hayley.

Vicente avait alors obtempéré. Cela signifiait-il qu'il n'était pas le meneur ? Ou simplement que, dans cette situation, Quinn savait mieux que Vicente ce qu'il convenait de faire ? Etait-il possible qu'un supérieur admette que l'un de ses subordonnés puisse avoir une meilleure vision que la sienne ?

Cela prouverait incontestablement qu'ils n'incarnaient pas le gouvernement, songea Hayley avec ironie.

Elle rumina tout cela pendant très longtemps avant d'en arriver aux seules conclusions possibles.

Soit ces hommes étaient des criminels, auquel cas elle mourrait vraisemblablement quoi qu'il arrive et les choses pourraient très, très mal tourner.

Soit ils étaient du bon côté de la loi, n'avaient aucunement l'intention de la tuer et, dans ce cas, ce qu'elle pouvait dire ou faire n'avait pas grande importance. Si elle continuait à insister, elle se retrouverait enfermée ou alors… elle obtiendrait des réponses.

Et comme il n'était pas dans sa nature de subir les événements, son plan d'action devint soudain très clair.

Elle signerait peut-être son arrêt de mort mais elle allait se battre.

16

— D'où vient Vicente ? questionna Hayley. Je veux dire, à l'origine.

Quinn continua d'émincer l'oignon, ignorant Hayley comme il l'aurait fait d'un moucheron, agaçant mais inoffensif. Excepté qu'il aurait écrasé un moucheron.

— Je le lui aurais bien demandé mais, bien sûr, il n'est pas autorisé à me parler, poursuivit-elle.

Soudain, Quinn regrettait d'avoir offert à Liam de préparer le dîner à sa place. Il s'était senti secrètement flatté que l'homme parti au ravitaillement ait pris la peine d'acheter du poulet ainsi que de la glace pour le garder au frais durant le trajet du retour, tout cela dans l'espoir que Quinn leur cuisinerait son poulet sauté aux piments. Le plat était l'un des préférés du jeune Texan et, en temps ordinaire, Quinn ne voyait aucun inconvénient à le préparer.

Dans le cas présent, cela l'ennuyait seulement à cause de ce moucheron insistant. Ces quatre jours avaient été très longs et, si les choses ne se déroulaient pas comme prévu, cela allait devenir vraiment lassant.

— C'est intéressant. Je n'avais encore jamais été une paria, persifla Hayley.

J'en suis certain, pensa Quinn.

Hayley avait dit cela négligemment, avec cette sorte d'intérêt curieux que l'on pourrait porter… eh bien, à son chien, par exemple. Quoique Cutter soit plus qu'intéressant, se dit Quinn. Il n'avait jamais rencontré un chien tel que lui. Liam avait grandi dans une famille d'éleveurs de chiens et même lui reconnaissait que Cutter était… différent.

Quinn jeta alors un coup d'œil à l'entrée de la cuisine où Cutter était affalé par terre, dans la position parfaite pour faire trébucher quiconque tenterait d'entrer ou de sortir de la pièce.

— C'est la première fois que je le vois se détendre vraiment, commenta Quinn.

Hayley esquissa un sourire assez mélancolique.

— A la maison, il le fait seulement quand il pense que tout est en ordre. J'ignore ce que ça signifie en l'occurrence.

Comme en réaction à ces paroles, Cutter releva la tête et les regarda tous deux. Il semblait effectivement penser que tout était en ordre, observa Quinn. Avec Hayley et lui coincés ensemble dans la cuisine ?

Quinn n'était pas coutumier des pensées fantasques et il étouffa celle-ci dans l'œuf. C'était la faute de ce satané chien. Il n'agissait vraiment pas comme un chien ordinaire.

— Où l'avez-vous trouvé ? demanda-t-il à Hayley.

— C'est lui qui m'a trouvée.

Quinn cessa un instant d'émincer les piments.

— Pardon ?

Hayley haussa les épaules.

— Cutter est tout simplement apparu sur mon perron un jour. Il portait ce collier avec la médaille à son nom. J'ai essayé de retrouver son propriétaire. J'ai passé des annonces, pensant que la forme étrange de cette médaille serait un indice révélateur mais je n'ai jamais reçu de réponse. J'ai même contacté les garde-côtes.

Quinn en fut surpris.

— La médaille ressemble à un bateau, expliqua Hayley. J'ai donc supposé que Cutter appartenait à l'un des leurs. Mais je n'ai pas eu plus de chance de ce côté.

— Vous l'avez donc gardé, conclut Quinn.

— Je n'avais plus vraiment le choix en fait. Après plusieurs mois, je ne pouvais imaginer la vie sans lui. Et j'avais… besoin de quelque chose à l'époque.

— C'est-à-dire ? voulut savoir Quinn.

— Ma mère venait de décéder deux semaines plus tôt.

Quinn cessa d'émincer et se tourna vers Hayley.

Elle poursuivit :

— J'avais l'impression de ne plus avoir de but dans la vie après avoir passé deux années à me concentrer uniquement sur le fait de prendre soin d'elle.

Instinctivement, Quinn reposa le couteau sur le plan de travail et leva le bras comme pour prendre le visage de Hayley entre ses mains. S'en rendant compte, il s'interrompit, mais pas assez tôt cependant pour dissimuler son geste. Il serra alors le poing et se planta les ongles dans la paume, se servant de la douleur comme d'une distraction.

Se distraire de ce qui pourrait le mener au désastre.

Se distraire de ce qu'il désirait soudain tellement qu'il ne pouvait être sûr de résister à l'envie de le prendre.

Il avait envie d'embrasser Hayley. De lui donner un long baiser, torride et langoureux.

Refusant de céder à la tentation, il s'empara à nouveau du couteau et reprit d'un ton cassant :

— C'était votre choix de vous consacrer à votre mère…

Hayley eut un mouvement de recul.

— Bien sûr, ça l'a été. Je l'aimais. Mais cela n'a pas rendu les choses plus simples.

Bon sang, il n'avait pas eu l'intention de dire cela.

— Je voulais seulement rappeler que certaines personnes ne font pas ce choix, marmonna-t-il entre ses dents.

Il se remit à émincer le dernier piment avec vigueur. Quelle mouche l'avait piqué ? se reprocha-t-il.

Au bout d'un moment, Hayley lui demanda d'une voix douce :

— Et vous ?

Quinn n'avait aucune envie d'aborder le sujet. Il s'attaqua au poulet.

Mais Hayley insista :

— Aviez-vous des frères et des sœurs pour s'en charger ? Est-ce la raison pour laquelle vous n'avez pas eu à le faire ?

— Vous n'avez pas un livre à terminer ?

Les mots échappèrent brutalement à Quinn, violant le serment qu'il s'était fait de ne pas s'impliquer.

D'ailleurs, Cutter releva la tête.

— Si, bien sûr, répondit Hayley. J'ai un livre en cours. Mais j'ai aussi tout le temps du monde ces jours-ci…

Elle avait parlé sur un ton insouciant avec un geste désinvolte de la main. Comme s'il s'agissait d'une conversation ordinaire dans des circonstances ordinaires.

— Personne n'a tout le temps du monde, répliqua Quinn.

Hayley tressaillit, mais se ressaisit presque aussitôt, nota Quinn avec un brin d'admiration.

— Je me demande seulement, poursuivit-elle sur un ton faussement détendu, pourquoi certaines personnes abandonnent ceux qu'elles étaient censées aimer.

Le couteau glissa, entaillant la pulpe du pouce gauche de Quinn. Il jura, saisit une serviette en papier et fit pression pour arrêter le saignement.

— J'avais dix ans, grommela-t-il entre ses dents serrées, et si quelqu'un a abandonné l'autre, ça n'a pas été moi.

Il avait enfin réussi à la faire taire. Il aurait dû être satisfait. Au lieu de cela, un profond dégoût de lui-même le saisit. Se servir des circonstances tragiques de sa vie pour réduire au silence une femme agaçante n'était pas glorieux.

— Fichez donc le camp d'ici et retournez à votre livre pour enfants ! lança-t-il d'une voix rageuse.

Il commençait à perdre son sang-froid et s'en rendit compte. Cutter aussi, car il leva la tête et son regard alla de Hayley à Quinn avec une vigilance renouvelée.

— D'accord, c'est un livre pour enfants, convint Hayley comme si Quinn lui avait demandé une explication. Un roman rempli d'abandons, d'épreuves, d'injustice et finalement de triomphe. C'est probablement cela qui le rend tellement agréable à lire. Vous devriez essayer…

— Pour le cas où vous ne l'auriez pas remarqué, je tiens un couteau ! vociféra Quinn.

— Je l'ai remarqué, lui assura Hayley. J'ai aussi remarqué que vous êtes le seul à saigner en ce moment.

Quinn se tourna alors vers elle. Et il posa sur elle un regard qui en aurait imposé à des hommes armés.

— De-hors !

Elle hésita durant une fraction de seconde, réfléchissant certainement à ce qui pourrait arriver si elle n'obtempérait pas. Etait-elle folle ? se demanda Quinn. Ou seulement trop courageuse pour son propre bien ?

Mais elle tourna les talons et s'éloigna.

Troublé à la vue de ses fesses sexy, Quinn se força à se remettre à la tâche, découpant le poulet avec une férocité qui menaça de rouvrir la blessure de son pouce.

17

Hayley parvint à maîtriser son tremblement jusqu'à ce qu'elle soit sortie de la cuisine. Mais ensuite, dans le salon, elle heurta de plein fouet Rafer, de retour de sa garde.

— Echaudée ? demanda-t-il à voix basse comme s'il voulait éviter que Quinn l'entende.

Hayley considéra l'homme un peu plus âgé. Dans ses yeux sombres et hantés, quelque chose ressemblait bizarrement à de l'admiration. Ou peut-être était-ce seulement de l'intérêt ? De la curiosité ? Cela paraissait beaucoup plus logique.

— Peut-être un peu échaudée, admit-elle.

— Je ne peux qu'admirer votre courage, jeune dame, la félicita Rafer. Quinn est un personnage intimidant et je ne connais pas beaucoup d'hommes qui lui auraient tenu tête comme vous venez de le faire.

— Chose qui devrait lui arriver plus souvent, ça ne lui ferait pas de mal, commenta Hayley.

— Peut-être, reconnut Rafer. Enervez-le un peu.

Ce soutien, tellement inattendu, la sidéra.

Durant un instant, elle se contenta de dévisager cet homme qui, depuis leur arrivée en ce lieu, avait été une présence silencieuse et assurément funeste.

— Je ne suis pas sûre que qui que ce soit puisse énerver Quinn, soupira Hayley.

Rafer la dévisagea sans dire un mot pendant un long moment. Puis, finalement, un sourire à peine perceptible étira ses lèvres. C'était une chose que Hayley n'avait jamais vue auparavant.

Lorsqu'il n'avait pas l'air sombre ou le regard hanté, Rafer était séduisant, remarqua-t-elle.

— Je le connais depuis qu'il est enfant, reprit Rafer, et je n'ai jamais vu personne lui porter à ce point sur les nerfs.

— Peut-être qu'il n'aime pas qu'une prisonnière lui réponde.

Rafer haussa un sourcil.

— Une prisonnière ?

— Comment appelleriez-vous cela ?

— Je me garderai bien de m'en mêler, conformément à ses ordres, répondit Rafer. Parce que j'ai envie de goûter à son plat avant de sortir contrôler le périmètre.

— Dommage que vous ne puissiez vous cacher de moi comme Vicente, observa Hayley.

— Prenez garde !

La voix de Quinn s'éleva derrière Hayley.

— Ou nous pourrions renverser la situation et vous confiner dans votre chambre.

Hayley se figea. Un instant, son esprit s'égara à l'évocation du mot *chambre* et son corps se contracta de désir. Comment pouvait-elle être aussi stupide dès que Quinn se tenait près d'elle ?

Elle fit volte-face.

— Pourquoi vous ne l'avez pas fait ?

— C'est *son* choix, asséna Quinn.

— Pourquoi ? insista Hayley.

— Ça *le* regarde, maugréa Quinn.

D'un geste, il désigna la cuisine à Rafer.

— C'est prêt et la poêle est chaude. Baisse le gaz après t'être servi.

Rafer hocha la tête et disparut rapidement dans la cuisine. Il devait être aussi ravi de s'esquiver qu'impatient de goûter au plat de Quinn, estima Hayley.

— Ainsi, vous avez également ordonné à tous vos hommes de ne pas me parler ?

— Non, assura Quinn.

— Mais il vient de dire…

— Je leur ai ordonné de ne pas vous parler de cette opération. Si vous souhaitez discuter du temps qu'il fait, de sorciers ou de quoi que ce soit d'autre, libre à vous.

— Quelle générosité ! répliqua Hayley en faisant un effort pour maîtriser l'intonation sarcastique de sa voix.

Cependant, pour certaines raisons qu'elle préféra ne pas analyser sur le moment, cela la perturba beaucoup plus.

— Vous ne renoncez jamais, n'est-ce pas ? marmonna Quinn.

Avant qu'elle ait pu répondre, la porte extérieure s'ouvrit.

— Désolé ! lança Liam depuis l'entrée. Je me demandais si je pouvais emprunter Cutter. Je vais contrôler le périmètre sud.

— Attends ! lui ordonna Quinn. Je m'en charge. Va manger.

Le visage de Liam s'éclaira.

— Sérieusement ?

Il ne fallut pas le lui dire deux fois.

— Ça sent bon, s'exclama-t-il en passant devant Hayley et Quinn. Et c'est encore meilleur, non ? ajouta-t-il à l'adresse de Hayley.

— Je ne pourrais vous répondre, dit-elle, parvenant cette fois à résister à l'envie de se montrer ironique.

Ça sentait vraiment bon. Délicieusement bon, en fait. Son estomac se mit à gargouiller.

Le regard de Liam fit alors la navette entre Quinn et elle. Il s'apprêta à dire quelque chose puis il se ravisa visiblement et se rua dans la cuisine.

Hayley se tourna vers Quinn.

— Vous êtes un hôte accompli. Vous faites même la cuisine.

Quinn lui jeta un regard glacial.

— Je cuisine pour mes hommes, ma famille et mes invités. Les autres personnes se prennent en charge.

— Comme si j'avais choisi d'être une hôte indésirable, pesta Hayley.

— Les choses sont ce qu'elles sont, rétorqua Quinn, l'air exaspéré. Vous ne pouvez pas simplement vous en accommoder ?

— M'en accommoder ?

Elle fixa Quinn.

— J'ai été kidnappée, traînée en pleine cambrousse et vous refusez de me donner l'ombre d'une explication…

— Je vous ai dit que cela n'avait rien à voir avec vous.

— Je suis pourtant ici, non ? riposta sèchement Hayley. Donc, cela a tout à voir avec moi.

— Ainsi, vous êtes l'une de ces femmes qui pensent que tout tourne autour d'elle ?

— Oh ! Je vous en prie, assez de diversions.

Si Quinn fut surpris qu'elle ne réagisse pas à l'insulte, il ne le montra pas. Cependant, jusque-là, il n'avait pas montré grand-chose, du moins dans le registre des émotions, se rappela Hayley.

« Je le connais depuis qu'il est enfant et je n'ai jamais vu personne lui porter à ce point sur les nerfs. »

Pourquoi, en cet instant, s'était-il énervé ? s'interrogea Hayley. Elle lui avait posé des questions auparavant. Et elle avait déjà insisté lorsqu'il avait refusé d'y répondre.

Plus profondément, pourquoi était-il si froid et détaché ? Quel enfant avait-il pu être ?

C'était des questions stupides, elle en avait parfaitement conscience, mais elle en ajouta une autre : Quinn aurait-il réagi cette fois parce qu'il se sentait aussi fébrile qu'elle l'était à son contact ?

Dans des circonstances normales, dans un monde normal, que Quinn réagisse malgré lui à sa présence l'aurait sans doute fascinée, même un peu excitée.

En ces circonstances et dans cette situation insensée, cela devrait la terrifier.

Ce qu'elle éprouvait en fait était une combinaison troublante de toutes ces émotions, mâtinée d'une bonne dose de peur due au fait qu'elle ignorait totalement qui était Quinn, ce qu'il faisait et à quoi tout cela rimait.

Hayley se morigéna intérieurement.

Au lieu de réfléchir à son attirance pour Quinn, elle ferait mieux de se soucier de rester en vie. Elle aurait dû s'inquiéter de savoir ce qui se passait, de connaître l'histoire de l'homme caché derrière la porte close de cette chambre. De trouver un moyen de s'échapper.

Mais non, elle se laissait endormir, convaincue qu'ils n'étaient pas des criminels, bercée par la routine du quotidien, subjuguée par le charme débonnaire de Liam et l'attitude courtoise et militaire de Teague ainsi que par sa prévenance lorsqu'il rapportait des choses pour Cutter en allant au ravitaillement. Hayley était même attirée, d'une certaine façon, par la détermination hantée et parfois douloureuse de Rafer.

Mais, par-dessus tout, elle était captivée par l'efficacité détachée et le sang-froid inflexible — la plupart du temps — de leur chef.

Sans mentionner le fait qu'un seul regard émanant de lui faisait s'emballer son cœur. Elle était la prisonnière parfaite, non ? songea-t-elle, déchaînant toute la puissance de son sarcasme sur elle-même. Elle ne s'était jamais sentie aussi confuse, aussi empêtrée dans ses sentiments, comme si elle allait imploser d'un instant à l'autre.

Et Quinn s'éloigna d'elle comme si elle n'existait pas.

Sans un mot de plus, il attrapa sa veste au portemanteau près de la porte, vérifia la présence de l'arme dont il s'équipait aussi régulièrement et facilement que d'autres hommes mettaient leurs chaussures, et il quitta la maison.

Son absence ne calma guère Hayley. Comment craindre un homme qui, non seulement cuisinait pour ses hommes, mais encore assurait le tour de garde de l'un d'entre eux afin que ce dernier puisse manger ?

Un gémissement sourd échappa à Cutter tandis qu'il regardait disparaître l'homme dont il s'était tellement entiché. Toutefois, il ne fit pas mine de le suivre et resta plutôt aux côtés de Hayley alors qu'elle rejoignait le canapé, comme s'il percevait son agitation et avait décidé que cette fois sa place était auprès d'elle.

Comme si, en effet..., songea-t-elle en se laissant tomber sur le canapé, se sentant aussi épuisée que si elle n'avait pas du tout dormi.

Elle avait depuis longtemps renoncé à essayer de comprendre quel singulier instinct amenait le chien à décrypter aussi bien son humeur. Mais qu'il ait choisi d'être avec elle plutôt qu'avec Quinn lui faisait plaisir. C'était peut-être mesquin mais c'était ainsi.

Elle glissa les doigts dans la fourrure épaisse du cou de Cutter, tâchant de se concentrer sur le chien plutôt que sur l'homme qui venait de sortir de la maison.

Sans grand succès.

Elle aurait pu lire mais elle qui pensait ne jamais avoir assez de temps pour cela en était lassée. Elle avait l'habitude de faire des choses, d'aller et venir, pas de rester tout le temps assise. Elle se sentait aussi agitée que Cutter quand ses sorties étaient restreintes.

Quel dommage qu'il faille plus que lancer un bâton pour la distraire !

Il faudrait même beaucoup plus que cela pour évacuer le dénommé Quinn de ses pensées.

18

— De qui vous cachez-vous ?

Liam glissa un regard oblique à Hayley tout en prenant une bouchée du plat de Quinn. Cutter, toujours fidèle au poste, assis aux pieds de Hayley, posa un regard empli d'espoir sur le jeune homme et la nourriture.

— Qu'est-ce qui vous fait penser que nous nous cachons ? demanda Liam.

— Vous n'êtes pas venus ici pour les plages de sable fin et la brise tropicale, ironisa-t-elle.

Le jeune homme afficha un large sourire.

— L'endroit a son charme.

— C'est-à-dire ? répliqua Hayley. L'absence de voisins ? L'isolement ? L'impossibilité de s'échapper ?

— Tout cela réuni, acquiesça Liam comme si ce dernier critère était une requête normale à adresser à son agent immobilier. Mais il possède aussi l'attrait des grands espaces sauvages, la tranquillité, le silence et la possibilité d'observer des millions d'étoiles la nuit.

La remarque concernant les étoiles toucha Hayley. Car c'était l'une des choses qui lui avaient le plus manqué quand elle avait quitté la maison où elle avait grandi. Lorsqu'elle avait déménagé pour aller travailler en ville, les étoiles avaient disparu, englouties par l'éclairage urbain permanent.

— Vous êtes originaire d'un lieu comme celui-ci ? s'enquit Hayley, sincèrement intéressée. Ou alors c'est parce que vous ne l'êtes pas qu'il vous plaît ?

Liam parut hésiter.

— Je ne vous demande pas de me dire quel est ce lieu, reprit Hayley. Je sais que vous ne le ferez pas. Quinn s'en est assuré, n'est-ce pas ?

Liam haussa les épaules.

— Quinn n'est pas très enclin à faire confiance. A juste titre.

— Qui l'a laissé tomber ?

Hayley regretta aussitôt d'avoir laissé échapper la question ; Liam se referma instantanément comme une huître. Il donna à Cutter le dernier morceau de poulet, invoqua une piètre excuse et s'échappa dans ces grands espaces.

Que Quinn ne soit pas très enclin à faire confiance n'était pas vraiment une révélation, songea Hayley. Mais qui l'avait rendu ainsi ? Un ami ? Un collègue ? Une femme ? Cela paraissait presque idiot qu'un homme aussi imposant et fort que Quinn puisse être torturé par un souvenir d'enfance, mais cela pouvait arriver après tout.

« Si quelqu'un a abandonné l'autre, ça n'a pas été moi. »

Ce qu'il avait dit résonna dans la tête de Hayley.

Elle se mit à faire les cent pas dans la grande pièce, comme elle en avait pris l'habitude, avide de mouvement, d'activité physique. Ne jamais mettre le pied dehors commençait à lui peser. Elle n'avait pas coutume de ne rien faire et les longues journées de farniente n'étaient pas aussi attrayantes qu'elle l'aurait cru.

Bien sûr, les longues journées passées en tant que prisonnière n'étaient pas précisément des vacances…

Depuis la terrasse résonnèrent des voix et, instinctivement, Hayley s'avança dans leur direction. Elle reconnut celle de Liam. Il avait dû s'arrêter une fois la porte franchie. Cependant, l'autre voix n'était pas celle de Quinn. Hayley en fut déçue et, aussitôt, irritée de l'être. Elle devait faire cesser cela, garder sous contrôle cette réaction stupide qu'elle avait à chaque fois qu'elle voyait Quinn ou entendait sa voix.

C'était Rafer. Il entra, la regarda, hocha la tête puis il alla prendre son déjeuner dans la cuisine. Son boitement était plus prononcé que d'habitude et son visage davantage tendu, remarqua Hayley.

Toujours agacée par elle-même, elle se retira au salon et gagna sa place habituelle sur le canapé. Le livre qu'elle avait à moitié lu était posé sur la table basse et elle s'en empara, espérant se laisser emporter par l'histoire. Au moins, elle n'aurait pas à faire la conversation à Rafer qui semblait s'être muré dans le silence.

Cutter sauta près d'elle sur le canapé. Avec son incroyable intuition coutumière, le chien semblait savoir qu'elle avait besoin, en cet instant, de sa présence rassurante.

Au bout de quelques minutes, Rafer réapparut, tenant en équilibre un sandwich et un verre dans une main.

Il doit se tenir prêt à dégainer pour le cas où la faible femme se jetterait sur lui, médita amèrement Hayley.

Elle se savait vraiment injuste. Ils le faisaient tous tellement machinalement que cela n'avait pas grand-chose à voir avec elle. Ils avaient été entraînés, bien entraînés et c'était vraisemblablement une seconde nature, comme le fait de s'éveiller au moindre bruit la nuit l'était devenu chez elle quand elle s'occupait de sa mère.

Rafer prit place dans l'un des fauteuils de l'autre côté de la table basse et se mit à manger son déjeuner, assez méthodiquement. C'était aussi impersonnel que s'il se contentait d'alimenter son corps. Presque comme s'il était agacé d'avoir à le faire, estima Hayley.

Elle s'efforça de se concentrer sur son livre. Manifestement, Rafer n'était pas d'humeur à discuter.

Quelques secondes après le bruit d'un verre qu'on posait sur la table, Cutter se glissa au bas du canapé. Il avançait silencieusement sur le tapis, donc, au bout d'un moment, Hayley leva les yeux.

A sa grande surprise, Cutter était assis aux pieds de Rafer, occupé à le regarder frictionner sa jambe gauche, au-dessus du genou. Etait-ce la douleur qui donnait à Rafer ce constant air irritable, renfrogné ? se demanda-t-elle.

Soudain Cutter donna un coup de langue sur la main gauche de Rafer. L'homme releva vivement la tête, surpris, et il se figea, considérant le chien avec une expression stupéfaite.

Soupirant nettement, Cutter se pencha pour appuyer la tête contre la zone que Rafer avait frictionnée, comme si cela pouvait apaiser la douleur. Hayley le savait par expérience : dans son cas au moins, le chien produisait exactement cet effet. Cela distrayait sans doute simplement de la douleur mais fonctionnait.

Rafer ne croyait certainement pas à ce genre de choses.

Cependant, au moment même où Hayley se faisait cette réflexion, Rafer leva une main. Lentement, avec un tremblement qu'il aurait probablement caché s'il s'était rendu compte que Hayley l'observait.

Rafer posa la main sur la tête du chien et Cutter la lui lécha. C'était la main qui avait travaillé sur la zone douloureuse, remarqua Hayley.

Rafer arbora alors une étrange expression. Un mélange confus d'émerveillement, de défiance et de gratitude. Qu'il puisse ressentir un tel enchevêtrement d'émotions en réponse à un simple geste de Cutter en disait long sur l'état d'esprit de cet homme, conclut Hayley.

Elle reporta vivement les yeux sur son livre ; la dernière chose qu'elle souhaitait était de se faire surprendre à espionner un moment très intime. Un épanchement d'émotions que Rafer préférerait certainement garder secret.

Du coin de l'œil, elle vit Rafer se lever et ramasser sa vaisselle. Elle attendit qu'il se soit retourné et qu'il ait commencé à marcher en direction de la cuisine pour risquer un coup d'œil. Après trois pas environ, il ralentit. Il toucha sa jambe. Puis il fit encore trois pas.

Il s'arrêta. Il tourna la tête. Pendant un long moment, il regarda fixement le chien, le front plissé.

Hayley se hâta de reprendre sa lecture, sa question avait obtenu une réponse. La douleur de Rafer s'était apaisée, le boitement avait diminué. Cutter avait, une nouvelle fois, accompli un petit miracle.

La capacité de ce chien à toujours sentir qui avait besoin de lui était stupéfiante, songea Hayley. Lorsqu'elle rentrerait chez elle — si elle rentrait un jour chez elle —, elle s'intéresserait aux formations de chien thérapeute. Elle serait incapable d'expliquer comment Cutter procédait mais il avait le don de faire se sentir mieux toute personne blessée ou malade.

Oui, elle ferait cela, décida-t-elle.

Et ce ne serait pas une vaine promesse faite à une puissance supérieure qu'elle oublierait une fois saine et sauve. Le chien possédait une sorte de don et, si celui-ci pouvait vraiment aider les gens, Hayley devait le mettre à profit.

Cutter reprit sa place près d'elle sur le canapé. Il se roula en boule et posa la tête sur sa jambe. Elle se mit à lui caresser l'oreille droite, juste à l'endroit qu'il adorait. Il poussa un soupir d'aise.

Il l'aidait à mieux supporter cette situation, songea-t-elle. Ou peut-être la faisait-il simplement se sentir moins seule. Moins effrayée. Peut-être se raccrochait-elle désespérément à cet espoir : le chien ne s'était pas trompé en adorant Quinn d'emblée.

A nouveau, Hayley en revint aux deux mêmes conclusions de base.

Soit le chien avait raison, ces hommes n'étaient pas des criminels et, en dépit de leurs actes, méritaient l'aide du chien.

Soit Cutter avait tort et Hayley ne rentrerait jamais chez elle.

D'une manière ou d'une autre, Cutter, lui, s'en sortirait. Les hommes avaient trouvé le chien utile et ils l'emmèneraient probablement quand ils en auraient terminé. Hayley avait entendu Liam et Teague parler tous deux à Quinn de la possibilité d'adjoindre un chien à leur équipe. Pourquoi pas un animal qui s'était déjà montré tellement utile ? Cutter aurait probablement besoin d'entraînement... entraînement qui serait sans doute très différent de celui de chien thérapeute auquel Hayley avait songé.

Elle frissonna légèrement malgré la chaleur qui régnait dans la pièce.

« Nous ne sommes pas les méchants. »

Les mots de Quinn résonnèrent encore dans sa tête.

— J'espère que tu as raison, boule de poils, murmura-t-elle au chien.

Cutter releva la tête et donna un coup de sa langue rose apaisante sur les doigts de Hayley. Elle reprit sa lecture, rassurée.

Mais saurait-elle conserver cet état d'esprit la prochaine fois que Quinn entrerait dans la pièce ?

19

L'inactivité rendait Hayley nerveuse ; elle se serait presque portée volontaire pour faire la cuisine. Sans doute aurait-elle dû s'estimer heureuse qu'ils ne lui aient pas assigné d'office cette tâche sous prétexte qu'elle était une femme.

Peut-être y avait-il là davantage qu'il n'y paraissait. Elle était progressivement parvenue à outrepasser l'ordre que lui avait donné Quinn de s'en tenir à la mezzanine et à la salle de bains et, jusque-là, l'incident de la veille au soir avait été un cas isolé.

Elle était descendue tard pour aller aux toilettes. Et elle avait trouvé Quinn et Vicente assis au petit bar séparant la cuisine de la pièce principale. Ils discutaient âprement. En espagnol.

Quinn n'avait même pas regardé Hayley mais il avait fait signe à Vicente de se taire. Puis, passant à l'anglais, il avait ordonné à Hayley :

— Faites vite.

— Ça prendra le temps qu'il faudra, avait-elle rétorqué.

A sa surprise, Vicente avait esquissé un discret sourire.

— *Chica valiente*, avait-il murmuré.

Quinn avait répondu quelque chose qu'elle n'avait pas compris mais le ton de sa voix était ironique.

Si Hayley avait eu son smartphone, elle aurait peut-être pu trouver la traduction — à condition de capter un signal.

Une pensée en amenant une autre, elle frémit à l'idée des messages qui devaient s'être accumulés dans sa boîte de réception.

Que se passait-il dans le monde qu'elle avait laissé derrière elle ? Sa gentille voisine, Mme Peters, se demandait certainement où elle était, mais probablement pas au point de signaler sa disparition. Hayley lui avait confié qu'elle songeait vaguement à faire un voyage, à s'éloigner quelque temps. Cela lui semblait être une façon agréable de décider de ce qu'elle voulait faire du reste de sa vie, quoiqu'elle n'ait pas de projets concrets. Mme Peters supposerait qu'elle s'y était résolue, quand bien même il lui paraîtrait étrange que Hayley ne l'en ait pas avertie.

Hayley avait quitté son emploi pour prendre soin de sa mère et, grâce à son héritage conséquent, elle n'était pas obligée de retravailler, à moins qu'elle en ait envie… A dire vrai, son poste d'employée administrative ne lui avait pas vraiment manqué. Mais il n'y avait personne pour remarquer qu'elle ne se présentait pas au bureau.

Sa meilleure amie, Amy, s'inquiéterait, Hayley le savait. Elles se contactaient par téléphone ou par mail plusieurs fois par semaine et elles avaient prévu de se rencontrer à la fin du mois quand Amy, assistante juridique à Los Angeles, aurait des congés.

Amy pourrait remuer ciel et terre. Quand elle était motivée, c'était une femme avec qui il fallait compter. Elle…

— Hayley ?

Liam l'arracha brutalement à ses rêveries. Il se tenait devant elle, certainement depuis un moment, et la regardait d'un air intrigué.

Pas étonnant : elle était tellement plongée dans ses pensées qu'elle ne s'était même pas rendu compte de sa présence. Pas consciemment, du moins. Son inconscient avait toutefois enregistré les paroles de Liam car elle comprit soudain ce qu'il lui avait proposé.

— Dehors ?

— Quinn s'est dit que vous deviez en avoir assez de rester enfermée, expliqua Liam. Donc, si vous voulez sortir faire une promenade, c'est maintenant ou jamais.

— C'est l'idée de Quinn ? s'étonna encore Hayley.

Liam émit un petit rire.

— Je sais qu'il paraît effrayant mais c'est vraiment quelqu'un de bien.

Hayley eut envie de le croire. Dans son propre intérêt.

— En ce cas, pourquoi Quinn refuse de me parler ?

L'expression de Liam changea, sa voix se teintant d'un amusement presque étonné.

— Voilà qui est intéressant. Teague pense que votre présence ici dérange Quinn. Rafer pense que c'est parce que vous lui portez sur les nerfs et qu'il n'aime pas cela.

Cette réponse lança aussitôt un débat dans l'esprit de Hayley. Son bon sens, sa logique, son instinct de conservation lui soufflèrent des questions à poser :

Pourquoi suis-je ici ?

Où sommes-nous ?

Une autre la travaillait encore plus :

Qu'insinuez-vous en disant que je lui porte sur les nerfs ?

Mais elle s'obligea à se ressaisir.

Ne fais pas ta midinette !

Aussi, elle demanda simplement :

— Qu'en pensez-vous ?

— Je dois choisir ? soupira Liam, affichant une expression exagérément consternée qui, en d'autres circonstances, aurait amusé Hayley.

— Je ne suis pas venue ici par choix, lui rappela-t-elle plutôt sèchement.

— Je sais. Et j'en suis désolé. Nous le sommes tous. Nous savons combien ce doit être effrayant.

Hayley pensa à l'équipe, aux quatre hommes très entraînés à l'allure coriace.

— Quelque part, j'en doute.

— Si, vraiment, assura Liam.

— Bien. Vous savez pertinemment que n'importe lequel d'entre vous se serait déjà échappé s'il avait été à ma place.

— Ecoutez, Hayley, nous ne sommes pas…

Il s'interrompit, manifestement contrarié.

— Les méchants ? enchaîna Hayley. On me l'a déjà dit. Dans ce cas, pourquoi je ne peux pas obtenir de simples réponses ?

— Ce sont les ordres.

— Les ordres de Quinn ?

— Oui.

— Et les ordres de Quinn sont sacro-saints, c'est ça ?

— En effet.

Liam ne parut pas le moins du monde embarrassé de l'admettre. Son admiration était-elle à ce point totale qu'il ne voulait — ou ne pouvait — remettre en question ces ordres ? Obéissait-il aveuglément ? s'interrogea Hayley.

— Pour vous seulement ou…

— Pour nous tous, acheva Liam. Pour tous ceux qui travaillent avec lui.

Cette catégorie incluait donc d'autres hommes, comprit Hayley. Mais où ? Et combien étaient-ils ?

— Pourquoi obéir ? demanda-t-elle tout à trac.

Liam la détailla pendant un long moment. Il était difficile de croire qu'il puisse y avoir la moindre intention malveillante derrière ces doux yeux bruns, ce regard innocent.

— Parce qu'il est le patron. Parce qu'il a monté cette opération. Parce qu'il paie mon salaire, un salaire intéressant. Parce qu'il m'a offert l'occasion d'accéder à quelque chose de mieux. Mais par-dessus tout, parce qu'il a gagné notre estime et notre respect.

— Vous parlez de lui comme d'une sorte de…

— Ne la laisse pas te prendre la tête, Liam !

La voix de Quinn s'éleva derrière eux. Il était entré tellement silencieusement qu'aucun d'eux ne l'avait entendu approcher. Du moins, pas Hayley. En était-il vraiment de même pour Liam ou avait-il saisi l'occasion pour flatter Quinn ?

— Retourne à l'extérieur ! ordonna Quinn à Liam. Rafer a vu un nuage de poussière bizarrement situé, il y a un instant. Plus rien depuis, mais je veux une autre paire d'yeux à l'affût.

Liam hocha la tête, toutefois il lança un regard à Hayley.

— Je me charge de *ça*, annonça Quinn.

Le jeune homme tourna les talons et sortit comme quelqu'un qui fuit l'orage à venir.

De *ça* ? Ce mot ainsi que le ton de voix de Quinn horripilèrent Hayley.

— Non merci ! s'exclama-t-elle. Je préfère rester à l'intérieur que sortir faire une promenade avec *vous*.

— De toute façon, vous ne sortirez pas vous promener, riposta Quinn. Vous avez perdu votre temps à poser des questions auxquelles nous ne pouvons pas répondre, et vous le savez très bien.

Hayley ne s'était pas rendu compte à quel point elle avait envie de sortir jusqu'à ce que Quinn lui en retire la possibilité.

— Comment ? s'écria-t-elle, frustrée. Il ne s'agissait que de cela, cinq minutes ?

— C'était mieux que rien, ce dont vous disposez à présent, maugréa Quinn.

— Ne me traitez pas comme une enfant à qui vous devez donner une leçon.

— C'est seulement une loi de la nature, répliqua Quinn. Quoi qu'en pensent ceux qui voudraient le nier, nos actes ont des conséquences.

— Et ils provoquent des réactions, grommela Hayley.

Elle regrettait de ne pas être le genre de femme capable d'asséner un crochet à cette mâchoire carrée. Mais cela aurait-il eu un effet ? Elle en doutait.

— Egales et contraires ? lança Quinn avec ce vague amusement qui la hérissait.

— Contraires, c'est certain.

Hayley soutint le regard de Quinn, elle n'avait rien à perdre.

— Que craignez-vous si vous me dites la vérité ? Je ne risque pas d'aller la raconter à qui que ce soit.

— En effet… Je ne vous vois pas parcourir une centaine de kilomètres par cette chaleur.

— Alors quel est l'intérêt de me garder dans l'ignorance si vraiment vous n'êtes pas des criminels ?

— C'est pour votre bien.

Hayley supportait de moins en moins que Quinn lui parle comme à une enfant.

— En vertu de quoi auriez-vous le droit de décider ce qui est bon pour moi ?

— J'ai hérité de ce droit quand vous êtes venue vous mêler de ce qui ne vous regardait pas, persifla Quinn.

— Je ne me suis mêlée de rien, mon chien l'a fait ! contra Hayley. Et vous ne semblez absolument pas opposé à le laisser jouer votre petit jeu.

Quinn se figea.

— Ce n'est pas un jeu, répondit-il d'une voix monocorde et presque lugubre qui étonna Hayley.

Toutefois, elle répliqua :

— Ah, ce n'est pas un jeu ? Avec votre hélicoptère et vos armes ? Un grand jeu meurtrier ?

— Rien de ce qui implique des armes n'est un jeu, asséna Quinn. Du moins, ça ne devrait pas l'être.

Décidément, songea Hayley, les propos de Quinn sonnaient étrangement.

— Savez-vous tirer ? lui demanda-t-il abruptement.

— Je me suis essayée plusieurs fois au ball-trap.

Elle grimaça.

— Pas avec une arme de poing. Ma mère les détestait.

— Détester les armes ne vous aidera pas à vous sortir d'ici, énonça Quinn.

— Je ne déteste pas les armes, ce sont seulement des outils, rectifia-t-elle. Mon père était policier. Les armes peuvent sauver des vies, combattre le mal. Et aussi ôter des vies, perpétrer le mal. Je déteste seulement les voir en de mauvaises mains.

— Bien, fit Quinn. Voilà une chose sur laquelle nous sommes d'accord.

Hayley ne releva pas.

Quinn afficha un rictus.

— De toute évidence, vous ne pensez pas que nous soyons les *bonnes* mains.

— Comment pourrais-je le savoir ? rétorqua Hayley sans

prendre la peine de dissimuler son sarcasme. Ce n'est pas comme si votre nom était inscrit partout sur ce luxueux hélicoptère.

— Je refuse cette description, objecta Quinn. Cet hélicoptère est puissant, efficace, racé et carrément génial mais *luxueux* est un qualificatif qui ne lui convient pas.

Carrément génial ? se répéta Hayley en dévisageant Quinn. On aurait cru entendre un petit garçon qui venait de recevoir le jouet de ses rêves.

— A qui appartient-il ?

— C'est le mien, répondit Quinn avec une évidente satisfaction.

— Le vôtre ? s'étonna Hayley. Pas celui de votre patron ?

— Je n'ai pas de patron. Enfin, excepté Charlie.

Cette fois, Quinn afficha une moue ironique.

— Nous rendons tous des comptes à Charlie.

Hayley faillit sourire du ton employé par Quinn. Subrepticement, le registre de la conversation avait changé. La voix de Quinn, son expression paraissaient des plus normales. Elles ne s'étaient pas radoucies. Quinn n'était certainement pas capable de douceur. Mais un changement était intervenu qui le rendait moins intimidant… moins menaçant, estima Hayley.

Elle voulut en savoir plus sur l'identité de ce mystérieux Charlie.

Mais Quinn la devança avec une autre question :

— Votre père était policier ?

Hayley regretta d'avoir laissé échapper cette information. Si elle avait réfléchi, au lieu de parler sous l'emprise de la colère, elle aurait pu juger s'il était avisé de faire cette révélation. Avec n'importe lequel des autres hommes, elle l'aurait probablement fait. Si Quinn et ses acolytes n'étaient pas du bon côté de la loi, la savoir liée à un policier pourrait leur donner de mauvaises idées.

Mais avec cet homme, sa raison semblait la déserter. Par ailleurs, elle ne pouvait revenir sur ce qu'elle avait dit.

Aussi dit-elle simplement :

— Oui, il l'était.

— *Etait* comme il ne l'est plus ? questionna Quinn.

— Etait, comme tué dans l'exercice de ses fonctions quand j'avais seize ans.

Un nouveau changement s'opéra dans l'expression de Quinn.

— Je suis désolé.

C'étaient de simples mots, souvent entendus, mais ils semblaient prononcés avec sincérité, jugea Hayley.

De précédents propos de Quinn lui revinrent alors à l'esprit. Il avait dit avoir été abandonné quand il avait dix ans.

Et en cet instant, le souvenir de la souffrance était évident dans ses yeux, accablant même.

Et si jamais tout cela n'était qu'une odieuse manipulation, alors Hayley pouvait aussi bien renoncer et les laisser la tuer car elle était trop stupide pour vivre.

— Quinn…

Elle se lança puis s'interrompit. D'une part, elle n'avait jamais prononcé son nom auparavant et cela paraissait étrange. D'autre part, elle n'était pas sûre de ce qu'elle voulait dire.

Quinn, lui, se figea.

Allait-il prononcer son prénom en retour ?

Il la regarda seulement.

Ce fut alors avec assurance que Hayley lui demanda :

— Qui cela a-t-il été pour vous ? Votre mère ? Votre père ?

— Les deux, répondit-il d'une voix si dépourvue d'inflexion que ce ne pouvait être qu'intentionnel.

Ses deux parents, se répéta-t-elle. A l'âge de dix ans. C'était plus horrible qu'elle ne pouvait l'imaginer. Perdre son père avait déjà été assez terrible pour elle mais les perdre tous deux aussi jeune…

Un aboiement sonore de Cutter provenant de l'extérieur coupa court aux ruminations de Hayley.

Quinn tourna vivement la tête.

— C'est un aboiement d'avertissement, déclara Hayley, se sentant aussitôt idiote d'expliquer l'évidence.

Quinn se ruait déjà vers la fenêtre.

Hayley l'y rejoignit à l'instant où Cutter disparaissait derrière la grange, tête baissée, queue dressée. Manifestement, songea Hayley, il y avait un intrus et il allait recevoir un accueil aux antipodes de celui que Cutter réservait à Quinn.

Quinn se saisit de la radio accrochée à sa ceinture et qui remplaçait l'oreillette dont il faisait usage à l'extérieur.

— Au rapport !

— J'ai entendu mais RAS sur le périmètre sud-ouest, annonça Teague.

Liam intervint, reconnaissable à son accent traînant :

— Suis à mi-chemin du périmètre sud-est. Jusque-là idem.

— Rafer, je pense que le chien se dirigeait dans ta direction, annonça alors Quinn.

— Attends, je gagne une position plus élevée, répondit Rafer.

Quinn ne dit rien mais il ne se contenta pas d'attendre. Il alla ouvrir l'armoire à fusils et en sortit une arme menaçante rien que par son design. Elle était noire, avait une forme étrange et était équipée de tout un appareillage de visée, nota Hayley.

— Le chien signale quelque chose au nord-est. Je suis presque là où…

La voix de Rafer s'éteignit et Hayley crut défaillir. Elle en était venue à apprécier cet homme, réalisa-t-elle soudain.

— J'ai une intrusion hostile, reprit Rafer.

Le constat leur parvint tellement calmement, via la petite radio ; cela rendait les paroles encore plus perturbantes, pensa Hayley.

— Six hommes au moins, sur mon front, précisa Rafer. A deux ou trois kilomètres de moi. A pied, lourdement armés.

Hayley resta un instant figée sur place, sonnée. Tout à coup, ce n'était plus un puzzle irritant et effrayant. C'était un conflit armé. Un très modeste mais très réel conflit armé.

Et ils subissaient une attaque.

20

Quinn donna brièvement des ordres, pas parce que ses hommes ne savaient pas déjà ce qu'ils devaient faire, mais pour rappeler à chacun où se trouveraient les amis. Chaque homme avait depuis longtemps exploré son secteur et choisi sa position. Teague dans le moulin à vent, Liam dans le grenier à foin de la grange, avec sa vue panoramique, et Rafer, comme d'habitude au poste le plus éloigné, dangereux et exposé, le seul endroit pouvant être réellement qualifié de colline et la première ligne de défense. Rafer était un sniper exceptionnel, rendant cette ligne de défense plus que redoutable.

— Je les vois. Ils sont encore à presque deux kilomètres, annonça Teague dans la radio.

Quinn accusa réception, informé par les sons à l'arrière-plan que l'homme se mettait déjà en position.

— Quatre de plus. Même distance.

La voix de Rafer était, comme toujours dans ce genre de situation, parfaitement calme.

Donc, dix hommes au moins, compta Quinn.

— Une chance qu'ils soient des promeneurs, des chasseurs ou des randonneurs ?

— Si on chasse désormais avec de puissants explosifs, oui, ironisa Rafer. L'un des individus est équipé comme pour un attentat suicide.

Quinn se contracta. Il fit un rapide calcul. Chaque poste d'observation avait été pourvu d'un dépôt d'armes, incluant également des explosifs. Pas seulement parce qu'ils s'attendaient à devoir en faire usage mais parce que s'y préparer était la meilleure façon de l'éviter.

Y en aurait-il assez ? Quinn sourit intérieurement. Evidemment, Charlie y avait veillé. Il y en aurait suffisamment pour repousser toute une armée.

La voix de Teague se fit entendre.

— Vous voulez l'hélicoptère ?

— Pas encore, lui répondit Quinn. Pas avant que nous ayons vu comment ils sont armés. Je n'ai pas envie qu'*il* soit pris pour cible par un lance-roquettes ou un Stinger.

La dernière fois qu'ils avaient affronté une escouade comme celle-là, non seulement des grenades propulsées par roquettes avaient été au menu mais aussi des missiles sol-air. Quinn devait garder l'hélicoptère en réserve pour le cas où ils devraient évacuer Vicente. Une fois que celui-ci serait en sécurité, et seulement si tout le reste échouait, l'hélicoptère serait équipé de son beau petit calibre cinquante et utilisé comme une arme. Tout ce qu'ils avaient à faire était de l'armer et de décoller pour décimer les opposants restants.

Toutefois, leur mission était, pour l'instant, de ne pas en arriver à cette extrémité. Et ils devaient agir seuls. Si l'opération avait été compromise, ce qui semblait probable étant donné la vitesse à laquelle ces hommes les avaient retrouvés, ils ne pouvaient prendre le risque de briser le silence radio pour demander des renforts. Quinn avait eu raison de cesser toute communication, cependant cela ne lui apportait aucune satisfaction. Dès que la mission serait terminée, il devrait démasquer la taupe.

En attendant, il procéda à ses propres préparatifs : enfiler un gilet pare-balles et remplir les nombreuses poches de choses diverses.

Il serait la dernière ligne de défense. Il aurait préféré être à l'extérieur. Cependant, Vicente demeurait leur priorité absolue et Quinn devait s'en tenir à la mission.

Même si une femme à l'esprit vif et à la langue acérée avait singulièrement compliqué la situation.

— Qui sont-ils ? s'enquit justement Hayley.

Quinn revenait à l'armoire à fusils et commençait à sélectionner d'autres armes, luxe qu'il n'aurait pu s'offrir si Cutter n'avait pas donné l'alarme aussi tôt.

— Votre chien nous est d'une grande aide. C'est très bien qu'il ait donné l'alerte.

— En effet. Qui sont-ils ? insista Hayley.

— Vous disiez vous être entraînée au ball-trap. Vous étiez douée ?

— Meilleure que la moyenne, pas experte.

— Cela suffira, décréta Quinn en se retournant vers l'armoire pour y sélectionner une arme d'épaule, un Mossberg 500. Il a le chargeur étendu, sept plus une.

Quinn le tendit à Hayley avec une boîte de munitions.

— Chargez-le et vous pourrez l'avoir.

Hayley le prit sans hésitation. Tirerait-elle de la même façon si besoin ? se demanda Quinn. Il devait l'espérer.

Hayley chargea l'arme avec seulement un peu de maladresse, comme si elle savait exactement ce qu'il fallait faire mais ne l'avait pas fait depuis un certain temps.

Quinn revint à sa propre tâche.

Il prit deux petites grenades et les glissa dans la grande poche de gauche du gilet.

Et, après un moment d'hésitation, il choisit un pistolet incapacitant de forte puissance.

Il se retourna pour faire face à Hayley.

— Vous savez vous en servir ?

Elle jeta à peine un regard à l'arme électronique avant de secouer la tête.

— C'est assez basique, expliqua Quinn à Hayley. Vous établissez le contact. Vous appuyez sur le bouton.

Hayley ne fit aucun commentaire.

— Qui sont-ils ? demanda-t-elle pour la troisième fois.

Et, pour la troisième fois, Quinn ignora la question.

— Le fusil est une bonne arme mais gardez celle-ci à

portée de main pour le cas où. S'ils parviennent jusqu'ici, mon travail est de protéger Vicente. Vous serez livrée à vous-même.

Si l'annonce de son manque d'importance la choqua ou l'ennuya, elle n'en montra rien. Quinn devait lui accorder le mérite de ne pas s'émouvoir facilement.

— Qui sont-ils ?

Passablement exaspéré par cet entêtement, Quinn finit par répondre :

— Ils sont les méchants dont vous vous inquiétiez.

Pendant tout ce temps, il réfléchissait. Deux unités, une petite, une plus importante. Où se trouverait le meneur ? C'étaient des civils, pas des militaires. Donc, la structure de commandement traditionnelle ne s'appliquait pas à eux. Tout dépendrait des ordres et de l'ego du meneur, estima Quinn. S'il était orgueilleux, il se pourrait qu'il soit dans l'unité la plus importante afin d'y commander plus d'hommes.

S'il s'agissait de lui, Quinn opterait pour l'unité la plus petite et la plus manœuvrable. Et elle serait constituée de ses meilleurs éléments, experts en tir, en explosifs ou en combat rapproché. La grosse unité, de par sa taille, attirerait le plus l'attention, permettant à l'autre de s'approcher.

Quinn alluma le micro.

— Quelqu'un a repéré le chef ?

— J'ai un individu qui fait beaucoup de gestes, répondit Teague.

— Unité calme et silencieuse, signala Rafer.

Ce commentaire décida Quinn. L'homme qui s'agitait beaucoup se pensait sans doute le chef et en possédait peut-être même le titre. Néanmoins, l'autre unité plus petite pouvait représenter la menace la plus dangereuse. Progresser dans le calme et le silence était un indicateur d'expérience, de professionnalisme ou d'entraînement.

— Evaluation de l'attaque ? demanda Quinn.

— Elle semble arriver de front, répondit Liam.

— Idem, confirma Teague. Ils font des efforts pour rester

cachés, mais ils ne se rendent pas compte à quelle distance nous pouvons voir d'ici.

Des gars de la ville ? s'étonna Quinn.

— Donc, nous avons confirmation de deux fronts ? dit-il dans la radio.

Il reçut deux acquiescements puis il y eut une pause.

Quinn attendit l'évaluation qui serait l'élément déterminant.

— Mon instinct me dit qu'il y en a trois.

La voix de Rafer, pétrie de certitude, s'éleva du petit haut-parleur. Et si Rafer en était certain, Quinn ne doutait pas. L'instinct de cet homme était aussi légendaire que sa réputation de sniper.

— Direction ?

— Si c'était moi, j'arriverais en escaladant la mesa située derrière la maison pendant que nous menons le combat à l'avant.

— Vous voulez que je change de position ? intervint Liam.

Il était sans doute le seul qui avait un champ de tir dégagé, estima Quinn, en se tournant vers Hayley.

— Pouvez-vous amener ce chien à garder quelque chose de spécifique ?

Hayley fronça les sourcils.

— Oui, mais…

Quinn ignora ce *mais*.

— Garde ta position, Liam. C'est toi qui as la meilleure vue sur la mesa de là-haut.

Puis il lança :

— Qui a le chien ?

— Il vient de me quitter, répondit Rafer.

— Il vient vers moi, compléta Teague. Je vois sa queue.

— Vois également si tu peux le renvoyer ici, intima Quinn.

— Et comment suis-je censé faire ça ? Donner des ordres à un chien qui n'est pas le mien ? Vous savez ce qu'on dit…

— Demande-lui de trouver Hayley, suggéra Quinn.

— Teague aurait probablement plus de chance, fit observer Hayley d'un ton amer, s'il lui disait de trouver Quinn.

— Jalouse ?

— J'essaie simplement de découvrir comment un chien habituellement fiable a perdu sa capacité à juger du caractère humain.

Elle avait déjà prononcé cette phrase mais cette fois, sa voix était dépourvue d'animosité.

Quinn se retourna alors vers elle. Elle levait les yeux vers lui, son visage tellement expressif. La peur, le doute, l'agacement, tout apparaissait là, si clairement. Il y avait même l'espoir. Ce devait être l'espoir qu'il ne lui ait pas menti en lui affirmant qu'ils n'étaient pas les méchants.

Et, enfouie sous ce fatras d'émotions, se trouvait une chose que Quinn avait désespérément tenté de ne pas reconnaître. Une hypervigilance dans sa façon de le regarder, de le détailler.

Tout comme il s'était surpris à la dévisager trop souvent.

— Votre chien n'a pas perdu son bon sens, reprit posément Quinn.

Hayley ne réagit pas.

Son esprit s'était-il égaré ? se demanda Quinn. Mais où ?

Soudain, un bruit de pattes qui traversaient en courant la terrasse en bois résonna à l'extérieur. Cutter était de retour.

Quinn ouvrit la porte pour laisser entrer le chien. Pour une fois, l'animal l'ignora et il alla droit vers Hayley. Teague lui avait dit de la trouver, c'était chose faite. Il la renifla et, de sa truffe, lui poussa doucement la main.

Hayley lui tapota la tête, comme pour lui signifier qu'elle allait bien.

Alors seulement, le chien se calma et il se retourna vers Quinn, posant sur lui un regard interrogateur, tout comme un membre de l'équipe attendant les ordres.

Quinn allait sérieusement envisager d'adjoindre un auxiliaire canin à son équipe.

— Peux-tu m'aider à garder l'arrière, gamin ?

Au mot *garder*, un net changement s'opéra chez l'animal. Il cessa de remuer la queue. Tout son corps souple et musclé se figea, soudain tendu, prêt à l'action. Ses yeux étaient rivés sur le visage de Quinn, le regard intense.

Puis l'animal pivota sur lui-même et se dirigea vers l'arrière de la maison.

Quinn en fut abasourdi. Que le chien comprenne le mot *garder* n'était pas vraiment une surprise. Ce devait être le cas de la plupart des chiens. Mais *l'arrière* ? Comment avait-il compris cela ?

Quinn posa la question à Hayley.

— Il l'a su parce que c'est Cutter, répondit-elle. Il n'est pas…

Elle hésita avant de poursuivre.

— Ce n'est pas un chien ordinaire. Parfois, je me dis qu'il est un peu…

De nouveau, elle laissa sa phrase en suspens.

Quinn devait se dépêcher, toutefois cette réponse lui sembla cruciale.

— Un peu quoi ?

— Magicien. Ou, du moins, médium.

Cette théorie fantaisiste était inattendue, insensée même. Cependant, Hayley l'énonça d'un ton si hésitant qu'elle semblait en avoir parfaitement conscience, jugea Quinn.

Et ce n'était certainement pas le moment d'avoir une discussion sur les éventuels pouvoirs surnaturels d'un chien qui était, à n'en pas douter, très, très intelligent.

La voix de Rafer résonna dans la radio.

— Je les ai en ligne de mire.

Quinn réfléchit rapidement. Si Rafer les avait en ligne de mire, cela signifiait que l'unité serait réduite à un ou deux hommes aussitôt que Quinn donnerait l'ordre de faire feu. Le sniper ne ratait jamais sa cible. Teague n'était pas aussi performant à cette distance. Mais il pouvait abattre l'un des hommes, peut-être deux, de l'unité la plus importante.

Cependant, une fois les coups de feu tirés, les assaillants, qui comptaient sur l'effet de surprise, sauraient qu'ils avaient échoué. Que feraient-ils alors, privés de cet avantage ?

Tout dépendrait de ce que leur coûterait cette prise de conscience, conclut Quinn. Il incombait donc à l'équipe de rendre ce coût le plus élevé possible.

Quinn se dirigea vers l'arrière de la maison.

21

Le cœur de Hayley battait à se rompre et elle s'efforça de respirer plus profondément, plus lentement. Son cerveau, en revanche, n'était pas en effervescence. Il resta stupidement paralysé tandis que l'homme et le chien se fondaient en un binôme efficace. Comme il l'avait toujours fait avec elle, Cutter semblait non seulement réagir à ce que disait Quinn mais même anticiper ses désirs. Ils donnaient l'impression de travailler en équipe depuis des années.

Quinn s'arrêta devant la porte de la chambre et appela Vicente. Le voisin de Hayley sortit de la chambre où il s'était apparemment retiré pour la durée du séjour.

— Nous avons été repérés ? s'enquit-il.

— Il semblerait.

Quinn fit alors une chose qui, une fois de plus, bouleversa la perception qu'avait Hayley des récents événements. Il tendit à l'homme l'un des pistolets qu'il tenait.

— Vous connaissez ces hommes encore mieux que moi. S'ils arrivent jusqu'ici, faites-en usage.

Vicente prit l'arme. Son maniement lui était familier, remarqua Hayley.

— Mais… vous ne laisserez pas une telle chose se produire ?

— S'ils arrivent jusqu'à vous, lui répondit Quinn d'un ton monocorde, je serai mort.

La gorge de Hayley se contracta davantage encore.

— Et tout cela n'aura servi à rien, conclut tristement Vicente. Les meurtriers ne seront pas punis et ma tête fera le voyage du retour au pays afin d'y être exposée sur un poteau en guise d'avertissement.

Hayley sursauta. Des meurtriers ? Les hommes qui recherchaient Vicente étaient des meurtriers ?

Quinn ne dit rien.

Vicente lança un regard à Hayley.

Elle le fixa en retour. Sa tête ? Comme après une décapitation ?

Elle tenta de se secouer mentalement, exhortant son cerveau à se remettre à fonctionner.

— Et une femme innocente mourra par la même occasion, soupira Vicente.

Il regardait Hayley avec un accablement qui, durant un moment, la fit se sentir désolée pour lui, même si la mort qu'il déplorait prématurément était la sienne. Puis, la dure réalité de la situation commença à s'imposer à elle et la peur l'envahit. Tout compte fait, songea-t-elle, mieux valait avoir le cerveau engourdi.

— J'aurais dû vous écouter et tout mettre par écrit, regretta Vicente.

Le souvenir de la conversation qu'elle avait surprise traversa l'esprit de Hayley. Elle ignorait ce que Quinn avait voulu voir consigner par Vicente, mais il avait manifestement insisté dans la perspective de cette éventualité. A l'époque, Vicente avait été naturellement concentré sur son propre bien-être, mais à l'évidence, il se rendait compte désormais que Quinn avait sans doute eu raison.

D'ailleurs, Quinn avait souvent raison, du moins concernant ce genre de choses, estima Hayley.

— Gardez ce pistolet et soyez prêt à tirer, répéta Quinn à Vicente.

La radio grésilla.

— Ils se rapprochent de ma position, annonça Teague. Ils sont à moins d'un kilomètre à présent.

— Bien reçu, répondit Quinn. On doit compter avec des intrus supplémentaires, Liam ?

— J'ai cru voir un nuage de poussière au sommet de la mesa mais il y a du vent. Ce n'est peut-être rien.

— Considère que ce n'est rien, lui ordonna Quinn.

— Bien reçu.

Quinn se tourna à nouveau vers Vicente.

— Si certains d'entre eux parviennent jusqu'ici, ils ne seront pas nombreux. Deux ou trois hommes au maximum. Je peux vous promettre cela.

— Ce sont des tueurs sans scrupule, l'avertit Vicente. Vos hommes sont préparés à ça ?

— Ils le sont.

Quinn se retourna alors, visiblement résolu à terminer ses préparatifs.

Cutter, en état d'alerte, trottait près de la porte de derrière tandis que Quinn faisait la navette entre l'armoire à fusils et divers emplacements de la maison.

Il fallut un moment à Hayley pour comprendre : Quinn mettait en place les armes pour qu'elles soient à portée de main dans le cas où il devrait battre en retraite dans la maison depuis l'arrière.

Au bout d'un moment, il parut satisfait et se dirigea en effet vers l'arrière de la maison. Et vers Cutter.

— Que faites-vous ? lui demanda-t-elle alors qu'il posait la main sur la poignée de la porte.

Quinn lui lança un regard par-dessus son épaule.

— Ce que j'ai dit à Liam. En présumant que cette poussière n'était pas seulement soulevée par le vent.

— Vous n'allez pas sortir ?

Hayley n'avait pas eu l'intention de paraître désemparée. Néanmoins, ce fut l'évident effet que produisit sa question.

Quinn continua sans se préoccuper d'elle.

— Laissez-moi rectifier, reprit-elle d'un ton cassant. Vous n'allez pas emmener mon chien dehors ?

Quinn s'arrêta. Se retourna.

— Que ferait Cutter si quelqu'un vous menaçait ?

— Il me protégerait, il s'interposerait entre cette personne et moi, reconnut Hayley.

Elle l'avait déjà vu à l'œuvre, ce jour où un ivrogne était sorti en titubant du restaurant voisin de la poste et l'avait percutée. C'était exactement ainsi qu'avait réagi Cutter. Le fait qu'il ait omis de s'interposer entre Quinn et elle était une anomalie qu'elle ne devait pas prendre en compte.

— C'est ce qu'il est en train de faire : vous protéger, reprit Quinn. En anticipant légèrement.

— Mais ces hommes sont armés ! protesta Hayley.

— Oui. Nous aussi.

Hayley ne put s'empêcher de lancer un regard à Vicente. Son paisible ex-voisin ne semblait pas le genre d'homme à porter une arme. Cependant, il la maniait avec aisance.

— Oh ! Il est tout à fait capable de tirer, assura Quinn avec, dans la voix, une inflexion austère nouvelle.

— S'ils entrent ici, vous vous réfugiez tous les deux dans la chambre. Vicente, vous savez quoi faire.

L'homme acquiesça d'un signe de tête. Bizarrement, songea Hayley, il ne semblait pas effrayé, seulement pris de regret.

— A quoi bon ? répliqua-t-elle.

— La pièce est blindée et il y a une serrure spéciale.

Hayley eut tout juste le temps d'assimiler l'information.

— Maintenant ou jamais !

La voix de Rafer s'éleva de la radio.

— Le moment est venu, la fête peut commencer ! lança Quinn.

Sa voix avait perdu toute austérité, remarqua Hayley. Elle avait été remplacée par… non pas de l'excitation, ni de l'euphorie, mais une sorte d'énergie alimentée par l'adrénaline.

— Rafe, abats qui tu peux ! Les autres positions, attendez et observez leur réaction. Ensuite seulement, appliquez la riposte appropriée.

Hayley, elle, ne parvenait pas à intégrer la réalité de la situation. Des hommes allaient probablement mourir au cours des prochaines minutes. Peut-être même l'un des hommes qu'elle avait appris à connaître, Liam avec son accent texan, Teague au sourire charmeur, Rafer, plus lent à se dérider et dont l'appréciation se méritait. Ou même Quinn, qui constituait le dernier rempart entre ces hommes et ce qu'ils voulaient.

Hayley frissonna. Pas à la pensée de la mort de Quinn, pas davantage à celle d'un autre membre de l'équipe. Simplement, l'idée d'une fusillade dans ce lieu extrêmement paisible, lointain et isolé qui l'avait abritée depuis déjà quelques jours paraissait parfaitement inimaginable. C'était trop…

Comme si ses propres réflexions en étaient à l'origine, trois coups de feu successifs résonnèrent. Des détonations particulièrement sonores. Puis une salve de tirs rapides provenant de deux directions différentes, quasi simultanément, ce qui empêcha Hayley d'en déterminer la provenance.

— Trois hommes à terre. Deux définitivement.

La voix de Rafer était incroyablement calme. Il avait abattu trois des quatre hommes qui s'approchaient de lui et il annonçait cela sans le moindre émoi, songea Hayley. Soudain, elle comprit : la mission des trois hommes postés à l'extérieur était de réduire les risques encourus par Quinn.

Son estomac se noua.

Une autre transmission arriva via la radio. La voix de Teague. Cependant Hayley ne saisit pas ce qu'il disait. Un aboiement tonitruant de Cutter couvrit ses paroles. Le chien grattait à la porte de derrière, demandant à sortir.

L'ennemi arrivait.

— Je compte sur lui pour me dire exactement où ils se trouvent. Ensuite, je vous le renverrai, dit Quinn à Hayley.

— Mais…

— Ne discutez pas. Nous n'avons pas le temps.

Quinn fonça dans le couloir en direction du chien. Hayley le suivit, incapable de faire autre chose.

— Mais que…

Quinn l'interrompit à nouveau, la main posée cette fois sur le collier de Cutter qui trépignait d'impatience.

— Je le protégerai du mieux que je pourrai.

— Mais vous, qu'allez-vous faire ? parvint enfin à énoncer Hayley.

Pendant une fraction de seconde, Quinn la regarda, l'air interloqué.

— Mon travail, lui répondit-il simplement.

Et son travail consistait à s'exposer, là-dehors, seul, peut-être au prix de sa vie ?

Hayley ne put s'empêcher de le rejoindre. Il s'apprêtait à actionner la poignée de porte. Cutter s'immobilisa, la truffe guettant l'ouverture de la porte. Quinn abaissa la poignée avec son coude ; pendant un instant, il regarda de nouveau Hayley.

— Je serai de retour bientôt, lui promit-il.

Elle n'était pas du tout sûre que le chien laisserait Quinn seul dehors même s'il lui ordonnait de rentrer. Cependant, avant qu'elle ne puisse parler, Quinn la sidéra à nouveau en posant les lèvres sur son front et en ajoutant :

— Prenez soin de vous, Hayley.

Quelque chose dans sa voix lui fit se remémorer les paroles qu'il avait adressées à Vicente.

« S'ils arrivent jusqu'à vous, je serai mort »

Ensuite, Cutter et lui disparurent.

22

De nouveaux coups de feu parvinrent du front, des tirs rapides pouvant émaner de n'importe qui. Puis le son caractéristique et inexorable du M24 de Rafer. Cependant, il semblait avoir changé de position et Quinn esquissa un sourire satisfait. Rafer s'était débarrassé de la première unité et il aidait désormais Teague à éliminer la sienne depuis une distance qui pourrait paraître inconcevable à quiconque n'aurait pas vu le trophée Hathcock de Camp Perry où le nom de Rafer Crawford apparaissait trois années de suite comme celui du meilleur tireur d'élite des marines.

Que le chien ne devienne pas fou furieux avec ces inconnus hostiles s'avançant de toutes parts surprit Quinn. Cependant, Cutter semblait comprendre que leur mission se déroulait là, sur le front arrière, dans cet espace de quelques mètres séparant la maison du pied de la falaise.

A une certaine époque, cet espace avait dû représenter la protection parfaite, un à-pic vertigineux, presque vertical. Mais, au fil des années, la paroi s'était en partie effondrée, créant au bas une pente légèrement plus praticable. Cependant, cette section inférieure était aussi devenue plus meuble et traîtresse. Et, répondant en cela aux attentes de Quinn, commodément bruyante. Il était difficile de parcourir plus de quelques mètres sans qu'une pierre ne se détache et ne dévale la pente.

Cutter trottait au pied de l'escarpement, tête haute, exactement comme un chien en mission. Quinn le surveilla tandis que lui-même progressait lentement vers l'ouest.

Le chien s'arrêta brusquement.

Une très légère brise rafraîchit la peau de Quinn. Quelle odeur avait-elle apportée à l'animal aux aguets ? se demanda-t-il.

Cutter gravit quelques mètres du terrain instable puis il s'arrêta, regardant fixement vers le haut. Un instant, les oreilles du chien pivotèrent vers l'arrière et Quinn devina son intention : Cutter s'assurait que l'humain un peu lent à la détente interprétait correctement ses signaux.

— Je t'ai compris, mon grand, lui chuchota-t-il tandis qu'il approchait subrepticement.

Il n'aurait su dire à quel point l'ouïe du chien était aiguisée et n'était pas vraiment certain qu'il l'entende. Toutefois, les oreilles de Cutter bougèrent de nouveau. Et, durant tout ce temps, sa truffe s'affaira, ses flancs battant comme des soufflets tandis qu'il recherchait et analysait les odeurs.

Ce n'était pas la position à laquelle Quinn s'était attendu. Les intrus seraient parfaitement visibles de la maison une fois qu'ils amorceraient la descente.

Lorsque le chien le rejoignit, Quinn lui lança :

— J'aimerais que tu puisses me dire combien ils sont.

La tête du chien bougea d'avant en arrière, décrivant un court arc de cercle qui, au sommet, équivaudrait à une distance d'environ trois mètres. Cette mimique rappelait étrangement le signe de la main que Quinn et ses hommes utilisaient pour désigner la zone de danger, la répartition des ennemis, l'étendue de terrain sur laquelle ils devaient se concentrer. Si Cutter était l'un de ses hommes, le mouvement indiquerait une petite formation de deux voire trois hommes.

Toutefois, il ne s'agissait pas de l'un de ses hommes. C'était Cutter. Un chien. Pourtant, il semblait…

Et il semble aussi que tu deviens fou, se reprocha sévèrement Quinn. *Fie-toi au flair et à l'ouïe du chien mais ne vois pas davantage en lui qu'un simple chien.*

— Sept hommes à terre.

La voix de Teague résonna dans l'oreillette dont Quinn s'était équipé dès l'instant où il avait mis le pied dehors.

— Bien reçu, répondit-il dans un simple souffle, puisque le micro hypersensible relaierait l'information.

Il n'était pas aussi performant que les oreilles de Cutter mais presque.

— Intrusion par l'arrière ? s'enquit Liam.

— Affirmatif. Deux, peut-être trois.

Et cette estimation était fondée sur les sons, ou plutôt sur l'absence de sons, se dit Quinn. Pas sur le mouvement fortuit d'un chien, certes très intelligent, mais qui n'en demeurait pas moins un chien.

— Bien reçu, fit Quinn.

Aucun d'eux ne proposa de lui venir en aide ; il ne s'y attendait pas, ni ne le souhaitait d'ailleurs. Le jour où il ne serait plus en mesure de maîtriser deux ou trois malheureux sujets hostiles, il raccrocherait.

« Le jour où vous ne serez plus capable de maîtriser une femme et un chien… »

La plaisanterie de Teague lui traversa l'esprit. Ce jour était-il arrivé ? Quinn chassa cette pensée négative.

Cutter gravit un mètre de plus de la pente escarpée, tout son corps contracté tandis qu'il fixait le bord de la falaise. S'il avait été l'assaillant, Quinn n'aurait pas choisi cette position. Il serait descendu par l'autre côté, juste à l'avant parce qu'il empêchait davantage d'être vu de la maison. Mais il aurait également attendu la tombée de la nuit. Cela signifiait-il, par conséquent, que les adversaires n'étaient pas très bons ou alors qu'ils étaient impatients ?

Quinn fit la grimace. Peut-être étaient-ils assez nombreux pour se dispenser d'être discrets, ce qui impliquait qu'ils adoptaient la plus dangereuse des visions, celle des *pertes acceptables*.

Ou, songea ironiquement Quinn, peut-être devrait-il cesser de se fier autant à un chien.

Toutefois, Cutter ne les avait jamais induits en erreur. Depuis son arrivée en ce lieu, il s'était montré infatigable et n'avait jamais donné de fausse alerte. Il avait toujours eu un motif valable, à défaut d'hommes armés : un coyote affamé, un serpent venimeux ou une autre menace. Ils en étaient tous venus à se fier aux sens plus affûtés du chien, c'était parfaitement logique. Le plus complexe était de réussir à interpréter ses signaux. Après tout, Cutter n'était qu'un chien. Même si Hayley le considérait comme investi de pouvoirs magiques.

Durant une fraction de seconde, une certaine nostalgie gagna Quinn, la tristesse d'avoir perdu toute imagination fantasque. Il étouffa cette pensée avec l'aisance que lui avaient conférée de longues années d'entraînement. Cependant, la vision de Hayley persista. Il devait se concentrer sur l'opération et l'objectif tellement essentiel. La jeune femme était une préoccupation secondaire. S'il devait en venir à choisir entre les deux, sa mission consistait à garder Vicente sain et sauf. Pas elle.

Le simple fait de formuler cette pensée amena Quinn à regimber. Et, pour la première fois, il s'avoua la vérité : Hayley lui était devenue chère. Il admirait son courage, le fait qu'elle n'ait jamais baissé les bras dans une situation qui avait dû être terrifiante pour elle, qu'elle n'ait jamais battu en retraite face à lui, alors qu'il s'était si souvent efforcé de l'intimider. Et son intelligence. Après le choc initial, elle n'avait jamais cessé de réfléchir, de comploter sans pour autant perdre de vue la réalité.

Lorsqu'elle s'était rendu compte qu'il lui serait impossible de s'échapper, elle avait sagement abandonné cette idée et s'était apparemment résignée à rester tranquille. Toutefois, elle ne s'était jamais privée d'interroger Quinn avec insistance.

Cutter, lui, était toujours figé, le regard rivé sur le bord de la falaise. Quinn étudia encore un moment l'incroyable chien noir et brun, pensant à une autre des qualités de Hayley : la loyauté. Elle avait littéralement chargé des hommes armés pour récupérer ce jeune chien entêté. Il était certain qu'elle ne voyait rien là d'extraordinaire.

« Je suis responsable de lui. Il me fait confiance pour prendre soin de lui. Ça fait partie du marché. »

Ses paroles revinrent à l'esprit de Quinn, sa voix résonnant dans sa tête comme si elle se trouvait juste là. Qu'il se rappelle si clairement ce qu'elle avait dit, sa voix et son visage, jusqu'à la façon dont elle avait haussé les sourcils pour souligner l'évidence de ses propos ébranla Quinn. Il était un observateur entraîné, habituer à inventorier chaque détail pouvant s'avérer utile, ce n'était donc pas cela.

Dans son cas, ces détails provoquaient chez lui une réaction aussi ridicule qu'indéniable.

Ce qui faisait de lui un idiot, se morigéna-t-il, puisqu'il restait là à rêvasser pendant qu'une escouade armée s'apprêtait à attaquer. Il devait se décider sans tarder. Cette faction pouvait débouler du sommet de la falaise d'un instant à l'autre.

Cutter fixait toujours résolument le même endroit. Il n'avait pas bougé d'un pouce depuis que la brise légère avait charrié jusqu'à lui l'odeur qui l'avait convaincu. Grâce à leurs oreilles orientables, les animaux étaient beaucoup plus doués que les humains pour trianguler, Quinn le savait. Cependant, devait-il pour autant renier sa propre logique et sa formation qui lui disaient que la position à surveiller se trouvait de l'autre côté de l'escarpement ?

En tout cas, lorsqu'il bougea, ce fut pour se diriger vers l'affleurement rocheux, non dans l'attente d'une attaque, mais pour s'y mettre à couvert. Si l'affleurement pouvait abriter des hommes descendant de la falaise, il pouvait aussi le cacher à la vue d'hommes descendant d'une autre position.

Comme celle que Cutter désignait avec insistance.

L'espace d'un instant, le chien sembla sur le point de protester.

— C'est bon, mon grand. Je te crois, chuchota Quinn en passant devant l'animal. C'est là qu'ils sont. Nous allons les prendre à leur propre piège en nous mettant à couvert là où ils pensaient l'être.

Comme s'il avait compris, Cutter abandonna son poste et suivit Quinn. Puis, trottant en avant jusqu'à ce qu'il ait dépassé l'affleurement rocheux, le chien obliqua légèrement et s'arrêta étonnamment à l'endroit précis choisi par Quinn. Il fit alors volte-face et attendit celui-ci, le regardant aussi intensément que lorsqu'il avait fixé le bord de la falaise.

Quinn le rejoignit, secouant la tête, intrigué. Mais quand il se retourna, l'évidence lui sauta aux yeux. De ce point de vue, le profil de la pente était beaucoup plus visible. Et ce qu'il vit en disait long.

A l'endroit où Cutter lui avait signalé leur approche, la pente était nettement plus douce. L'éboulement, plus conséquent, offrait une meilleure prise et s'étendait plus haut, permettant de descendre en grande partie à un angle de peut-être quarante-cinq degrés au lieu de soixante ou soixante-dix.

Les adversaires n'avaient pas choisi la voie la plus à couvert, la plus susceptible d'assurer l'effet de surprise. Ils avaient choisi la voie la plus aisée. Ou, du moins, la plus rapide. Et ce choix indiquait à Quinn ce qu'il avait à savoir.

Il s'accroupit hors de vue derrière les rochers dans un espace incurvé, creusé par le vent depuis des temps antédiluviens. Cet espace était perpendiculaire à la pente et finirait par s'écrouler comme le reste mais, pour l'instant, il tenait bon.

Cutter s'appuya contre Quinn, à nouveau concentré sur le sommet.

— Tu es un sacré personnage, tu sais ça, le chien ? murmura Quinn.

Les yeux sombres du chien le dévisagèrent pendant un moment et son regard sembla animé par quelque chose, un fugace lien impalpable entre l'homme et l'animal. Ensuite, Cutter se détendit, affichant ce qui ne pouvait être qu'un sourire. Un sourire de chien, certes, mais cela n'en diminuait en rien l'impact.

Quinn se mit à rire intérieurement de lui-même.

Il n'avait jamais été enclin à se laisser transporter par son imagination. Ce gène, à supposer qu'il l'ait jamais eu, avait été éradiqué chez lui à l'âge de dix ans par une réalité cruelle, sanglante et délétère et il n'était jamais réapparu.

Mais, après tout, Quinn n'avait jamais non plus été enclin à nourrir une obsession pour une femme qu'il connaissait à peine et cela dans les pires circonstances qui soient. Il n'avait d'ailleurs jamais été enclin à nourrir une obsession pour quelque femme que ce soit même dans les meilleures circonstances. Il…

Cutter lui mordilla la main.

Quinn faillit sursauter et posa les yeux sur le chien qui était de nouveau concentré sur le sommet de la falaise. Comme si le mordillement avait été un rappel à l'ordre.

Un rappel à l'ordre nécessaire, reconnut Quinn, contrit. Mais comment diable le chien avait-il su…

Ils étaient là. Quinn reconnut la série de sons tandis qu'une pierre délogée dégringolait le long de la pente.

— Tu ferais mieux de rentrer maintenant, intima Quinn à Cutter. Va trouver Hayley.

Le chien jeta un regard à la maison comme s'il avait parfaitement compris. Toutefois, il ne bougea pas.

— Va, Cutter. Va trouver Hayley.

Un gémissement sourd s'échappa de la gorge du chien mais il ne bougea toujours pas.

Soudain, une corde se déroula le long de la falaise et il fut trop tard. Quinn le savait : Hayley le haïrait s'il arrivait quelque chose à ce chien. Et Quinn se haïrait peut-être lui-même. Bon sang, cet animal et cette femme énervante et obstinée étaient devenus si importants en si peu de temps !

Quinn se força à se concentrer avant de perdre le contrôle de la situation. Immobile, il surveilla l'approche de l'ennemi.

Les cordes comportaient de gros nœuds, tous les mètres environ. Ces hommes n'étaient donc pas des experts.

La meilleure occasion pour Quinn se présenterait quand ils auraient les deux mains sur la corde.

Un homme amorça la descente. Son hésitation apporta une confirmation à Quinn : l'individu n'était pas familier de la manœuvre.

Les adversaires avaient retrouvé Quinn et ses hommes. Toutefois, ils n'avaient pas été préparés à cette mission. Pas de la façon dont Charlie ou Quinn l'auraient fait.

Quinn espéra vivre assez longtemps pour remercier une fois de plus leur génie de la logistique de penser à tout.

Vivre assez longtemps pour garder Vicente en vie.

Vivre assez longtemps pour garder Hayley saine et sauve.

23

Le contact du fusil était étonnamment familier entre les mains de Hayley. Il ravivait le souvenir de son père qui l'instruisait, lui indiquant comment suivre le pigeon d'argile, quand tirer, ce qu'elle avait fait de mal quand elle l'avait raté, ou de bien quand elle avait fait mouche.

Hayley eut envie de battre en retraite, d'aller se cacher, sur-le-champ, dans la pièce de sûreté. Elle y résista. Quinn s'exposait à un danger mortel. Il s'interposait entre eux et ces hommes dangereux. C'était certes son métier, mais cela ne diminuait en rien la grandeur de cet acte. Comment pourrait-elle baisser les bras alors qu'elle disposait d'une arme dont elle savait se servir et qui s'avérerait efficace en dernier recours ?

Elle ne le pouvait pas. Elle en avait plus qu'assez de rester à attendre sans rien faire. Sa patience était à bout.

Elle s'approcha de la petite fenêtre par laquelle Quinn avait regardé au-dehors avant d'ouvrir la porte de derrière. Elle eut un mouvement de recul puis regarda à nouveau.

La vitre n'était pas du simple verre mais une sorte de lentille faisant penser à un objectif grand angle. Elle offrait une vision beaucoup plus panoramique du secteur que ce à quoi l'on s'attendrait à partir d'une aussi petite ouverture. Hayley pouvait observer tout ce qui se trouvait derrière la maison, de gauche à droite, du sol jusqu'au ciel au-dessus du sommet de la falaise. La personne qui avait équipé cet endroit, sans nul doute ce génie dénommé Charlie, dont elle ne cessait d'entendre chanter les louanges, les méritait sans conteste.

Cutter se tenait au pied de la falaise, sous une étrange saillie rocheuse verticale, qui regardait vers le sommet. Malgré sa taille, Quinn fut plus difficile à repérer à cause de la couleur fauve de ses vêtements qui se fondaient dans l'arrière-plan. En outre, Quinn était juste de l'autre côté de cette saillie rocheuse.

Soudain, Cutter se déplaça en direction de Quinn, en réponse ou non à un ordre, Hayley n'aurait su le dire. Le chien suivrait assurément un ordre de Quinn. Il s'était montré étonnamment réceptif à chacun des souhaits de cet homme depuis qu'il avait posé les yeux sur lui. Hayley ne le comprenait pas. Le chien était plutôt amical envers tous ceux qui ne lui inspiraient pas une aversion instinctive. Cependant, jusque-là, il n'avait obéi qu'à elle. Il lui arrivait, à l'occasion, de faire une chose que lui demandait une autre personne mais c'était généralement une chose que lui-même avait envie de faire. Il allait rechercher un bâton pour le neveu de Mme Peters aussi longtemps que le petit garçon pouvait le lancer mais il n'exécuterait pas de tours pour lui.

Cependant, il serait prêt à le faire pour Quinn. Hayley en avait la certitude. Cutter avait purement et simplement déclaré sa dévotion à Quinn. Et il avait cette façon irritante de regarder Hayley avec insistance comme s'il se demandait pourquoi elle n'en faisait pas autant.

Elle secoua vivement la tête. Cutter ne pouvait être à ce point brillant. C'était un chien.

Au même moment, à la grande surprise de Hayley, Cutter mordilla la main de Quinn.

Ce dernier sursauta, comme s'arrachant à ses rêveries. Ce qui semblait impossible, songea-t-elle : l'homme ne se déconcentrait jamais, pas davantage que le chien. Il…

Un mouvement au sommet de la falaise interrompit ses pensées. L'instinct de Rafer se révélait sûr. Hayley resserra son étreinte autour du fusil. Elle résista à l'envie de revérifier la charge. Toutes les cartouches étaient en place, elle les y avait mises elle-même. Et elle avait un autre chargeur dans chacune des poches du gilet pare-balles que Quinn lui avait fait enfiler. Si elle en venait à avoir besoin de davantage que cela, elle mourrait de toute façon.

— Vous devriez venir dans la pièce de sûreté.

La voix de Vicente s'éleva à quelques mètres derrière elle.

— Pas encore, lui répondit-elle sans détourner les yeux de la vision légèrement déformée que lui offrait la fenêtre.

— Mais s'ils forcent le passage…

— Je ne pense pas qu'ils y parviennent, estima-t-elle.

— Vous lui vouez une foi inébranlable, commenta Vicente.

Hayley jeta un regard à l'homme. Ce qu'il disait était vrai, au moins en partie.

— Sur ce point, oui, concéda-t-elle.

— Cependant, à d'autres égards, vous ne lui faites pas confiance. Pas de la manière dont une femme devrait avoir confiance en son homme, continua Vicente.

Son homme ? releva Hayley. Totalement inconcevable.

— Quinn, répliqua-t-elle d'un ton neutre, n'est l'homme d'aucune femme.

— Pour l'instant.

Vicente fit ce constat d'un ton teinté d'amusement et d'une satisfaction étrange. D'un ton qui agaça Hayley. L'homme parut s'en rendre compte car il sourit.

— Une femme a besoin d'un homme bien.

Hayley tourna la tête pour toiser Vicente.

— Et qu'est-ce qui vous fait croire qu'il est un homme bien ?

— Si vous êtes incapable d'en juger, alors vous n'êtes pas aussi intelligente que je le croyais. Peut-être même pas aussi intelligente que vous le pensez, persifla Vicente.

Hayley s'apprêta à riposter. Cependant, un mouvement saisi du coin de l'œil la rappela brusquement à la fenêtre.

Ils descendaient de la falaise.

En cet instant, elle ne pouvait plus se raconter d'histoires : tout cela était parfaitement réel. Elle se trouvait dans une maison isolée, prise d'assaut par des hommes armés.

Des cordes à nœuds se déroulèrent le long de l'à-pic.

Ils lançaient l'assaut.

Au fond, Hayley n'avait cessé de ressasser les mauvaises questions. Elle n'aurait pas dû s'évertuer à découvrir qui étaient Quinn et ses hommes ou qui était l'ennemi qui les assaillait. Elle aurait mieux fait de tenter de savoir qui était l'homme qui la regardait à ce moment précis parce que la réponse à cette question englobait toutes les autres.

— C'est ma faute, soupira Vicente, d'un ton cette fois empreint de regret. Mais je vous assure que j'essayais de faire ce qui est juste et bien.

Il était aussi trop tard pour spéculer sur ce que cela pouvait être. L'heure était venue de réagir, de contrer la menace, décida Hayley. Peut-être serait-elle encore en vie après cela pour démêler la vérité.

Et savoir qui était vraiment Quinn.

Une troisième corde suivit les deux premières. Les hommes enjambèrent le bord de la falaise, descendant rapidement quoique sans trop de grâce. Ils étaient armés, lourdement ; des armes dans des holsters, à la ceinture et les plus encombrantes à l'épaule.

De nouveau, Hayley resserra son étreinte autour du fusil. Avait-elle perdu la main ? Serait-elle encore capable d'effectuer deux ou trois tirs rapprochés aussi rapidement qu'à l'époque ?

Il était plus difficile d'atteindre un pigeon d'argile en vol qu'un homme se tenant juste devant vous, mais l'aspect mental était encore autre chose.

Sauf que les obstacles intellectuels disparaissaient peut-être quand l'homme s'en prenait à vous avec la ferme intention de vous tuer…

Deux détonations résonnèrent coup sur coup.

Deux des hommes tombèrent sur les six derniers mètres les séparant du sol.

Cutter lança un aboiement tonitruant, comme pour annoncer le début de l'affrontement.

Le troisième homme avait lâché prise et il était tombé, roulant et trébuchant dans les éboulis au pied de la pente. Hayley observa le déroulement de l'action à travers la fenêtre.

A l'aide de son arme automatique, l'agresseur tira une salve en direction de l'endroit où Quinn s'était mis à couvert, faisant voler des éclats de roche dans toutes les directions. Cutter se mit à aboyer furieusement. Il était au pied de la saillie rocheuse qui abritait Quinn.

Cutter…, songea Hayley. Le chien ignorait ce que tirer signifiait. Il avait tendance à aborder les menaces de front et ne pouvait avoir idée de ce qu'étaient les armes ou les balles. Il risquait de s'exposer à la ligne de feu sans se rendre compte…

Au moment précis où cette pensée lui traversait l'esprit, Quinn posa une main sur le cou du chien, l'attirant dans une position plus sûre. L'espace d'un instant, la tête et le cou de Quinn furent à découvert, exposés aux tirs, et Hayley retint sa respiration.

Toutefois, apparemment, aucun des ennemis en approche ne fut assez vif pour en tirer avantage. L'homme et le chien regagnèrent une position à demi protégée et Hayley put respirer.

Quinn avait risqué sa vie pour mettre Cutter en sûreté.

Au moment où Hayley fit ce constat, trois choses se produisirent. Cutter se retourna pour aboyer furieusement en direction de l'est, derrière eux. Quinn, occupé par l'homme qui gagnait du terrain, jeta un coup d'œil par-dessus son épaule. Et Hayley remarqua un autre homme, déjà au sol, et qui s'approchait d'eux par l'arrière. Rapidement.

Cutter s'élança. Quinn pivota sur lui-même. L'homme menaçant tira une salve du même genre d'arme automatique que tous semblaient porter. Cependant, il fut distrait par le chien et les tirs se dispersèrent. Cutter se jeta sur lui, tourbillon déchaîné de fourrure, de dents et de férocité. Hayley retint à nouveau son souffle.

Quinn se jeta dans la mêlée et le maelström d'homme, d'arme et de chien sembla l'engloutir, lui aussi.

Une nouvelle détonation retentit. Provenant de la direction où avait été lancée la première attaque. La décision de Hayley fut prise en un éclair. Elle déverrouilla la serrure, baissa la poignée et ouvrit la porte dans le même temps. Vicente cria mais Hayley ne saisit pas le sens de ses paroles. Elle n'était peut-être plus capable d'atteindre une cible mouvante aussi éloignée, mais elle pourrait au moins immobiliser l'autre homme.

Ce fut exactement l'effet qu'eurent les trois coups de feu tirés par le Mossberg. Ils stoppèrent dans son élan l'homme qui se dirigeait vers la maison pendant que Quinn se battait au péril de sa vie. Il y eut un cri : Hayley avait dû toucher l'individu bien que ce n'ait pas été son intention. Elle voulait qu'il reste sur place et qu'il arrête de tirer.

Sa cible reprit sa progression. Elle fit feu en direction de son pied. L'homme recula en jurant tandis qu'une projection de cailloux et de poussière jaillissait devant lui.

Un rapide coup d'œil apprit à Hayley que Quinn s'était relevé. Il se tenait à proximité du corps de l'homme gisant derrière lui. Il la regarda. Si son intervention lui avait causé un choc, il n'en montra rien. Il était déjà de nouveau en mouvement. Il baissa les yeux sur Cutter, dit quelque chose et le chien s'élança vers Hayley. Quinn lui fit signe de retourner à l'intérieur. Il semblait presque furieux contre elle.

— Je vous en prie, marmonna-t-elle.

Puis elle grimaça, se sentant stupide. Elle se baissa pour toucher, reconnaissante, la fourrure chaude de Cutter et elle reçut un grand coup de langue en contrepartie. Du moins, le chien serait-il à l'intérieur, sain et sauf. Quinn avait assez à penser avec les survivants toujours prêts à en découdre.

Ou peut-être pas tant que cela ; ils se repliaient. Pendant un moment, ils furent incapables de riposter, les deux mains sur la corde tandis qu'ils remontaient précipitamment.

Soudain, Quinn se matérialisa à côté de Hayley. Il leva son fusil mais ne tira qu'une fois tandis que les survivants disparaissaient au sommet de la falaise.

— Ils sont partis, constata Hayley avec soulagement.

— Ils vont revenir, objecta Quinn avec une certitude qui l'ébranla.

Quinn appela Vicente qui le rassura sur son état. Liam,

Teague et Rafer firent leur rapport par radio : les derniers assaillants battaient eux aussi en retraite.

Puis Quinn s'agenouilla près de Cutter et il fit courir ses mains sur le corps de l'animal.

— Tu vas bien ? lui souffla-t-il d'une voix douce. Tu es un bon chien.

Cutter se tortilla, manifestant une adoration que Hayley ne l'avait jamais vu porter qu'à elle. Elle fixa le chien. Il se portait bien. Heureusement.

Quinn la laissa pour vérifier l'état des hommes abattus et elle se mit à frissonner. Maintenant la menace immédiate était écartée, et que l'effet de l'adrénaline commençait à s'estomper, la réalité de ce qui s'était passé la frappait de plein fouet. Des hommes avaient trouvé la mort. Et Quinn, l'homme dont elle était presque parvenue à se convaincre qu'il était sincère, en avait tué trois, pratiquement sous ses yeux. Dont un, apparemment à mains nues, et sans écoper d'autre chose qu'une petite entaille à la joue.

Néanmoins, il l'avait fait parce qu'il n'avait pas voulu tirer. Et il y avait une unique raison à cela. Il avait voulu éviter de toucher accidentellement Cutter, songea-t-elle.

Quinn avait pris le risque d'être grièvement blessé, voire tué, plutôt que de mettre en danger la vie d'un chien qui n'était même pas le sien.

Et cela en disait plus long sur lui que tous ses regards froids, ses ordres stricts et ses commentaires acerbes, conclut Hayley.

24

— Ils ne renonceront pas, prédit Vicente.

Cette remarque pleine de conviction et émise d'une voix posée fit frémir Hayley.

— Je sais, convint Quinn. Rafer, reconnaissance étendue.

L'homme acquiesça en silence, d'un signe de tête, et il quitta la pièce, son fusil de sniper toujours à l'épaule.

Durant la trêve, ils s'étaient tous réunis dans la maison pour cette réunion stratégique qui semblait consister à écouter les ordres donnés par Quinn.

— Teague, contrôle l'hélico, assure-toi qu'il n'ait subi aucun dommage.

A l'instar de Rafer, l'ex-marine quitta la pièce sans un mot.

Quinn se tourna vers Liam.

— Prépare le colis pour le vol.

Quinn lança alors un regard à Vicente qui parut morose mais soulagé. Il ne subissait apparemment pas le même état de choc que celui qui ralentissait les réactions de Hayley, ses mouvements et même ses pensées. Elle secoua vivement la tête, tentant de les éclaircir.

— Vous êtes prêt à faire cette déposition écrite ? demanda Quinn à Vicente.

Le vieil homme soupira.

— Oui.

— Bien. Liam, aussitôt que vous serez dans les airs, allume ton portable et prends tout ça en note.

— Ma mère m'a toujours dit que je ferais un bon secrétaire, répliqua le jeune homme avec un grand sourire.

Comment pouvait-il être aussi enjoué après ce qui venait d'arriver ? se demanda Hayley.

— Nous vous sortirons d'ici sain et sauf, monsieur, assura Liam à Vicente. Faites-nous confiance !

— Vous m'avez prouvé que vous étiez prêts à mourir pour me protéger, déclara Vicente. Je vous fais confiance.

Hayley s'interrogea alors sur son propre sort. Serait-elle évacuée en même temps que Vicente ?

Protection.

Déposition écrite.

« Si je fais ce que vous demandez, ceux qui le veulent n'auront plus besoin de moi. »

Les paroles de son voisin résonnèrent dans la tête de Hayley et, soudain, la réponse fut évidente.

Quinn et ses hommes protégeaient Vicente. A cause de ce qu'il révélerait dans cette déposition. La déposition que quelqu'un voulait tellement obtenir...

Vicente était un témoin. Dans une affaire importante.

La seule excuse de Hayley était qu'elle ne rencontrait pas souvent dans sa vie paisible des témoins protégés. Par ailleurs, elle aurait présumé que la protection d'un témoin était la mission du gouvernement. Néanmoins, tout concordait si parfaitement qu'elle aurait dû le comprendre plus tôt. Beaucoup plus tôt.

Et le fait que cela place indéniablement Quinn et son équipe du côté des anges gardiens ne faisait pas de mal.

Mais pourquoi ces anges gardiens ne venaient-ils pas à la rescousse de leurs collègues ?

Hayley secoua de nouveau la tête.

— Chute d'adrénaline, lui glissa Quinn.

Hayley cligna des yeux.

— Comment ?

— L'adrénaline nous permet de fonctionner en situation de stress. Mais elle nous épuise également. Elle sape notre énergie. C'est pour ça que vous tremblez et que vos pensées sont confuses, comme si vous n'aviez pas dormi depuis une semaine.

C'était exactement ce que ressentait Hayley. Elle prit donc les paroles de Quinn au sérieux. Elle riva son regard sur lui. Il la regardait attentivement comme s'il la jaugeait. Il l'avait déjà fait auparavant, en fait presque constamment, mais il y avait quelque chose de différent cette fois, dans la façon dont il la regardait.

Quelque chose de plus doux.

— Vous avez fait du bon travail dehors, Hayley. Merci.

A ces mots, la colère envahit Hayley.

— C'est donc ça le prix à payer pour que vous me traitiez comme un être humain ? Manquer de tuer un homme ? Et vous regarder en tuer trois, dont un à mains nues ?

Durant un moment, il régna un tel silence dans la pièce que le tic-tac de l'horloge résonna.

Hayley regretta partiellement ses propos, si durs. Ne venait-elle pas de décréter que Quinn était du bon côté de la loi ? Et il avait risqué sa vie, affrontant seul — enfin, avec l'aide de Cutter — sept hommes. Hayley l'avait sans doute aidé mais pas beaucoup.

Et que l'objectif de Quinn ait été de protéger Vicente ne changeait rien au fait qu'il l'avait sauvée, elle aussi. Quinn s'était exposé aux tirs en toute connaissance de cause et elle était là, à le critiquer.

— La chute d'adrénaline affecte aussi le contrôle des émotions, reprit-il tranquillement. Elle vous amène à dire des choses que vous ne diriez pas si vous n'étiez pas aussi éreintée.

Hayley se sentit stupide.

— Mais vous êtes parfaitement calme, vous.

— J'ai appris à contrôler le processus, au fil des années. La décharge d'adrénaline, puis la chute.

Quinn fut apparemment très près de sourire. Elle fut presque contente qu'il se retienne. Elle n'était pas sûre de pouvoir le supporter. Au lieu de cela, il réitéra le compliment.

— Vous avez fait du bon travail dehors. Cela dit, vous n'auriez pas dû le faire et je devrais vous incendier pour être sortie alors que je vous avais dit de rester en lieu sûr. Mais, lorsque vous êtes intervenue, vous vous êtes bien débrouillée.

Hayley écarquilla les yeux.

— Eh bien, c'est sans doute le compliment le plus équivoque et tortueux que j'aie jamais entendu.

Le sourire apparut alors, comme si Quinn avait amené Hayley exactement là où il le souhaitait.

— Voilà notre Hayley telle que nous la connaissons et que nous l'aimons ! lança malicieusement Liam.

Elle n'était plus fébrile, réalisa-t-elle. Et de toute évidence, cela avait été l'intention de Quinn. Il l'avait légèrement titillée pour qu'elle pense à autre chose qu'au drame qui venait de se produire.

D'ailleurs, Quinn avait changé d'expression, il s'était encore radouci. Des ridules s'étaient creusées autour de ses yeux et de sa bouche. Soit il n'était plus autant sur ses gardes, soit Hayley apprenait à le percer à jour.

— L'hélico est paré, patron.

La voix de Teague fit grésiller la radio. Quinn lui répondit dans le micro de son col de chemise.

— Attends encore vingt minutes, jusqu'à la tombée de la nuit. Puis tu pourras décoller.

— Bien reçu.

La tombée de la nuit, se répéta Hayley, surprise. Elle avait été tellement absorbée par les événements qu'elle ne s'en était même pas rendu compte : le crépuscule était proche.

— C'est le temps dont vous disposez, signala Quinn à Vicente.

Celui-ci hocha simplement la tête et repartit vers la chambre, Liam sur ses talons.

Quinn reporta son attention sur Hayley.

— Vous aussi.

— Alors c'est une bonne chose que je n'aie pas de bagage à préparer, plaisanta-t-elle.

A nouveau, Quinn la jaugea. Elle soutint son regard, se félicitant que sa voix ait été relativement calme.

Alors, lentement, Quinn lui sourit. Un sourire certainement sincère cette fois.

— Vous vous montrerez à la hauteur, Hayley Cole.

Pendant un instant, elle se sentit offensée. Qui était-il pour émettre ce jugement ? Cependant, la réalité s'imposa à elle ; Quinn était l'homme qui savait mieux qu'elle ce à quoi ils étaient confrontés et comment l'affronter.

Les hommes qui en voulaient à Vicente devaient être dénués de scrupules, conclut Hayley. Ils étaient prêts à tuer quatre hommes, une civile innocente et un chien pour arriver jusqu'à Vicente. Et à sacrifier, par la même occasion, plusieurs des leurs.

Quinn avait assuré qu'ils n'avaient pas renoncé, qu'ils avaient simplement battu en retraite afin de planifier une nouvelle attaque. Jusque-là, il n'avait jamais eu tort, se rappela Hayley.

Ces vingt minutes furent les plus trépidantes de son existence. Quand la nuit tomba, le moteur de l'hélicoptère se mit bruyamment en marche. Quelques instants plus tard, Vicente et Liam émergèrent de l'arrière de la maison, Liam portant sur son épaule le sac du vieil homme.

— Je vais chercher les sacs d'évacuation, lança Quinn. Vous…

Il s'interrompit soudain, portant la main à son oreille, écoutant. A l'évidence, Liam entendit la même chose car il entraîna Vicente vers la portière de l'appareil.

— Reviens ici, Rafer. L'hélico va décoller.

Quinn se tourna vers Hayley.

— Allons-y. Ils arrivent. C'est une question de minutes.

Elle ne perdit pas de temps à discuter, pas après ce à quoi elle avait assisté plus tôt.

— Cutter, appela-t-elle d'un ton assez pressant.

Le chien arpentait fébrilement la pièce.

En quelques instants, il fut derrière elle.

Le temps qu'elle sorte, Quinn à sa hauteur, Cutter la suivant de près, Vicente et Liam étaient déjà à bord.

Une silhouette approcha depuis l'est, et le cœur de Hayley s'emballa. Mais c'était la foulée légèrement entravée de Rafer.

Alors que Quinn les aidait à se hisser à bord, Cutter et elle, Rafer les rejoignit.

Il jeta un coup d'œil à l'intérieur de l'hélicoptère, attardant un instant son regard sur Teague, installé aux commandes. Puis il reporta les yeux sur Quinn.

— Pourquoi m'avoir rappelé ?

— Monte à bord.

— Nous n'y arriverons jamais si nous montons tous.

— Je sais. Monte à bord.

— Quelqu'un doit rester pour couvrir…

— Je sais. Monte à bord.

— Patron…

— Fais-le. C'est ma décision.

Tandis que Rafer s'exécutait avec une évidente réticence, Quinn tourna le regard vers Teague et éleva la voix.

— Direction nord jusqu'au-dessus de l'horizon. Ensuite, emmène le colis — et la civile — au site Z. Fais ce que tu as à faire. Une fois à distance, contacte Charlie.

Teague hocha la tête.

Hayley était manifestement la civile mais qu'était le site Z ? Elle faillit sourire, c'était un nom un peu ridicule. Elle fut surprise de réagir de la sorte après tout ce qui…

Soudain, la réalité lui apparut abruptement.

« Nous n'y arriverons jamais si nous montons tous à bord. Quelqu'un doit rester pour couvrir… »

L'argument de Rafer prit tout son sens. Quinn allait rester en arrière. Il avait ordonné à Teague de partir et de le laisser derrière eux. Il allait tenter de retenir les assaillants jusqu'à ce que ses hommes, Vicente et Hayley soient hors de danger.

— Quinn, non !

Les mots avaient échappé à Hayley. Quinn la regarda et il lui adressa à nouveau ce sourire, ce sourire qui changeait tout.

— Prenez soin de vous, Hayley.

C'était la seconde fois qu'il le lui conseillait. Le disait-il toujours quand il se mettait dans une situation dont il ne s'attendait pas à sortir vivant ?

C'était insensé. Il savait cela, il devait le savoir. Il serait seul face à tous les hommes qui avaient survécu. Il était doué, elle ne pouvait en douter. Mais ses adversaires auraient soif de sang, de revanche. Ils s'étaient déjà montrés impitoyables. La crainte de Vicente que sa tête ne fasse le voyage du retour séparée du reste de son corps, semblait parfaitement fondée.

Néanmoins, Quinn allait s'assurer qu'ils s'éloignent, sains et saufs.

Quel qu'en soit le prix.

Y compris au péril de sa vie.

25

Les rotors se mirent à tourner tandis que Teague se concentrait sur la préparation du décollage.

Désespérée, Hayley lança un regard à Rafer, assis sur le siège du copilote. Il la regarda en retour, ses yeux exprimant sa pleine compréhension de la situation.

— Quinn aurait eu ma tête si je n'avais pas suivi ses ordres.

— Donc, au lieu de cela, ils auront la sienne, soupira Hayley.

Rafer parut surpris, puis son visage d'ordinaire impassible afficha un air narquois. Suivi par un sourire inattendu qu'elle ne comprit pas.

Elle tourna vivement la tête vers Quinn qui chargeait le sac de Vicente à bord. Avant qu'elle ait pu dire quoi que ce soit, Quinn recula et saisit la portière de l'hélicoptère alors que le régime du moteur changeait, montant à pleine puissance et rendant impossible toute conversation.

Teague procéda aux derniers ajustements que Hayley reconnaissait désormais. La portière se refermait, laissant Quinn seul.

Cutter émit alors un jappement aigu et se dégagea des bras de Hayley. Il repoussa la portière, puis sauta au sol près de Quinn. Alors il regarda Hayley, aboyant d'une manière si pressante que cela couvrait presque le bruit du moteur. D'instinct, elle bondit à son tour pour récupérer son chien.

La portière faillit se refermer sur elle. Elle se hâta de descendre sur le patin de l'hélicoptère. Mais un vide séparait le patin du sol ; ils étaient déjà en train de décoller !

Hayley n'avait pas le choix. Elle était en mouvement, elle sauta.

Ce n'était qu'une chute d'un mètre mais cela lui parut plus haut lorsqu'elle heurta le sol. Elle chancela un instant. Cependant, Quinn la rattrapa, son bras puissant lui faisant retrouver l'équilibre tandis qu'il jurait.

Il fit un geste circulaire en direction de l'hélicoptère. Inutile d'être médium pour deviner ce qu'il signifiait : partez !

Aussitôt, l'appareil s'éloigna et, un instant, Hayley le suivit du regard, désemparée. Que venait-elle de faire ?

Elle n'eut pas le temps de s'appesantir sur la question. Quinn lui saisit le bras et l'entraîna vers la maison. Au même instant, des bruits bizarres retentirent. L'hélicoptère avait-il un problème ? Non, il continuait à prendre de l'altitude et de la vitesse, remarqua Hayley.

Quinn brandit le fusil qu'il tenait. Les tirs d'une arme automatique retentirent à l'ouest. Hayley peina à contenir un cri de surprise. L'hélicoptère continua de s'élever dans le ciel. Quinn la poussa au sol derrière lui et s'accroupit, toujours en position de tir. De petites gerbes de poussière et de cailloux furent soulevées à quelques centimètres d'eux.

Des coups de feu. Hayley finit par comprendre. Ils étaient revenus.

Quinn tira une nouvelle salve. Il savait apparemment d'où venaient les tirs. Debout près de lui, Cutter aboyait rageusement, comme s'il saisissait la menace. Peut-être le chien incroyablement intelligent avait-il appris quel danger représentaient les armes au cours du précédent affrontement, songea Hayley, hébétée.

Quinn prit quelque chose dans la poche de son gilet pare-balles. Il se releva légèrement. Hayley protesta intérieurement.

Non, ils vous vont voir !

L'instant d'après, le bras de Quinn prit de l'élan et il lança l'objet. Cutter bondit un peu en avant, tendu comme un arc, mû par un intérêt effrayant. Hayley agrippa le collier du chien.

L'explosion fut assourdissante, même pour des oreilles encore meurtries par le bruit de la fusillade. Des grenades, devina-t-elle. Leurs assaillants savaient probablement où ils se trouvaient du fait de la riposte de Quinn.

Ce dernier tira, encore et encore, sans qu'elle puisse même apercevoir sa cible. Manifestement, lui la voyait et, puisque l'hélicoptère était désormais hors de danger, il était bel et bien parvenu à couvrir sa retraite.

Il lança une autre grenade.

Ensuite, Quinn entraîna Hayley en courant. Une nouvelle grenade explosa. L'air trembla autour d'eux. Mais ils continuèrent d'avancer, à une telle allure que Hayley peinait à rester debout sur ses pieds. Quinn décrivait une trajectoire tortueuse et fantasque, évitant les projectiles, en direction de la maison.

Enfin, ils furent à l'intérieur. Quinn claqua et verrouilla la porte derrière eux. Cela pourrait-il arrêter les balles ? se demanda-t-elle.

Quinn se tourna vers elle.

— Peu de personnes survivent à un acte aussi stupide, lâcha-t-il.

— J'en ai conscience.

Quinn parut surpris de la voir capituler aussi facilement.

— Mais il était trop tard pour m'arrêter, ajouta-t-elle. Et je ne pouvais simplement pas le laisser.

Quinn lança un regard à Cutter. Le chien les observa à tour de rôle, une certaine approbation semblant briller dans ses yeux.

— Je comprends pourquoi les moutons lui obéissent, murmura Hayley.

— Voulez-vous dire par là qu'il vous a obligée à le faire ou que vous êtes un mouton ? questionna Quinn sans la moindre trace d'humour dans la voix.

— Peut-être les deux, convint Hayley, soudain lasse.

Pendant un moment, Quinn ne dit rien. Lorsqu'il reprit la parole, son ton conciliant — et ses mots — surprirent Hayley.

— Il sait s'y prendre.

— En effet. Cutter a une volonté de fer.

— Ce doit être ainsi que ça fonctionne. Avec les moutons, ajouta Quinn.

Etait-ce une nouvelle pique ? Hayley eut besoin de donner une explication.

— Cutter le fait aussi avec les humains. J'ignore comment mais il communique tout bêtement avec eux.

Quinn hocha la tête.

— Je l'ai vu à l'œuvre.

La colère de Quinn semblait s'être apaisée. Hayley se sentit soulagée.

— Je pourrais cependant me passer de ce petit air suffisant, persifla Quinn.

Hayley le dévisagea, incrédule. Etait-ce une plaisanterie ? Mais il regardait le chien, l'air pince-sans-rire. Le voyait-il vraiment ? D'ordinaire, Hayley était la seule à déchiffrer les émotions que trahissaient les expressions de Cutter et elle gardait cela pour elle.

— C'est vrai qu'il semble content de lui, avança-t-elle prudemment.

— Il a l'air de quelqu'un dont le plan vient de se réaliser, renchérit Quinn.

Hayley n'en crut pas ses oreilles. Elle ne se serait jamais attendue à une remarque aussi… fantaisiste de la part de l'homme froid, autoritaire et indéniablement dangereux qui se tenait face à elle.

— Rends-toi utile, le chien, lança Quinn à Cutter. Préviens-moi s'ils décident de faire une autre descente.

Quinn embrassa d'un geste l'intérieur de la maison et ajouta à l'adresse de Cutter :

— Monte la garde.

Le chien émit un aboiement étouffé qui semblait dire « Oui, monsieur » et s'avança en trottant vers la porte d'entrée et la fenêtre voisine. Puis il se mit à arpenter la pièce, s'arrêtant de temps à autre, levant la tête, l'oreille aux aguets ou la truffe levée, reniflant consciencieusement.

— Je vous jure que parfois je pense qu'il…

Quinn laissa sa phrase en suspens.

— Moi aussi, acquiesça Hayley. Parfois, je me pose vraiment

la question. Puis il dévore une chaussure, creuse un énorme trou dans le jardin ou m'apporte un rat mort et là, je prends conscience qu'il est de nouveau un simple chien.

— Au moins, il nous sera utile.

En une fraction de seconde, le Quinn plus tendre s'évanouit et le professionnel réapparut.

— Contrairement à moi ? lâcha Hayley, presque malgré elle.

Quinn reporta les yeux sur elle.

— Vous les avez tenus à distance avec ce fusil, même si vous les avez ratés.

— Je ne les ai pas ratés, rectifia-t-elle. Je ne les visais pas.

Quinn eut un léger mouvement de recul.

— Entendez-vous par là que vous auriez pu les toucher mais que vous vous en êtes abstenue ?

— Je ne voulais tuer personne, confirma Hayley.

— Il y a un temps pour la pitié, maugréa Quinn. Quand les hommes qui essaient de vous tuer ignorent le sens de ce mot, ignorez-le, vous aussi.

Les scrupules de Hayley leur laissaient plus d'ennemis à affronter, semblait dire Quinn, mais il ne l'exprima pas et elle lui en fut reconnaissante.

— Vous feriez mieux d'intégrer tout de suite ce fait, Hayley. Les hommes dehors n'ont pas la moindre pitié. C'est le genre d'individu qui tue pour se venger, faire passer un message, donner une leçon ou simplement par plaisir. Et votre innocence ne vous protégera pas. Vous êtes en travers de leur chemin et cela leur suffit.

— Mais ils ont subi tellement de pertes…, rappela Hayley.

— Ils n'éprouvent pas davantage de pitié pour les leurs que pour leurs ennemis. Ils se battront jusqu'au dernier. Mon équipe va revenir avec des renforts, mais en attendant, nous ne pouvons compter que sur nous-mêmes. Et, pour le cas où vous ne l'auriez pas remarqué, nous sommes cloués ici.

Hayley fut secouée mais ne pouvait nier ces propos. Elle l'avait vu elle-même.

Elle inspira profondément.

Puis elle se dirigea vers la table où elle avait posé son fusil en rentrant dans la maison. Elle saisit l'arme puissante et fiable, puis entreprit méthodiquement de la recharger.

Ensuite, elle se tourna vers Quinn.

— Que puis-je faire d'autre ? lui demanda-t-elle en s'efforçant de maîtriser sa voix malgré sa peur.

Quinn l'examina attentivement, son regard faisant la navette entre le fusil et elle, puis il hocha la tête d'un air approbateur.

Ce simple geste la réconforta profondément.

— Nous devrons peut-être nous réfugier dans la pièce blindée, annonça Quinn. Transportez-y toute la nourriture qui n'a pas besoin d'être cuite.

Hayley hocha la tête.

— Et pour l'eau ?

— Il y a un robinet à l'intérieur, indiqua Quinn. Ainsi que des bouteilles déjà remplies.

— Quelqu'un a pensé à tout, commenta Hayley.

— Charlie, lui répondit Quinn, déjà en mouvement avant même qu'elle ne se dirige vers la cuisine.

Il revérifiait tous les endroits où il avait laissé, plus tôt, des armes. Puis il commença à transporter le reste du contenu de l'armoire dans la chambre.

Le temps que Hayley ait terminé, l'armoire était presque vide. Quinn n'avait gardé qu'une boîte de munitions pour le Mossberg.

— Et si j'ai besoin de plus ? s'enquit Hayley.

— S'il vous en faut davantage, vous vous réfugiez dans la chambre. S'ils approchent, vous devrez les tenir à distance le temps de vous enfermer dans la pièce de sûreté.

— Vous dites cela comme si j'allais me retrouver seule, observa Hayley.

A peine ces paroles eurent-elles franchi ses lèvres qu'elle connut la réponse. Celle que Quinn avait donnée à Vicente, une heure plus tôt.

« S'ils arrivent jusqu'à vous, je serai mort. »

26

Hayley s'en sortait remarquablement bien, étant donné les circonstances.

Quinn fit une nouvelle inspection, jetant un coup d'œil par les fenêtres stratégiquement situées. Comme pour tout le reste sur ce site ainsi que les autres, Charlie avait personnellement veillé à leur emplacement. Elles étaient les meilleurs postes d'observation possibles. Et, sous peu, Vicente serait en sécurité dans leur place forte la plus imprenable, dont ils faisaient rarement usage. Toutefois, dans ce cas, Quinn n'avait pas hésité à en donner l'ordre.

L'une de ses raisons se trouvait en ce moment même dans la cuisine, d'où s'échappait un délicieux arôme de café.

Bonne initiative, la félicita mentalement Quinn. Cela ne l'étonna pas un instant venant d'elle. Elle ne cessait de réfléchir.

Excepté à ce moment où elle s'était élancée à la suite de son satané chien hors de l'hélicoptère. Pour la seconde fois. Quinn avait pourtant projeté de la mettre — ainsi d'ailleurs que Cutter — en sûreté avant la prochaine attaque.

Cependant, lui qui était un être froid, impassible et pragmatique, comprenait Hayley. Et cela le surprit. Mais Cutter était un chien incroyable. En cet instant, par exemple, plutôt que d'être sur les talons de Quinn, il montait la garde de l'autre côté de la maison. Et, à chaque fois que Quinn changeait de poste d'observation, Cutter se déplaçait à son tour. Ainsi, au moins deux des côtés de la maison étaient-ils toujours surveillés.

En d'autres termes, songea-t-il, le chien faisait exactement ce que lui-même aurait ordonné à l'un de ses hommes.

Quinn n'aurait pas forcément choisi ces endroits particuliers. Toutefois, l'animal savait apparemment quels étaient ceux qui lui assuraient la meilleure réception auditive ou olfactive. C'était proprement stupéfiant.

Hayley s'approcha avec une tasse de café brûlant.

— Merci d'avoir pensé à cela.

Il but une gorgée. Le breuvage était exactement comme il l'aimait. De toute évidence, Hayley l'avait assez souvent vu le préparer pour le réussir parfaitement.

— J'ignore si j'en aurai l'occasion plus tard, dit-elle.

Sa voix était grave, une tension sous-jacente. Quinn aurait été étonné qu'elle soit calme ; il aurait présumé qu'elle ne comprenait pas la gravité de leur situation. Mais, visiblement, elle en était consciente.

— Ils seront bientôt de retour, annonça Quinn entre deux gorgées.

— Pourquoi ils n'ont pas simplement continué d'avancer ?

— Nous étions à découvert, ce n'est plus le cas, expliqua Quinn. Leur premier plan d'attaque n'a pas fonctionné, il leur en faut un nouveau. Et il fait de plus en plus sombre.

— Vous pensez qu'ils n'attaqueront pas dans l'obscurité ? demanda Hayley.

— Aucune idée, répondit Quinn. J'ignore à quel point ils sont désespérés.

Il but une autre gorgée de café puis posa la tasse. Il ne voyait pas l'intérêt d'enjoliver les choses. Hayley paraissait apte à affronter la réalité plus que la plupart des personnes l'auraient été dans sa situation. Quinn lui parla donc sans détour.

— S'ils disposent d'assez de munitions, il est possible qu'ils se contentent d'ouvrir le feu pour réduire la maison à néant. Si cela arrive, vous courez vous réfugier dans la chambre.

— En vous laissant à l'extérieur, pour faire quoi ? s'enquit Hayley.

— Mon travail.

— Je pensais que l'objet de votre mission venait de s'éloigner dans cet hélicoptère ?

Elle ne cessait vraiment jamais de réfléchir, songea ironiquement Quinn.

— Et vous auriez dû suivre le même chemin, rappela-t-il.

— Je ne pense pas que nous ayons de temps à perdre pour revenir sur ce point.

Quinn ne put se retenir d'esquisser un sourire.

— Vous marquez un point.

Il jeta un coup d'œil aux articles qu'il avait sélectionnés dans l'armoire à fusils. Aussitôt qu'il ferait nuit noire, il sortirait mettre en place quelques pièges. Il y avait aussi quelques mines terrestres qui, placées aux bons endroits, pouvaient donner l'illusion d'un champ de mines. Fils de détente, rayons laser portables qui déclenchaient une alarme stridente… Quinn avait de nombreuses options.

Et il les utiliserait probablement sous peu.

— Qui êtes-vous ? lança abruptement Hayley. Qui est Vicente, en réalité ?

Quinn hésita.

Hayley releva alors le menton. Elle le défia du regard comme peu d'hommes avaient le courage de le faire.

— Si je dois mourir ici à cause de tout cela, j'ai le droit de savoir pourquoi, tonna-t-elle.

— Vous n'allez pas…

— Vous ne pouvez pas le garantir, l'interrompit Hayley. Ils nous ont retrouvés, non ?

Son argument était pertinent. Quinn ne pouvait le nier.

Il décida de lui donner la réponse qui finirait de toute façon par être divulguée.

— Vicente Reynosa sera le témoin clé d'un procès mettant en cause un cartel de la drogue. Ce cartel a assassiné des centaines voire des milliers de personnes le long de la frontière mexicaine. Dont deux douzaines de citoyens américains.

Hayley écarquilla les yeux.

— L'homme qui fait la une des médias ?

Quinn aurait dû se douter qu'elle avait probablement vu les reportages racoleurs concernant l'enquête. Il aurait été difficile de les manquer étant donné la passion qui s'était déchaînée en raison du nombre de morts qu'il avait fallu attendre avant que la bureaucratie ne s'active. Vicente était la seule personne disposée à témoigner contre le puissant et impitoyable cartel.

— C'est… un dealer ?

Hayley parut étonnée.

— Pas vraiment, répondit Quinn. Vicente a été forcé de coopérer avec le baron de la drogue. Le cartel détenait sa famille. Son épouse, ses trois filles et sa sœur. Ils ont également torturé et sauvagement assassiné son fils unique.

Hayley fut abasourdie.

— Quelles ordures ! s'exclama-t-elle.

— Exactement.

— Quant à Vicente, il n'est pas étonnant que vous le respectiez, ajouta-t-elle.

— Oui. C'est un homme courageux.

— Qu'adviendra-t-il de sa famille quand il témoignera ?

— Nous y travaillons, répondit Quinn.

Il lança à Hayley un regard oblique.

— Si cela peut vous consoler, l'homme que j'ai tué à mains nues était celui qui avait torturé et assassiné le fils de Vicente.

Dans les yeux verts de Hayley brilla une lueur de satisfaction qui émut presque Quinn.

— Ce qui nous ramène à mon autre question, reprit-elle tout de même.

Non, elle n'arrêtait jamais. Quinn poussa un soupir las.

— Hayley…

— Etes-vous des agents du gouvernement ?

— Non.

— Mais je pensais que la protection des témoins leur incombait.

— Normalement, oui.

— Mais ? fit Hayley.

Quinn s'apprêta à lui donner l'une de ces réponses réservées aux personnes qui devenaient trop curieuses. Toutefois, ce qu'elle avait dit plus tôt le stoppa dans son élan.

« Si je dois mourir ici à cause de tout cela, j'ai le droit de savoir pourquoi. »

C'était une triste et très réelle éventualité, songea Quinn.

Puisque Hayley l'avait courageusement aidé face à leurs agresseurs, Quinn résolut de jouer cartes sur table.

— Vicente nous a sollicités, finit-il par admettre.

Cela parut surprendre Hayley.

— Vraiment ? Pourquoi ?

— Apparemment, il a perdu confiance dans le gouvernement de son propre pays et, à présent, dans celui du nôtre également. Il sait où le cartel s'est procuré ses armes.

— Il ne se fie donc à aucun d'eux pour le protéger ? demanda Hayley.

— Non.

— Par conséquent, vous êtes un organisme privé.

— En effet. Très privé.

— Travaillant pour le gouvernement ? voulut savoir Hayley.

— Non. Ils nous ont contactés cette fois, à la demande de Vicente. Cependant, nous n'avons jamais travaillé pour eux.

— Mais… comment Vicente a-t-il eu connaissance de votre existence ?

— Nous avons procédé, l'année dernière, à l'extraction d'une citoyenne américaine et de sa fille, au nez et à la barbe de ce même baron de la drogue, expliqua Quinn.

— Le gouvernement vous avait engagés, cette fois aussi ?

Quinn grimaça.

— Non. Et ils n'étaient pas particulièrement ravis que le mari de cette femme américaine l'ait fait.

— On pourrait pourtant penser que toute aide serait la bienvenue.

— Ils ont tendance à se montrer très territoriaux. Et à croire qu'ils font les choses mieux que quiconque.

— C'est juste, convint Hayley. C'est donc la raison pour laquelle Vicente vous a fait confiance ? Parce qu'il a su que vous aviez sauvé cette femme et sa fille ?

Quinn acquiesça.

— Les forces de l'ordre se concentrent principalement sur les procédures judiciaires. Ce faisant, elles se dispersent.

— Et vous êtes différents.

— Nous nous concentrons sur un seul objectif : garder notre cible en vie.

Hayley garda le silence durant un moment, semblant réfléchir intensément.

Quinn saisit cette occasion pour passer de la parole à l'action. Il en avait assez confié à Hayley et même plus qu'il n'en avait jamais révélé à une personne n'étant pas directement impliquée.

Toutefois, dans le cas présent, Hayley se trouvait aussi impliquée que l'on puisse l'être. Et puisque la sécurité de Vicente ne dépendait plus de Quinn, celle de Hayley, une civile innocente, était devenue primordiale.

Quinn se remit donc au travail, préparant ses pièges et ses moyens d'alerte pour les déployer aussitôt qu'il ferait nuit noire. Il devait se dépêcher pour le cas où leurs adversaires attendraient aussi cela pour attaquer. Avec un peu de chance, ils étaient un peu échaudés et il leur faudrait du temps pour se concerter. Mais Quinn ne pouvait s'y fier.

Hayley se tenait debout en silence et elle lui passait ce dont il avait besoin. Après la première mine, elle sut exactement quoi lui donner. Si elle l'avait souhaité, il aurait sérieusement envisagé son recrutement.

— Nous ne sommes que deux, finit-elle par dire. Un, en réalité. Je ne vous serai pas d'une grande aide.

— Contentez-vous de veiller sur vous-même, je me charge d'eux, assura Quinn.

— Mais ils sont plus nombreux, objecta Hayley.

— Et beaucoup moins qu'ils ne l'étaient au départ, rappela Quinn avec une satisfaction non dissimulée. Il en reste peut-être cinq. Donc les forces sont équilibrées.

— A cinq contre un ?

— A peu de chose près, observa Quinn tout en ajustant la sensibilité de la détente.

— Connaissez-vous le sens de l'expression *infériorité numérique* ? ironisa Hayley.

Quinn releva la tête vers elle. L'adrénaline recommençait à pulser en lui tandis qu'il manipulait ces armes familières. Elles étaient surtout défensives. Cependant, les installer serait délicat et risqué.

— Non, répondit-il avec un sourire qu'il ne put réprimer. J'ai dû manquer la classe ce jour-là.

Elle lui adressa un étrange regard, qu'il n'eut pas le temps d'analyser. Il faisait désormais assez sombre dehors et Quinn voulait mettre en place ces engins au plus tôt.

— Hé, le chien ! lança-t-il, exactement sur le même ton que celui de la conversation, ni plus fort, ni avec une inflexion différente.

Cependant, Cutter, qui patrouillait à l'arrière de la maison, se retourna instantanément et vint en trottant vers eux. C'était vraiment un animal très, très intelligent.

Le chien leva les yeux vers Quinn, comme attendant la suite.

— Tu veux m'accompagner dehors et être mon système de première alerte, cette fois encore ?

Cutter redressa un peu plus la tête et émit ce grognement étouffé qui ressemblait tant à un assentiment humain.

— A l'arrière, dit Quinn, observant le chien.

L'animal pivota sur sa patte arrière droite et retourna à la porte de derrière.

— Vous le testez ? s'enquit Hayley.

— Si c'était le cas, il est reçu, répondit Quinn.

Il s'éloigna à la suite du chien.

— Quinn ?

Il s'arrêta.

— Prenez soin de vous, conseilla Hayley.

L'usage de ses propres paroles était trop évident pour ne pas être intentionnel.

— Prenez soin de vous deux, ajouta-t-elle.

Quinn ne put s'en empêcher ; il l'embrassa. Un baiser fugace, léger, mais cette fois sur sa bouche tentante, pas sur son front.

Puis il recula vivement et se força à tourner les talons.

Cette fois, elle le laissa emmener le chien sans protester. Dire la vérité à Hayley — du moins, en grande partie — avait été une bonne chose si cela assurait Quinn de sa coopération.

En sortant, il tentait encore de s'en convaincre : tel avait été son but. Rien à voir avec l'envie de prouver à Hayley qu'il n'était pas un criminel. Non plus pour qu'elle continue à le regarder comme elle l'avait fait en lui recommandant de prendre soin de lui.

27

C'était officiel, songea Hayley. Les garçons avaient noué des liens et elle était reléguée au second rang.

Quand Cutter était arrivé dans sa vie, elle avait fait des recherches sur sa race supposée. Dynamisme, propension à faire des bêtises s'il restait trop longtemps livré à lui-même et, plus que tout, besoin de se rendre utile.

Hayley estimait s'en être plutôt bien sortie avec lui. Quoiqu'il y ait eu quelques incidents mineurs, Cutter se montrait en général parfaitement éduqué. Pour un chien, du moins.

Par ailleurs, l'animal semblait également posséder un sens de l'humour débridé et il ne paraissait jamais aussi ravi que lorsqu'il faisait rire Hayley. Comme cette fois où…

Elle coupa court au fil de ses pensées.

Elle se raccrochait à des souvenirs cocasses pour ne pas songer à ce baiser. Il avait été fugace mais, à la manière dont elle avait réagi, c'était comme si Quinn l'avait embrassée à pleine bouche. Une onde de désir, totalement disproportionnée, avait ébranlé son corps.

Etait-ce la réserve de Quinn qui avait causé en elle cette conflagration importune ?

Toute femme n'exulterait-elle pas à l'idée qu'un homme tel que Quinn soit poussé à l'embrasser à son corps défendant ?

Toute femme, rectifia-t-elle, exulterait à l'idée que Quinn l'embrasse, point.

Mais toutes les femmes n'étaient pas en danger de mort et c'était ce sur quoi elle devait se concentrer !

Elle ferait mieux de se préoccuper de l'instant présent. Du

fait qu'ils pourraient essuyer des tirs d'un instant à l'autre. Elle avait fini par soutirer des réponses à Quinn mais celles-ci ne lui procuraient aucun réconfort. Elle se sentait encore plus mal. Et pas seulement parce que Quinn lui avait fait des révélations sinistres, effrayantes.

Mais parce qu'il était probable que tous deux finissent leur vie en ce lieu !

Hayley ne put retenir un profond soupir.

Comment diable, elle, la simple et ennuyeuse Hayley Cole s'était-elle retrouvée dans un tel pétrin ?

Elle se demanda, en se repassant le film des événements, ce qu'elle aurait pu faire différemment. Elle ne se voyait pas abandonner Cutter à son sort lorsqu'il s'était élancé vers l'hélicoptère près de la maison de Vicente.

Toutefois, dans ce cas, ils seraient probablement tous deux sains et saufs à la maison en cet instant. Quinn aurait sans doute ignoré le chien. L'hélicoptère aurait décollé, avec à son bord uniquement les passagers prévus. Et Hayley se serait toujours interrogée sur la provenance de cet étrange appareil non immatriculé. Depuis son foyer douillet, son chien adoré couché à ses pieds.

Bien entendu, si la maison de Vicente avait tout de même explosé, les choses auraient sans doute été différentes. Hayley aurait dû signaler aux autorités ce qu'elle avait vu et elle se serait retrouvée mêlée à tout cela, tout en étant cependant dans un lieu beaucoup plus sûr. Elle aurait…

Soudain, un souvenir de son premier jour sur place, alors qu'elle avait jeté un coup d'œil, par-dessus la balustrade de la mezzanine, au portable de Liam, lui traversa l'esprit. Seulement, cette fois, ce ne fut pas la vision de la maison en flammes de Vicente qui la frappa, mais les deux mots qu'elle avait entendus de son poste d'observation.

Explosion.

Fuite.

Liam n'avait pas voulu dire que l'explosion était due à une fuite de gaz.

Les pensées de Hayley se mirent à se bousculer dans sa tête.

Liam avait insinué que la maison avait explosé à cause d'une fuite d'informations. La même, probablement, qui avait permis aux hommes, là-dehors, de les retrouver en ce lieu isolé qui aurait dû être sûr.

Si toutes les personnes qui travaillaient pour Quinn étaient comme les trois hommes qu'elle avait rencontrés, il était difficile de croire à une fuite en interne. En fait, Hayley ne pouvait y croire. Ces hommes étaient entièrement dévoués à Quinn et il n'y avait aucune raison de penser qu'il n'inspirait pas le même sentiment aux autres.

Tu devrais plutôt te préoccuper de ce qu'il t'inspire.

Cette petite voix n'avait cessé, dernièrement, de harceler Hayley et il était de plus en plus difficile de la faire taire. Son insistance à se persuader qu'elle souffrait d'une variante du syndrome de Stockholm semblait inefficace.

Puisqu'elle connaissait la vérité à propos de Vicente, puisque Quinn et son équipe étaient du côté des anges gardiens... eh bien, elle ne savait plus trop où elle en était. Et elle n'avait pas le temps de le déterminer.

Elle s'obligea à faire le tour de la maison, examinant chaque réserve d'armes mise en place par Quinn. Partout, il y avait toujours une arme à portée de main. Certaines étaient aisément accessibles, d'autres cachées, comme le pistolet entre les coussins du canapé ou la grenade posée dans une tasse à café.

Quinn avait écarté le canapé du mur puis l'avait remis en place. Hayley y jeta donc un œil. Un imposant couteau était planté entre l'arrière du canapé et le mur, le manche vers le haut, et dissimulé par un coussin qui semblait avoir été jeté là pour s'en débarrasser.

Le bruit des griffes de Cutter sur le parquet fit alors se retourner Hayley. Quinn s'avança derrière le chien, les mains désormais vides, ses pièges manifestement posés.

Le regard de Hayley fit la navette entre le coussin qu'elle venait de remettre en place et le visage de Quinn.

— Que faites-vous ? s'enquit-il.

— Croyez-moi. Si je voulais vous trancher la gorge, je me serais lancée il y a longtemps déjà, ironisa-t-elle.

A sa surprise, Quinn afficha un large sourire, un sourire en coin ravageur comme lorsqu'il avait prétendu ne pas connaître le sens de l'expression *infériorité numérique*. Et le pouls de Hayley s'emballa de nouveau.

Il y eut alors un déclic presque audible et l'atmosphère entre eux changea. Elle devint lourde, empreinte de désir. Hayley baissa les yeux, mais Quinn la regardait toujours, elle le sentait. Ils étaient seuls, si l'on exceptait Cutter qui semblait enchanté d'être enfin parvenu à ce résultat.

Afin de masquer sa réaction, Hayley reprit précipitamment la parole.

— Pourquoi ils ne sont pas repartis, si c'est Vicente qu'ils veulent ?

Cette question lui était venue tandis qu'elle examinait les armes.

— Parce qu'ils ignorent où il se rend, répondit Quinn. Pour l'instant…

Il ajouta ces derniers mots avec colère. Hayley n'envia pas le sort qu'il réserverait à la personne à l'origine de la fuite, une fois qu'il l'aurait démasquée. Et il la démasquerait, elle n'en doutait pas. Quinn n'abandonnait jamais.

— Mais, s'il y a une taupe, ils le sauront bientôt, non ? souligna Hayley.

Quinn préparait à nouveau des explosifs et des fils de détente mais, en entendant ses paroles, il se retourna vers elle.

— Vous ne laissez pas passer grand-chose, n'est-ce pas ?

— Pas quand ma vie en dépend.

De nouveau, il sourit. Moins franchement, mais d'une façon toujours aussi renversante.

— Vous avez le don pour cela, vous le savez ?

Hayley fronça les sourcils. Pourquoi Quinn se montrait-il aussi aimable, aussi normal avec elle ? Tout à coup, il se mettait à lui dire des choses gentilles.

— Viens, Cutter ! lança-t-il au chien en s'avançant cette fois vers la porte d'entrée.

Il actionna l'interrupteur près de la porte, plongeant la pièce dans une obscurité seulement légèrement altérée par l'éclairage de la cuisine. Ainsi, il ne serait pas visible de l'extérieur, offrant une cible trop tentante aux hommes qui planifiaient sans doute leur prochaine attaque, comprit Hayley.

— Restez à l'intérieur ! lui ordonna Quinn.

Une fois de plus, homme et chien faisaient équipe. Laissant derrière eux la femme qui venait de trouver la réponse à sa question.

L'ennemi était toujours présent parce qu'il disposait d'un moyen simple et rapide d'apprendre où avait été emmené Vicente. Il avait à sa portée celui qui l'y avait envoyé.

Il restait pour capturer Quinn.

28

Hayley observa Quinn tandis qu'il ôtait le gilet pare-balles aux poches désormais vides. Il avait accompli sa tâche.

— Donc, si vous n'êtes pas une sorte d'organisme paramilitaire, qui êtes-vous ? demanda encore une fois Hayley.

Quinn lui glissa un regard oblique et, encore une fois, s'abstint de lui répondre.

Il faisait la cuisine, en toute hâte, à la manière de quelqu'un qui doutait qu'ils aient le temps de manger plus tard mais qui savait qu'ils avaient besoin de s'alimenter. Il avait battu des œufs, les agrémentant d'autres ingrédients avant de mettre le tout dans une poêle. De temps à autre, il lançait à Cutter un dé de jambon. Le chien l'attrapait au vol et remerciait Quinn d'un aboiement étouffé.

Quand il eut terminé, Quinn déposa la moitié de l'omelette sur une assiette qu'il tendit à Hayley.

— Vous devriez manger maintenant.

« Parce que vous n'en aurez peut-être plus l'occasion après. »

Telle était la suite implicite du conseil, comprit Hayley. Mais elle n'en dit rien. Elle continuait de fixer Quinn : il enveloppait sa part dans une tortilla, confectionnant une sorte de burrito.

— De nombreuses denrées peuvent être enveloppées dans une tortilla, lui dit-il en surprenant son regard. C'est moins salissant et plus pratique qu'un sandwich, avec le même résultat. Et il n'y a pas de vaisselle.

— Qui vous a appris cela ? s'enquit Hayley.

— Mon ex.

— Votre ex ? releva Hayley.

Elle était à la fois surprise par cette information et par le fait que Quinn la lui révèle.

Lui-même parut étonné et tenta manifestement de le cacher en plaisantant.

— Difficile de croire qu'une femme m'ait épousé, n'est-ce pas ?

Le sourire apparut de nouveau et tout espoir qu'avait pu entretenir Hayley de ne pas y réagir s'évanouit. A nouveau, son cœur s'emballa.

Maudit soit cet homme.

Plus que toutes les armes à feu et les grenades, ce sourire était son arme la plus radicale. Du moins, en ce qui concernait Hayley.

Le problème ne venait donc pas de lui, mais d'elle.

— Ce n'est pas difficile de croire qu'une femme vous ait épousé, lui répondit-elle. Ce qui est difficile à croire, c'est que vous ayez délaissé votre travail assez longtemps pour épouser une femme.

Quinn sembla hésiter puis haussa les épaules.

— Ça n'a pas été le cas, reprit-il d'une voix singulièrement douce. Là était le problème.

Il était donc accro au travail, conclut Hayley. Cela ne l'étonnait pas. Cependant, cela paraissait un peu différent dans le cas de Quinn. S'acharner à garder sain et sauf quelqu'un comme Vicente était différent d'une addiction aux tableurs ou à la dernière puce électronique. Même si le résultat était le même pour une femme qui voyait à peine son époux.

— Donc, elle vous a quitté ? reprit-elle. A cause de votre travail ?

Quinn grimaça.

— Disons simplement qu'elle ne partageait pas mon idéal.

Le ton était celui d'un homme qui estimait avoir fait le tour d'un sujet dont il n'avait pas, en premier lieu, souhaité discuter. Au temps pour les révélations personnelles, songea Hayley qui mourait d'envie de lui en demander plus, beaucoup plus. Qui était cet homme ? Et pourquoi la subjuguait-il autant ?

Elle finit par prendre une première bouchée de son plat et fut agréablement surprise. La combinaison des divers ingrédients était savoureuse.

Décidément, il serait pratique d'avoir un homme tel que Quinn sous la main. Pilote d'hélicoptère, tireur d'élite, expert en explosifs, imperturbable et qui, en plus, savait cuisiner.

— Quand lanceront-ils la prochaine attaque ?

— Si ce n'est déjà fait, j'imagine qu'ils attendront les heures mortes, répondit Quinn.

— Charmante expression, commenta Hayley.

— C'est ainsi que nous appelons le moment où les gens sont le plus profondément endormis. Cela varie selon les personnes mais la période optimale se situe entre 2 heures et 5 heures du matin.

— Vous voulez dire, pour eux, nuança Hayley.

— Oui. Donc, vous devriez vous reposer maintenant.

— Moi ? fit Hayley. Je dirais plutôt que c'est vous qui devriez prendre du repos.

— Ça ira, assura Quinn.

— Je ne veux pas seulement que *ça aille*, pesta Hayley. Vous êtes le seul rempart entre eux et nous. Je préférerais que vous soyez reposé et prêt à les affronter, merci bien.

Quinn eut un bref mouvement de recul. Puis il se mit à rire. Un rire assez rauque, comme s'il ne lui échappait pas très souvent. Hayley en fut choquée et Quinn en parut lui-même surpris.

— Voilà un jugement des plus expéditifs, reprit-il.

— Mais juste, non ? releva Hayley.

— Vous n'êtes pas dépourvue de ressources.

— Je sais.

— La question est : pourriez-vous tuer si vous le deviez ?

— Je… l'ignore, bafouilla-t-elle.

— Et s'ils lui faisaient du mal ? demanda Quinn en désignant Cutter.

— Alors oui.

Hayley s'exprima avec conviction, sûre d'elle. Puis, sans réfléchir, elle ajouta :

— Ou à vous.

A nouveau, Quinn parut surpris.

— A moi ?

— Personne ne serait autorisé à vous protéger ? Faut-il toujours que cela soit dans le sens inverse ?

— Je n'ai pas besoin de protection, assura Quinn. C'est mon métier.

— On en revient donc toujours à ça ? Etes-vous tellement enfermé dans votre rôle d'homme fort, protecteur, que vous ne puissiez accepter l'aide de personne ?

Quinn prit la dernière bouchée de tortilla plutôt que de répondre.

— Est-ce pour cela que votre épouse vous a quitté ? insista Hayley.

Quinn lava rapidement la poêle qu'il avait utilisée. En silence.

Poussée, sans savoir pourquoi, par le besoin de percer les redoutables défenses de cet homme, Hayley insista. Elle semblait l'irriter assez facilement. Toutefois, puisqu'elle lui avait arraché un rire, elle voulait davantage. Davantage de rires, de sourires, de ce sourire rare et précieux. Elle voulait savoir qui il était vraiment, comment il l'était devenu, ce qui l'avait amené là, non seulement en ce lieu mais à exercer ce métier. Elle voulait savoir ce qui le faisait avancer, s'il s'arrêtait jamais et ce qui le ferait s'arrêter.

Elle voulait connaître toute l'histoire de sa vie, en détail.

— Peut-être que votre ex ne pouvait pas supporter le genre de travail que vous faisiez, le fait de vivre avec un homme qui s'armait pour aller travailler ?

Quinn rangea la poêle et se retourna enfin pour regarder Hayley.

— Vous parlez par expérience ?

— Oui, concéda-t-elle. Mes parents ont failli se séparer. Ma mère avait du mal à accepter l'idée que lorsque mon père quittait la maison, il pourrait ne jamais revenir.

— Ce sont les risques du métier.

— Ainsi que du vôtre ?

— Nous ne parlons pas du mien, décida Quinn.

— Moi, si.

— Alors, arrêtez.

Quinn finit de débarrasser la cuisine, laissant Hayley se charger de son assiette et de sa fourchette.

— Quinn…

— Allez-vous enfin arrêter ? répliqua-t-il.

— Je ne peux pas, reconnut Hayley.

Quinn poussa un soupir excédé. S'apprêta à passer devant Hayley.

— Il faut que je sache, souligna-t-elle.

Quinn s'arrêta. Face à elle. Très près d'elle.

— Nous pourrions mourir ici, continua-t-elle. J'ai besoin de savoir qui vous êtes, pourquoi vous…

Les lèvres de Quinn se posèrent sur les siennes, la faisant taire. Le choc la pétrifia. Puis, comme si chacun des nerfs de son corps avait reçu une impulsion, le désir la submergea. Pendant un instant, Quinn parut aussi abasourdi qu'elle par cette conflagration soudaine et inattendue. Il l'enveloppa alors de ses bras, la pressant contre lui tandis qu'il intensifiait le baiser.

Tout le corps de Hayley s'embrasa. Ses genoux se dérobèrent et ses bras devinrent lourds et faibles. Mais peu importait, plus rien n'importait tant que Quinn était là pour la tenir enlacée. Elle ne tomberait pas, il la soutiendrait. Seule comptait la bouche de Quinn, tendre, gourmande, avide.

Dans le corps de la jeune femme pulsait désormais ce désir, cet ardent et délicieux désir qui ne ressemblait à rien de ce qu'elle avait jamais connu. Une infime partie de son cerveau tenta d'avancer un faible argument : c'était parce que son dernier baiser remontait à très longtemps. Cependant, ce n'était pas cela : elle n'avait tout simplement jamais embrassé un homme tel que Quinn.

Même pas, songea-t-elle, lorsqu'il s'écarta finalement. Pas

un homme *tel* que Quinn. Parce que aucun autre homme ne ressemblait à Quinn, il était unique.

Pendant un moment qu'elle aurait voulu sans fin, il resta simplement à la regarder. Il paraissait aussi stupéfait qu'elle. Il secoua la tête, comme pour s'éclaircir les idées et Hayley fut rassurée. Il la ressentait également, cette puissante sensation qui l'avait submergée. Ce n'était pas à sens unique.

Et ce point était d'une importance vitale, estimait Hayley.

— Quinn…, murmura-t-elle, un peu étonnée du ton grave, rauque, de sa voix.

Il recula, secoua de nouveau la tête, vivement cette fois, Durant un moment, ses doigts se crispèrent sur les épaules de Hayley. Elle retint sa respiration. Allait-il l'attirer contre lui pour un autre baiser langoureux, puis encore un autre et…

Il la repoussa. Doucement mais résolument.

— Vous…

Il dut s'éclaircir la gorge, ce qui contribua à l'écarter d'elle, puis il prit un petit pistolet automatique sur la table.

— Votre temps serait mieux employé à apprendre le maniement de ceci qu'à poser des questions auxquelles je ne répondrai pas.

Hayley se raccrocha au changement dans sa voix, au moment où il n'avait plus tout à fait été le Quinn coriace, froid, imperturbable. Cependant, ses propos étaient trop catégoriques et sinistres pour qu'elle le contredise. Elle pourrait sous peu se retrouver au beau milieu d'une bataille rangée. Cette perspective lui glaça le sang, sapant la merveilleuse ardeur que Quinn avait instillée en elle.

Elle lutta pour retrouver son calme, pour ne pas céder à l'envie de quémander un autre baiser. Qu'était-elle devenue, une pauvre femme sans volonté, tellement tétanisée par le baiser d'un homme qu'elle en perdait même la capacité à raisonner ?

Oui, admit-elle ironiquement. En cet instant, c'était le cas.

Elle se ressaisit, inspira. Puis elle prit l'arme des mains de Quinn, attentive à ne pas sombrer dans le cliché intégral en faisant courir ses doigts sur la main de Quinn. L'arme était plus lourde qu'elle ne s'y était attendue et elle dut faire un effort pour la soulever.

Elle s'efforça de parler d'une voix neutre, posée.

— Alors, montrez-moi.

L'espace d'un instant, il la regarda seulement, bizarrement, comme s'il était fier d'elle. Cela la réconforta même si elle n'aurait su dire de quoi exactement il était fier. Ni depuis quand son approbation comptait autant pour elle.

La seule chose sûre, c'était ce baiser. Et, pour l'instant, elle devait l'oublier. Il n'avait d'ailleurs probablement été qu'une lubie, née de l'adrénaline et de la solitude prolongée.

S'arrêtant sur cette explication insatisfaisante, Hayley se sentit prête à se concentrer sur la tâche qui l'attendait.

Apprendre à tuer, si nécessaire.

29

Hayley, songea Quinn, était beaucoup plus coriace qu'elle ne le paraissait. Elle avait beau sembler calme, parfois même réservée, il y avait une passion intense derrière cette façade. Une bravoure certaine aussi, mais Quinn le savait depuis le début. Leur situation serait certes plus simple si elle avait abattu, plus tôt, quelques-uns de ces hommes. Toutefois, elle les avait tenus en respect jusqu'à ce que Quinn puisse se charger d'eux. Et, dans l'intervalle, ils avaient reconsidéré leur plan et escaladé la falaise plutôt que de continuer à affronter cette femme courageuse et son fusil.

Et elle venait d'apprendre à manier le petit pistolet avec une détermination qui montrait qu'elle comprenait ce à quoi ils étaient confrontés. Bien sûr, elle débutait dans le maniement du Kimber, mais son mental ne fléchirait pas et cela représentait déjà plus de la moitié du chemin vers la victoire.

Elle ferait ce qu'elle aurait à faire. Ce qui réduisait les risques de moitié, conclut Quinn.

Oui, une passion intense…

Il secoua à nouveau vivement la tête. Pourquoi avait-il fait cela ? Dès l'instant où sa bouche s'était posée sur la sienne, il avait compris que cette décision, à l'origine stratégique, était en fait très malencontreuse.

« Quinn. »

Le murmure rauque résonna dans sa tête comme si le vent léger l'y ramenait périodiquement.

Il avait entendu murmurer son prénom auparavant. Il l'avait

entendu prononcer, crier, hurler. Enoncer d'une voix neutre, amicale, rieuse, en colère, paniquée.

Jamais d'une façon qui lui ait procuré un tel frisson. Ou qui ait éveillé en lui un désir aussi ardent.

Il se força à se calmer et fit un effort assez important pour s'en irriter à nouveau.

Hayley avait démonté puis réassemblé l'arme et tiré à sec à de nombreuses reprises, jusqu'à être certaine d'en maîtriser le maniement. Cependant, rien ne pourrait la préparer au recul, au bruit, à l'acte de tirer, excepté l'entraînement. Sans doute pouvaient-ils se permettre d'y consacrer un chargeur, pas davantage. Restait à espérer qu'elle serait aussi prompte à apprendre à tirer qu'elle l'avait été pour tout le reste. Quinn n'avait pas besoin qu'elle devienne une tireuse d'élite mais seulement qu'elle s'en approche.

— Cutter ?

Le chien, qui sommeillait confortablement installé sur le canapé, estimant apparemment qu'il n'avait pas besoin de les surveiller pour cela, fut aussitôt en alerte. Avant même que Quinn ait ajouté un mot, Cutter fut à ses côtés, levant vers lui un regard plein d'expectative.

— Allons faire une petite reconnaissance, lança Quinn.

Cutter acquiesça à sa manière. Le chien ne pouvait comprendre le mot *reconnaissance*, même s'il était tentant de croire qu'il saisissait absolument tout, songea Quinn. *Allons* était certainement assez clair.

— Où allez-vous tous les deux ? s'enquit Hayley.

— Sélectionner un champ de tir, lui répondit Quinn.

— Mais… cela ne va pas attirer leur attention ?

— Chérie, je vous promets que nous avons déjà toute leur attention.

Quinn s'était exprimé sur le ton de la plaisanterie et il n'y avait aucune raison pour qu'elle rougisse comme s'il avait utilisé intentionnellement ce terme affectueux. Parce que tel n'était pas le cas.

— Je vais vraiment utiliser cela maintenant ? lui demanda

Hayley, en faisant un geste avec le pistolet tout en gardant prudemment le doigt éloigné de la détente et posé sur le pontet comme il le lui avait enseigné.

— Rien ne peut remplacer l'exercice du tir. Par ailleurs, cela va les prendre de court. Les amener à se poser des questions.

— Vous voulez dire qu'ils vont se demander sur quoi nous tirons ?

— Ou sur qui, ajouta Quinn. Avec un peu de chance, ils se demanderont peut-être s'ils sont seuls dehors.

— Dans ce cas, pourquoi ne pas simplement sortir et commencer à tirer ?

— Je préférerais attirer leur curiosité sur un autre endroit, expliqua Quinn.

Hayley sembla songeuse avant puis ajouta presque aussitôt :

— Parce que s'ils doivent surveiller deux endroits, leur attention sera dispersée.

Elle avait vraiment l'esprit vif, se dit Quinn.

Ils se trouvaient à environ deux cents mètres de la maison, calcula Hayley. La lune était pleine, les éclairant, Quinn et elle, comme en plein jour. L'ennemi était certainement là, à les observer.

Quinn ordonna à Cutter de surveiller leurs arrières, puis il chuchota à l'oreille de Hayley :

— Vous avez neuf minutes, pas une de plus, pour vous familiariser avec cette arme. Une minute pour qu'ils réagissent, cinq pour qu'ils déterminent où ils pensent que nous sommes et trois, le temps qu'ils décident de la conduite à tenir. S'ils sont toujours postés là où je le crois, il leur faudra dix minutes pour arriver ici. Je veux que nous soyons de retour dans la maison bien avant cela.

Hayley acquiesça.

Quinn lui avait fait troquer son chemisier blanc contre

un sweat-shirt foncé et avait utilisé ce qui ressemblait à du chatterton pour recouvrir ses baskets blanches. Et il ne l'avait pas aidée à parcourir le terrain accidenté. Devait-elle s'en offusquer ou se sentir au contraire flattée par la confiance que lui accordait Quinn ?

Probablement avait-il assez à penser sans avoir, en plus, une pauvre femme sur les bras. Cependant, le fait d'évoquer ses bras remémora aussitôt à Hayley le contact de ses lèvres et il n'y avait là rien à gagner, hormis des mains qui tremblaient et un souffle court au souvenir de ce baiser inattendu qui avait attisé sa passion.

Hayley se calma, se concentrant sur la cible que Quinn avait tracée pour elle, à même la falaise, à l'aide d'une peinture légèrement phosphorescente prise dans l'armoire à fusils. La cible se trouvait sous un surplomb rocheux qui semblait prêt à s'effondrer d'un instant à l'autre. Cela interpella Hayley. Mais si, en effet, l'éboulement s'écroulait, cela recouvrirait la cible. Mieux valait que ces individus pensent avoir affaire à deux tireurs d'élite plutôt qu'à un seul, accompagné d'une parfaite débutante.

Quinn sortit une sorte de télescope court et le dirigea vers la cible. Vision nocturne ? se demanda Hayley.

Mais aussitôt, il lui ordonna de tirer trois coups successifs.

A l'instant où elle fit feu pour la première fois, Hayley prit conscience de trois choses. Le recul n'était pas aussi fort qu'elle s'y était attendue, le bruit était bien pire et Quinn avait choisi évidemment l'endroit idéal.

Idéal parce que, à la manière dont le son se répercutait sous le bord de cette partie de la falaise, on ne pouvait juger de loin du nombre de tirs ou de tireurs.

— Vous êtes en haut à gauche. Essayez de compenser mais pas à l'excès, observa Quinn. Trois de plus.

Hayley ajusta sa visée et tira à nouveau.

— C'est mieux, commenta Quinn. Videz le chargeur.

Une fois que ce fut fait, ils se replièrent en courant, accroupis.

Cutter les précédait, s'arrêtant une à deux secondes afin de humer la brise puis leur lançant un regard avant de repartir comme pour s'assurer qu'ils avaient compris que la voie était libre et qu'ils le suivaient.

Une fois qu'ils eurent regagné la maison sains et saufs, Quinn déclara à Cutter :

— Tu es quasiment aussi doué que les hommes avec qui j'ai travaillé. Même meilleur que certains d'entre eux.

Quinn accompagna ces paroles d'une vigoureuse caresse sur les oreilles du chien. Cutter se trémoussa de contentement tout en réussissant à paraître dans le même temps très fier de lui.

— Dans quelle mesure nous comprend-il ? s'enquit Quinn.

Hayley sourit, bien que cette situation soit la pire qu'elle ait connue de toute sa vie.

— Je sais qu'il comprend beaucoup de choses. Il a un vocabulaire remarquablement étendu pour un chien. Parfois, il semble aussi saisir le contexte. Comme lorsque le vent a fait claquer ma porte, enfermant mes clés à l'intérieur. Il connaît mes clés de voiture car il me les apporte quand nous sortons faire un tour. Mais les clés de la maison sont sur un autre porte-clés. Je l'ai envoyé chercher les clés de voiture en passant par la chatière parce que j'aurais ainsi pu ouvrir la voiture et utiliser la télécommande de la porte du garage. Mais il est directement revenu avec les clés de la maison.

Quinn parut interloqué. Il jaugea à nouveau Cutter comme si son opinion évoluait encore.

— Au début, reprit Hayley, je l'ai emmené au club d'éducation canine, sur la recommandation du vétérinaire. Pas parce qu'il en avait besoin mais plutôt pour qu'il se socialise. Quelle perte de temps…

— Il n'a rien appris ? questionna Quinn.

— Il n'en avait pas besoin. Il a enchaîné tous les exercices le premier jour puis il s'est assis en me regardant, l'air de dire : « Est-ce qu'on peut faire quelque chose d'intéressant, maintenant ? » L'éducatrice m'a demandé de le ramener afin de lui faire passer des tests.

— Des tests ? répéta Quinn.

Hayley hocha la tête.

— L'éducatrice a commencé par les couleurs et les formes. Cutter a réussi le test à chaque fois. Puis elle a compliqué les choses en cachant des objets. Beaucoup de chiens ne sont pas capables de saisir, par exemple, que la balle que vous aviez, un instant plus tôt, dans la main est à présent derrière la chaise même s'ils vous voient l'y mettre. Cutter l'a retrouvée jusque dans une boîte fermée.

— C'est vraiment un chien intelligent.

Quinn glissa à Cutter un nouveau regard oblique tandis qu'elle poursuivait.

— Ensuite, c'est devenu très intéressant. Elle lui a montré la photographie d'une poupée de chiffon. Il est allé la chercher dans une pile de jouets. Même chose avec un oiseau en plastique et un petit panier alors qu'il n'avait jamais vu aucun de ces objets.

— Hayley ?

— Oui ?

— Cessez de faire les cent pas.

Elle ne s'en était même pas rendu compte. Parler de Cutter et de l'étonnement de l'éducatrice face à son intelligence l'avait distraite de ses préoccupations. Etait-ce la raison pour laquelle Quinn l'avait laissée radoter de cette façon ?

— Désolée, marmonna-t-elle en s'arrêtant.

Cependant, comme si son corps éprouvait le besoin de faire quelque chose, le tremblement réapparut légèrement.

— Pourquoi vous ne vous asseyez pas ? proposa Quinn.

Hayley le fit, en grande partie parce qu'elle craignait que le tremblement s'amplifie et qu'elle s'écroule.

— Pourquoi maintenant ? s'étonna-t-elle. J'allais bien quand nous étions dehors, exposés aux tirs. Pourquoi est-ce que je m'effondre à présent ?

— C'est naturel, lui répondit Quinn en haussant les épaules.

Il donna une dernière petite caresse à Cutter et s'avança vers Hayley. Puis il s'assit à ses côtés, chose qu'il n'avait encore jamais faite.

Quinn observa Cutter qui avait tranquillement traversé la pièce pour venir s'asseoir à leurs pieds, les contemplant avec un plaisir bienveillant.

— Aucune idée d'où il vient ? demanda-t-il.

— D'une autre planète, probablement, plaisanta Hayley.

Un sourire en coin se dessina sur le visage de Quinn.

— Je n'en serais pas surpris.

Hayley sourit à son tour, presque involontairement. Elle avait cessé de trembler, réalisa-t-elle. En fait, elle se sentait mieux, plus calme, depuis que Quinn s'était assis près d'elle. Il la distrayait, cette fois encore, de la menace qui les guettait.

Oh ! Il te distrait, c'est certain.

Et quel meilleur moyen y aurait-il de passer ses dernières heures qu'en se laissant distraire par un homme tel que celui-là ?

Une étrange sensation l'envahit alors, évoquant celle de l'adrénaline qui avait pulsé dans son corps tandis qu'elle était à l'extérieur, occupée à décharger ce pistolet sur la cible à peine visible. C'était une sorte de témérité qu'elle avait rarement éprouvée au cours de sa vie. Elle voulut savoir.

Il fallait qu'elle sache.

— Quinn ?

— Oui ?

Hayley dut inspirer très profondément pour trouver la force de prononcer les mots.

— Embrassez-moi.

Durant une fraction de seconde, Quinn parut décontenancé.

— Je ne suis pas sûr que ce soit une bonne idée…

— Je m'en moque.

— Hayley…

— Je sais que vous m'avez embrassée tout à l'heure seulement pour me faire taire. Dois-je recommencer à vous interroger ?

Quinn esquissa un sourire. Néanmoins, il prit le visage de Hayley entre ses mains. Elle dut lutter contre l'envie de détourner les yeux. Quinn avait un regard si intense ; il lui fut plus difficile de le soutenir qu'elle ne l'avait imaginé.

Elle tremblait de nouveau. Cependant, cette fois, cela n'avait rien à voir avec la peur.

30

L'instinct de Quinn lui hurlait de ne pas embrasser Hayley. Il avait appris à faire confiance à cet instinct qui, à plusieurs reprises, lui avait sauvé la vie. Et en avait également sauvé d'autres.

Il ne luttait pas contre lui.

Non, il l'ignorait simplement.

Parce qu'il désirait faire exactement ce que Hayley lui avait demandé. Même si cette simple, quoique renversante, requête était motivée par la peur, la peur qu'ils puissent ne pas survivre à tout cela.

D'après Quinn, ils avaient une bonne chance de s'en sortir, certitude ancrée dans sa foi en ses propres capacités, son expérience et ce qu'il avait perçu de la désorganisation de leur ennemi. Ces hommes avaient beau appliquer une gestion rigoureuse à leur entreprise criminelle, ils comptaient trop d'ego surdimensionnés pour constituer une équipe efficace au combat.

Cependant, savoir ce qui poussait Hayley à lui présenter cette requête bouleversante n'empêcha pas le moins du monde Quinn d'y répondre. Parce qu'il voulait l'embrasser, goûter de nouveau à cette bouche tendre et suave, retrouver le contact de son corps lové entre ses bras.

Tirer profit de sa peur, de la situation, serait contraire à son éthique. Mais Hayley n'étant pas une cliente, Quinn n'était pas assujetti aux mêmes règles. Toutefois, elle n'était pas non plus venue là de son propre gré. Elle s'était retrouvée prise au piège à cause d'une décision que Quinn avait dû prendre dans l'instant, afin de protéger l'opération.

Il avait néanmoins envie de l'embrasser. Envie d'éprouver cette sensation qui l'avait brusquement envahi, séductrice, addictive. Il avait envie qu'elle prononce son prénom de cette voix rauque, interdite, qui lui avait communiqué un délicieux frisson.

A dire vrai, il voulait beaucoup plus qu'un simple baiser. Mais ils n'auraient pas le temps d'autre chose.

Quinn savourerait donc ce qui lui était offert, sans se soucier des conséquences.

Le léger gémissement qui s'échappa des lèvres de Hayley à l'instant où il y posa les siennes eut raison de ses dernières réserves.

Ce baiser fut aussi torride, avide et ardent que dans le souvenir de Quinn. Et soudain, il comprit pourquoi Hayley lui avait fait cette demande.

L'invite de sa bouche réduisit cependant à néant sa capacité à raisonner. Il en demanda plus, lui titillant les lèvres avec sa langue. Elle les entrouvrit légèrement, l'autorisant à explorer, à goûter. Elle était aussi douce et attirante qu'auparavant, seulement cette fois l'objectif de Quinn n'était pas d'échapper à ses questions mais de s'abreuver à la source dont il n'avait eu qu'un avant-goût.

Il était à peine conscient de ses actes tandis qu'il caressait son corps sensuel dont la tension l'incitait à continuer d'embraser ses sens. Elle bougea, non pour s'écarter mais pour se rapprocher de lui. Il la tint enlacée, stupéfait de n'avoir pas vraiment remarqué plus tôt la perfection de cette courbe féminine, des hanches à la taille, que l'on aurait dite faite pour ses mains.

Les doigts de Hayley se crispèrent sur ses épaules puis glissèrent le long de son dos, déchaînant dans leur sillon une volupté ardente. Et soudain, l'idée qu'il puisse garder le contrôle de la situation s'évanouit. Il n'avait jamais rien connu de tel et cela ne pouvait peut-être pas être contrôlé. Quinn n'était pas même sûr de vouloir le contrôler.

Et ce constat, à lui seul, aurait dû le terrifier, lui qui avait passé sa vie d'adulte et la moitié de son enfance à, précisément, garder le contrôle en toutes circonstances. Mais cela ne l'effraya pas ; il était trop excité, trop transporté pour permettre à la peur d'avoir prise sur lui. Plus qu'il ne l'avait jamais été dans aucun combat, où que ce soit.

La langue de Hayley entama alors sa propre exploration hésitante et les muscles de Quinn se contractèrent violemment. Son corps était en état d'alerte maximale, prêt à occulter la réalité et à prendre ce qu'il désirait. C'était une sensation qu'il n'avait jamais expérimentée auparavant, un désir dévorant dont il n'aurait pas cru qu'il puisse exister s'il ne l'avait pas lui-même éprouvé.

Les mains de Hayley avaient rejoint sa taille et elle tirait sur sa chemise. Cette simple constatation menaça de faire voler en éclats le peu de self-control qui restait à Quinn. Comme si le geste de Hayley l'invitait à faire de même, il lui releva son sweat-shirt, savourant le contact de sa peau satinée, découvrant le léger renflement de ses côtes. Il atteignit la courbe de ses seins, posa ses mains en coupe sur leur chair douce. Il émit alors un son guttural, incapable de le réprimer.

Cutter aboya. Posément. Le son retentit bizarrement, comme s'il répugnait à les interrompre avec cette réalité.

La réalité.

La minuscule partie de l'esprit entraîné de Quinn qui fonctionnait encore lui envoya un signal d'alerte. Signal qu'il avait jusque-là ignoré.

Au prix d'un énorme effort, il s'arracha au baiser. Le petit gémissement de protestation de Hayley lui communiqua un frisson et faillit le ramener aussitôt à sa tendre et délicieuse bouche.

Cependant Cutter aboya de nouveau, toujours avec réticence mais, cette fois, plus résolument.

Quinn observa le chien. S'il était possible pour un chien d'afficher un air contrit, celui-ci s'y employait. Dès l'instant où il vit Quinn poser les yeux sur lui, l'animal trotta jusqu'à l'angle de la maison, en façade, et il regarda derrière lui.

Quinn comprit le message du chien aussi clairement que s'il lui avait parlé.

« Ils arrivent »

La réalité frappa Quinn de plein fouet et le délicieux désir naissant s'évanouit.

— Ce sont eux, n'est-ce pas ? demanda Hayley, reprenant pied elle aussi dans le monde réel.

Quinn hocha la tête. Il avait un combat à livrer et il ne pouvait laisser cela, quoi que ce puisse être, lui embrumer le cerveau.

Pas davantage qu'il ne put résister à relever, d'un doigt tendre, le menton de la jeune femme.

— Hayley.

C'était une voix qu'il ne se connaissait pas. Une voix emplie de désir et de promesses qu'il n'avait jamais faites auparavant.

Elle croisa son regard, avec calme. De toute évidence, elle rassemblait son courage pour affronter ce qui les attendait. Une profonde admiration gagna Quinn. Oui, elle se montrerait à la hauteur, songea-t-il.

— Ce n'était pas une lubie…

Une lueur d'étonnement traversa le regard de Hayley.

Mais Quinn le savait : une fois tout cela terminé, Hayley voudrait probablement repartir au plus vite puis tout oublier. Quinn devrait la laisser faire.

Cependant, il devait d'abord assurer sa survie.

Dans un premier temps, Hayley s'était sentie chancelante, après que le baiser de Quinn l'eut laissée, en quelque sorte, déliquescente.

Cependant, elle s'était ressaisie. Sans doute parce qu'elle tenait une arme qu'elle allait devoir utiliser.

Quinn lui avait fait accrocher un étui à la ceinture de son jean et elle y glissa le petit semi-automatique. Elle enfila le gilet pare-balles que Quinn lui avait donné puis s'empara du fusil.

Quinn avait déjà rejoint la porte. Il s'était rapidement muni d'une autre sorte de gilet pare-balles aux poches garnies d'armes et de munitions. Cutter trépignait à ses pieds, impatient de se lancer dans la bataille. Ils faisaient la paire, observa Hayley, la gorge serrée.

— Ça pourrait mal tourner, dit Quinn. Peut-être que vous devriez vous réfugier tout de suite dans la chambre et…

— N'y songez même pas !

Elle s'était exprimée avec plus de conviction qu'elle n'en avait vraiment et fut surprise de sembler aussi calme et déterminée. Cependant, le tressaillement des lèvres de Quinn l'en récompensa amplement.

— Retenez Cutter, lui intima-t-il. Je vais rejoindre le moulin.

— Pourquoi le moulin ? s'étonna Hayley.

— Pour sa position élevée. Fermez à clé derrière moi.

Hayley hocha la tête.

Quinn tendit la main vers la poignée. Pendant un instant, il marqua une pause et se tourna vers Hayley. Leurs regards se croisèrent et quelque chose de profond, de primitif et d'indéniable surgit, comme si la connexion entre eux était une chose vivante.

Quinn s'avança et le pouls de Hayley s'emballa. Au dernier instant, il s'arrêta.

— Plus tard, marmonna-t-il.

Il parut s'adresser autant à cette connexion vivante qu'à Hayley.

Puis il disparut dans la nuit.

31

Cutter se contint jusqu'à la première explosion, remarqua Hayley.

Distante, cette explosion provenait sans doute de l'une des mines posées par Quinn. Cependant, le chien n'en avait que faire. Il gratta à la porte par laquelle son idole était sortie, tentant d'ouvrir la poignée. Il se mit à gémir avec tellement de force et d'insistance que Hayley en eut le cœur brisé. Elle s'avança vers lui pour tenter de le calmer mais il se déroba. Puis il la regarda fixement à un mètre de distance avant de tourner les yeux vers la porte, une intensité palpable irradiant de lui.

Il faut que j'y aille. Je dois l'aider.

Hayley secoua vivement la tête. Si la situation n'était pas aussi désespérée, elle rirait d'elle-même pour avoir attribué à un chien des pensées humaines. Même si le regard de Cutter était plus autoritaire que celui qu'elle ait jamais vu chez un humain, encore moins un animal. Pas étonnant que les moutons lui obéissent. Hayley dut prendre sur elle pour ne pas ouvrir la porte et le laisser sortir.

Une autre explosion — était-elle plus rapprochée ou était-ce son imagination ? — retentit.

Cutter lui demandait toujours en silence de le laisser se jeter dans la mêlée.

Quinn comprendrait, se dit-elle. Quel que soit le code selon lequel il vivait, cela n'incluait pas de rester en arrière pendant que les autres livraient combat. Apparemment, Cutter appliquait le même code.

Une troisième explosion. Assurément plus proche.

Et, cette fois, elle fut suivie par des coups de feu. Pas les salves de tirs d'armes automatiques, seulement des coups de feu réfléchis et posés, tirés à dessein. Rafer Crawford était sans doute le sniper de l'équipe, mais Quinn n'était pas en reste, songea Hayley.

Il y eut encore plusieurs détonations avant que les armes automatiques n'y répondent. Dans un feu nourri, émanant d'hommes dont la force résidait dans leur puissance de feu plutôt que dans leur talent, observa Hayley. La riposte calme et posée de Quinn se poursuivit. Manifestement, il n'était pas ébranlé par l'attaque.

Cutter, pour sa part, était sur le point d'enfoncer la porte à coups de griffes.

L'explosion suivante fut beaucoup, beaucoup plus proche, car plus assourdissante. Cutter lança un aboiement retentissant, rageur. Il regarda à nouveau Hayley avec la même demande dans ses yeux expressifs.

Une pensée la frappa soudain. Cette explosion avait-elle été plus assourdissante parce qu'elle était plus proche ?

Ou parce que ce n'était pas celle d'une mine, étouffée par la terre qui l'entourait ?

Hayley courut à la fenêtre. Le tableau désormais familier était paré d'une lueur sinistre issue du clair de lune. Seul le bord du moulin, la position élevée qu'avait gagnée Quinn, était visible. Et, à quelques mètres du sol, de la fumée s'élevait en volutes de l'un des pieds du moulin. Alors quelque chose vola dans les airs et heurta ce pied. Il y eut une nouvelle explosion, des flammes d'un jaune vif qui tranchait sur le clair de lune. De la fumée supplémentaire et des débris jaillirent de la base de la tour.

Des explosifs. L'homme qui en était bardé comme pour un attentat suicide, se souvint Hayley.

Ils essayaient de le démolir. Apparemment incapables de s'approcher davantage à cause des tirs meurtriers de Quinn, ils tentaient de démolir le moulin à l'aide d'explosifs lancés à distance respectable. Hayley ne pouvait les voir, à la fois en raison de l'éloignement et parce qu'ils étaient hors du champ de vision de la petite fenêtre.

S'ils réussissaient à faire s'effondrer ce pied, tout le bâtiment suivrait. Avec Quinn à l'intérieur, s'alarma Hayley.

Le bruit des pattes de Cutter qui s'éloignait en courant la fit se retourner. Le chien se dirigeait vers la porte de derrière. Hayley l'appela mais il poursuivit son chemin. Tout comme il l'avait fait le soir où tout cela avait commencé.

Elle était de plus en plus en état de choc.

Cutter se dressa sur ses pattes arrière et baissa la poignée à l'aide de ses pattes avant.

Hayley se précipita vers lui, mais avant qu'elle l'ait rejoint, ce chien obstiné avait ouvert la porte.

— Cutter, non !

Il tourna la tête vers elle et lui lança un regard d'excuse, elle n'aurait pu le décrire autrement. Puis il disparut, se jetant dans la mêlée avec une détermination égale à celle de l'homme qu'il suivait.

Durant un instant, Hayley demeura interdite. D'autres détonations, ainsi qu'une explosion, retentirent, provenant de l'à-pic face à la porte désormais ouverte.

Hayley avait involontairement aidé le chien à s'échapper. Si elle avait immédiatement tiré le verrou de cette porte, Cutter serait toujours en sécurité à l'intérieur.

Elle ne verrouilla toujours pas la porte. Quiconque la franchirait désormais, en dehors de Quinn ou de Cutter, serait abattu sur-le-champ, décréta-t-elle.

Elle se rua vers la fenêtre. Cutter traversait l'espace à découvert au pied de la falaise en suivant une trajectoire en zigzag que Hayley mit un moment à interpréter. Lorsque ce fut le cas, son cœur sembla cesser de battre. Cutter évitait les mines que Quinn avait enterrées. Comme si, non seulement, il savait quelle menace elles représentaient mais qu'en plus, il se souvenait de l'emplacement de chacune d'elles.

A la surprise de dz maîtresse, il se dirigea non vers le moulin à vent, mais vers le sud. Il s'arrêta juste après la saillie rocheuse qui les avait abrités, Quinn et lui, un peu plus tôt. Il s'accroupit, prêt à bondir, le regard et la truffe orientés vers le haut.

Les doigts de Hayley se crispèrent autour du fusil qu'elle tenait toujours. Quinn pouvait se débrouiller seul, elle l'avait vu. C'était un homme dangereux, un redoutable adversaire. Il était armé et préparé, entraîné à combattre un ennemi tel que celui-ci. Hayley en était convaincue, même si elle ignorait où il avait reçu cet entraînement.

Cutter, quant à lui, était un chien. Un chien incroyablement malin, intelligent et plein de ressources mais seulement un chien. Chose qu'elle devait se forcer à se rappeler en des moments comme celui-ci, où Cutter faisait montre d'une intelligence bien supérieure aux aptitudes canines ordinaires.

La chute d'une pierre le long de la falaise, à quelques mètres de là, la tira de sa rêverie inopportune. Son regard se reporta vivement sur le sommet : une corde était balancée par-dessus le bord de la falaise, côté sud. Alors elle comprit : Cutter ne s'était pas dirigé vers Quinn parce qu'il savait que l'ennemi était plus proche que cela.

Ils n'essayaient pas seulement de faire s'effondrer la tour de Quinn.

Ils tentaient de s'en prendre à elle.

32

Ils allaient tuer Cutter. Car le chien tenterait d'intercepter les attaquants. Hayley n'avait aucun doute à ce sujet. Tout comme elle n'en avait plus sur la nature de leurs ennemis. Le récit que lui avait fait Quinn avait clairement démontré qu'ils étaient sans pitié et ne reculeraient devant rien pour obtenir ce qu'ils voulaient.

Et ils voulaient la tête de Quinn. Et de quiconque se trouverait sur leur chemin.

Cependant, Hayley n'était pas sur le chemin. Elle était dans la maison et si elle avait mieux réfléchi, Cutter y serait encore, lui aussi. Pourquoi, alors, tentaient-ils de s'en prendre à elle ? Pourquoi, puisqu'elle était si manifestement inoffensive ?

Ils avaient subi de sévères pertes lors du premier affrontement avec Quinn et ses hommes. Ils devaient savoir qu'il leur faudrait mobiliser toutes leurs ressources pour atteindre Quinn. Quand bien même, cela ne leur servirait à rien : Quinn ne parlerait jamais. Hayley en avait l'intime conviction quoique penser à ce qu'ils lui pourraient faire pour l'amener à parler la faisait frémir.

Soudain, elle comprit. Ils la voulaient pour faire pression sur Quinn. Sans doute ignoraient-ils ce qu'elle représentait pour lui — comment le pourraient-ils puisqu'elle-même l'ignorait — mais ils avaient pris la mesure de l'homme. Ils pressentaient qu'il ne permettrait jamais que l'on fasse de mal à une innocente s'il pouvait l'empêcher.

L'espace d'un instant, Hayley conçut un certain soulagement à l'idée que, dans ce cas, ils auraient besoin de la capturer vivante. L'instant d'après, elle fut envahie par le dégoût d'elle-même. Avait-elle toujours été une telle poltronne ? Quinn avait risqué sa vie pour garder Vicente en vie et il la risquait pour elle en cet instant : elle avait pris conscience, avec un temps de retard, qu'il n'avait pas seulement choisi la tour en raison de sa position élevée mais pour les éloigner d'elle.

Cutter aboya et il y eut une détonation. Proche. Trop proche.

Hayley attrapa une boîte de cartouches supplémentaires et la fourra dans la seule poche encore vide du gilet. Elle actionna la poignée de la porte puis ouvrit celle-ci d'un coup de pied, posant simultanément les deux mains sur le fusil, prête à tirer.

Cutter s'était littéralement retranché en arrière et en dessous de la saillie rocheuse. C'était incroyable ; il se trouvait à un endroit dont l'angle rendait impossible à quiconque venant d'en haut de le mettre en joue. Pouvait-il se rendre compte de cela ? s'interrogea Hayley.

Ce n'était pas le moment de s'étendre sur les merveilles de cet esprit canin. Les traces laissées par le chien dans la terre sèche étaient très visibles à la lueur de la lune. Cutter s'était frayé un chemin entre les mines et c'était celui qu'elle devait suivre.

— Dieu a créé les hommes, Sam Colt les a rendus égaux.

Hayley resserra son étreinte sur le fusil en murmurant les paroles de Quinn.

— Ou, en l'occurrence, M. Mossberg.

Elle traversa en toute sécurité le champ de mines de Quinn grâce au travail d'éclaireur de Cutter. Au loin, les oreilles du chien bougèrent : il l'entendait approcher. Cependant, il ne détourna jamais les yeux de l'à-pic, comme s'il s'attendait à voir surgir quelqu'un à tout moment.

Et si tel était le cas, songea Hayley, il avait probablement une excellente raison. C'était Cutter, après tout.

Hayley réfléchit rapidement. L'arrière de la maison, et par conséquent sa position, était hors du champ de vision de quiconque se trouvait de l'autre côté des rochers. Elle était impossible à distinguer dans l'ombre, sauf si l'ennemi tendait la tête.

Par exemple, en cherchant à voir quelqu'un d'autre…

— Un peu de bruit m'arrangerait, mon chien, murmura Hayley.

Puisque Cutter était à couvert, il pouvait aboyer pour attirer l'attention…

Il était impossible que Cutter l'ait entendue. Cependant, à cet instant, il laissa échapper une série d'aboiements tonitruants.

Une tête et des épaules surgirent, telle la cible en fer-blanc d'un stand de tir à la foire. Hayley avait toujours été douée à ce jeu. Et sa vue avait eu le temps de s'adapter à la clarté de la lune. L'homme braqua une arme de poing en direction de Cutter. Hayley épaula le fusil et tira dans un mouvement fluide. Un cri satisfaisant résonna à l'arrière de la maison. Hayley repéra ensuite des pieds chaussés de bottes ridiculement bien astiquées et des poches arrière ornant une paire de fesses malingres tandis que sa cible tentait de remonter en toute hâte. Hayley arrosa les fesses de plomb, pour le plaisir. Une bordée d'injures s'ensuivit.

En fin de compte, c'était beaucoup plus facile que le ball-trap, se dit-elle, réprimant un demi sourire.

— Ça t'apprendra à tirer sur mon chien, marmonna-t-elle.

Cutter était d'ailleurs redevenu silencieux et surveillait de nouveau le bord de la falaise. La corde déroulée bougea légèrement et Hayley leva son fusil. Elle perdrait de l'efficacité à cette distance et elle devrait compenser pour tirer à un angle aussi aigu. Mais, si quelqu'un regardait par-dessus le bord en réponse aux cris de l'homme blessé, Hayley pourrait néanmoins l'amener à s'en repentir.

Quelqu'un s'y risqua, un homme au visage rond qui donnait l'impression de vouloir être n'importe où ailleurs que là. Hayley renforça ce sentiment à l'aide de deux tirs rapprochés qui firent presque s'effondrer le bord de la falaise sous l'individu.

Au même instant, Cutter bondit hors de sa cachette pour rejoindre Hayley et la gorge de celle-ci se noua. Cutter s'arrêta un instant à peine, juste le temps d'une caresse. Puis il repartit, contournant la maison.

En quête de Quinn, évidemment.

Elle lança un regard en arrière mais il n'y avait plus ni son ni mouvement, exception faite du premier homme qui s'enfuyait laborieusement, éraflant ses chaussures brillantes dans son effort pour progresser avec des plombs dans les fesses. Soudain, une série de coups de feu retentit du côté où Cutter avait disparu.

Hayley rechargea rapidement le fusil. Puis elle s'élança sur les traces de son chien.

Elle contourna la maison. De toute évidence, Quinn avait un problème. Le pied en bois du moulin brûlait et les flammes gagnaient la construction branlante à une vitesse alarmante. La structure en était certainement renforcée comme celle de tous les bâtiments présents, néanmoins la fumée seule pourrait tuer Quinn.

Cutter percevait apparemment lui aussi le danger car il traversa à nouveau en zigzag le terrain à découvert, courant pour rejoindre Quinn.

Un coup de feu retentit, provenant des alentours de la grange. Cutter poussa un cri et s'effondra.

Hayley se mit à hurler.

Cutter lutta pour se relever, provoquant un nouveau tir. Cette fois, Hayley en repéra la provenance : la petite porte aménagée dans celle, plus grande et coulissante, de la grange.

Adoptant la course accroupie qu'elle avait vu Quinn employer, Hayley arriva jusqu'au tracteur rouillé. Elle s'appuya contre le siège délabré puis évalua l'angle de l'origine des tirs qui avaient touché Cutter. L'homme devait se trouver à droite.

Hayley tira trois coups de feu successifs, les espaçant de la hauteur du genou à celle de la tête. Les plombs s'éparpilleraient sur au moins deux mètres carrés.

Durant un instant, elle retint sa respiration. Il y eut le bruit d'un objet en métal heurtant le sol, suivi d'un choc sourd. Exactement ce qu'elle avait espéré : une arme tombant au sol, suivie par le corps d'un homme blessé. Peut-être mort, Hayley n'était pas sûre de s'en soucier, l'essentiel étant qu'il ne soit plus en mesure de surveiller l'endroit où Cutter gisait, impuissant, peut-être même agonisant…

Hayley fit un pas en direction de son chien. Une balle ricocha sur le tracteur. De toute évidence, quelqu'un l'avait repérée. Pas étonnant, après tout le vacarme qu'elle avait fait.

Cependant, elle devait rejoindre Cutter. Il n'était pas mort, il avait seulement besoin d'aide. Il ne pouvait être mort, pas Cutter. Il était trop alerte, débordant d'énergie, trop intelligent.

Au moment précis où Hayley se remit en mouvement, un autre tir atteignit le tracteur, arrachant cette fois un morceau de métal qui lui entailla la joue. Elle était absolument clouée sur place.

— Cutter ! s'écria-t-elle, écarquillant les yeux.

Le chien parut bouger légèrement.

Quinn s'extirpa alors des volutes de fumée de la tour en feu. Il sauta les trois derniers mètres comme si de rien n'était. Puis il s'accroupit, se tournant vers la gauche. Il fit feu, à plusieurs reprises, en direction de l'autre côté de la grange, d'où provenaient les tirs qui avaient pris Hayley pour cible. Dans le même mouvement, il saisit quelque chose dans la poche de son gilet et le lança avec une précision étonnante dans la même direction.

L'explosion fit sursauter Hayley bien qu'elle l'ait anticipée. Ce coin de la grange implosa ; des flammes et de la fumée s'en échappèrent.

Quinn courut droit vers Cutter. Il y eut d'autres détonations, plus lointaines, provenant d'un tireur qui n'était pas dans la grange. Quinn tressaillit mais il poursuivit son chemin. L'instant d'après, il tenait Cutter dans ses bras.

Il était désormais sans défense, avec le chien contre lui, réalisa Hayley. Et il était lui-même blessé, découvrit-elle avec effroi. Le sang s'écoulait rapidement de son épaule gauche. Hayley devait couvrir leur retraite. Elle sortit de derrière le tracteur, visant l'endroit d'où avaient été tirés les derniers coups de feu. Quinn passa devant elle, Cutter blotti dans ses bras.

Hayley continua de tirer, reculant à chaque fois d'un pas en direction de la maison. Elle vida le fusil, prit le risque de le recharger rapidement de trois cartouches, puis fit feu à nouveau bien que, à cette distance, ce soit davantage pour impressionner l'ennemi, l'efficacité des tirs étant compromise.

— Repliez-vous à l'intérieur ! ordonna Quinn.

Toutefois, Hayley était hors d'elle et n'en avait pas encore fini avec les ordures qui avaient blessé son chien. Elle tira ses deux dernières cartouches. Il y eut ensuite, derrière elle, les tirs rapides et précis d'un fusil puissant. Quinn avait repris le combat, comprit Hayley. Alors seulement lui obéit-elle.

— Il était temps ! lança-t-il.

Hayley était sur le point de lui répondre vertement, quand le bruit caractéristique d'un hélicoptère déchira le ciel. Ce n'était pas le même mais son jumeau, également lustré, noir, anonyme et menaçant.

Celui-ci avait tout du prédateur, des tirs de gros calibre décimant tout sur son passage.

A l'horizon, une faible lueur annonça le lever du soleil.

C'était terminé.

33

— Vas-y doucement avec lui. Il a pris part au combat autant que chacun de nous.

Hayley se réjouit de l'ordre de Quinn, lancé de l'autre côté de la pièce où Rafer, qui avait mené la nouvelle équipe jusqu'à eux, posait un pansement de fortune sur son bras gauche.

Hayley eut envie de se précipiter vers Quinn et de l'embarrasser devant tout le monde en l'étreignant pour ces paroles. Toutefois, elle ne pouvait, ni ne voulait, bouger avant d'être certaine que Cutter allait s'en sortir. Elle le caressa pour le rassurer.

— Oui, monsieur, répondit Teague à Quinn.

Teague palpait le corps du chien étendu sur le canapé où l'avait déposé Quinn quand ils s'étaient retranchés à l'intérieur, au moment même où la cavalerie était arrivée.

— J'ai fait assez de gardes avec Cutter pour savoir qu'il est l'un des nôtres, ajouta Teague.

La blessure de Quinn éveillait en Hayley une tout autre émotion. Il l'avait reçue en sauvant la vie de son chien ; il avait risqué la sienne — et pris une balle — pour ce faire. Mais il avait continué d'avancer, sans fléchir, concentré sur son objectif : mettre le chien à l'abri des tirs. Cet acte avait fait s'évanouir les doutes qu'elle pouvait encore avoir à son sujet.

Elle attendit, ses pensées tellement occupées par les deux mâles blessés présents dans la pièce qu'elle fut à peine sensible au changement d'atmosphère, au calme et à la sérénité retrouvés qui y régnaient. C'était vraiment terminé. Et c'était advenu tellement rapidement qu'elle était encore un peu hébétée.

Charlie, leur ange gardien omniscient, avait apparemment préparé l'intervention de renforts dès le moment où ils avaient établi le silence radio.

— Je pense que Cutter va s'en sortir, déclara Teague.

Il nettoyait l'horrible plaie, traitement que Cutter supportait stoïquement comme s'il savait qu'en dépit de la douleur, cela l'aidait.

— Pour moi, ça ressemble plus à une égratignure, indiqua Teague. Quoi qu'il en soit, il y aura un vétérinaire présent à l'atterrissage.

— Merci, Teague, fit Hayley.

— Remerciez Quinn. C'est lui qui a réquisitionné un vétérinaire.

Rafer s'avança vers Hayley et murmura à son oreille :

— Il reste froid et refuse de s'impliquer parce qu'il n'a pas le choix.

Manifestement, il ne parlait pas de Teague, comprit Hayley.

— S'il ouvrait son cœur à chaque affaire, ça le tuerait. Ce n'est pas qu'il n'en a que faire mais tout le contraire.

Hayley glissa un regard oblique au sniper dégingandé.

— Je m'en rends compte, à présent.

— Le problème est qu'il a oublié comment lâcher du lest. Peut-être que vous pourriez le lui enseigner.

Avant qu'elle ait trouvé comment répondre à cela, l'homme avait tourné les talons.

Une fois que Teague eut terminé, Cutter tenta, avec hésitation, de se relever. Hayley essaya de l'en dissuader mais Quinn, lui-même debout près d'elle, l'en empêcha.

— Mieux vaut le laisser faire, s'il le peut.

Hayley se redressa et détailla Quinn : il portait une chemise qui n'avait plus qu'une manche et un bandage assorti à celui du flanc de Cutter. Il s'accroupit près du chien, posa la main sur sa tête et le regarda droit dans les yeux.

— Tu es une excellente recrue, Cutter Cole.

L'attribution fantaisiste au chien de son nom de famille

fit sourire Hayley. Elle sembla aussi ravir Cutter dont l'épais panache se mit à remuer.

— Mes deux guerriers blessés, dit Hayley d'une voix douce, à peine consciente de s'être exprimée tout haut.

Quinn se releva et il la regarda. Elle s'attendit à ce qu'il l'incendie pour avoir quitté la maison.

Soudain, la réalité s'imposa à elle. C'était vraiment terminé. Elle n'était plus un otage fortuit.

— Oui, reprit-elle d'un ton brusque, je suis sortie.

— C'est indéniable, constata posément Quinn.

— Vous n'êtes pas mon père, pour me donner des ordres. Ni mon époux, pour me faire des suggestions. Ni même mon petit ami, pour me présenter des demandes.

— Je pourrais y travailler, lui répliqua-t-il d'une voix toujours étonnamment conciliante. Excepté pour la partie relative au père, bien sûr.

Hayley écarquilla les yeux.

Quinn parut soudain décontenancé, comme s'il n'avait pas eu l'intention de dire cela.

— Vous avez fait ce que vous pensiez devoir faire, poursuivit-il d'un ton bref. Et, étant donné la tournure des événements, c'est une bonne chose que vous l'ayez fait. Je ne pensais pas qu'il leur restait assez d'hommes pour nous attaquer sur deux fronts.

Radoucie, flattée même, Hayley précisa :

— Ils n'étaient que deux à l'arrière.

— Et vous en avez abattu un puis mis en fuite le second.

— Cutter m'a indiqué où ils se trouvaient, précisa Hayley.

Quinn baissa les yeux en souriant. Le chien était assis exactement entre eux et il suivait leur conversation.

— Tu es une bonne recrue, lui dit à nouveau Quinn.

Cutter lui adressa son plus beau sourire.

Quinn s'esclaffa. Son visage se métamorphosa à nouveau. Il fallut un moment à Hayley pour trouver un sujet de conversation neutre.

— Vicente est-il en sûreté ?

— Absolument. Tout comme sa famille. Nous l'avons extraite du pays il y a trois heures.

— Tant mieux. C'est un homme courageux.

— C'est vrai.

— Comme vous.

— J'ai une bonne équipe.

— Dont aucun membre n'était présent quand vous avez risqué votre vie pour sauver Cutter.

— Il l'avait mérité. Je pensais ce que j'ai dit. Il a pris part au combat autant que chacun de nous.

— Néanmoins, ce n'est qu'un chien.

— Je n'en suis pas plus sûr que vous ne l'êtes.

Hayley ne s'attendait pas à cela.

— Nous sommes prêts, monsieur, intervint Teague.

Cette fois, lorsqu'elle monta à bord de l'hélicoptère noir racé, Hayley le fit de son plein gré. Et, cette fois, ce fut elle qui s'installa sur le plancher aux côtés de Cutter, tandis que Quinn, assis, les contemplait tous deux.

Ils s'élevèrent dans le ciel du petit matin.

— Qui êtes-vous ? Allez-vous me le dire, à présent ?

— Hayley…

— Je pense que nous l'avons mérité, Cutter et moi.

Pendant un long moment, Quinn étudia Hayley en silence. Ils se trouvaient dans l'un des bureaux d'un immeuble anonyme à deux étages, niché dans une clairière d'une épaisse forêt de conifères. Celle-ci paraissait plus accueillante que l'étendue désertique qu'ils avaient laissée derrière eux. Toutefois, la présence, dans ce secteur rural, d'un immeuble de bureaux, pourvu d'un héliport et d'un vaste entrepôt, était étrange, songea Hayley.

Quinn se tourna vers Rafer et Teague qui semblaient s'efforcer de ne pas les regarder.

— Rafe, informe Charlie de ce qui doit être réparé et remplacé là-bas. Teague, va mettre l'hélicoptère en sûreté.

Les deux hommes échangèrent un regard éloquent mais ils s'exécutèrent sans faire de commentaire. Liam, avait expliqué Teague à Hayley, était enfermé avec Vicente, occupé à consigner les détails de son long récit sanglant.

Quinn se tourna vers Hayley. L'air résigné, il l'invita d'un geste à prendre place sur le canapé adossé au mur.

Pourquoi lui était-il si difficile, alors que tout était terminé, de lui donner de simples explications ? s'interrogea Hayley.

Cependant elle s'assit, prête à entendre un long récit, si tel devait être le cas. Cutter avait été confié aux bons soins d'un vétérinaire bienveillant qui avait été véritablement attendri par l'histoire du chien. Hayley lui avait immédiatement fait confiance. Et elle avait souri intérieurement de la façon dont Quinn s'était aussitôt penché pour soulever délicatement le chien et l'installer sur la table d'examen et plus encore lorsqu'il avait caressé la tête de Cutter en lui assurant que tout se passerait bien et qu'ils reviendraient le chercher quelques heures plus tard.

Pendant un instant, Hayley avait même cru voir le chien se redresser un peu comme s'il voulait les voir, tous les deux ensemble. Puis il avait émis un son étouffé dont elle aurait juré qu'il était teinté d'une note de satisfaction, avant de se recoucher pour recevoir les soins du vétérinaire.

En temps normal, Hayley serait restée chez le vétérinaire mais elle avait trop de questions qui exigeaient des réponses et elle n'était pas disposée à laisser Quinn disparaître avant de les lui avoir fournies.

Il s'assit près d'elle dans le canapé.

— Qui êtes-vous ? lui demanda-t-elle à nouveau.

— Nous sommes une fondation privée. Nous travaillons seulement sur recommandation.

En fait, Hayley avait eu l'intention de l'interroger sur qui *il* était mais ils y viendraient certainement. De plus, le reste l'intéressait également. Elle voulait tout savoir.

— Protection de témoins ? s'enquit-elle.

— Pas d'ordinaire, répondit Quinn. Ce cas était spécial.

Vicente a insisté pour que l'on fasse appel à nous. En général, il s'agit d'autres choses.

— Comme la victime de kidnapping que vous avez sauvée ?

— Cela aussi était inhabituel, mais oui.

— Quoi d'autre ?

Quinn poussa un soupir contraint.

— Nous assurons les missions dont personne d'autre ne veut. Pour des victimes qui n'ont personne vers qui se tourner ou que les organismes censés les aider ont laissées tomber.

— Comme la police ?

— Parfois… quoique ce ne soit généralement pas les policiers mais les gros bonnets qui sont à l'origine de ce genre de marasmes. Ou quelque politicien qui a privilégié ses desseins carriéristes. Et nous nous en tenons exclusivement au territoire américain, à moins qu'une affaire n'ait des ramifications ailleurs, comme le kidnapping qui a attiré sur nous l'attention de Vicente.

— Et l'armée dans tout ça ? demanda Hayley.

— C'est un milieu auquel nous ne nous mêlons pas. Nous ne faisons pas de sous-traitance pour eux, si c'est ce que vous demandez.

— Mais vous êtes tous d'ex-militaires ?

— Non. Liam, par exemple, ne l'est pas. Ce n'est pas un prérequis.

— Quel est-il, dans ce cas ?

— D'être le meilleur dans son domaine.

— L'équipe qui est présente ici…

— Est l'une des trois équipes de sécurité que nous pouvons déployer. Nous avons aussi un pôle technique, plusieurs unités d'investigation ainsi que d'autres cellules encore.

La conception qu'avait Hayley de l'envergure de cette opération évolua soudain.

— Ça fait beaucoup.

— Nous avons débuté à une petite échelle mais la demande s'est accrue.

— Ces… affaires privées…

— Nous préférons les appeler les causes perdues.

Cette idée plut à Hayley.

— Qui dirige la fondation ? Qui l'a créée ?

— Ma… famille. Ce qu'il en reste.

— Quinn ? Commencez par le début, s'il vous plaît.

Il passa une main dans ses cheveux en bataille.

— Nous avons créé la fondation il y a quatre ans. Mais j'imagine que tout a commencé en 1988.

— Que s'est-il passé en 1988 ?

Il la regarda alors, comme s'il guettait sa réaction à ce qu'il allait lui répondre.

— Lockerbie.

Hayley eut le souffle coupé.

— L'attentat à la bombe ?

Elle n'était encore qu'une enfant en bas âge quand cela s'était produit. Néanmoins, elle se souvenait de la réaction horrifiée de ses parents.

Quinn hocha la tête.

— Mes parents étaient à bord de l'avion.

« J'avais dix ans. »

Hayley fixa Quinn tandis qu'elle se remémorait ses paroles. Les souvenirs se bousculèrent dans sa tête, incluant l'affreuse découverte, *a posteriori*, que certains des passagers avaient survécu à l'explosion et étaient morts lors de l'impact. Que pourrait-elle dire en réaction à une telle horreur ?

— J'ai su que je devais devenir soldat, pour contre-attaquer, reprit Quinn.

— Et vous avez rejoint les marines, comme Teague et Rafer ?

Il sourit.

— Non, mais je les apprécie quand même. Second bataillon de rangers.

Cela ne surprit pas Hayley. Quinn était un combattant bien entraîné.

— Mais vous avez quitté ce bataillon.

D'une voix lugubre, il confirma :

— J'ai démissionné le jour où ils ont libéré ce salaud.

— Le poseur de bombe, reprit Hayley dans un souffle.

Elle se rappelait la controverse née, quelques années plus tôt, des soupçons d'entente secrète ayant mené à la libération pour raison humanitaire d'un homme n'ayant prétendument plus que quelques mois à vivre et qui se portait apparemment encore très bien des années plus tard.

— Vous avez dû être révolté, supposa Hayley.

— Pire, marmonna Quinn. J'ai su que je ne ferais plus jamais confiance, après cela, aux hommes qui nous gouvernent. Cette injustice a détruit ma foi.

— C'est cela, n'est-ce pas ? C'est ce que vous faites ?

— Quoi donc ? lui demanda-t-il.

Il lui donna à nouveau le sentiment qu'il la testait.

— Vous réparez les injustices. D'où les *causes perdues.* Vous faites ce qui devrait être fait mais ne l'est pas.

Quinn adressa alors à Hayley un sourire extrêmement chaleureux.

Comment avait-elle pu le trouver froid ?

— Nous travaillons pour des personnes qui sont dans leur bon droit mais qui n'ont pu obtenir d'aide nulle part ailleurs. Ou qui ne peuvent se permettre de continuer à lutter.

Ces simples mots éveillèrent en Hayley une résonance, lui rappelant ce qui donnait un sens à la vie, chose qu'elle avait perdue quand sa mère était décédée. Et qui lui avait manqué sans qu'elle ait conscience de ce qui lui faisait défaut.

— Vous voulez dire que vous intervenez gracieusement ?

— Oui, la fondation Foxworth est autosuffisante.

— Comment ?

Hayley fit un geste en direction du bâtiment qui abritait l'hélicoptère noir racé à l'origine de toute cette aventure.

— Tout cela n'est pas donné.

— Nous avons commencé avec l'argent que nous avaient légué nos parents et nos finances sont gérées par un génie de l'investissement qui le fait prospérer. Lequel n'est autre que ma sœur.

— Votre sœur ?

— Elle avait quatorze ans quand nos parents sont morts. Nous sommes allés vivre avec notre seul parent en vie. Le frère de maman. Grâce à l'argent que nos parents nous avaient légué, nous n'étions pas un fardeau. Cependant, oncle Paul n'était pas passionné par les enfants. Il a essayé, mais c'est en grande partie ma sœur qui m'a élevé.

— A l'évidence, elle a fait du bon travail, commenta Hayley.

Quinn cligna des yeux.

— Je… Vous…

Pour la première fois, il parut totalement confondu et une joie intense gagna Hayley.

Un coup frappé à la porte coupa court à sa délectation.

— Tout est réglé ici, monsieur. Charlie veut, bien sûr, un rapport dès que possible et il a demandé si c'était pour vous que le vétérinaire avait été appelé, claironna Teague avec un grand sourire.

Quinn répondit par une grimace.

— Dis à Charlie que j'apprécie sa sollicitude. Le rapport arrivera quand il arrivera. Vous tous avez quartier libre.

Teague regarda à tour de rôle Quinn et Hayley. Il semblait se retenir de sourire.

— Et Hayley ?

— Je la raccompagnerai chez elle.

— Et allez-vous…

— Contentez-vous de me laisser un véhicule, l'interrompit Quinn, une note d'agacement dans la voix. Rentrez vous reposer. Vous l'avez tous mérité.

Lorsqu'ils furent repartis, Hayley ne se leva pas. Quinn la regarda d'un air circonspect, comme s'il était conscient d'avoir éludé le véritable sens de sa première question.

— Où est votre chez-vous ? lui demanda-t-elle.

— En ce moment, à Saint Louis.

— C'est loin d'ici, remarqua Hayley.

— C'est central. A nos débuts, c'était essentiel. Mais, à présent, nous avons des antennes comme celle-ci dans trois autres régions également. Ainsi, nous sommes plus réactifs.

Quinn avait répondu à Hayley à propos du travail, pas de sa vie en dehors du travail. S'il en avait une.

— Votre sœur vit aussi à Saint Louis ?

— Oui. Elle y est heureuse.

— Mais pas vous ?

Il haussa les épaules.

— Je suis plutôt amateur de temps froid et sec. L'humidité est assez mortelle.

Hayley sourit.

— En ce cas, vous vous plairiez ici. La plupart du temps.

— J'aime cet endroit. J'étais ici quand nous avons été mobilisés pour Vicente.

C'était bizarre qu'il se soit trouvé dans le secteur sans qu'elle le sache. Il avait une telle présence qu'elle aurait dû la ressentir, non ?

L'esprit de Hayley fonctionnait à toute allure, assimilant l'information tout en se félicitant : non seulement Quinn n'était pas le criminel qu'elle avait craint de rencontrer ce soir-là, mais en plus, c'était un homme d'exception dont elle ne pouvait que respecter et admirer le travail. Peut-être, en un sens, l'avait-elle toujours su. Pourquoi, sinon, aurait-elle eu l'aplomb de sans cesse lui tenir tête ?

Ce qui avait été une bonne chose, songea-t-elle, le souvenir saisissant et inextinguible de ce baiser s'imposant à son esprit avec une force indéniable.

— Quinn…, reprit-elle avant de s'interrompre, ne sachant comment poursuivre.

A son changement d'expression, il avait aisément pu lire en elle.

— Hayley, je suis désolé que vous ayez été entraînée dans tout ceci. Je sais, à présent, que nous pouvons vous faire confiance pour ne rien révéler avant que Vicente ait pu témoigner et commencer une nouvelle vie en lieu sûr.

— Bien sûr, mais ce n'est pas…

— Quelqu'un vous tiendra informée pour le cas où vous ne seriez pas au fait de l'actualité.

— Très bien, mais…

— Vous savez que c'est lui qui a insisté pour que vous ayez la jouissance de la maison tandis qu'il resterait caché. Il se sentait responsable de vous avoir mêlée à tout cela.

— Je sais que c'est un homme bien. Mais c'est vous dont…

— Allons chercher Cutter et je vous ramènerai tous les deux chez vous.

Il fit mine de se lever.

— Alors c'est fini ? Juste comme ça ?

Elle prit une inspiration.

— Ce qui s'est passé entre nous…

— Est impossible, Hayley.

Seul le regret sincère dans la voix de Quinn la retint de donner libre cours à sa colère.

Quinn poursuivit :

— Vous vous êtes retrouvée plongée dans une situation cauchemardesque, vous l'avez incroyablement bien gérée. A présent, il est temps de rentrer chez vous.

Hayley ignora le compliment.

— Pourquoi est-ce impossible ?

— Parce que ce n'était pas vraiment réel. Vous étiez terrifiée, en danger, ce qui amène l'esprit à fonctionner de manière étrange.

— Donc, j'ai seulement imaginé l'incroyable alchimie qui nous fait fusionner quand nous nous embrassons ?

Quinn ferma les yeux. Ses lèvres s'entrouvrirent tandis qu'il prenait une profonde inspiration, nota Hayley. Elle prit plaisir à observer chaque signe prouvant qu'il n'était pas aussi calme et froid qu'il tentait de le paraître. Pas à ce propos.

— Non, lui répondit-il dans un soupir teinté de regret.

Il aurait pu lui mentir mais il ne l'avait pas fait. Le pouls de Hayley s'accéléra.

Quinn ouvrit les yeux et croisa son regard.

— Je mène une vie de folie, me déplaçant sans cesse. La plupart du temps, c'est la routine. Mais parfois, comme dans ce cas, c'est dangereux. Ce n'est pas la vie qu'aimerait partager une femme.

Quinn secoua lentement la tête, baissa les yeux et se massa le front comme si la lassitude le rattrapait finalement.

— J'ai essayé. Ça ne fonctionne pas.

— Je ne conteste pas que ce soit difficile, admit Hayley. Il faut, pour cela, trouver la bonne personne, celle qui comprend pourquoi il doit en être ainsi.

— Je ne demanderai plus à aucune femme de s'en accommoder. Et je ne conçois pas d'arrêter.

— Non !

Hayley protesta si vivement qu'elle-même en sursauta.

— Non, répéta-t-elle, plus normalement. Vous faites un travail remarquable. Vous ne pouvez pas arrêter.

— C'est facile à dire quand on n'a pas eu à composer avec cela. Il est temps pour vous de retourner à votre vie.

— Je n'ai pas de vie.

Et c'était la triste vérité.

— Depuis la mort de ma mère, je végétais, sans but dans la vie. Je vivais comme un zombie. Je n'avais pas d'emploi à reprendre, pas de travail qui m'intéressait.

— Vous postuleriez à un emploi chez nous ? lança Quinn en grimaçant. Je crains que cela ne complique encore plus les choses.

— Vous voulez dire… à cause de ceci ?

Hayley se pencha vers Quinn avant qu'il ait le temps de se dérober et elle l'embrassa. L'espace d'un instant, il se raidit. Cependant, tellement rapidement que cela balaya les incertitudes de Hayley, il répondit à son baiser, émettant un son guttural qui l'excita tandis qu'il posait les mains sur ses épaules et l'attirait contre lui. Le désir, qui avait seulement été contenu, s'embrasa plus que jamais et, cette fois, Hayley l'attisa du mieux qu'elle put, se moquant de sembler inexpérimentée. Ce qu'elle éprouvait devait être réciproque.

Quinn se glissa en arrière sur le canapé, attirant Hayley sur lui. Elle s'adonna avec passion à leur étreinte, embrassant

Quinn plus intensément, se délectant de chaque gémissement qu'elle lui arrachait, de chaque crispation de ses doigts sur sa peau, de chaque mouvement convulsif du corps de Quinn contre le sien, qui lui prouvait son excitation.

Lorsque, enfin, elle s'écarta de lui, il resta sans voix.

— Ceci, lui dit-elle d'une voix mal assurée, est une autre chose que je n'avais pas dans ma vie. Que je n'ai jamais eue. Parce qu'elle est rare et précieuse.

— Je le sais, convint Quinn, semblant un peu secoué. Je voudrais…

— Cessez de vouloir. Vous savez, mieux que personne, combien c'est futile.

— Vous avez raison.

— Vous devez donc savoir aussi que ce que nous partageons est trop spécial pour y renoncer.

— Je n'ai jamais dit que je voulais y renoncer.

Il resserra ses bras autour d'elle.

— Qui diable voudrait renoncer à cela ?

— Ecoutez, je veux redonner un sens à ma vie. J'ai besoin de ce genre de but, de faire ce qui est juste, ce qui devrait être la règle et non l'exception.

Quinn entrouvrit la bouche mais Hayley posa un doigt sur ses lèvres pour le faire taire.

— Vous avez dit que j'étais forte, que j'ai géré la situation mieux que vous ne l'auriez cru. Je peux m'accommoder de ce vous êtes parfois amené à faire. J'adorerais vous aider dans votre travail. Mais, plus encore, j'ai besoin de vous. Si je ne peux avoir les deux et que je dois choisir, je vous choisis, vous.

— Ah, Seigneur, Hayley, vous me crucifiez.

— Ne renoncez pas à cela. A nous. Vous ne me demandez pas de composer avec la situation. Je me porte volontaire.

Quinn lissa une mèche des cheveux de Hayley, esquissant un sourire.

— Je veux dire, littéralement. Si vous ne bougez pas, je ne serai peut-être jamais en mesure de… vous prouvez tout ce que cela signifie pour moi.

Hayley tressaillit presque : sa jambe s'appuyait plutôt pesamment contre une zone très rigide et extrêmement sensible de l'anatomie de Quinn. Hayley faillit se relever d'un bond mais Quinn sembla l'anticiper et la retint à temps pour stopper le mouvement brusque qui aurait pu faire empirer les choses.

— Doucement. J'ai des projets pour l'avenir.

Hayley fut si embarrassée qu'il lui fallut un moment pour constater le changement qui s'était opéré en Quinn. Elle releva la tête et plongea dans ses yeux bleus. Il avait rendu les armes.

— Vous capitulez, comme ça, tout simplement ?

Elle n'était pas convaincue.

— Peut-être que je n'avais pas vraiment le cœur à me battre. Peut-être que j'avais décidé de me rendre depuis le début.

Le cœur de Hayley se mit à cogner très fort contre sa poitrine.

Quinn ajouta :

— Vous êtes la femme la plus incroyable que j'aie jamais rencontrée, Hayley Cole. Et vous avez raison. Ce qui nous arrive est trop rare pour y renoncer. Et peut-être... peut-être que vous serez en mesure de composer avec cette vie de folie.

— Je m'en suis accommodée alors que j'ignorais totalement de quoi il retournait. Imaginez de quoi je serai capable en connaissant les tenants et les aboutissants.

Cette remarque fit sourire Quinn. Hayley estima avoir remporté une grande victoire.

Puis il l'embrassa et ses pensées furent dissoutes, ne laissant que les notions de victoire et de capitulation et la douce certitude de partager l'une comme l'autre.

Il était tard lorsqu'ils revinrent chercher Cutter, mais le chien ne parut pas s'en soucier le moins du monde.

Quinn s'éveilla doucement. Son bras était sensible mais pas douloureux. Surtout, Hayley était lovée contre lui. Il régnait dans la chambre une fraîcheur agréable. Hayley aimait, tout comme lui, dormir blottie bien au chaud dans une pièce froide. Oh ! Et puis aussi, nue.

Quinn n'avait jamais connu une telle suavité sans fin. Qu'il l'ait réveillée la nuit, fou de désir ou mieux encore, que ç'ait été elle qui l'ait fait, pour la même raison, ou qu'ils aient fait l'amour en plein jour, le matin dans la douche, l'après-midi dans le canapé ou le soir dans son lit, cela avait été plus torride et impérieux que tout ce qu'il avait connu jusque-là.

Il appréciait même les moments où ils restaient, ensuite, blottis l'un contre l'autre. Bien sûr, qu'elle lui ait suggéré de les considérer comme les préliminaires de leurs prochains ébats y aidait, songea-t-il en souriant.

— Tu comptes faire quelque chose pour cela ou laisser passer l'occasion ?

La voix ensommeillée de Hayley s'accompagna d'une délicieuse ondulation de ses hanches.

— Des suggestions ? lui murmura-t-il à l'oreille.

— Je vais y réfléchir.

Il se mit à rire et l'attira contre lui. Puis il se glissa en elle, en une union parfaite. Un grognement de plaisir monta de la poitrine de Hayley et Quinn s'émerveilla à nouveau de l'intensité, de la violence de cette passion à chaque fois renouvelée.

Il la pénétra de longs assauts lents jusqu'à ce qu'elle perde le contrôle sous lui, le rendant fou à son tour, puis qu'elle crie son prénom, l'amenant à s'abandonner au plaisir.

Beaucoup plus tard, alors qu'il aurait dû être rendormi, Quinn songea à la journée à venir.

La semaine qui venait de s'écouler l'avait convaincu de s'établir en permanence sur place. Il était même parvenu à faire momentanément abstraction de la taupe. Dans l'après-midi, il emmènerait Hayley à Saint Louis, visiter le siège de la fondation.

Ayant retrouvé tout son allant, Cutter resterait quelques jours avec Mme Peters et son fils. Quinn prendrait ensuite des dispositions pour pouvoir l'emmener partout. Le chien avait largement prouvé son utilité et Quinn l'emploierait volontiers lors de nombreuses opérations.

Hayley, elle aussi, s'était montrée à la hauteur. Pour la

première fois, Quinn caressait l'espoir de tout concilier. Peut-être suffisait-il effectivement de trouver la bonne personne.

Il ne pourrait être sûr que cela fonctionne qu'après avoir essayé. Et ils essaieraient. Car Hayley était la seule personne susceptible de rendre cet essai concluant.

Enfin, Hayley et Cutter.

Le simple fait d'évoquer le chien fit sourire Quinn. Le chien les avait-il fait se rencontrer à dessein ?

Hayley se redressa en bâillant.

— Quinn ?

Sa voix le faisait invariablement sourire. Il resta allongé à la contempler, se laissant envahir par ce sentiment de quiétude, nouveau pour lui.

— Oui ? fit-il.

— Qui est Charlie ? demanda Hayley.

Quinn se mit à rire ; elle lui posait la question chaque jour depuis une semaine.

Il lui répondit comme il le faisait toujours.

— Tu verras bien.

Ce serait le cas l'après-midi même. Le premier jour d'un avenir qui semblait plus radieux que tout, à l'exception du sourire de Hayley.

Retrouvez en septembre,
dans votre collection

Pour retrouver Lucy, de Joanna Wayne - N°399

Lucy... Lucy, c'est toi ? D'une voix tremblante, Alonsa questionne en vain la fillette qui, au téléphone, lui a murmuré quelques mots. Toujours les mêmes. Comme une litanie enregistrée, destinée à entretenir son cauchemar... Désespérée, Alonsa raccroche et, consciente qu'elle doit des explications à Hawk, le séduisant détective dont elle vient de faire la connaissance, commence un récit entrecoupé de larmes : deux ans plus tôt, peu après la mort de son mari, sa petite fille de six ans a disparu. Depuis ce jour, l'enquête piétine, mais Alonsa a la conviction que Lucy est vivante. A sa grande surprise, Hawk lui propose alors de reprendre les recherches. D'abord hésitante, Alonsa ne tarde pourtant pas à accepter l'aide de cet homme dont elle ne sait rien mais qui, avec son regard déterminé, la rassure...

La colline des secrets, de B.J. Daniels

Qui a tué Trace Winchester, il y a vingt-sept ans ? Alors que McCall vient d'être nommée adjointe du shérif de Whitehorse, la bourgade où elle a grandi, la dépouille de son père est retrouvée dans les collines. Une découverte qui lève le voile sur la disparition de celui dont elle a toujours cru qu'il les avait abandonnées, sa mère et elle, et qui pousse McCall à reprendre l'enquête. Mais, bientôt, force lui est de constater que ses investigations dérangent. Les portes se ferment à son approche. On la dessaisit du dossier. Enfin, elle est victime d'une série d'agressions violentes. Ne sachant plus vers qui se tourner, elle reçoit pourtant une aide aussi surprenante qu'inattendue : celle de Luke Crawford, son amour de jeunesse, qui est de retour en ville après dix ans d'absence...

La nuit où tout a commencé, de Karen Whiddon - N°400

Reed n'en croit pas ses yeux... Est-ce bien Kaitlyn qui se tient face à lui et le fixe de ce regard bleu qu'il n'a jamais pu oublier ? Luttant contre l'envie de lui claquer la porte au nez, il laisse entrer chez lui la femme à cause de laquelle il vient de passer trois ans en prison. Dans sa tête, les questions se bousculent : pourquoi Kaitlyn a-t-elle disparu la nuit où Tim, le frère de Reed, a été tué ? Pourquoi n'a-t-elle pas révélé qu'elle et Reed étaient ensemble au moment du crime ? Prenant la parole la première, Kaitlyn lui fait alors une stupéfiante révélation : juste après le meurtre, elle a été enlevée par l'assassin de Tim, un fou furieux auquel elle vient seulement d'échapper et qui est à sa recherche car elle est la seule à connaître son identité...

Une dangereuse mission, de Linda O. Johnston

Pour découvrir dans quelles circonstances Brody, son ex-petit ami, a été tué en Afghanistan, Sherra pirate régulièrement les systèmes informatiques du ministère de la Défense. Un soir, elle sent le doute l'envahir : Brody est-il réellement mort, ou sa disparition a-t-elle été orchestrée pour servir quelque objectif ultra-secret ? Mais, tandis qu'elle s'interroge ainsi, elle sent une main se plaquer sur sa bouche et, se retournant, découvre que son mystérieux agresseur n'est autre que Brody. Troublée malgré elle par ces étranges retrouvailles, Sherra comprend que, si Brody est venu chez elle, ce n'est pas uniquement pour la revoir, mais pour lui demander de cesser ses activités clandestines. Des activités qui risquent de compromettre sa mission et de les mettre tous deux en danger de mort...

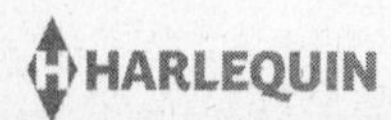

BLACK ROSE